U0466192

红楼梦的读法

叶思芬 —— 著

图书在版编目（CIP）数据

红楼梦的读法 / 叶思芬著 . -- 北京：华夏出版社有限公司，2024.5
ISBN 978-7-5222-0650-9

Ⅰ．①红… Ⅱ．①叶… Ⅲ．①《红楼梦》研究 Ⅳ．①I207.411

中国国家版本馆CIP数据核字（2024）第 025645 号

红楼梦的读法

作　　者	叶思芬
责任编辑	赵学静
出版发行	华夏出版社有限公司
经　　销	新华书店
印　　装	三河市少明印务有限公司
版　　次	2024 年 5 月北京第 1 版 2024 年 5 月北京第 1 次印刷
开　　本	710mm×1000mm　1/16
印　　张	24
字　　数	380 千字
定　　价	79.00 元

华夏出版社有限公司　　地址：北京市东直门外香河园北里4号 邮编：100028
　　　　　　　　　　　　网址：www.hxph.com.cn　　　电话：（010）64618981
若发现本版图书有印装质量问题，请与我社营销中心联系调换。

目录

自序：摆渡

红楼"成"篇：幽微灵秀地 002
红楼"住"篇：眼前春色梦中人 002
红楼"坏"篇：寂寞帘栊空月痕 003
红楼"空"篇：悲金悼玉红楼梦 003

前言：《红楼梦》的美好与感动

一、入我门来一笑逢 001
二、无一物中无尽藏——成为名著的理由 005
 （一）不真实的真实 005
 （二）言人情，话沧桑 006
 （三）文化的百宝箱，人物的画像廊 006
 （四）写出人生的矛盾、冲突、取舍 007
 （五）女子可以有才，读书不为功名 008
 （六）至情至性，有情天地 009
 （七）无一物中无尽藏，有花有月有楼台 009
三、满纸荒唐言，一把辛酸泪——曹雪芹的爱与坚持 010
 （一）出身低微，因缘富贵 010
 （二）曹家的盛世与隐忧 011
 （三）雍正继位，曹家被抄 012
 （四）曹雪芹与脂砚的关系 013
 （五）富贵世家的彻底衰败 014
 （六）十年写就《红楼梦》 015
四、都云作者痴，谁解其中味——从人物、情节、环境认识红楼世界 017
 （一）文学上共同的乡愁 017
 （二）《红楼梦》人物世系图 018
 （三）大观园的巧妙构思 019
 （四）蕴涵丰富的目录表 021

红楼"成"篇：幽微灵秀地

成篇01　故事开始：黛玉入府　　003

跟着黛玉进贾府 004 / 象征与预言 005 / 先声夺人王熙凤 005 / 浑身是戏，展现能干 006 / 懂得大家族规矩的黛玉 008 / 压低读者对主角的期望值 008 / 一个说出口，一个放心里 010 / 宝玉摔玉的象征意义 010 / 小中见大的第三回 011

成篇02　刘姥姥进府：生动的感官体验　　013

从另一个角度看贾府 013 / 刘姥姥的感官体验 015 / 王熙凤的两种出场：对上邀宠，对下摆谱 016 / 两个厉害角色的对话 017 / 正写、侧写、层层堆栈 019

成篇03　贾府另一面的气派与黑暗　　020

送宫花，首先点出薛宝钗个性 021 / 慢慢拉长线铺排 022 / 不挑明却更堪玩味 023 / 黛玉得罪人，宝玉找台阶 024 / 一个老仆的作用 025

成篇04　因空见色：风月宝鉴　　028

以象征性手法写少男的性觉醒 028 / "意淫"不过是"体贴"二字 030 / 暗写王熙凤与贾蓉的私情 031 / 风月宝鉴的象征意义 033 / 被删掉的一段 033

成篇05　梨香院里的笑声　　035

不同的笑，不同心情 035 / 薛宝钗的出场 036 / 众人捧在手心的公子哥儿 036 / 宝玉眼中的宝钗，宝钗眼中的宝玉 037 / 天生的玉，后天的金 038 / 两大女主角的过招 040 / 老仆对上新来的亲戚 040 / 黛玉的酸意与嘴利 042 / 宝玉难得发火的缘由 045 / 食物背后的意义 046

成篇06　红楼品位：贾府的吃穿用度　　048

富不等于贵 048 / 不是谁都写得出富贵 049 / 粗菜细做，讲究细节 050 / 清楚分明的饮食等级 051 / 贵气精细的贾府饮食 052 / "富贵"得用对比、烘托手法 053 / 超越时代，解放足下 054 / 极品软烟罗 055 / 华美衣裳背后的意义 056 / 独一无二的大观园 058 / 富贵人家的出行 059

成篇07　谜样人物秦可卿　　061

种种安排都有用意 064 / 曹雪芹的感慨 064 / 甲戌脂评的清楚提点 065 / 曹雪芹埋下的

线索 066 / 丫鬟不寻常的反应与贾蓉的消失 067 / 因何托梦？为何能列正册？070 / 不断发生的"成住坏空" 072 / 秦钟——"情种"没能好好发挥的角色？072

成篇 08　有凤来仪：贵妃省亲　074

唯宝玉与他人不同 074 / 有接驾经验，方写得出如此大场面 075 / 骂儿子给别人看的传统父亲 076 / 贾政的自惭形秽与嫉妒 077 / 结构紧密，带出宝黛二人情谊 079 / 森严庄重的皇家气派 080 / 贵妃的几番落泪 081 / 短暂的天伦之乐 083 / 四出乱了章法的戏？083 / 苦海慈航，热文冷收 084

红楼"住"篇：眼前春色梦中人

住篇 01　人生自是有情痴：贾宝玉　089

令人心疼的败家子 089 / 有主张、神全的逸品 090 / 温柔细致的多情公子 093 / 纯真率性的年代 096 / 成长的"眼泪三部曲" 097 / 一体两面的甄宝玉、贾宝玉 098 / 宝玉对人间的交代 099 / 过尽千帆 101

住篇 02　无可云证：宝玉与黛玉的爱情和生命取向　102

宝玉、黛玉彼此钟情的原因 103 / "知心着意"的甜蜜 107 / 两个人的定情物 109 / 开心欢笑的黛玉 110 / 急痛迷心的宝玉 111 / 绝望的异床同梦 111 / 最后的告白与告别 112

住篇 03　理性与感性：宝钗、黛玉各自的生命取向　115

不同的出身背景 116 / 现实生活的落差 117 / 个性之生成与形成 118 / 无我与有我 119 / 生活技术家和生活艺术家 119 / 立体的人生，立体的人物 120 / 任是无情也动人 123 / 生死同命，谁的悲剧性大 124

住篇 04　红楼韵事：美好动人的场景与诗词　126

明清的园林艺术观 126 / 魅力独特的空中楼阁 127 / 红楼韵事的发生地 128 / 黛玉葬花与伤春 130 / 慢慢酝酿而出的《葬花词》 132 / 那一个秋雨的夜晚 134 / 灯影朦胧，人影朦胧 136

住篇 05　大观园的优伶幽事　138

任人随时捧高，随时摔下 138 / 才艺卓越的龄官 139 / 大观园中另一场小小的爱情故事 140 / 为何龄官就在书里消失了？145 / 天真任性的芳官 146 / 美优伶斩情归水月 147 / 杏子阴假凤泣虚凰 148

住篇 06　六个生日的比较　　149

豪门的一场小巧生日宴 150 / 从大有面子到大失面子 152 / 变生不测凤姐泼醋 154 / 喧嚣多彩中的一抹素 154 / 文雅韵致、平等欢乐的夜宴 157 / 外强中干的八十寿宴 158 / 曲终人散的最后一场生日 159

红楼"坏"篇：寂寞帘栊空月痕

坏篇 01　女性意识下的"原应叹息"——元迎探惜　　165

女性意识与女性书写 165 / 被离婚的原配未必不堪——《小脚与西服》166 / 无法做自己的主人，就是最大的悲哀 168 / 贾元春才选凤藻宫 169 / 懦小姐不问累金凤 169 / 可怜绣户侯门女，独卧青灯古佛旁 170 / "才自清明志自高"——理应活得好的探春 171 / 探春的能干以及她和母亲的矛盾 174 / "元迎探惜"可能的现代版 177

坏篇 02　能干女子的较量篇　　178

身居权力金字塔顶端的能耐 178 / 振振有词，完全占上风 180 / 处事明快，公平公正 182 / 尴尬人难免尴尬事 183 / 见风转舵，随机应变 183 / 鸳鸯不一样的志气 186 / 超级婆婆骂人小专栏 189 / 无用之用是为大用 193

坏篇 03　承受不起的富贵与爱情：红楼二尤的故事　　195

曹雪芹写二尤的象征性与革命性 195 / 为故事增加丰富度的一个独立篇章 196 / 红楼二尤的背景 197 / 从回目一窥精彩 198 / 粗俗的调情——贾蓉和尤二姐 200 / 俗世的欢乐——贾琏和尤二姐 202 / 用放荡泼辣来维护情感的贞洁——尤三姐 203 / 被浪费了的角色？205 / 两场梦的解析 206 / 除了二尤，也写出其他人的不同面向 207 / 为王熙凤说句话 208

坏篇 04　抄家的预言——抄检大观园　　210

第四十回以后，重心渐渐转移 211 / 人一多，问题也多 213 / 抄检大观园的远因和近因 213 / 姑侄间的精彩对话 215 / 开始抄检大观园 218 / 探春的胆识与悲愤 219 / 令人意想不到的精彩爆点 222 / 搜检余事 224

坏篇05　那一年中秋——最后一场富贵风流　226

几个重要的写作技巧 226 / 粗俗与雅致并陈 228 / 表面的虚礼与背后的真相 229 / 精准描摹贾母的心情 231 / 很有《金瓶梅》味道的宁国府风景 232 / 透出几许凄凉的团圆宴 234 / 花疲、人倦、戏散、夜凉 237 / 寂寞月夜的一个美丽片段 238

坏篇06　任情任性的女子——晴雯　240

活出自我，注定难以善终 240 / "红迷"心中可爱的女孩 242 / 浪漫与礼教的对撞 242 / 与宝玉心性相通，却被"横刀夺爱" 244 / 晴雯的几个鲜明画面 245 / 心高气傲便是罪过 247 / 最后的痛与遗憾 247 / 宝玉的身不由己和无可言宣的悲伤 250 / 《芙蓉女儿诔》究竟祭悼谁？ 251

红楼"空"篇：悲金悼玉红楼梦

空篇01　贾母之丧——与秦可卿丧事的比较　255

《金瓶梅》与《红楼梦》的同与异 255 / 《金瓶梅》的两场丧礼 257 / 一个立于宗法制度顶端的真实老太太 259 / 贾母的最终页 260 / 凤姐——从一切皆在掌握，到一切都无法掌控 261 / 凤姐吐血 263 / 由车轿看家道 264 / 鸳鸯之死，与众人的眼泪 265 / 赵姨娘最后的一出戏 266

空篇02　红楼婢女的归宿　268

身家性命全凭主子决定 269 / 丫鬟间的明争暗斗 270 / 姨娘也不是个好出路 270 / 小姐与丫鬟的特殊亲密关系 271 / 平儿的难为与难辱 273 / 既是得力助手，也是知己 274 / 写平儿，也写凤姐 276 / 为自己挣得的保证 278 / 袭人为什么在又副册？ 279

空篇03　红楼化外篇　281

揶揄中带有批判 281 / 三姑六婆形象不佳，但有其正面功能 283 / 神来之笔的"老僧" 284 / 妙玉，身心一片，没处安排 286 / "斋堂文化" 287 / "绿玉斗"背后的心思 288 / 寂寞的槛外人 290 / 我执，分别心，着相，妄念 291 / 宝玉的心思是干净的 292

空篇04　两则浪费了的爱情故事　293

"醉金刚轻财尚义侠，痴女儿遗帕惹相思" 294 / 世态炎凉图 295 / 路见不平侠义

图 295 / 贾芸和凤姐的两段精彩对手戏 297 / 怡红院里的小红 299 / 少女情怀总是诗 301 / 小红的"一鸣惊人" 303 / 被辜负的人才，被浪费的爱情 304 / 司棋、潘又安，画蛇添足的爱情结局 305

空篇05　红楼未完之续篇　308

百花齐放的续本 308 / "留情"处的《留情》310 / 张爱玲的《红楼梦》311 / 一则或许较趋近现实的版本：张之《红楼梦新补》313 / 另一则出人意表的版本：《刘心武续红楼梦》315 / 高鹗与程高本的后四十回 316 / 让曹雪芹前八十回流传是最大功劳 317 / "无一字无出处，无一字无来历"——王蒙 318 / 程高续本几个荡气回肠处 319

空篇06　聚散浮生——艺术美学与思想　323

情境空间 324 / 四季的绝美停格 324 / 聚散浮生 326 / 是真名士自风流 327 / 宗教、哲学、艺术 328 / 艺术家的艰难处 329 / 艺术的最终极关怀——安慰 330

后语：平凡人的悲喜剧——《金瓶梅》与《红楼梦》

一、以家族为单位，由兴而衰　332

二、写实主义：自然与浪漫　332

三、结构：平面、蜘蛛网状与立体、虚实、金字塔　333

四、人物：市井、三教九流与名门世家　333

五、技巧：酒令、曲文与太虚幻境正册、副册、诗词、花签、梦境　334

六、宗教观：世俗化、功利化　335

七、人生观：浅思维与艺术哲思　336

八、苍茫淡定的人生哲学　336

附录

曹雪芹身世背景图　338

人物世系图　339

大观园平面图　340

思考论述题　342

自序 摆渡

> 无一物中无尽藏,有花有月有楼台。
> ——《东坡禅喜集》

"满纸荒唐言,一把辛酸泪!都云作者痴,谁解其中味?"什么是"其中味"?鲁迅归纳之:"经学家看见《易》,道学家看见淫,才子看见缠绵,革命家看见排满,流言家看见宫闱秘事……"而芸芸众生如你我,看到了什么?看到的是戚戚焉的感动!

红楼梦,原是一场梦,但梦中全是真实的人生。

太虚幻境,只是幻境,殊不知幻境里尽是人间事。

而应该镜花水月般的大观园呢,却是有生命的。由"天上人间诸景备"的有凤来仪,到"笑语喧哗诸芳聚"的怡红快绿。然后,冷月寒塘,衰草凄迷。终至,茫茫渺渺,归彼大荒。原来,它竟深深印证了佛家的"成住坏空"。生命如飞鸿来去,唯有艺术留下脚印。

红楼"成"篇：幽微灵秀地

这天，少年宝玉闷坐书房。胸前，美玉灿然；窗外，风声细细。

他不知道，那位素未谋面，但一见如故的林妹妹即将入府；他也不知道，和蔼可敬的宝姐姐稍后也要来；他更不知道，再过些时日，他会去神游"太虚幻境"，偷窥到家中众姊妹尚未发生，但已然注定的宿命预言。

至于长姐元春，才被选为贵妃；后花园内，很快就会有一座富贵风流的省亲别院，这些就更属天机了。

一阵风过，落红成阵。

"幽微灵秀地，无可奈何天。"（第五回）诚挚的情感，将面对什么样曲折的人世，他真的都不知道。

红楼"住"篇：眼前春色梦中人

凤尾森森、龙吟细细的潇湘馆中，黛玉正在作诗；旷朗清雅、异草引蔓的蘅芜院里，宝钗忙着女红。

风流别致的林妹妹，宝玉好喜欢；含蓄庄重的宝姐姐，宝玉也很喜欢。

此间区别，情窦初开的宝玉还不甚清楚，但牵挂在心间的当然是黛玉。

省亲过后的元妃，下令让家中弟妹入住大观园。因此，春日黛玉葬花，夏雨龄官画蔷，秋夜湘云联诗，冬雪宝琴折梅……众家儿女得以在锦天绣地中，挥洒青春。

"枕上轻寒窗外雨，眼前春色梦中人。"（第二十三回）这会儿，怡红院里的宝玉，心满意足。他真的以为花常好，月常圆，姊妹们永远欢聚，这一切，都是理所当然。

红楼"坏"篇：寂寞帘栊空月痕

不是才在笑语喧哗的怡红院度过热闹的生日吗？

不是才在树荫匝地的蔷薇花下发现一位学戏女孩的心事吗？

怎么一下子，秋天就到了？

说什么花常好，月常圆，人常在！戏班子说散就散，诗社零零落落，黛玉卧病，宝钗搬离，晴雯、司棋也相继获罪被逐。

大观园秋花惨淡，紫菱洲门窗寂寥，离开的迎春，婚姻悒郁。秋爽斋里，探春低声怨叹："我但凡是个男人，可以出得去，我早走了。"而孤僻的惜春只能在蓼风轩默默筑起心灵的城墙。

这一年中秋，祖宗祠堂发出长长的叹息。园中团圆宴，夜深、人疲，蒙眬睡去的贾母轻声说出："我们散了。"

是啊，当林妹妹逐渐泪尽之际，怎么越来越泪眼凄楚的却是宝玉？

"寂寞帘栊空月痕"，难道是真的"一声杜宇春归尽"（第七十回）了吗？

红楼"空"篇：悲金悼玉红楼梦

"坐在那里的这一位美人儿是谁？"

移花接木的婚姻戏码让已经因为失玉而昏愦怔忡的宝玉彻底崩溃。

"只得满屋里点起安息香来！"

香尽，梦醒，三位青春儿女的悲剧命运已然确定。

黛玉，"质本洁来还洁去"，可怜寂寞身后事。

宝钗，不，宝二奶奶，"梧桐叶落分离别"，终是冷月清霜年复年。

而那位任情任性的怡红公子呢？

了却了风情月债，知晓了聚散浮生，在完成对人间的交代后，他为自己选择了一条不归路。

烟蓑雨笠，芒鞋破钵；不是看透，也非看破，能让生命继续的，只因曾经有过。

"悲金悼玉红楼梦"（第五回），曲终，人散，曹雪芹把缺憾还诸天地，留给世人无限的感动与安慰。

"入我门来一笑逢。"

这是每学期第一堂课我都会写在黑板上的第一句话，它原是《红楼梦》第九十五回妙玉为宝玉丢失的那块玉扶乩的答案，却也是我对走进我的课堂的学生的期许。"我门"当然就是《红楼梦》的大门。学生说，能选上是幸运；我说，成为"红迷"才是幸福。

这些年，我从读者变成教者，我所秉持的就是那份对《红楼梦》最深、最原始的感动。一直没有忘记，多年前，台北医学大学教务处发来"红学"课程表的那一刻，我心中狂喜的程度，至今没有任何其他可超越。

"我不是红学家，只是想把从小至今读《红楼梦》的一些心得，跟同学们做一个分享。我不敢说有什么学问，但保证开口的句句都是肺腑之言！"这是我上课的第二句话。

"各位上课时除了带《红楼梦》书本外，最重要的是请把你们的心带来，让我们一起来'谈情说爱'。"年年满堂笑颜，年年提醒自己"情意教学"的初衷。

不同年龄层，总有不同的感动。有少年眼神稚气地歪着头说："原来《红楼梦》里有烤鹿肉耶！"有青年甩着头说："宝玉为什么不干脆带着黛玉离家出走？"而经历那些人生风浪的学生，会在叹息声中，嘴角泛出一抹微笑。

> 老师，真的谢谢您带领我入"红门"，学到蛮多的东西，听您上课对我来说是一种享受，让我在这工科专业的领域中，心灵上还能得到一点感动，一点柔软，寻回一点遗忘的天真、浪漫，期许自己常保有赤子之心……

留在讲桌上的小字条，总不时地让自己觉得此生圆满。

感谢历年提供讲台的台北医学大学、台湾科技大学与敏隆讲堂，感谢一群多年来上多少次课都不离不弃的"午后书房"的朋友，也感谢每一届年轻学子，你们活泼开朗地解读《红楼梦》，恰似源头活水，让这本文学名著永远年轻，永远有美丽的天光云影，当然也要感谢帮忙将那点心得化为文字的好朋友。这份美好，铭感在心。

期待各位与《红楼梦》缘起不灭！

期末考题的下面,从不忘记加上最后的一声祝福。

  摆荡着——深深地

  流动着——隐隐地

  人在船上,船在水上,水在无尽上。

  无尽在,无尽在我刹那生灭的悲喜上。

——周梦蝶《摆渡船上》

天地知情。

前言：《红楼梦》的美好与感动

一、入我门来一笑逢

张爱玲曾说："我们下一代，同我们比较起来，损失的比获得的多，例如，他们不能欣赏《红楼梦》。"若用张爱玲这个感慨来说，翻开此书的读者，以及将与诸位共同欣赏《红楼梦》的我，都是很幸福的。我们能去接近这一场梦，去看看它的迷人之处。

比张爱玲的时代更早的清朝嘉庆年间就流传着一种说法：开谈不说《红楼梦》，读尽诗书也枉然。这句话意指，当时人们聊天，一定会聊到《红楼梦》。如果人家在讲黛玉葬花、讲薛宝钗、讲贾宝玉，你却跟不上，那你肯定落伍了，就算读尽诗书也枉然。原来，《红楼梦》在当时就是这么流行。但《红楼梦》真正能普及，让所有人都可以读得到、看得懂的时代，还是要到二十世纪，尤其在五四时期被众多才子极力赞扬、相继研究之后，它最终成为一部传世经典。

二十世纪的汉学界有三大显学：敦煌学、甲骨文学和红学。有趣的是，敦煌学和甲骨文学，都是先有考古发现，比如从藏经洞里找到文献，从安阳殷墟里挖出写有文字的龟甲、兽骨。这些文物被考古工作者发现后便形成显学，而红学则恰恰相反。

《红楼梦》是一本虚构小说，它明明白白地告诉读者，此书内容是"真事隐去，假语存焉"，"假作真时真亦假，无为有处有还无"。可就是这样一部纯属虚构的小说，居然可以掀起一股考古热潮。不知有多少人在寻觅大观园的原址，研究曹雪芹究竟是谁等。

更有趣的是，凡是热衷于这门学问的人，最后都成了"红迷"（这已成为一个特有的名词）。也就是说，几乎每一位红学家跟每一位《红楼梦》的读者一样，都是"红迷"。前文化部部长王蒙曾说，从来没有一种学问可以像《红楼梦》这样，在找曹雪芹的埋葬地，或是他卖文为生的地方，如同在勘探石油，或者像在追寻失散已久的亲人那样掏心掏肺、牵肠挂肚。这就是红学家跟其他研究者不太一样的地方，他们把热切的心、深厚的情一并放进去了。王蒙在卸下文化部部长任后，迫不及待地写了很多关于《红楼梦》的文章，可见他真是一个标准的"红迷"。

记得台湾地区知名历史小说家高阳曾说过，《红楼梦》嘛，前人已经讲过千言万语，后人还有万语千言要说，所以呢，我就不想多说了。结果呢？整套《高阳全集》，从第三集到第十一集，都和曹雪芹、《红楼梦》有关，像《茂陵秋》《大野龙蛇》《三春争及初春景》，还有《曹雪芹别传》等。高阳不仅说了，而且说的又何止千言万语！可见他也是一个不折不扣的"红迷"。

《红楼梦》里妙玉有一句话："入我门来一笑逢。"我们可以把这个门当作《红楼梦》的门，"入我门来一笑逢"，就是千万个读者、千万个学者，在《红楼梦》里一笑相逢，而且从此都乐在其中了。

红学大概可以分三个类别：考证、索隐、内容。

考证就是研究版本的问题。《红楼梦》的版本非常多，光是有脂砚斋跟畸笏叟等人眉批的版本，也就是所谓的手抄脂评本就有十二种之多。后来还有木刻印行的程甲本、程乙本，所以大概来讲，我们现在看到的《红楼梦》版本至少有十四种，若要细分，还有更多。

为什么有这么多版本？有一个有趣的说法：当初曹雪芹写《红楼梦》，并不打算出版，反正也没人敢出版，他只是寄感慨于文章，有点把它当成游戏一样来书写。写的时候，他旁边有一位年纪稍微比他大一点的兄长，可能就是他的堂哥曹天佑。曹天佑提供故事题材，有时也提建议，两个人一起创作。曹雪芹开始写《红楼梦》时，他的朋友就很喜欢看。曹雪芹也曾讲过：你们如果给我弄南酒、烧鸭，我就给你们讲。他通常写个一回半回，朋友就拿走，但想读的朋友不止一个。比如：A拿去，B说一个礼拜之后轮到他，可是A来不及读完，所以就会请他家里面的清客、门客先抄下来，再拿给B。可是抄书的人有时候抄得累了，就把文字给缩减了，也许十句缩成八句，有时候又自作聪明，还顺便改一下。而且，他们在抄的时候，不只原文，甚至连脂砚斋等人的眉批也抄了进去，以至于有时候抄着抄着，眉批就和正文连在一起了。等传到B，B再找人抄写一份，传到C，C再抄写一次。等稿子传回来后，曹雪芹可能又改了一次，所以就出现了不同版本的落差。脂砚斋自己评《红楼梦》，也是一评再评，一次又一次地加，一次又一次地改，导致版本变得非常混杂。

在诸多版本中，现存最早的版本，应该是胡适取得的乾隆十九年手抄的《脂砚斋重评石头记》，简称"甲戌本"。甲戌年是1754年，而曹雪芹是1763年过世的，所以甲戌本应该是现存最早的版本，可是它只有最前面的十六回，内容残缺。

现存手抄最完整、文字最多的是1760年脂砚斋凡四阅评过的庚辰秋月定本，简称"庚辰本"。它总共有七十八回，不过中间落了好多回，有些片段也残缺不全。而且，不论是甲戌本还是庚辰本，都是不知道经过多少人传抄转载的"过路本"了。

1791年，在曹雪芹去世二十八年之后，出版商程伟元和高鹗合作，正式把《红楼梦》后四十回补齐，以一百二十回的完整本印刷发行。第二年，他们又再版了所谓的程乙本。程乙本跟程甲本的差异，在于更动了一万九千五百六十八个字。不过，《红楼梦》将近百万言，更动一两万字，骨架还是不差。这些年在台湾地区最普及的就是程乙本。（编者注：本书参考《红楼梦》[程乙本校注版]，广西师范大学出版社，2017年6月）

至于后四十回到底是谁写的，曹雪芹究竟是何许人也，直到今天仍然没有定论。另外，脂砚斋是谁、畸笏叟是谁，也都尚待厘清。

关于索隐学，简单来说，就是在探讨《红楼梦》的内容是否在影射谁、有什么隐性主题。比如有一派学者认定《红楼梦》是政治小说，主题为反清复明，所以他们会很用心地想在小说里找出一些能佐证想法的证据。也有学者认为《红楼梦》写的是纳兰性德，贾宝玉就是纳兰性德，或者林黛玉就是董小宛。另外，曾在中央电视台《百家讲坛》节目中讲《红楼梦》的刘心武，认为书里的秦可卿，很可能就是清朝初期某个被废掉的太子的女儿，被曹家偷偷收留，之后引发了很多问题。这些都是索隐派的讨论范围。

红学的第三个类别是读者比较感兴趣的，也就是关于内容的讨论。版本、索隐是那些学者们的事，他们喜欢就让他们去做吧。作为一个读者，我们喜欢的是《红楼梦》中唯美浪漫的黛玉葬花、生死不渝的宝黛爱情，还有薛宝钗到底是伪善还是真正有气度之类的情节等。本书对于《红楼梦》的讨论，会着重于这些，而且基本上是以程甲本、程乙本的架构为主，当然，我们也会另外参考脂评本的内容，希望能更深入完整地去解读《红楼梦》。

最后，我想分享一个我自己很喜欢的禅宗故事。话说，六祖慧能因为"菩提本无树，明镜亦非台。本来无一物，何处惹尘埃"这一偈，让五祖传了衣钵给他，成为六祖，可是因为被支持神秀的人追杀，所以他只好一直逃亡。在逃亡的过程中，他的名声也越来越大。有一次，一位道行很深的比丘尼（编者注：出家女子）拿了一本佛经来向慧能请教。她问六祖慧能某一个章节到底在讲什么，能否解释给她听。六祖慧能说他不识字，能不能请她念出来。比丘尼吓了一跳，责问慧能，不认识字，怎么弘法？这时六祖回答，法如天上明月，弘法则如人手指月，我们要注意的是天上那轮明月，而不是执着于那根指月的手指头。

我常有一种感觉，那轮明月就好比《红楼梦》，我充其量不过是一根小小的手指头。我希望各位能够看到的是那一轮明月和明月里无限的美好与感动。

二、无一物中无尽藏——成为名著的理由

《红楼梦》是一部小说，而小说有一个充分必要的条件——必须是假的。小说跟新闻、报告文学不同。新闻要尽量追求真相，报告文学也是以真相为主，但是可以加入作者自己的看法，但小说不然。我们常在小说的开头或结尾看到一句话：本书内容纯属虚构，如有雷同，纯属巧合。

（一）不真实的真实

那小说到底是什么呢？小说是"不真实的真实"。

小说是假的，然而构成它的每个元素，都来自再真实不过的人生。林黛玉是假的，可是林黛玉的眼泪、笑靥，都来自现实人生。

小说的元素是真实的，可是一定要经过再创作。

举个例子，几年前台湾地区有一部小说《北港香炉人人插》，就闹出一些风波。有一位女作家觉得被侵犯了而非常生气。当然作者可以说她没有影射任何人，是对方自己要对号入座的。由此可以看出，这部小说再创作的分量不够彻底、不够细致，也就是说，影射得太明显了，人人都知道作者是在说谁，所以这部小说自然会产生争议。

小说纯属虚构，然而抽出里面的每一个细节、一颦一笑都是真实的人生。

（二）言人情，话沧桑

《红楼梦》虽是言情小说，可它言的"情"主要是人情与心情，爱情只是其中一部分。《红楼梦》以一种繁华落尽、回首看人间的笔调在写人、记事及人事的沧桑。"无才可去补苍天，枉入红尘若许年。此系身前身后事，倩谁记去作奇传？"第一回开头，作者就告诉我们，他已经过尽千帆了。

人、人事，还有人事的沧桑，这三件事在第三回林黛玉入贾府的那一天就让我们充分感受到了。我们之后会好好谈。

（三）文化的百宝箱，人物的画像廊

《红楼梦》成为名著的理由，还因为它是一只文化的百宝箱、一座人物的画像廊，它提供了生活的质地和生命的况味。

《红楼梦》记载了五千多件大大小小的事，里头有风俗史、社会史、文化史、饮食史，甚至是经济史的各种材料。举例来说：秦可卿的葬礼，能让我们看到清初盛世贵族奢华的出殡；而世家仪礼跟元妃省亲的皇家礼仪，也是很好的史料。

《红楼梦》也是人物的画像廊。以前有些戏院，一进去就会看到楼梯旁的长廊有一幅幅电影明星照。或者在西方宫廷门厅，会挂着一帧帧历代贵族的画像，那就是画像廊。

有学者统计，《红楼梦》里一共出现了四百四十八个人，这还是指那些形象比较清楚的，其中有二百三十五位男性，二百一十三位女性，加起来总共四百四十八位，所以它真的是一条很长的画像廊。这么多人代表着不同的个性、不同的人生。生活不外乎婚丧嫁娶、生老病死、悲欢离合、爱恨情仇，这些不同的生活质地、相异的生命况味在《红楼梦》里都有。光是死就有好多种死法，有撞墙的、吞金的、投井的，上吊的也有好几位。书中只有一位算是寿终正寝的，那就是贾母。诸多不同人物的境遇，恰好反映出各种各样的真实人生。

（四）写出人生的矛盾、冲突、取舍

《红楼梦》之所以成为名著，还因为它基本上也是一部成长小说。我们知道，虽然一个人的身体是逐渐成长的，可是告别童年，却常是由于某一个事件的发生。经历了这件事，从此人生就不一样了。

《红楼梦》里的年轻男女也是如此：他们在大观园里做了一场青春情人梦，梦醒时分，被迫离开、成长。

《红楼梦》让我们看到童年的懵懂与快乐，也看到少年时期的困惑与激情，最后当然是成年的幻灭与妥协。人总是要付出一些，才会得到一些。宝玉得到了林黛玉的爱情，可是他抛舍了家庭。宝钗得到了她要的宝二奶奶的名分，可是从此冷落清秋。林黛玉得到了宝玉的一往情深，却魂归离恨天。

懵懂与快乐、困惑与激情、幻灭与妥协，这些在《红楼梦》里用四个字可以总结。这四个字，就是出现在第五回太虚幻境里的"孽海情天"。"情天"代表我们与生俱备的情感，"孽海"则是外在的环境。我们每个人本来都是充满感情的，可是活在这个世界上，慢慢地就把那份感情消磨殆尽了。两三岁的孩子往往真情饱满，他有一口糖吃，走起路来就是跳着的，快乐也满溢出来了，可是待他慢慢长大之后，在人世无常、命运拨弄，以及外在环境的纠结下，真性情就逐日消失了。《红楼梦》就是在强调这一群纯真的年轻人，十二金钗也好，宝玉也罢，"花谢花飞飞满天"，终于"一朝春尽红颜老，花落人亡两不知"。

（五）女子可以有才，读书不为功名

《红楼梦》成为名著的另一个重要原因，是里面有很多新鲜的、重要的思想。举个例子来讲，在《红楼梦》里，女子是有才的。

从遥远的《诗经》时期说起，那时人们崇尚健康美，女子又高又壮。到了唐朝，推崇的仍然是壮硕之美，可是初唐跟晚唐就不一样了。唐诗可以分初唐、盛唐、中唐、晚唐等不同时期，同样道理，女子之审美也可以分不同时期。

初唐、盛唐，女子壮硕健美，她们骑马出游，或者驾车去帮丈夫找关系，那模样是飞扬自在的。可是到了中晚唐，女子丰腴依旧，却是松垮慵散，这从故宫的一些仕女画中可以明显看出来。

大约从宋朝起，女性开始缠足，之后越来越普遍，成了不得不然。女子缠足后，大门不出，二门不迈，身心各方面都受到桎梏。到了清朝，当时女子的美叫作"小香扇坠儿"。小香扇坠儿就是在扇子柄末端挂的一块玉坠子，就像现代人的手机坠子一样。当时人们认为女子之美，应该是要这样轻巧纤弱，而且肌肤要匀白如玉，呈半透明状。林黛玉的病态美，就是清朝女子美的一个标准。除了形体纤弱外，女子还被要求"无才便是德"。

在这种氛围下，曹雪芹却特意写出女子的出色，书里一开头就说："今风尘碌碌，一事无成，忽念及当日所有之女子，一一细考较去，觉其行止见识皆出我之上；我堂堂须眉，诚不若彼裙钗。"他认为自己所见的女子都比男人优秀，不能被埋没，所以要把她们记下来。曹雪芹是真心想通过这本虚构的小说，表达他的"性格平等观念"。而且，曹雪芹要强调的"才"不只是众家女子集会作诗的文采，还包括行事作风方面的才能。

书中还有一个重要思想，与读书有关。在小说里，贾宝玉不喜欢读书，但他不喜欢的是为了争取功名利禄的书，其他书是喜欢的。曹雪芹造了一个词，叫"禄蠹"。他说，若读书只是为争取功名利禄，那也是只蛀书虫罢了。我们可以想象，曹雪芹若踏进今日的补习班，看到"书中自有黄金屋""书中自有颜如玉""书中自有千钟粟"这些标语，肯定会转身就走吧。曹雪芹通过贾宝玉的读书态度，揭露了一个很重要的观念：读书本身就是一种享受，就是目的，不是手段！

（六）至情至性，有情天地

曾经有人认为，《红楼梦》是一本暗《金瓶梅》。《金瓶梅》是明着讲七情六欲，而《红楼梦》是暗《金瓶梅》，它创造出"意淫"这个词。现在社会上一般认为的"意淫"已经跟曹雪芹起初要表达的意思完全不同了。曹雪芹说"好色即淫，知情更淫"（第五回），好色是淫，而知情，懂得感情，那境界就更高了，所以叫作"意淫"。如果色只在于一夜情之类，或者是以金钱来解决，那只是一个好色之徒，可是若真的动了感情，那可是要惊天地泣鬼神了。

曹雪芹在《红楼梦》中创造了一位至情至性、纯洁率真的贾宝玉。可是也因为这样，贾宝玉背负原罪。现在问大学女生有没有谁想要宝玉做男朋友，答案通常是没有，人气指数接近零。为什么？很多人说他多情、花心，说他软弱、不事生产，然而这些都是用社会的市场价值来衡量的。其实，贾宝玉是中国文学史上空前绝后、让人"过尽千帆皆不是""众里寻他千百度，蓦然回首，那人却在灯火阑珊处"的有情男子。他让我们看到，原来男人也可以如此款款深情。

（七）无一物中无尽藏，有花有月有楼台

《红楼梦》成为名著的最后一个理由："云空未必空。"大家常认为《红楼梦》是一出悲剧，因为最后死的死，走的走，落得一片白茫茫大地。但是我不认为它是悲剧，我觉得它应该比较接近李叔同，亦即弘一法师

最后写的那一句"悲欣交集"。人生有得、有失，我们终会得到一些想要的；相对来说，也得付出一些当初没想到要付出的，可是不用担心，我们付得起。我也不认为《红楼梦》四大皆空，一切都是幻灭。

当宝玉光着头、赤着脚，身上披着一领大红猩猩毡的斗篷，向贾政倒身拜了四拜，那一刹那，做父亲的终于了解了儿子的不凡，儿子也完成了他对父亲的感谢与告别。天地苍茫，人间有情，怎能以一句"悲剧"论之。

无中生有的《红楼梦》却真的是"无一物中无尽藏，有花有月有楼台"。

三、满纸荒唐言，一把辛酸泪——曹雪芹的爱与坚持

前面曾提到，小说是虚构的，但构成虚构的元素，则来自再真实不过的人生。胡适当初提出《红楼梦》等于"曹雪芹传"的论点虽不够妥切，但《红楼梦》里有很多故事和经验的确是曹家曾经有过的。

现在，我们来认识一下曹雪芹，看看他是在什么背景下写出《红楼梦》这部巨著的。关于曹雪芹的身世有多种说法，我们只介绍其中一种。

（一）出身低微，因缘富贵

追溯曹雪芹的身世，要先从他的远祖曹振彦说起。

曹振彦是汉人，本是辽阳守兵，后来投降多尔衮，编入八旗中的正白旗，身份是"包衣阿哈"，意指家奴。可是，曹振彦很争气，立下许多战功，跟着清兵入关后，就做了一个七品小官。《红楼梦》里的荣国公、宁国公就有点对应这一部分。

曹家真正开始富贵，是从曹振彦的儿子曹玺开始的。由于曹玺的太

太孙氏曾经是康熙的保姆，所以康熙继位第二年，即让孙氏的丈夫曹玺担任江宁织造，从康熙二年（1663）一直做到康熙二十三年（1684）。

所谓织造，是供应宫中织品的皇商制造出来的丝织品专门供应皇宫内院，用《红楼梦》里的一句话来形容："拿着皇帝家的银子往皇帝身上使。"织造每年名目上的年俸只有一百五十两，《红楼梦》里一天一场酒席都要超过一百五十两了。可是，身为织造，还有很多名目可以拿到好处，是油水很大的官。

江南的三个织造都与曹家有关。除了曹家的江宁织造外，曹玺的儿子曹寅的太太姓李，李氏一家应该就是苏州织造，而曹玺的妻子孙氏一系又是杭州织造。三处织造视同一体，这个景况也写进了小说里。《红楼梦》里不是有四大家族吗？除了贾家，还有贾母的史家，王熙凤、王夫人所属的王家，以及薛宝钗、薛姨妈这一家，六亲同运，一荣俱荣，一损俱损。

（二）曹家的盛世与隐忧

曹家最兴旺的时期是曹寅当家时。曹寅比康熙小四岁，曾当过康熙侍读，二人从小就培养出兄弟一般的情感。康熙当上皇帝后，曹寅也是他身边最得力的一个侍卫和心腹。

曹玺过世后，康熙还舍不得让曹寅马上去接江宁织造，一直到康熙三十一年（1692），曹玺过世九年后，才允许曹寅外放。康熙六次下江南，其中有四次都住在曹家。所以《红楼梦》中元妃省亲的画面、银子如流水般花的情景，也都是有真实背景的。皇帝进驻可不是孤家寡人，身边大批侍卫、文武百官、王公贵戚都一起过来。所以，当主人的不止供应皇帝，还要供应如蝗虫过境般的一大群人，要供吃、供住、供玩，还要当提款机，提供银两让他们花费。如此下来，自是一笔非常可观的费用。康熙四次进驻曹家，曹寅亏空的银两到后来竟高达五百二十万两。

这一亏空曹寅担心，康熙皇帝也担心，康熙四十九年（1710），在给曹寅的回批上，康熙写道："……亏空甚多，必要设法补完……千万小心！小心！小心！小心！……"不过，我们猜想，他们那时都担心，可是又没有很担心，毕竟那是一个人治的社会，康熙若是很在意，一笔就可以勾销，只是康熙一直没有做这件事。

康熙五十一年（1712），曹寅得了疟疾。从现存书信中，我们知道康熙命人拿治疟疾的奎宁，千里加急从京城赶赴曹家，可是药到之时，曹寅已然过世，享年五十五岁。曹寅本是才子，能书、能诗、能画，还自称饕餮侯，留有食谱。所以《红楼梦》里关于食物的精细描述也是其来有自。

曹寅疟疾辞世后，康熙随即将江宁织造这个位置让曹寅的儿子曹颙继承。曹颙当时才二十岁左右，也是位才子，康熙对他冀望甚深。没想到康熙五十三年（1714），曹颙忽然染疾身故。那时他的遗孀有孕在身，于康熙五十四年（1715）生下遗腹子曹天佑。

在小说里，贾宝玉有一个哥哥贾珠很年轻时就过世了，留下遗孀李纨，这点也跟曹颙的故事有点像。关于曹颙的遗腹子，现在有很多种说法，有学者认为这个遗腹子就是曹雪芹。但我个人认为这个遗腹子应该是脂砚斋，关于这一点后面会再说明。

（三）雍正继位，曹家被抄

曹颙骤然离世后，康熙痛惜曹家无人，做主让曹寅弟弟的儿子曹頫，也就是曹寅的第四个侄子，过继到曹寅名下，继承江宁织造。

曹頫从康熙五十三年接下江宁织造一职，一直做到康熙六十一年（1722）康熙退位，雍正继位，他又从雍正元年（1723）做到雍正五年（1727），在雍正五年年尾的十一月二十四日被抄家。雍正六年（1728），曹頫举家由南京回到北京。曹頫有一个儿子曹霑，即曹雪芹。曹雪芹是在雍正二年（1724）出生的。

曹家除了是江宁织造外，还有一个特殊身份，就是皇帝的私人耳目。古时信息不发达，皇帝要掌握幅员辽阔的土地，主要就是靠派出到各地的亲信当"网民"。这也就可以解释，为什么康熙驾崩后，雍正就视曹家为眼中钉，必去之而后快了。一朝天子一朝臣，雍正当然要换自己的亲信。五百二十万两银子交不出来，理当抄家，但背后还是有着政治因素的。

（四）曹雪芹与脂砚的关系

曹雪芹1724年出生，曹家抄家在1727年，三岁的他怎么能知道曹家过往的富贵是怎么回事呢？所以，近年以曹雪芹就是曹頫遗腹子曹天佑的说法颇受重视。因为曹天佑1715年生，到了1727年抄家时他十二岁了，只有经历过一段富贵生活，才有可能写出《红楼梦》。可是我个人认为，《红楼梦》里的贾宝玉有曹頫的遗腹子曹天佑的影子没错，但曹天佑并非《红楼梦》的作者，而是眉批者脂砚。

脂砚何许人也？我们常听到所谓的脂评本，这个"脂"就是脂砚，也就是"脂砚斋"。在曹雪芹开始写《红楼梦》时，脂砚这个人就在旁边看着，而且写下眉批，这是文学上很特殊的一种情况。作者写一段，他批一段，而且就写在旁边，从脂砚眉批的口气来看，他年纪比作者大一点，可是没有大很多，应该是同辈，比较接近兄弟。以甲戌本第一回的眉批为证："今而后惟愿造化主再出一芹一脂，是书何幸；余二人亦大快遂心于九泉矣。"

当曹雪芹写到贾宝玉不读书、怕父亲、常常罚跪时，脂砚就来个眉批说：很像啊，我们二人也曾经这样。因为曹天佑跟曹雪芹就是在同一个家族里长大的，有共同经历，所以我个人认为，是曹天佑提供故事内容让曹雪芹来写，而他在旁边眉批。第十三回写到秦可卿与公公贾珍乱伦一段，脂砚认为写得太过，还指示曹雪芹删掉。

　　脂砚在曹雪芹辞世后又活了很久，继续拿曹雪芹的遗稿评阅，这都是很重要的研究资料。

（五）富贵世家的彻底衰败

　　我们现在回头来讲曹雪芹的父亲曹𫖯。曹𫖯温和、善良、无能，比较像小说里的贾政。曹寅亏空了五百二十万两，再加上利息，累积到曹𫖯时已经不知道积欠多少，无论怎么都补不回来了。雍正对他很不客气，时加怒骂，甚至要他戴着脚镣手铐游街示众。这对富贵三代、曾经四次接驾的曹家来讲，是多么大的耻辱！问题是，就算遭受如此羞辱，曹家还是还不上钱。所以抄家后，负责抄家的官员隋赫德就曾上书雍正，说曹家真的抄不出什么来了。

　　不过，正像《红楼梦》里刘姥姥讲的话"瘦死的骆驼比马还大"，曹家虽然被抄，他们在北京还是薄有房产，所以回到北京还能生活。而且，清政府对于八旗子弟是有工作保障的。所以回到北京后，曹雪芹每年还有配给的米跟四十两银子。

　　总之，曹家虽然在雍正五年被抄家，但情况还不是那么糟糕，真正败落下来，应该是到乾隆年间。曹家毕竟跟皇家太接近了，皇家一有风吹草动，他们便如惊弓之鸟般受到一些波及，乾隆年间又发生了一些事情后，曹家终于一败涂地。

　　曹雪芹三十岁左右时，住在北京西郊的黄叶村，破瓮做窗，土坯为灶，可见生活已至绝境。

　　这时，得再提到两个人——敦诚、敦敏。大家对清初的多尔衮应该不陌生，多尔衮有一个哥哥叫阿济格，敦诚、敦敏就是阿济格的后代，但已是没落王孙，没什么实力。

　　敦诚与敦敏兄弟算是曹雪芹生前难得的两个好朋友。敦诚写过一首诗《寄怀曹雪芹（霑）》①，这首诗写于1757年。诗里写道，"少陵昔赠曹将军，曾曰魏武之子孙"，意指曹雪芹也是一个名门贵胄之后，"环堵蓬蒿屯"就是指他住的地方很残破，最后一句是"残杯冷炙有德色，不如著书黄叶村"。这首诗提供了一个事实，就是1757年时，敦诚笔下的曹雪芹就住在黄叶村，而且在著书。

敦诚的另一首诗《赠曹雪芹》②中提到"满径蓬蒿老不华，举家食粥酒常赊"，再次点出曹雪芹住的地方残破不堪，全家连饭都吃不起，酒常是赊来的。"衡门僻巷愁今雨，废馆颓楼梦旧家"，这就说到《红楼梦》了，意指曹雪芹正是在困窘的境况下书写曾经的富贵荣华。"步兵白眼向人斜"中的步兵是竹林七贤里的阮籍，阮籍对不喜欢的人会施以白眼。所以，这句是说曹雪芹的个性如同阮籍一样狂狷不羁。

（六）十年写就《红楼梦》

曹雪芹应该是在三十岁左右开始写《红楼梦》的，四十岁左右"泪尽而逝"（脂砚语）。《红楼梦》第一回，他自己说道："曹雪芹于悼红轩中披阅十载，增删五次，纂成目录，分出章回……"也就是说他写了十

---

① 寄怀曹雪芹（霑）
少陵昔赠曹将军，曾曰魏武之子孙。
君又无乃将军后，于今环堵蓬蒿屯。
扬州旧梦久已觉，且著临邛犊鼻裈。
爱君诗笔有奇气，直追昌谷破篱樊。
当时虎门数晨夕，西窗剪烛风雨昏。
接䍦倒着容君傲，高谈雄辩虱手扪。
感时思君不相见，蓟门落日松亭樽。（时余在喜峰口）
劝君莫弹食客铗，劝君莫叩富儿门。
残杯冷炙有德色，不如著书黄叶村。
② 赠曹雪芹
满径蓬蒿老不华，举家食粥酒常赊。
衡门僻巷愁今雨，废馆颓楼梦旧家。
司业青钱留客醉，步兵白眼向人斜。
阿谁肯与猪肝食，日望西山餐暮霞。

年，改了五次，大致的目录与章回都已确定，而且"字字看来皆是血，十年辛苦不寻常"。

曹雪芹过世时，敦诚写了《挽曹雪芹》①。第一句"四十萧然太瘦生"，就是这句话让很多学者认定，《红楼梦》的作者既然是在四十岁时过世的，那应该就是曹雪芹，而非曹天佑。诗中还有一句"开箧犹存冰雪文"，可见曹雪芹是有留下文稿的，这也是一个有力的证据。

敦诚还有另一首《挽曹雪芹》②，诗题下有"甲申"二字。甲申是1764年。这两首《挽曹雪芹》中都有一行小字"前数月，伊子殇，因感伤成疾"，现在有很多明确的例子可以证实，在壬午年，曹雪芹的儿子在京城流行的痘疹中染病去世。此后，曹雪芹每天都去儿子的坟上哭，一直哭到壬午年除夕，自己也过世了。壬午年的除夕已经是1763年的2月12日了，所以曹雪芹应该是在这一天过世的。二十世纪七十年代曾经挖出一块墓碑，墓碑看起来很简陋，到现在已无法确认。墓碑上面写的就是"曹霑墓"，以及"壬午年"。

有一个有趣的传说：曹雪芹连墨都买不起。黄叶村里有位老先生就跟他说，村子下面的溪川有一种黑石头，拿它磨一磨，水就会变黑，可以当墨用。曹雪芹按照老先生说的试了一下，发现果然可行。于是，他

---

① 挽曹雪芹
四十萧然太瘦生，晓风昨日拂铭旌。
肠回故垄孤儿泣（前数月，伊子殇，因感伤成疾），泪迸荒天寡妇声。
牛鬼遗文悲李贺，鹿车荷锸葬刘伶。
故人欲有生刍吊，何处招魂付楚蘅？
开箧犹存冰雪文，故交零落散如云。
三年下第曾怜我，一病无医竟负君。
邺下才人应有恨，山阳残笛不堪闻。
他时瘦马西州路，宿草寒烟对落曛。

② 挽曹雪芹（甲申）
四十年华付杳冥，哀旌一片阿谁铭？
孤儿渺漠魂应逐（前数月，伊子殇，因感伤成疾），新妇飘零目岂瞑。
牛鬼遗文悲李贺，鹿车荷锸葬刘伶。
故人惟有青衫泪，絮酒生刍上旧坰。

就用这些石头磨成的墨水创作了《红楼梦》。为了感谢黑石头，他把女主角取名为"黛玉"，黛是黑色之意，玉就是石头。这当然只是传说，可是传说背后也点出他在如此困境中，仍然要把故事写出来的坚持。

另外，还有一个更凄清的传说。据说，曹雪芹的原配（可能是他表妹——尚待考证）难产过世。为抚养儿子，曹雪芹在黄叶村娶了一位目不识丁的女子为继室。曹雪芹过世后，他们家穷得连纸钱都买不起。这次是隔壁的一位老太太教曹雪芹的妻子在家里找找看，只要有纸就可当纸钱。这位不识字的妻子当真在家里床下找到一沓有字的纸。之后，她每天早晚烧这"纸钱"，等到曹雪芹出殡那一日，敦诚、敦敏、鄂比这几位来送殡的好朋友，看到满天飞扬的"纸钱"居然就是曹雪芹所写《红楼梦》后四十回的残稿。惊叹之余，他们只好把这些所剩不多的残稿收集起来，一直等到鄂比的养子高鹗长大成人，而且颇有文采，才把残稿给他，让他续成。这当然又是一则苍凉感慨的故事。

乾隆五十六年（1791），《红楼梦》一百二十回定稿出版。这一年，离曹雪芹过世已整整二十八年了。

四、都云作者痴，谁解其中味——从人物、情节、环境认识红楼世界

（一）文学上共同的乡愁

小说有三个要素——人物、环境、故事情节。简单来讲，就是什么人在什么地方做了什么事。如果小说写得好，环境即便是假的，也会变成具体存在。《红楼梦》里的大观园纯属虚构，可是因为太红了，所以大家就开始猜测它是恭王府，或是北京女子师范大学宿舍。明明是一个虚构的环境，却成了读者文学上共同的乡愁。

同样，因为鲁迅那篇《在酒楼上》，我们现在到了绍兴，都想到那个酒楼上坐一坐；因为张爱玲，到香港则要去半岛酒店，还有浅水湾；因为福尔摩斯，所以伦敦贝克街221b号成了大家向往的地方；甚至因为有圣·埃克苏佩里笔下的《小王子》，所以我们现在仰望天上的星星，总会感觉有一颗是不一样的，那里住着小王子和骄傲的玫瑰花。好的小说会让古今中外、不同种族、不同国家的人拥有文学上共同的乡愁。

（二）《红楼梦》人物世系图

现在，我们就从小说的三要素，走进《红楼梦》的世界。首先是人物。

请各位对照书末的《人物世系图》来认识一下贾家。贾家分为宁国府、荣国府两支。宁国府现在是贾珍袭官，他的父亲贾敬在城外玄贞观修道。贾珍的正室是尤氏，他们的孩子是贾蓉，不过贾蓉并非尤氏亲生。在那个年代，姨太太生的孩子归原配，所以他的母亲就是尤氏。贾蓉的妻子是秦可卿。贾珍还有一位年纪相差很大的妹妹，就是惜春。

再看荣国府，目前最年长、位居家族最顶端的当然就是史太君——贾母。贾母有三个子女——贾赦、贾政和贾敏。贾赦的老婆是邢夫人，他们的儿子是贾琏，不过贾琏也不是邢夫人亲生的，第七十三回邢夫人讲过一句"倒是我无儿女的一生干净"得证。贾琏娶的就是王夫人的内侄女王熙凤。贾赦还有一个姨太太生的女儿是贾迎春。

贾母的第二个儿子就是贾政，贾政娶了王夫人。贾母一直跟着二儿子住，因此贾赦让儿子贾琏及其媳妇王熙凤搬到贾政这边，帮忙照顾母亲。

贾政和王夫人有三个孩子。老大贾珠是贾宝玉同父同母的哥哥，娶了李纨，已经过世。英年早逝的贾珠有点儿对应现实世界中的曹颙；李纨的儿子贾兰，则对应曹颙的遗腹子曹天佑。

贾政和王夫人后来在大年初一又生了个女儿，这就是贾元春。小说一开始贾元春已经进宫，不过还没当上贵妃，要到第十六回才有这个好消息。贾政和王夫人生了元春后，隔了许久才又生了个儿子贾宝玉。这个儿子说来古怪，生下来时嘴里就含了一块玉，所以他父亲贾政不怎么喜欢他。满周岁抓周时什么都不抓，只抓了一些脂粉钗环，贾政更是不悦。

王夫人有一个亲妹妹，也就是薛姨妈，生有一子薛蟠，一女薛宝钗。

除了贾赦、贾政，贾母还有一个女儿贾敏，贾敏嫁给了林如海，生了女儿林黛玉。

婚姻亲不比血缘亲。弄清楚这些人物关系后，我想替林黛玉说几句话。贾府现在当家的是王夫人和她的亲侄女王熙凤。以王夫人来说，林黛玉是婚姻亲，是丈夫妹妹的女儿，是婚姻关系成立后才有的这门亲戚。可是薛宝钗是血缘亲，是王夫人亲妹妹的女儿。同样道理，对王熙凤来讲，林黛玉也是她的婚姻亲，薛宝钗才是血缘亲。

明显的事实，林黛玉在起跑线上就已经输了。入府的第一天已经注定，她在王夫人跟王熙凤这两个当家的心里面，绝对赢不过随后进来的薛宝钗。

再从贾宝玉的角度来说，林黛玉是他的姑表妹，薛宝钗是他的姨表姐。他称呼薛宝钗为宝姐姐，称呼林黛玉则是林妹妹。

按道理讲，宝玉应该叫王熙凤嫂子，可是他常常叫这位舅舅的女儿凤姐姐。这姐姐一叫，自然比嫂子亲很多。很多人觉得林黛玉尖酸任性，但她除了在嘴巴上占一点儿小便宜之外，其实是孤立的、没有安全感的。知道这些绵密的人物关系后，我们就能多体谅林黛玉一些。

（三）大观园的巧妙构思

看完人物，我们再来看环境。《红楼梦》故事发生的地点大观园或说整个贾府，是经由曹雪芹自己的文学想象、建筑理念，加上人生感慨，还有对自然的认识造就而成。

请参考书末的《大观园平面图》（葛真画）。这张地图，标示了《红楼梦》里许多重要事情的发生地，不过，这幅自称业余的葛真先生所绘制的图是一张文学家的地图，不是建筑家的地图，比例不见得百分之百精准，但可以带我们走入《红楼梦》的具象世界。事实上，大观园存在于每个人的方寸之间，每个人心中自有一座大观园，但有了这张图，我们便有个参考。

首先，请找出怡红院，然后是潇湘馆，再找蘅芜苑。怡红院是宝玉住的，潇湘馆是黛玉的房舍，蘅芜苑是宝钗的住处。看看这几个建筑的规模。刚好呼应了一个主题，即"木石较近，金玉齐大"。有金的是薛宝钗，有玉的是贾宝玉，木是林黛玉。怡红院和潇湘馆的距离比较近，虽然论规模，怡红院跟蘅芜苑规模相当，但是离得比较远，也代表他们心的距离比较远。

大观园里各个住所的名称，都充满了寓意。怡红院取怡红快绿、富贵风流之意，所以是富贵公子宝玉的住处。潇湘馆里千竿修竹，风也潇潇，雨也潇潇。传说中，娥皇、女英因帝舜过世哭到竹子泪痕斑斑，成为斑竹，所以潇湘馆住的就是爱哭的林黛玉。蘅芜苑最特别，它里面空落落，像个雪洞，房舍外种的是奇草仙藤，每到秋来，越冷越苍翠。这也暗示薛宝钗的个性，薛宝钗姓薛，暗指"雪"，她心冷，人冷，姓名也冷，就是一个"金钗雪里埋"。又比如李纨是一个寡妇，所以曹雪芹让她住稻香村，与世无争。作者在安排住处与命名这些细节背后其实都是有讲究的。

前面曾提到，大观园也包含曹雪芹对自然的认识。台湾地区有位潘富俊教授，他是夏威夷大学农艺及土壤学博士，因为喜欢文学，所以对文学里的植物做过许多研究。他发现《红楼梦》从第一回到第四十回，平均每一回会出现11.2种植物，第四十一回到第八十回平均有10.7种植物，可是从第八十一回到第一百二十回变成平均只有3.8种植物。根据他的统计，似乎更能确定后四十回不是曹雪芹的原作。而且，后四十回的作者对植物的认识远远不如曹雪芹。

再回到《大观园平面图》，这里面标出的地点，很多都是有故事的。像凤姐所住院落的最西北角是不是有一个空屋？然后往左斜下来贾母院倒厅的右边有一个穿堂。这两个地点为什么要标出来？因为第十一回和第十二回贾瑞被王熙凤恶整，甚至丧命的惨事就是在这里发生的。

为什么怡红院要特意标出海棠和芭蕉？因为它们也有故事。有一年，已经快到年尾，本该在三月开花的海棠却在这时候绽放，贾母等人还兴致勃勃地到怡红院饮酒、赏花。王熙凤是个聪明人，她觉得花在不该开的时候开不是好兆头，因此特意嘱咐平儿，去叫袭人拿块红布挂在海棠花上"就应在喜事上去了"。可是事与愿违，当天他们在怡红院赏海棠花的酒席散了后，袭人发现宝玉的那块玉遗失了。这是第九十四回的事。

而芭蕉则是另一个美丽的错误。第三十六回，怡红院的午后天气太热，连芭蕉树下的鹤都睡着了，平常严谨自持的薛宝钗，好像也热得"雪"快化掉了，因此有点失神。

对照着平面图往下看，他们在芦雪庭烤肉，在凸碧山庄赏月，在晓翠堂吃午饭，在红香圃避暑。《红楼梦》里的"成住坏空"、红楼儿女点点滴滴的红楼心事，都是在这个环境里发生的。读此书时，读者可以随时对照着这张平面图。

我们说小说的三要素是人物、环境、故事情节。人物可参考人物表，环境可看《大观园平面图》，故事情节部分，我们就从一百二十回的目录进入。

（四）蕴涵丰富的目录表

《红楼梦》的目录"于悼红轩中，披阅十载，增删五次，纂成目录，分出章回"，这是曹雪芹于第一回的自叙，得证至少前八十回的章回、目录，应是作者真迹。我个人认为，光此目录已是丰硕的学问，应该好好认识。

1. 章回体小说第一回的作用

《红楼梦》是章回体小说，所以格式上喜欢分出章回，而且每回的最后都会有类似"欲知后事如何，且待下回分解"的一句话。这种做法有时实在累赘，不过它就是一个传统章回体小说的格式。

读传统章回体小说，我个人觉得不一定要从第一回看起。因为第一回常是忽悠人的。在封建年代，作者如果要讲一个男欢女爱或比较不合时宜的故事，就得在道德上先给它一个合理的包装，好让故事可以被接受，所以第一回通常都是在说神道鬼。

《红楼梦》第一回"甄士隐梦幻识通灵，贾雨村风尘怀闺秀"。"甄士隐"，这是告诉读者，真的事情已经隐去；"贾雨村"，假语村言，所以读者切莫当真，这些都是假的。接着提到女娲炼石补天，炼成三万六千五百零一块顽石，用去三万六千五百块，刚好剩下一块，这块顽石养天地正气，吸日月精华，已具灵性。

庚辰本跟程甲本在这里就不一样了。庚辰本说天上灵河岸上，三生石畔，有一株绛珠仙草，它没有水的滋润，稍显憔悴。有位神瑛侍者很同情它，每天为它灌溉甘露。后来这株绛珠仙草修成正果，变成一位女子。程甲本则直接把女娲补天没用到的那块顽石，幻形成为神瑛侍者，为这株绛珠仙草灌溉。有一天这块顽石要下凡到人间，绛珠仙草便说"我也同去走一遭"。如果只是去"以身相许"，不过是俗气的才子佳人小说罢了，可是在这里曹雪芹却翻出了新意，他写道："我也同去走一遭，但把我一生所有的眼泪还他，也还得过了。"这一"还泪"就比现在的偶像剧还要"偶像剧"、还要经典了。

总之，小说第一回这样的铺陈就是要告诉读者，贾宝玉就是那块顽石、那块玉，所以后来那块玉不见了，宝玉的心神也就不见了；而且这个男欢女爱的故事不是发生在人间，它们是天上的一株草与一块石头；而林黛玉之所以要还泪、在意贾宝玉，全是为了报恩。这种非人化、因果论，就是在保护这个故事。

类似手法在传统章回体小说里非常多，像《水浒传》。《水浒传》明明是"官逼民反，乱自上作"的故事，为什么可以一直流传下来？因为作者也同样在第一回装神弄鬼。话说北宋仁宗年间，天灾盛行，宋仁宗命洪太尉前往龙虎山上清宫"宣请嗣汉天师张真人星夜来朝，祈禳瘟疫"。洪太尉来到上清宫，偶然看到一座名为"伏魔之殿"的殿宇，门上紧贴封条。住持说里头封锁了魔王，历代祖师都不许开，开了恐将惹出事端，但傲慢的洪太尉不但撕毁封条强行进入伏魔之殿，还掘动了殿里的一块石板。石板一移，一股黑烟冲上天去。原来，伏魔之殿镇的是三十六天罡、七十二地煞。伏魔之殿一旦被打开，这一百零八个神魔，果然从此在人间兴风作浪了。

再说《白蛇传》。《白蛇传》本是大胆的男欢女爱的故事，尤其是白素贞设计追求许仙，这在当时怎么能让人接受？因此故事就再补上个第一回，提及许仙的前世。前世是最容易自圆其说的用法。故事中说，许仙在上辈子有一次在路边看到小贩在卖一条白色小蛇，他发现白蛇眼中垂泪，一时动了恻隐之心，就把这条蛇买了放生。那时白素贞已经修行好几千年了，多亏许仙救她一命，她才终于修成正果，为了报恩，这一世就来找许仙。这样的安排很厉害：第一，它是因果循环；第二，大胆的白素贞不是人类，她既不受道德约束，也没有法律制裁的问题。如此，这个故事也就合理化了。

将"非人化"这一招用得淋漓尽致的是《聊斋志异》。《聊斋志异》里那些女子都是活泼、大胆的"夜半来，天明去"的女鬼或狐狸精。既然非我族类，就与人间礼法无关了。这些女子不仅热情，而且大方，自荐枕席之余，还很好心地问书生想要什么，要做官，就帮忙弄到官；要赚钱，就帮忙赚钱。而且她们不要名分，不要抚养费，怀孕就自己生，生下男孩送来传宗接代，生下女孩就自己带。世界上哪有这么好的事？所以我个人认为，《聊斋志异》根本就是一本穷书生写给穷书生穷开心的书。

我们再回头看《红楼梦》，它第一回就是这么处理的，即用一个神话故事来包装。第二回则是通过一个不相干的冷子兴把这些人物介绍出来，所以第二回相当于人物世系表。等到第三回，林黛玉入府才是小说的正式开始。

第五回，贾宝玉梦游太虚幻境，里面有《红楼梦》中十二金钗的正册、副册、又副册，那些诗、词分明是曹雪芹的创作大纲。也就是说，这些女子还没有展开现实人生，但作者已经把她们的个性与命运都确定好了，所以它像是一种宿命性的预言。

2. 走过贾家的四季

《红楼梦》走过人间的四季，也走过贾家的四季。

从林黛玉入府，到最后落了一片白茫茫大地真干净，有人说是六年，有人说是七年，或是八年，大概就是这么一段时间。阅读《红楼梦》时很多读者会有困扰，就是这些角色刚出场时到底几岁？好像是九岁、八岁、七岁，那为什么大家都熟读诗书？其实这点可以不用管它，毕竟曹雪芹要写的是一个历时七八年、由兴而衰的故事，又不能写到后来每个女子都老了，只好把年纪设定得早一点。所以，《红楼梦》的时间点事实上是一个象征性的写法。

我们可以把时间定格在林黛玉五六岁入府之际。它是一个主观时间，虽然客观时间过了七八年了，可是故事里仍是十五六岁少男少女的曲折心绪。

贾府的兴衰，我个人认为，刚好可以用目录上几个关键事件的时间点标示出来。

第十六回至第十八回的"贾元春才选凤藻宫"和"荣国府归省庆元宵"，一人得道，鸡犬升天，贾家的春天开始了。

第六十二回和第六十三回贾府如日中天，大人忙于酬酢往来。炎热的夜晚，怡红院丫鬟宴请公子、小姐，为宝玉庆生。主仆同桌尽欢，这幅自由跟平等的画面，应该是曹雪芹心头最暖的时刻。

第七十三回至第七十七回，大观园开始不平静了，有人偷东西，有人聚赌，王熙凤还抄检了大观园。这一举动让探春非常生气，认为是一个坏兆头。第七十五回"开夜宴异兆发悲音，赏中秋新词得佳谶"：中秋佳节，宁国府贾珍带着众妻妾在花园里赏月，忽然一阵风吹过，从祠堂那里传出了让大家毛骨悚然的叹息声。这明显地暗示，贾家已经走下坡路了，连祖宗都在祠堂里发出叹息声了。

而荣国府这边，贾母带着众人在凸碧山庄赏月。情境优美，有天上一轮明月，有桂花，有笛声，每个人听着听着，心里却各自有一种说不出来的哀伤。勉强撑到夜半，贾母说"我们散了"，一语成谶，属于贾府的富贵荣华果然从此不再有了。

过了那个夜深、秋凉、人疲、戏散的中秋后，各种衰事都出现了，先是贾元妃过世，然后迎春错嫁、黛玉气绝、贾府被抄，一路走到冰天雪地的最终回。从一百二十回的目录，我们看到了不同年月的春夏秋冬，也看到了贾府风华起落的春夏秋冬。

3. 福祸相倚的人生哲学

从《红楼梦》的目录，我们看到了时序的春夏秋冬、贾家的四季炎凉，同时，还注意到作者每一回至少讲两件事，而且大多是悲喜交迭，一件好事通常会跟着一件坏事。

比如第十六回，上面是"贾元春才选凤藻宫"，下面就变成"秦鲸卿夭逝黄泉路"；第四十四回一开头王熙凤生日，后面鲍二家的上吊自尽；第六十三回写的是前一晚"寿怡红群芳开夜宴"，第二天一早就有人来报贾敬归天。可见，曹雪芹的人生哲学就是悲喜交迭、福祸相倚。

4. 回目中暗藏的生命密码

总之，曹雪芹对回目很讲究，不止兴衰有时、福祸相倚，甚至对人物个性、命运更是"一字精准"！比如第五十二回，他给了平儿一个"俏"字，给了晴雯一个"勇"字（"俏平儿情掩虾须镯，勇晴雯病补孔雀裘"）。第五十六回，他给了探春一个"敏"字，给了宝钗一个"贤"字（"敏探春兴利除宿弊，贤宝钗小惠全大体"）。第五十七回紫鹃是"慧"，薛姨妈是"慈"（"慧紫鹃情辞试莽玉，慈姨妈爱语慰痴颦"），不论薛姨妈是否心机深，至少在第五十七回这个阶段，她跟林黛玉的感情是非常好的。再来看第六十二回"憨湘云醉眠芍药裀，呆香菱情解石榴裙"，他给了史湘云一个"憨"字。史湘云是林黛玉的对照组，同样都是孤女，可是一个是阳光少女，一个是烟雨蒙蒙。至于香菱，曹雪芹给她的这个"呆"字很有意思，香菱就是第一回中出现的甄士隐的女儿——甄英莲，真的应该很可怜。之后她被拐子拐走，卖给薛蟠，改名香菱。薛蟠是个花花太岁，可香菱是真心对他，所以我觉得这个"呆"字是曹雪芹对他笔下人物的无可奈何处了。我们知道，作者创造出一个人物，有时候写着写着这个人物自己就活起来了，作者也管不住她了，所以感觉既好笑又好气，觉得香菱怎么会喜欢薛蟠这种人呢，干脆给她一个"呆"字。当然这个"呆"没有很大恶意，说是痴情也可以。再如第六十六回的"情小妹""冷二郎"、第六十八回的"苦尤娘""酸凤姐"、第七十三回的"痴丫头""懦小姐"等，都非常传神。

综合以上，如此严谨精致又充满意喻的《红楼梦》目录，尚未开卷，就已是巨著。

红楼"成"篇：
幽微灵秀地

成篇 01

故事开始：黛玉入府

《红楼梦》第三回"托内兄如海荐西宾，接外孙贾母惜孤女"，故事正式开始。

你们是否发现一个有趣的问题，曹雪芹为什么要用林黛玉的视角带读者进贾府呢？

首先，林黛玉没来过贾府，这当然是一个很好的理由。除此之外，她冰雪聪明，自尊心非常强。刚上岸，看到来接她的三等仆妇已是不凡时，她就心想：今至其家，都要步步留心，时时在意，不要多说一句话，不可多行一步路，恐被人耻笑了去。这样聪慧又敏感的女孩，第一次出远门，我们可以想象，她对眼前所见必然是戒慎恐惧，而且看得巨细靡遗。

其次，林黛玉的母亲原是贾府千金，黛玉的林家与贾家毕竟身家相当。她看得懂墙上是谁的画，桌上是什么鼎，所以曹雪芹可以通过林黛玉的随处所见，把贾府的境况顺当地描述出来。此外还可以不时地借由林黛玉的回忆来补充说明。比如，王夫人说起贾宝玉时，林黛玉心里就想着，母亲曾经告诉过她，有一个大她一岁的哥哥，是含着玉出生的。

最后，也是很重要的一点，林黛玉是贾母嫡亲的外孙女儿，一进贾府，不仅登堂还能入室，与贾母起居一道。因此有林黛玉带领着，读者更能够详尽地了解贾府深宅内院的生活细节。

综合以上几点，不得不佩服曹雪芹的巧思，因为除了林黛玉外，好像真找不到一个更合适的人了。

跟着黛玉进贾府

现在，我们就跟着林黛玉进贾府，通过黛玉的眼睛，看看贾府是什么样的。（请参考本书后附图）

林黛玉到了都城，舍舟上岸。乘着轿子走了一程，看到挂着"敕造宁国府"匾额的大门，门口有两只石狮子和一些华冠丽服之人，黛玉想这便是外祖的长房了。又走了一程路，来到了荣国府的大门。可是她没有从荣国府的正门进去，而是由西角门入。豪门贵族只有特殊时刻、特别的人物到访才会"开大门迎接"，一般出入走的都是边门。

轿子进西角门后，走了一射之远（"射"就是射箭，一射是五十至一百米），黛玉的轿夫换成四个眉目秀洁的小厮，其他丫头、仆妇、奶妈都落轿步行。来到了垂花门，林黛玉也下轿了。话说林黛玉走到贾母的院落，只见所有丫鬟笑迎上来说："刚才老太太还念诵呢，可巧就来了。"于是三四个人争着打帘子，一面说："林姑娘来了！"黛玉进房后，只见两个人扶着一位鬓发如银的老太太迎上来。黛玉在外祖母怀里，痛哭失声，经众人劝解，这才止泪。这里作者采用传统写法，亦即长幼有序，所以林黛玉先见到金字塔的最顶端——老祖宗，再由老祖宗介绍众亲属。贾母带她见了大舅母，也就是邢夫人，然后是二舅母王夫人；接着是珠大哥的媳妇珠大嫂子，也就是寡嫂李纨；最后是三位姑娘，迎春、探春和惜春了。

介绍完后，贾母殷切地询问黛玉的母亲生病、吃药、发丧等事，未免又是一阵伤心。"众人见黛玉年纪虽小，其举止言谈不俗，身体面貌虽弱不胜衣，却有一股风流态度，便知他有不足之症。"不足之症也就是气血虚弱。"常服何药？为何不治好了？"于是作者用林黛玉自己的话，叙述身体状况。

象征与预言

她说："我自来如此，从会吃饭时便吃药……那一年我才三岁，记得来了一个癞头和尚……"请读者留意，从这一回开始，我们会发现每一个重要人物的背后、重要事情的发生，都会出现一个癞头和尚跟一个跛足道人，用现代前卫的说法来讲，这两个人就是象征掌握着我们每个人命运的那一双手。

我们回到黛玉这段话。癞头和尚要化林黛玉去出家，她父母自是不从，癞头和尚说："既舍不得他，但只怕他的病一生也不能好的。若要好时，除非从此以后总不许见哭声，除父母之外，凡有外亲，一概不见，方可平安了此一生。"这句话分明就是一个预言式的反讽，因为林黛玉来贾府就是要来还泪的，而且她现在是住到了外亲家里。林黛玉说："这和尚疯疯癫癫说了这些不经之谈，也没人理他。"这句话又是一个讽刺，林黛玉的父母没有理这和尚，林黛玉现在讲给她最亲的外婆听，外婆也还是没有理他，贾母只听到整段话的最后一句"如今还是吃人参养荣丸"，所以贾母的响应也是很"老年人"："这正好，我这里正配丸药呢，叫他们多配一料就是了。"

先声夺人王熙凤

通过林黛玉，我们认识了贾府的主要角色，现在最核心的人物王熙凤要出场了。我常觉得《红楼梦》如果少了贾宝玉等人，单存王熙凤的话，也许深度不足，可是热闹依旧。反之，即便有这些年轻人，但少了一个王熙凤，那这部小说将由彩色变为黑白，无聊得很了。我们来看看，作者用什么样的手法把这个人物给介绍出来的。

人未到，声先到，这是中国传统舞台剧常见的表现方式。中国的戏园子本来就是热闹非凡，正戏开始前舞台上多是打闹戏，底下观众扯着嗓子在讲话，场边毛巾飞来飞去。等到正戏要开场时，舞台就会静下来，虽然灯光明亮，可是舞台是空的。音乐再次响起后，主角悠扬的声音在幕后响起，这时舞台还没出现人影，但是台下安静下来了，观众都知道主角要登场了。曹雪芹用的就是这种手法，他让王熙凤人未到，声先到，以"先声夺人"来凸显王熙凤的个性和她在贾府里的气派。我们看原文："一语未完，只听后院中有笑语声，说：'我来迟了，没得迎接远客！'黛玉思忖道：'这些人个个皆敛声屏气如此，这来者是谁，这样放诞无礼？'"

"心下想时，只见一群媳妇丫鬟拥着一个丽人。"这个"拥"字很精彩，我们几乎不能找到更好的动词了。"这个人打扮与姑娘们不同"，接下去就是一串让人看了眼花缭乱的形容："头上戴着金丝八宝攒珠髻，绾着朝阳五凤挂珠钗……"连珠炮式的七十三个字，借着繁复夸张的衣着打扮，达到舞台效果，也再次提醒我们她的重要性。"一双丹凤三角眼，两弯柳叶掉梢眉"，是她的面容；"身量苗条，体格风骚"，则形容她的身材。身量苗条是静态美；体格风骚，用白话文来讲，就是她走起路来婀娜多姿。接下来两句，"粉面含春威不露，丹唇未启笑先闻"，厉害个性跃然纸上。曹雪芹文字之高明，令人佩服。

贾母笑道："你不认得他，他是我们这里有名的一个泼辣货，南京所谓'辣子'，你只叫他'凤辣子'就是了。"这里是要凸显谁的个性？不是王熙凤，是贾母。看起来，贾母平易近人，喜欢开玩笑，而且她们家庭关系很和谐。我都有这种经验，要跟人开玩笑，那交情是要有一定程度的，祖婆婆可以跟孙媳妇这样开玩笑，就表示她们关系很好，而且老的很疼这个小的。

黛玉不知怎么称呼，众姐妹忙告诉她："这是琏二嫂子。""黛玉虽不曾识面，听见他母亲说过……"这里作者又将林黛玉的回忆夹杂进来，补充说明。

浑身是戏，展现能干

第三回王熙凤一出现后，别人就都没戏唱，哭、笑都是她的戏了。

"这熙凤携着黛玉的手，上下细细打量一回，便仍送至贾母身边坐下，因笑道：'天下真有这样标致人儿，我今日才算看见了。况且这通身的气派竟不像老祖宗的外孙女儿，竟是个嫡亲的孙女儿似的。'"这句话漂亮！表面上，王熙凤是在称赞林黛玉好看，但同时也称赞了贾母。所以说巴结人也要有本事。王熙凤接着又说："怨不得老祖宗天天嘴里心里放不下，只可怜我这妹妹这么命苦，怎么姑妈偏就去世了呢。"说着便用帕拭泪。贾母笑道："我才好了，你又来招我。你妹妹远路才来，身子又弱，也才劝住了，快别再提了。"

"熙凤听了，忙转悲为喜"，且瞧瞧这个"忙"字，她翻脸比翻书还快。"正是呢！我一见了妹妹，一心都在他身上，又是欢喜，又是伤心，竟忘了老祖宗，该打，该打"，又忙拉着黛玉的手问——这是第二个"忙"字了。"妹妹几岁了？可也上过学？现吃什么药？在这里别想家，要什么吃的、什么玩的，只管告诉我；丫头老婆们不好，也只管告诉我。"她一口气这么说下来，完全没有要让林黛玉回答的意思，只是在表现自己多么会照顾人。至于后面这句"只管告诉我"，听在那些长辈耳里，会觉得这个当家少奶奶果然热心疼人，可是，听在既敏感又很紧张的林黛玉耳里，言外之意可能是"你眼睛给我放亮一点，弄清楚这里是谁在当家"。所以这句"只管告诉我"也很重要，几个对白出来，已经把王熙凤的个性展现无遗。

说话时，已摆上了茶果，这就是她们的下午茶了。王熙凤亲自布让。"又见二舅母问他"，这个"见"，还是用林黛玉的眼睛，所以用她的称呼。林黛玉看到王夫人问王熙凤："月钱放完了没有？"贾府数百人，吃、住都在贾府，可是每个月还是有月钱，也就是零用钱。王熙凤说："放完了，刚才带了人到后楼上找缎子，找了半日，也没见昨儿太太说的那个。"问一答二，真是能干。

王夫人道："有没有，什么要紧。"这个口气很有意思，就是一副富太太闲闲的口吻。"因又说道"，为什么"因又说道"？王夫人是不管事的，她把所有家事都丢给她这个内侄女，可是她又说："该随手拿出两个来，给你这妹妹裁衣裳啊。"因为婆婆贾母在场，所以王夫人还是要表现一下她有关心小姑的女儿。王熙凤就更厉害了，她说："我倒先料着了，知道妹妹这两日必到，我已经预备下了，等太太回去过了目，好送来。"豪门内眷的对白，真是机锋处处。

懂得大家族规矩的黛玉

午茶毕，贾母要黛玉去见两位舅舅。邢夫人起身笑回，让她带黛玉去，贾母笑着说："正是呢，你也去罢，不必过来了。"大家族的规矩，儿媳妇须得每日三省，就是早、中、晚都要来婆婆身边侍奉，现在贾母要邢夫人不必过来，等于放她半天假，邢夫人想必很高兴。去了贾赦院，林黛玉并没有见到大舅舅。下人传贾赦的话"连日身上不好，见了姑娘彼此伤心，暂且不忍相见"，说得亲切，重点是黛玉忙站起身来一一答应了。这就是大家族的规矩，即便传话的是丫头，可是传的是大舅舅的话，所以她不能好整以暇地坐着，要马上站起来，恭听丫头转述。林黛玉的一举一动，让我们知道了她果然家教非常好。

接下来，林黛玉告辞，"邢夫人苦留吃过饭去"。林黛玉笑回："舅母爱惜赐饭，原不应辞，只是还要过去拜见二舅舅，恐去迟了不恭。异日再领，望舅母容谅。"特别提到这句话，是因为这是整部小说里林黛玉讲得最规矩的一句话。以后等她熟悉了环境，就不讲这种话了，可见第一天她精神上有多么紧张。林黛玉接着去拜见二舅舅，结果也没见着，二舅舅贾政斋戒去了。

这会儿林黛玉被带到王夫人的住处。林黛玉初入贾府这天真是充满了考验。她进到里面时，王夫人坐在西边炕上。在中国北方，炕占了整个房间的一半，甚至三分之二，底下有烧炭的通道，所以坐在上面很温暖。我们不知道王夫人是客套，还是没安好心，反正她再三让黛玉上炕坐东边那个位子。东边的位子是贾政的，如果黛玉糊里糊涂坐上去，不就是她说的"恐被人耻笑了去"吗？聪明的林黛玉当然知道不能坐，后来是王夫人一再叫她，她才上炕，挨着王夫人坐了。从这里就可以看出林黛玉的矜持庄重果然跟贾府是相当的。

压低读者对主角的期望值

现在，该谈到贾宝玉了。这个角色的出场，对作者来讲又是一个挑战。贾宝玉是个败家子、风流弟子，谁都不敢说他，可是他又是这本书的主角，而且作者总是很希望我们喜欢宝玉，所以他煞费苦心地用了一个手法：他先把读者对贾宝玉的期望值压低，在读者对他不抱什么期待时，这个角色再出来，反而较容易让读者满意。

曹雪芹先让王夫人提起宝玉时，连着用"孽根祸胎""混世魔王""有天没日""疯疯傻傻"这些负面的形容词，再加上黛玉回忆起母亲说的"顽劣异常"的表兄，已先给读者一个不良的印象。

这时丫鬟来讲，"老太太那里传晚饭了"，于是王夫人带着林黛玉来到贾母这儿。李氏捧杯，熙凤安箸，王夫人进羹。贾府仆人如云，可是媳妇还是要在旁张罗贾母和迎春三姐妹用餐。由此可见传统礼节上姑奶奶跟媳妇的不同。姑奶奶是还没出嫁的这些小姐，比如迎春三姐妹，她们不当家，可是"有势无权"（有虚位无实权）；媳妇是当家的，可是"有权无势"（有实权没虚位）。

"伺候的媳妇丫鬟虽多，却连一声咳嗽不闻"，可见贾府的规矩。饭毕，丫鬟用小茶盘捧上茶来，林黛玉迟疑了一会儿，因为她在自己家里"饭后必过片时方吃茶，不伤脾胃"，可是这里不是家中，她"只得随和些"。

等贾母说"你们去罢"，这几个媳妇才各自回房去用餐。一语未了，只听外面一阵脚步响，丫头来说"宝玉来了"。黛玉心想："这个宝玉不知是怎样个惫懒人呢！"这就是前面提到的那些形容词，已经把他压低成"惫懒人"了，惫懒就是邋遢、愚笨的意思。可是这宝玉一现身，"面若中秋之月，色如春晓之花，鬓若刀裁，眉如墨画，鼻如悬胆，睛若秋波"，完全颠覆了原先给读者的印象。黛玉一见便大吃一惊，心想："好生奇怪，倒像在那里见过的，何等眼熟。"他们当然认识，一个是神瑛侍者，一个是绛珠仙草，是三生石畔的旧因缘。

宝玉先向贾母请安。贾母要他去见过母亲王夫人，等宝玉再回来时已换上家常衣服了。这些细腻的描写，正反映了黛玉谨慎的观察。下面这两阕词，"无故寻愁觅恨，有时似傻如狂……"以及"富贵不知乐业，贫穷难耐凄凉……"大家可以不用管它，这还是反话，借着继续责备宝玉来取得卫道人士的接受，反而是在保护这个角色了。

一个说出口，一个放心里

贾母见宝玉进来，笑道："外客没见就脱了衣裳了，还不去见你妹妹呢！""宝玉早已看见了一个袅袅婷婷的女儿。"其实他早就看到了。小说写到这里，我们还不晓得林黛玉长什么样子，因为一直都是用林黛玉的眼睛在看一切。现在曹雪芹将摄影机一转，变成用贾宝玉的眼睛，把林黛玉的形象照出来给我们看。这就是高明的写作手法了。黛玉长得什么模样？"两弯似蹙非蹙笼烟眉，一双似喜非喜含情目……闲静似娇花照水，行动如弱柳扶风。"宝玉看罢，笑道："这个妹妹我曾见过的。"整部小说这是贾宝玉第一次开口说话。刚刚只是出来晃一下，现在第二次上场开口就是这句话，多么有戏剧效果！而且，方才林黛玉那第一眼正觉得宝玉眼熟，现在却让宝玉脱口而出，这是不是安排得很巧妙？林黛玉是女孩，比较含蓄，如今又离家在外，而宝玉是男孩，个性本来就洒脱不拘，而且这又是他自己家。所以两个同样的似曾相识感，一个放在心里，一个讲了出来，背后已经有多少层次了。

这里还有一个"不写之写"。"不写之写"就是作者没有明着写，留给读者去参与。林黛玉看到宝玉，大吃一惊，觉得好像在哪里见过。但这是她的心里话，在场的没有一个人知道，可是现在冒出一个漂亮潇洒的年轻人，他的第一句话居然就是"这个妹妹我曾见过的"。小说没有告诉我们林黛玉听到这话的反应，可是读者看到这里，是不是会怦然心动，会揣想黛玉那一刻的心情？有把握的作者就是会故意不写，他对读者有信心，让读者自己去想象吧。

接着，宝玉第二句话："妹妹可曾读书？"也非常浪漫，这二人就是专门要来谈情论诗的。他当场还送给了她"颦颦"二字，真是一见如故般的亲切。

宝玉摔玉的象征意义

宝玉接着问："可有玉没有？"林黛玉还没搞清楚状况，就说："我没有玉。你那玉也是件稀罕物儿，岂能人人皆有？"戏剧上的高潮马上出现了。宝玉登时发作起狂病来，摘下玉就狠命摔去，骂道："什么罕物！人的高下不识，还说灵不灵呢！我也不要这劳什子。"他这一发飙，吓得众人抢着去拾玉。贾母急得搂着宝玉说："孽障！你生气，要打骂人容易，何苦摔那命根子！"宝玉还哭着说："家里姐姐妹妹都没有，单我有，我说没趣儿；如今来了这个神仙似的妹妹也没有。"这里我觉得曹雪芹用的是象征手法了：为什么宝玉一见到林黛玉就要摔玉，而且还是贾母强调的命根子？第一个暗示，宝玉有了林妹妹，命根子都可以不要了。再者，冥冥之中，将会有一位和尚给了金锁，而且言明要配一个有玉的薛宝钗。虽然他此刻还不知道，但他无意识地就想摆脱这块玉，要摆脱掉金玉姻缘。这是第二个象征意义。

这里还有一个不写之写，没写出的是林黛玉的心情。我们可以想象，这一天从早上到现在，林黛玉虽然备受礼遇，可是现在宝玉一摔玉，所有人都去抢救，乱哄哄中根本没人理她。当下她肯定吓坏了，心里大概只有四个字：不如归去！夜里的眼泪，也其来有自了。

小中见大的第三回

黛玉当晚，是睡在贾母房的碧纱橱。碧纱橱就是正房中的小隔间，相通往来，十分方便。

袭人也是小说里一个很重要的角色，所以第三回也要介绍她。这一晚，袭人安顿好宝玉，"见里面黛玉、鹦哥犹未安歇"——因为房间相通，所以袭人能看到黛玉还没睡。鹦哥，就是后来改名叫紫鹃的丫鬟。她说："林姑娘在这里伤心，自己淌眼抹泪的，说：'今儿才来了，就惹出你们哥儿的病来，倘或摔坏了那玉，岂不是因我之过！'"袭人连忙劝说："姑娘快别这么着，将来只怕比这更奇怪的笑话儿还有呢。若为他这种行状，你多心伤感，只怕你还伤感不了呢。快别多心。"这几句话，精准无比，就是此后黛玉跟宝玉两个人的生活注解了。多心伤感，然后伤感不了，果然都让袭人给说中了。

第三回，写林黛玉入府的这一天，就是我们所谓的"小中见大"。这一回里有人、有人事、有人事的沧桑。林黛玉在这一天看到贾母、邢夫人、王夫人、迎春、探春、惜春、凤姐、宝玉，还有各个丫头。事呢？她看到贾府的排场，看到凤姐的能干，也看到贾母跟王夫人对宝玉的溺爱，还看到宝玉这一位混世魔王。

见过这些人，看到这些事，纤细敏感的林黛玉该会有多少感慨呢？想来光是晚上饭后的那一杯茶，就足以让林黛玉惊觉已不在自己家，茶汤入口怕是有点苦涩了。再说，琏二嫂子那个气焰，将来日子会好过吗？那位忽然就摔玉的表哥，将来好相处吗？陌生的环境，不知道的明天，她的眼泪又岂是一句"伤感"道得尽呢？

总之，"黛玉入府"堪称是百万言小说漂亮的起手式。而第三回就是一个充实、完整的"小中见大"，将《红楼梦》里面重要的人物、重要的事情、重要的心情都具体而微地表达出来了。

成篇 02

刘姥姥进府：生动的感官体验

第三回，作者明明用林黛玉的眼睛，让我们巨细靡遗地把贾府看了个遍，为什么第六回又要让刘姥姥再带我们看一次？小说家最忌讳重复，为什么曹雪芹要这么做？刘姥姥看到的东西与林黛玉看到的是否一样？还有，第三回的王熙凤跟第六回的王熙凤有何不同？

从另一个角度看贾府

现在，请对照书末的《大观园平面图》，我们来看刘姥姥是怎么走的。

这天一大早，刘姥姥带着五六岁的外孙板儿进城，走到了宁荣街，在荣国府石狮子大门口看到了满门轿马，刘姥姥不敢靠近，遂走到西角门前，"只见几个挺胸叠肚、指手画脚的人坐在大门上，谈东说西的"。这里把那些人的神情写得非常好。请大家想想看，第三回的林黛玉看得到这画面吗？林黛玉进府时，这些人不是闪一边去，就是规规矩矩地站在那里鞠躬，哪看得到他们坐在那里"挺胸叠肚，指手画脚"？当刘姥姥赔尽小心说要找"太太的陪房周大爷"时，他们还故意怠慢她。

我们先来说什么是陪房。以前有钱人家小姐出嫁，通常会有丫鬟陪着过来，王熙凤就有四个，后来死的死，走的走，只剩下一个平儿。除了丫鬟，还有男仆一起过来的，这样主子才知道门外发生了什么事，可以通声息。这个男的陪房，机缘凑巧也有可能跟陪嫁过来的其中一个丫头结婚，如此关系更加紧密，主子要知道外面发生什么事就更方便了。

而当男仆跟过来的小姐变成当家少奶奶时，他也会变成管家。周瑞是王夫人带过来的，现在就是贾府管家之一。周瑞的太太就叫作"周瑞家的"，或者"周瑞家"。

那周瑞住在哪里？请看一下地图上荣国府的后面有条"后街"。读者若看过电视连续剧《大宅门》，就会有点儿概念，富贵人家的大宅院里通常会划分出一个地方，专门给有头有脸的管家住，那里就是后街。

刘姥姥领着板儿，从西角门走到后门上，"只见门上歇着些生意担子，也有卖吃的，也有卖玩耍的……"老舍的《骆驼祥子》里提到，祥子跟虎妞结婚后，搬到一个大杂院，因为虎妞有钱，有消费力，结果大杂院外就陆陆续续来了好多摊贩。作者特意写到荣国府后门聚集了摊贩，正表示这些下人日子过得不错，常常会买各种东西。

等刘姥姥进到周瑞家，周瑞家的还有小丫头倒茶，俨然一副有钱人家的派头。作者这样写也是在凸显贾府的豪门气派。

刘姥姥说了今日来访的因由后，周瑞家的为了显弄自己的体面，于是领着刘姥姥和板儿穿过重重门户，经由平儿允准，终于踏进凤姐院。

第三回林黛玉去过的地方刘姥姥到不了，第六回门外下人应付刘姥姥的那副嘴脸，林黛玉不可能看到，贾府后街更是林黛玉一辈子也不会踏进之地。现在作者还要让刘姥姥带我们进到第三回林黛玉没走入的凤姐院，而且用的是完全不一样的手法：林黛玉是"知性描述"，刘姥姥是"感官体验"。

刘姥姥的感官体验

点头、咂嘴、念佛

才进堂屋,"只闻一阵香扑了脸来,竟不知是何气味,身子就像在云端里一般"。刘姥姥但觉"满屋里的东西都是耀眼争光,使人头晕目眩",只能不断地"点头、咂嘴、念佛"。"咂嘴",就是我们说的啧啧声起;"念佛"就是感叹,比如叹着"阿弥陀佛,老天啊"。刘姥姥什么都没看懂,可是对刘姥姥的震撼同时也震撼到读者了,人间真有如此富贵处!接着,作者很巧妙地用一样道具来凸显"内行看门道,外行看热闹"的戏剧效果。

在平儿屋里坐下后,刘姥姥看见"柱子上挂着一个匣子,底下又坠着一个秤铊似的,却不住的乱晃"。正想着这是什么东西、有什么用处时,忽然间它"当、当、当"地发出一串声响。这样子的挂钟,在上房一定多的是,在林黛玉眼里根本不足道,现在却让刘姥姥"吓得不住的展眼儿"。

刘姥姥"欲待问时,只见小丫头们一齐乱跑"。"一齐乱跑"这四个字也很有趣。试想丫头们应该跑得长幼有序,若是林黛玉会看得出人家是怎么跑的、怎么排的,但刘姥姥完全看不懂,所以印象是"一齐乱跑"。

屏声、侧耳、默候

在等待凤姐接见的时候,作者用六个字点出了刘姥姥的表情:屏声、侧耳、默候。"只听远远有人笑声,约有一二十个妇人,衣裙窸窣,渐入堂屋,往那边屋内去了。"这个"听"字用得多好,因为刘姥姥没看到,描写得虽然仔细,但都是听出来的。接下来,她才看见"两三个妇人,都捧着大红油漆盒,进这边来等候"。然后又是听,"听得那边说道'摆饭',渐渐的人才散出去,只有伺候端菜的几个人,半日鸦雀不闻"。可见刘姥姥真的像兔子一样,耳朵伸得长长的,然后鸦雀不闻,什么都没再听到,只好"默候"。

忽然间,又看到两个人抬了一张炕桌来放在这边炕上,"桌上碗盘摆列,仍是满满的鱼肉,不过略动了几样"。这里又是一个重点,请回忆一下,林黛玉来的那天晚上，小说有没有提到她们吃了什么？完全没有。林黛玉眼里看到的是贾府的规矩跟排场，至于桌上摆着什么食物，她一点儿都不稀罕。可是，为什么在这里要写刘姥姥眼里看到的就是那一桌菜，而且只略动了几样，除了可以凸显出刘姥姥今天来的目的，也顺带暗示这些食物对她的吸引力。

接下来这一句更精彩："板儿一见就吵着要肉吃。"在《红楼梦》里，即便是只有一个镜头的角色，作者也没让他绕过，一定让他充分表现。一个五六岁的小孩，从早上走到现在，又累又饿，看到这些食物，如果一点儿都没想到要吃，那才奇怪，所以这里很生动地让这个角色发挥了作用。"板儿一见就吵着要肉吃"，而刘姥姥的反应很快，顺手打了他一巴掌。刘姥姥这一巴掌，我个人认为除了着急怕小孩坏事之外，还有个下意识的"内心戏"。因为现实生活中小孩子有时会在无意间说出大人心里的意图。刘姥姥不饿吗？她看到这一桌菜不想吃吗？板儿这一句好像连带把她自己心里的想法也讲出来了，尴尬之下就"啪"的一声给了他一巴掌。光是一巴掌，我们就不得不承认曹雪芹了不起，他对这老的、小的心理揣摩得多好啊！

王熙凤的两种出场：对上邀宠，对下摆谱

我们接着看，在这里出现的王熙凤跟第三回有什么不一样？

第三回，王熙凤声音多、动作多，那是要对上"邀宠"，当然也是做给林黛玉看的。但第六回不同，她现在是要见一个忽然上门、她还没搞清楚状况的乡下老太婆，所以她"摆谱"。披红挂绿的穿戴下凤姐"粉光脂艳，端端正正坐在那里"，在刘姥姥眼里简直是尊菩萨，或是位皇后娘娘了。

"手内拿着小铜火箸儿拨手炉内的灰，平儿站在炕沿边，捧着小小的一个填漆茶盘，盘内一个小盖钟儿。凤姐也不接茶，也不抬头，只管拨那灰。"这个画面有意思，平儿是凤姐的贴身丫鬟，如果没有刘姥姥在，凤姐不需要故意不看平儿，喝不喝茶也是一句话。现在让平儿端着茶晾在那里，分明是晾给刘姥姥看的。第三回里我们看到凤姐都是在忙，忙着这样，忙着那样，这里她却"慢慢的

道：'怎么还不请进来？'一面说，一面抬身要茶时，只见周瑞家的已带了两个人立在面前了，这才忙欲起身，犹未起身"——这个动作是需要练习的，要把握时间点，装作要起身，但其实完全没有起身。然后，她"满面春风的问好"，又嗔着周瑞家的怎么不早说，这时刘姥姥已在地下拜了好几拜。果然厉害！

因为周瑞家的是王夫人的陪嫁，所以凤姐开口道："周姐姐，搀着不拜罢。我年轻，不大认得。"这话多得体！

两个厉害角色的对话

接着，就看这两个厉害角色言辞上的交锋了。王熙凤从此以后一直善待刘姥姥，最后刘姥姥还救了巧姐儿，我觉得源自今天的彼此欣赏，就是所谓的英雄惜英雄，看对眼了。这里，凤姐先发制人："亲戚们不大走动，都疏远了。知道的呢，说你们弃嫌我们，不肯常来；不知道的那起小人，还只当我们眼里没人似的。"王熙凤多会讲话，说得好亲切啊，还把错推给刘姥姥，说是你们不来走动才疏远的。

如果我们是刘姥姥，怎么回应王熙凤？我们可能要词穷了，但刘姥姥呢？她忙念佛道："我们家道艰难，走不起，来到这里，没的给姑奶奶打嘴，就是管家爷们瞧着也不像。"第一句话重点马上出来"我们家道艰难，走不起"。"走不起"是什么意思？就是亲戚间有来有往，逢年过节要互相馈赠多花费。刘姥姥开宗明义地说家道艰难，是实话，也等于讲明此行目的。第二句"来到这里，没的给姑奶奶打嘴"，意思是自己没来也是为凤姐着想，免得府里别人知道凤姐有这门穷亲戚。"就是管家爷们瞧着也不像"是顺道告状了。三句响应，可圈可点。相信刘姥姥凭这几句话，已经让凤姐对她刮目相看了。凤姐回说："朝廷还有三门子穷亲呢，何况你我？"这话也漂亮，因为她这时还不知道刘姥姥底细，无法掂其斤两，所以她一面要周瑞家的去回太太，也就是去问王夫人，探个底；一面呢，让人传了一桌客馔请刘姥姥。客馔就是为客人准备的饮食，贾府上门的客人不同等级，准备的饮食也会有别，刘姥姥这等级，大概是给她所谓的经济客饭了。不过对刘姥姥来讲已经够丰盛，够让她开心的了。在刘姥姥吃饭这个空当，王熙凤刚好可以跟周瑞家的弄清楚刘姥姥的来历，然后我们来看凤姐和刘姥姥最后的对话。

刘姥姥吃完饭过来，开心地道谢。凤姐说："方才你的意思，我已经知道了。论起亲戚来，原该不等上门，就有照应才是；但只如今家里事情太多，太太上了年纪，一时想不到是有的。我如今接着管事，这些亲戚们又都不大知道，况且外面看着，虽是烈烈轰轰，不知大有大的难处，说给人也未必信。"听到这儿，我们一定以为没指望了对不对？但这又是另外一个我们所谓的压低期望值的说话技巧。在刘姥姥也觉得没指望时，忽然间情势一转，凤姐给了她二十两银子。二十两银子有多少？我们可以用第三十九回刘姥姥自己说的话来做比较。第三十九回，大观园里众人吃螃蟹，刘姥姥听下人们谈论螃蟹的斤两，算算也要二十多两银子，她惊呼："阿弥陀佛！这一顿的银子，够我们庄家人过一年了！"因此，第六回凤姐给的这二十两银子对她来讲，几乎等于一年的花费了！"刘姥姥先听见告艰苦，只当是没想头了；又听见给他二十两银子，喜得眉开眼笑。"凤姐还说："这是二十两银子，暂且给这孩子们做件冬衣罢。改日没事，只管来逛逛，才是亲戚们的意思。天也晚了，不虚留你们了，到家该问好儿的都问个好儿罢。"话说得体面，事办得明快。好的作者会让我们看到"立体"的人物，王熙凤就算再坏，在刘姥姥身上因为有这点善根，所以就结了善缘。

刘姥姥千恩万谢，临走时要给周瑞家的一块银子当酬谢，"周瑞家的那里放在眼里，执意不肯"。我觉得，周瑞家的什么没见过，她已经看出来了，王熙凤对刘姥姥不坏，那刘姥姥肯定还会再来。再说，她的一个引见，让刘姥姥马上可以拿到这么大一笔钱，现在只给一块银子就打发掉这份人情，太便宜她了，她宁愿让刘姥姥欠着。

小说的背后说不尽的其实都是现实的人生。

正写、侧写、层层堆栈

看到这儿，我们应该完全明白了第六回刘姥姥一进荣国府的作用。如果说林黛玉是正面描写，刘姥姥就是侧面描写。我很喜欢用一个例子来说明这点。日本的综艺节目里，经常是一位男主持人搭配一位女主持人。中年男主持人是主述者，旁边的年轻女主持人则负责"语尾助词"，男的讲重点，女的就像是标点符号。用这样来打比方的话，第三回的林黛玉就是那个讲重点的主述者，而第六回的刘姥姥则是标点符号，而且是一个大大的惊叹号！一个正面描写，一个侧面烘托，就把贾府的气势和荣华富贵逐层堆栈起来了。

成篇 03

贾府另一面的气派与黑暗

第三回,林黛玉帮我们看了贾府。第六回,刘姥姥带我们去了贾府后面的后街,也领着我们进凤姐院里晃了一圈儿。接下来第七回,该由周瑞家的领着去梨香院了。为什么要带读者去梨香院?因为梨香院现在住的是小说中很具分量的薛家,薛家有位花花太岁薛蟠,有位重要的女主角薛宝钗,还有位甚具影响力的薛姨妈。作者希望读者去了解一下他们的生活起居,所以安排周瑞家的带我们进去。周瑞家的送花的这一段,除了再把荣国府其他地方看得仔细外,也有其他用意。

薛家在书里第一次出现,是在第四回。作者通过一桩杀人案件,把薛家以及薛家为什么搬进荣国府的来龙去脉简单交代了一下。在此,我们顺便看一下书末的《大观园平面图》,找到梨香院右边的通街门,通街门就是方便门。很多人觉得住大宅院应该很舒服,但其实很不方便。贾宝玉想走出荣国府得经过很多关卡,他就曾经发过牢骚,说但凡可以自由出入,自己就可以怎么样之类的话。但对于住梨香院的薛蟠来讲,有这个通街门,他就可以自由出入,"放意畅怀"。相较之下,方知宝玉住在荣国府内院的拘束了。

送宫花，首先点出薛宝钗个性

我们来看第七回周瑞家的送宫花这一段，故事的时间点是连着第六回的。《红楼梦》一百二十回看下来，我们会发现有时候一天发生的事会连着写好几回，有时候却是一回就写好多天，甚至一回跳过去就过了整整一个月，这就是有事便长，无事便短。

第六回，周瑞家的送走刘姥姥后，理应去向王夫人报告。在第三回中提到王夫人本来住在东廊三间小正房里。结果周瑞家的发现她不在这里，便知道她找薛姨妈去了，于是就从东角门出，经过已拆夹道——所谓夹道，就是类似一条小小的隧道，可遮风避雨，很方便。接着，她走入西南角门，进到了梨香院。这条路也让我们知道，为什么当初让薛姨妈她们一家住梨香院，这样姐妹两个来来去去都很方便。周瑞家的进了梨香院，看到王夫人跟薛姨妈正长篇大套地说些家务人情话。

周瑞家的"不敢惊动，遂进里间来。只见薛宝钗家常打扮，头上只挽着鬓儿，坐在炕里边，伏在几上和丫鬟莺儿正在那里描花样子呢"。通过周瑞家的眼睛，薛宝钗跟读者的第一个照面就是贤惠女子的形象。"见他进来，便放下笔，转过身，满面堆笑，让周姐姐坐。"这位贤惠女子，礼貌又周到。《红楼梦》里有一帖堪称古今中外最美丽，而且纯属虚构的丸药"冷香丸"，如果问没读过《红楼梦》的学生，这帖美丽的药是给谁吃的，大概都猜林黛玉。偏偏这一帖最美丽，而且十分费工夫的药，是给整本小说里感觉最健康的薛宝钗服用的。这样出乎意料的安排，似乎也在暗示薛宝钗这个角色的不凡。

薛姨妈见周瑞家的来，就拿出一盒十二枝新鲜花样儿的堆纱花，请她去送。所谓堆纱花，是用纱或蚕丝绸缎等素材扎叠出来，用来插在头上的装饰品。因为是皇宫内院用的，所以很精致漂亮。

薛姨妈嘱咐周瑞家的："你家的三位姑娘，每位两枝，下剩六枝，送林姑娘两枝，那四枝给凤姐儿罢。"王夫人听了说："留着给宝丫头戴也罢了，又想着他们。"这对话非常家常，也非常真实，姐妹间总还是要客套一下。作者安排这对话,就是要薛姨妈讲出下面这句:"姨太太不知,宝丫头怪着呢,他从来不爱这些花儿粉儿的。"原来这是宝钗的个性。然后,在这里又借着周瑞家顺带提了一下香菱的背景。香菱就是第一回甄士隐的女儿甄英莲——真的是一个令人同情的可怜人,这个角色也是从第一回贯穿到第一百二十回。

慢慢拉长线铺排

周瑞家的捧着花匣回到贾政院,顺路先走去荣禧堂后面宽敞挑高的大厅隔出的三间房。这三个独立的空间就是迎春、探春、惜春三姐妹的住处。她一到抱厦,就看到"迎春的丫鬟司棋和探春的丫鬟侍书二人,正掀帘子出来,手里都捧着茶盘茶钟,周瑞家的便知他姐妹在一处",遂进房内。只见迎春、探春二人正在窗前下围棋。"周瑞家的将花送上,说明缘故。"请各位注意看,这两位贾家正牌千金看到这个管家娘子是什么反应:"二人忙住了棋,都欠身道谢。"欠身道谢,是将身子侧边,跟周瑞家点头致意,算是礼貌周到了。

接着,周瑞家的来到惜春屋里,就看到惜春正跟水月庵的一个小尼姑智能儿玩耍。智能儿就是后来跟秦钟有私情的小尼姑,这个角色也自有她的用处。这百万字的小说里,几乎没有一处是浪费的,作者安排什么人、讲什么话都有其用意。周瑞家的来到惜春的屋子,打开花匣,说明缘故,惜春笑道:"我这里正和智能儿说,我明儿也要剃了头,跟他作姑子去呢!可巧又送了花来,要剃了头,可把花儿戴在那里呢?"

小说才进行到第七回,故事都尚未开展到一个阶段,已经让我们觉得惜春有想当姑子的意念了。这是作者拉长线铺排的伏笔。

周瑞家的问起十五的月例香供银子,也让我们看到以前的有钱人家、富贵人家会到处去庙里施舍,固定给香油钱以祈求平安。这种宗教与俗世的纠葛在《红楼梦》里面稍微点到,但在《金瓶梅》里就痛快淋漓地写了非常多。

不挑明却更堪玩味

周瑞家的送花给贾府三千金后,"从李纨后窗下越过西花墙,出西角门,进凤姐院中"。我们对照着平面图看,她还是顺路走的。那为什么没有送花给李纨?因为李纨是寡妇,没有戴花的权利。第七十五回,贾珍的太太尤氏去李纨住的稻香村,洗过脸之后要重新化妆,李纨的丫头就拿了自己的脂粉来说"我们奶奶就少这个",可见以前的寡妇大多都是一身素净的衣服,连妆都不能化,当然更不用说戴花了。

周瑞家的来到凤姐院后,这里要带出第七回回目里的"送宫花贾琏戏熙凤"了。很多读者看到这个回目,一定很是期待,却看不出个所以然,不知贾琏如何"戏"。这就是"烘云托月"的写作技巧,作者完全是通过周遭事物的反应来写这件事。周瑞家的走到堂屋,只见小丫头丰儿坐在房门槛儿上,见周瑞家的来了,"连忙的摆手儿,叫他往东屋里去"。东屋就是平儿那里,第六回刘姥姥进去的那个地方。"周瑞家的会意,忙着蹑手蹑脚的往东边屋里来。""会意"这两个字很有意思。她到东屋里,只见奶子拍着大姐儿睡觉呢。"周瑞家的悄悄儿问道:'二奶奶睡中觉呢吗?也该请醒了。'""奶子笑着,撇着嘴摇头儿",活灵活现地点出奶妈那副不以为然,又不敢明说的神情。

"正问着,只听那边微有笑声儿","却是贾琏的声音"。这部分我们可能要发挥一点儿想象,因为在那个传统礼教的年代,即使是亲密的夫妻也要避嫌,白天不能同处一室。若有要事相商,房门得开着,要是关起门,必惹非议。作者先是用奶妈的口气、表情和贾琏的笑声来搭配。最后"接着房门响,平儿拿着大铜盆出来,叫人舀水"。这下,各位应该跟周瑞家的一样"会意"了!

平儿看到周瑞家的,问她来意,周瑞家的忙起身拿匣子给她看,说送花来了。"平儿听了,便打开匣子,拿了四枝,抽身去了。半刻工夫,手里拿出两枝来,先叫彩明来,吩咐'送到那边府里,给小蓉大奶奶戴的'。"这里写得详尽有条理,是作者在暗示凤姐跟秦可卿的交情。至于送花去的彩明是一个小男生,那时内外分得很清楚,大概就是要十二岁以下的小男生才可以在里头,就是所谓的小厮、小童。

所以，宫花现在已经送完几枝了？迎春、探春、惜春、凤姐、秦可卿，十二枝已经送出去了十枝。周瑞家的这才走到贾母院这边，过了穿堂。周瑞家的在这里遇到了她女儿，她女儿的丈夫是第二回出现过的冷子兴。女儿着急丈夫犯事被告官、要递解还乡之事。我们来看周瑞家对此事的反应。

周瑞家的听了说："这算什么大事，忙得这么着！你先家去，等我送下林姑娘的花儿就回去。这会儿太太、二奶奶都不得闲儿呢！"她女儿听母亲这么说，只得回去，还催促着"妈，好歹快来"。周瑞家的道："是了罢，小人儿家没经过什么事，就急得这么个样儿。""周瑞家的仗着主子的势，把这些事也不放在心上，晚上只求求凤姐便完了。"原来贾府的气派是如此这般。

黛玉得罪人，宝玉找台阶

别过女儿，周瑞家的一路走到了林黛玉的房间。林黛玉没在自己房里，却在宝玉房中跟着大家解九连环。周瑞家的道明来意，宝玉这人一向是无事忙的，他就先说话了："什么花儿？拿来我瞧瞧。"一面接过匣子来看。"黛玉只就宝玉手中看了一看，便问道：'还是单送我一个人的，还是别的姑娘们都有呢？'"

周瑞家的道："各位都有了，这两枝是姑娘的。"黛玉冷笑道："我就知道么，别人不挑剩下的也不给我呀。"此话一出，想必读者都要摇头，林黛玉也太"孤高自许，目无下尘"（第五回）了吧！

"周瑞家的听了，一声儿也不敢言语。"送宫花这件事，作者一路铺陈，从薛宝钗的"满面堆笑"到迎春、探春的"欠身道谢"，再加上女婿事件的反应，给足了管家娘子周瑞家的风光，现在却被黛玉一声冷笑打得"一声儿也不敢言语"。周瑞家的谨守分际，无一字申辩，但读者都明白，这个"仇"算是记上了。

话说回来，林黛玉出口伤人，宝玉听懂了吗？我觉得宝玉懂，在那样的环境下长大，该做什么、该说什么，他其实很清楚，所以他马上转移话题问："周姐姐，你做什么到那边去了？"听到周瑞家的说宝钗"身上不大好呢"，宝玉马上要丫头过去瞧瞧，"就说我和林姑娘打发来问姨娘、姐姐安，问姐姐是什么病，吃什么药。论理，我该亲自来的，就说才从学里回来，也着了些凉，改日再亲自来看"。这句话，跟林黛玉第三回讲的"舅母爱惜赐饭，原不应辞，只是还要过去拜见二舅舅，恐去迟了不恭"意思是一样的。大家族出身的孩子，本就有这本事。而宝玉这番漂亮话，不仅帮周瑞家的找了台阶下，又替林黛玉做了人情。一段"宫花旅程"，可以带出这么多情节，真是了不起。

这一晚，凤姐卸了妆，来见王夫人，回说："今儿甄家送了来的东西，我已收了。咱们送他的，趁着他家有年下送鲜的船，交给他带了去了。"大家族里的各种应酬来往，还挺累人的。这里要特别提到的是，在她们的对话中，甄家又出现了。《红楼梦》从头到尾都在讲贾家，可是这个"甄家"在前八十回共出现了九次，都是点到为止，非常神秘。小说会在一个当口忽然来一句甄家的事：甄家升官了，甄家有人送礼物来，甄府里有一个男孩子也叫作宝玉，那个甄宝玉怎么样，然后甄家抄家了。《红楼梦》中贾家与甄家，一个实写，一个虚写。假作真时真亦假，我们表面看到的是贾府，事实上比较接近曹家的反而是甄家，虚虚实实之间充满了趣味。

第七回下半回，贾宝玉跟王熙凤带我们去了荣国府旁的宁国府，见到了秦可卿，还有她的婆婆尤氏，以及秦可卿的弟弟秦钟。秦钟这个角色有一点儿突兀，故事一开始的铺叙，我们觉得他应该是个重要人物，可是他在秦可卿死后，也突然过世了，让人觉得这个角色有一点儿虎头蛇尾。不过，秦钟二字谐音"情种"，可以说是贾宝玉第一个同性恋的对象，所以秦钟也算是宝玉的另一位性的启蒙者吧！

从第三回到第七回，曹雪芹别出心裁地用了好几个人，带读者到贾府不同的地方去，几回看下来，大家应该开始熟悉贾府了。

一个老仆的作用

第七回最后还冒出一个焦大。焦大是宁国公、荣国公当家时就在的一个仆人,很资深,所以地位不高口气却很大,因为这些小辈都是他看着长大的。故事提到,晚上宁国府的人要送秦钟回去,就找了焦大,结果惹得焦大口出狂言。还因为这几句骂人的话,惨被捆起来送到马厩里,填了满口马粪。可怜焦大当初忠心耿耿替主子拼出来的富贵荣华,现在却被晚辈如此羞辱,这人生的曲折又要从哪里说起呢?

焦大到底讲了什么?"那里承望到如今生下这些畜生来,每日偷狗戏鸡,爬灰的爬灰,养小叔子的养小叔子。"这话一出来,众小厮"唬得魂飞魄丧"。这句话有意思了,吓成这样,表示焦大讲的事根本就是公开的秘密。

"凤姐和贾蓉也遥遥的听见了,都装作没听见。"这个也是很值得玩味。装作没听见,表示他们都听见了,而且心里面清楚是怎么回事。宝玉也听到了,可是完全不明白,所以开口问凤姐:"姐姐,你听他说'爬灰的爬灰',这是什么话?"这一句真是神来之笔!如果这里写的是凤姐、贾蓉和宝玉都装作没听见,那宝玉也是一身肮脏了,所以一定要用宝玉这一句天真的问话,才能够表达他的洁净。

凤姐听了连忙立眉瞋目断喝道:"少胡说,那是醉汉嘴里胡吣,你是什么样的人,不说没听见,还倒细问!等我回了太太,看是捶你不捶你。"大人一急,常会胡乱牵扯。凤姐这一吆喝,正显示被踩到痛处了,个中心理真该好好推敲。

当然,一定有人觉得,说不定曹雪芹当初写这些没想那么多。无妨,这个叫作二度创作,也就是说所有的艺术创作,当创作者还没宣告完成时,他有绝对权利可以主宰诠释,可是在艺术作品完成而且诉诸公众时,每个欣赏者怎么去想,那是欣赏者的权利了,这叫二度创作。比如达·芬奇的画作《蒙娜丽莎》完成后,每一个观赏者看到这幅画都有权利自由联想。

再举一个例子。作家欧阳子不是写了《王谢堂前的燕子》,巨细无遗地分析白先勇的《台北人》吗?有人问白先勇,当初真的想到那么多吗?白先勇通常是哈哈一笑,不说自己有或没有,因为有时候作者信笔写出,自己没有想到,可是观赏者一提,他会恍然大悟,其实自己创作时真是那样想没错,只是他那时候没办法分析得那么清楚。所以通常一个有信心的作者,面对读者的二度创作,只要不是太无厘头的,都可以一笑置之。

从第三回到这里,我们可以看出曹雪芹花了不少力气,像是用积木般帮读者堆栈出贾府来:第一块积木是林黛玉。第二块积木是刘姥姥。第三块积木是用周瑞家的跟她女儿的对话烘托出贾府的气派,就算闹了事情,一点儿都不用怕,简单就可以解决。第四块积木则是焦大,焦大就像是从地心里蹿出来一般,惊爆出贾府不为人知的黑暗面。爬灰,就是公公跟儿媳妇乱伦,牵扯到的是贾珍跟秦可卿,这是宁国府的事。怪不得后来柳湘莲说,宁国府里,除了门口那对石狮子之外,没有一个是干净的。关于这笔风情月债,以后再仔细说明。

成篇 04

因空见色：风月宝鉴

《红楼梦》曾用名《风月宝鉴》，它里头当然有男欢女爱。这一节，我们就延续前面的内容，来谈几件风情月债。"风情月债"一词出自第五回，我们就先从第五回说起。

以象征性手法写少男的性觉醒

很多人读《红楼梦》都折在第五回上，因为搞不清楚它是怎么回事。第五回其实就是通过一个梦，表达两个重点：其一是太虚幻境的档案，即十二金钗的正册、副册、又副册，这些档案预告了小说里诸多女子的命运，等于小说大纲在这里出现了。至于另一个比较容易被忽略的重点，那就是宝玉的性觉醒。

我们来看第五回。这一天宝玉和家人去宁国府赏梅，一时倦怠，欲睡中觉。秦可卿就在这里出场了。秦可卿算是贾母的重孙媳妇，"生得袅娜纤巧，行事又温柔和平，乃重孙媳中第一个得意之人"。"秦氏引一簇人来至上房内间"，可是宝玉看到里头经世济民的挂画心中不快，嚷着要出去，于是秦可卿和众人就带他到秦氏卧室。这里是不是暗示秦可卿有点儿随便，或者说她在男女分际上本来就不是那么拘泥于小节？

果然，一来到秦可卿房里，闻到细细的甜香，宝玉便觉眼饧骨软，开始有了我们所谓的性觉醒。也就是说，宝玉来到一个非常美丽少妇的房间，闻到一些气味，感觉有点儿不一样了。接下来一大段，是描述秦可卿房里的摆设：有唐伯虎画的《海棠春睡图》、宋学士秦太虚写的对联，还有武则天的宝镜、赵飞燕的金盘、安禄山掷过伤了太真乳的木瓜等，看起来像是一派胡言，而且跟《红楼梦》行文格格不入，但这其实完全是象征性的写法。

有一种解读是，这里写的武则天、赵飞燕、寿昌公主等都是在写秦可卿，她就是性欲比较强的女人。还有另一个解读，它在写一个少年的性冲动，也就是"酒不醉人人自醉，色不迷人人自迷"。接着，还有一句很有意思的话。话说奶妈们服侍宝玉躺好，就留下袭人、晴雯、麝月、秋纹四个丫鬟为伴，"秦氏便叫小丫鬟们好生在檐下看着猫儿打架"。连猫儿打架这个画面都有充分的暗示性。

宝玉睡着，来到太虚幻境，警幻仙姑将自己的妹妹许配给他。这个妹妹长得既像林黛玉，又像薛宝钗，名字又叫可卿，那是秦可卿不为人知的小名，这是不是表示，一个少男在这样的氛围下产生性的激动，梦里面就把身边熟悉的、喜欢的那几个女孩子给凑在一起了，所以林黛玉、薛宝钗以及房间的主人秦可卿，三个女孩的形象就糅成一位"兼美"在他梦里出现。很多男孩子在中学阶段会开始有梦遗的体验，这一段就是在讲这件事。从这个角度解读，我们不由得要赞叹曹雪芹真是了不起，因为从心理学的观点解读梦里面的性，要等到二十世纪初弗洛伊德《梦的解析》出现，才有一个比较完整的理论根据，可是曹雪芹在两百六十多年前，就已经完整地写出一个少年性的觉醒。

宝玉一觉醒来后，被袭人发现他梦遗了。袭人年纪比他大，略懂此事。宝玉当然很不好意思，跟她说起梦中之事，还拜托她千万别告诉别人。袭人当然不会，因为这对她只有好处。也就是说，我们若喜欢一个人，又跟他共同拥有一些秘密，就已经占了先天的优势。

宝玉拉着袭人初试云雨的这一段，在1754年的甲戌本里，脂砚斋就评了一句"宝玉、袭人亦大家常事耳",意思是这种事情在富贵人家是常有的事。富贵人家的公子若真的想要身边的丫鬟,丫鬟哪敢拒绝?不仅不敢,说不定还觉得若能因此攀住什么机会也是蛮好的。所以,宝玉的童贞其实是给了袭人的。说来讽刺,日后袭人去跟王夫人讲一些推心置腹的话时,王夫人感动莫名,直接言明把宝玉交给她了,要她好好帮他防卫,"别叫他糟蹋了身子才好"(第三十四回),却不晓得真正第一个破坏宝玉童贞的就是这位她最欣赏的、最细心周全的袭人。

"意淫"不过是"体贴"二字

　　作者在第五回还提出了一个很重要的概念,就是"意淫"。我们现在已经将这个词用偏了。举个例子,鲁迅有一篇小说《肥皂》,是写一个先生在大街上看到两个衣衫褴褛的女乞丐,这个先生又看到两个光棍看着女乞丐说着调笑的话,便潜意识地想着:如果我去买一块肥皂给她,叫她去洗一个澡,洗干净之后,她说不定就会怎么怎么样。这种遐想就是我们现在所说的"意淫",但《红楼梦》里的原意并非如此。

　　在太虚幻境里,警幻仙子跟宝玉说:"好色即淫,知情更淫……吾所爱汝者,乃天下古今第一淫人也。"宝玉听了很惶恐,说自己"岂敢再冒'淫'字,况且年纪尚幼,不知'淫'为何事"。底下脂砚斋就评道:"依宝玉心性,只不过是'体贴'二字。"脂砚斋说得很清楚了,此处的"意淫",就是体贴。

　　在那个年代,两性之间非常缺乏平等的爱情,男人跟家里的妻子尽传宗接代之责,而感情呢?也许就给了外面的红粉知己、青楼艳妓。在这样的前提下,曹雪芹提出一个很不一样的想法,他觉得好色不算什么,"意淫"才是严重的事。在那个男女授受不亲,或者根本相敬如宾、没有感情纠葛的时代,曹雪芹的《红楼梦》跟汤显祖的《牡丹亭》一样,强调爱情可以超越生死,惊天地,泣鬼神,起死人,肉白骨。

　　第五回最末,宝玉跟梦中的可卿难解难分,二人出游时走到一个名为"迷津"之地,那里深有万丈,若坠落其中,即万劫不复。"话犹未了,只听迷津内响如雷声，有许多夜叉海鬼将宝玉拖将下去。"这也是象征性的写法，表示在经过性的启蒙和觉醒后，宝玉已经从那个单纯的童男子堕入迷津，要走一趟这风情月债的红尘了。

当宝玉从梦中惊醒的一刹那，第五回最末一段又出现了这句话，"却说秦氏正在房外嘱咐小丫头们好生看着猫儿狗儿打架"，一回里写了两次这件事，真是强烈暗示。总之，第五回太虚幻境里宝玉和兼美的缱绻是虚的，是一个少男朦朦胧胧的性觉醒，可是到了第六回宝玉跟袭人却是真实发生了。

暗写王熙凤与贾蓉的私情

第六回，王熙凤跟贾蓉的私情，曹雪芹也是暗着写。为什么不能明着写？因为事关乱伦。

我们现在来看这一段。话说，刘姥姥见到凤姐，正想好好讲明来意时，有小厮回说"东府里小大爷进来了"，"凤姐忙和刘姥姥摆手道：'不必说了。'"这个"忙"字很有趣，"一面便问：'你蓉大爷在那里呢？'"接着就是贾蓉的出场。"一路靴子响，进来了一个十七八岁的少年，面目清秀，身段苗条，美服华冠，轻裘宝带。刘姥姥此时坐不是，站不是，藏没处藏，躲没处躲。"刘姥姥虽是乡下人，可是懂礼节，知道男女授受不亲。"凤姐笑道：'你只管坐着罢，这是我侄儿。'刘姥姥才扭扭捏捏的在炕沿儿上侧身坐下。"

接着有趣的对话来了。"贾蓉请了安，笑回道：'我父亲打发来求婶子，上回老舅太太给婶子的那架玻璃炕屏，明儿请个要紧的客，略摆一摆就送来。'"可见他们彼此常常借东西，现在要借那个玻璃炕屏来摆场面。凤姐怎么说呢？"'你来迟了，昨儿已经给了人了。'贾蓉听说，便笑嘻嘻的在炕沿上下个半跪道：'婶子要不借，我父亲又说我不会说话了，又要挨一顿好打。好婶子，只当可怜我罢。'凤姐笑道：'也没见我们王家的东西都是好的？你们那里放着那些好东西，只别看见我的东西才罢，一见了就想拿了去。'"这是程乙本的，庚辰本跟程甲本是写："你们那里放着那些好东西，只是看不见，偏我的就是好的。"我觉得庚辰本跟程甲本在这里都很精彩，"偏我的就是好的"，这口气爽朗清脆，得意得紧。"你们那里放着那些好东西"暗指的可是秦可卿，贾蓉的美丽妻子？还有，请注意一点，贾蓉现在来借东西，凤姐为什么说"王家的"，不说"贾家的"？当然这个炕屏是"老舅太太给婶子的"，那是王熙凤娘家给的没错，问题是，她这里说，"我们王家的东西都是好的"，这个王家的东西包括谁，是不是包括王熙凤自己？她明明白白是在挑逗贾蓉啊，贾蓉完全听得懂，笑着回："只求婶娘开恩罢！"这里一大段，笑语春风，气氛愉快。

然后，作者还怕我们看不懂，又安排了一个桥段。

"这凤姐忽然想起一件事来。"她想起什么事？作者故意不说，如果告诉读者是什么事就不好玩儿了。反正凤姐就是忽然想起一件事来，便向窗外叫："蓉儿回来！"外面几个人接声说："请蓉大爷回来呢。"这又是写得非常细致的地方，凤姐可以叫贾蓉"蓉儿"，外面那一群人可不可以跟着叫？当然不行。写小说对白时，对人物的称呼一定要很讲究，很多人写小说常忽略这一点。

接着，程甲本是写："贾蓉忙复身转来，垂手侍立，听何指示。"我觉得乙本也挺好的："贾蓉忙回来，满脸笑容的瞅着凤姐，听何指示。"表情可是贼兮兮的。"那凤姐只管慢慢吃茶，出了半日神，忽然把脸一红。"多么暧昧啊，"出了半日神，忽然把脸一红"，戏剧的张力足够了。凤姐接着说："罢了，你先去罢，晚饭后你来再说罢，这会子有人，我也没精神了。"贾蓉答应个是，"抿着嘴儿一笑"，方慢慢退去。庚辰本就没有"抿着嘴儿一笑"这句。

蜻蜓点水般的描写，当然可以说他们二人什么事也没有，可是其中充满了想象。我相信读者看到这里一定会想，当天晚上贾蓉来了没有？那来了做什么？作者偏不告诉你，这就是他的高明之处。有把握的作者对读者有信心，留一点空间，反而意犹未尽。整部小说完全没有再提贾蓉跟凤姐之间有什么，点到为止，才见厉害。

风月宝鉴的象征意义

先前提过的第七回"贾琏戏熙凤",作者的写法也是如此。他只是用奶妈的表情、用远远传来的贾琏的笑声,加上平儿出来拿水,就这样交代出来了。轻描淡写,反而风月无边。相比之下,《金瓶梅》"赶尽杀绝"式的写法反而让读者难受。

与王熙凤有关的风情,还有第十一回和第十二回贾瑞的"风月宝鉴"。贾瑞是贾家的一个远亲,喜欢上王熙凤,故意要来亲近她,这才导致"王熙凤毒设相思局"。王熙凤不喜欢贾瑞也就罢了,却又几次引诱他、设计他,先是让他冻个半死,接着又叫贾蓉跟贾蔷抓他、泼他尿粪,最后把他活活给整死了。不过,重点也不在这里,重点是贾瑞病重时得到的那一面镜子"风月宝鉴"。这面镜子是谁给的?一个跛足道人——那位具有象征意义的跛足道人又出现了。这面镜子正反皆可照人,但跛足道人嘱咐他一定要照反面。可是贾瑞一照反面就害怕,因为里头只见一个骷髅,所以他忍不住照正面,却见凤姐在里头招手,他便进去与镜里的凤姐云雨一番,醒来后发现遗了一摊精,如此重复几次,最后身亡。

这里完全是用象征主义的写法来讲色心惑人,而且是自找的,它和毒品一样,表面上给人暂时的快乐,事实上是无穷无尽地吸取人的生命力。贾瑞这条命,就在第十一回和第十二回很短的时间内给解决掉了,当然也为王熙凤的罪恶又添一笔。

被删掉的一段

第十三回也有一桩风情月债,但完全是用隐笔,所谓的隐笔就是几乎没有写,因为删掉了。现在各个版本的第十三回回目都是"秦可卿死封龙禁尉",可是原本应该是"秦可卿淫丧天香楼",不过现在我们看不到了。

脂批里提到原有遗簪、更衣之事,也就是说,早期曹雪芹在第十三回是明着写秦可卿和公公贾珍乱伦的事。写完后,脂砚斋可能认为不妥,"因命芹溪删去"。后来又批了"通回将可卿如何死故隐去，是余大发慈悲也"。所以，小说中秦可卿就变成是病死的了。

原先遗簪跟更衣的构想好像是，秦可卿虽然是贾珍的儿媳妇，但贾珍觊觎她的美色。有一次秦可卿在天香楼更衣时，贾珍偷跑进去强要了她。这件事发生后，便成了大家不可说的秘密。后来，秦可卿的一支簪子，被贾珍拿走，放在身上。尤氏，就是秦可卿的婆婆发现了这件东西，不动声色地到天香楼去找儿媳妇闲话家常。等婆婆离开后，秦可卿回身在桌上看到了这支簪子。这是很高明的暗示，婆婆在告诉儿媳妇她已经知道了，要儿媳妇看着办。我曾经在课堂上问："如果你是秦可卿该怎么办？"有女同学回答："我会耍狠，把簪子收好，当没事！"但那个时代的秦可卿能怎么办？只有自我了断。

世家最重名誉，如果儿媳妇悄悄"病死"，还可以得到一个盛大的丧礼，因为谁也不愿意让家丑外扬。

曹雪芹虽然删掉更衣、遗簪的段落，但又留下了很多线索，之后在秦可卿专题，我们再谈。

成篇 05

梨香院里的笑声

第八回是宝玉、黛玉、宝钗这三角关系的首次交锋，几乎全用对白表现。

程甲本和程乙本的第八回回目是"贾宝玉奇缘识金锁，薛宝钗巧合认通灵"，庚辰本则是"比通灵金莺微露意，探宝钗黛玉半含酸"，意思差不多，就是让读者看到通灵宝玉，见到了宝钗那一块金锁，并且体会林黛玉的心情。

不同的笑，不同心情

第八回的主要舞台是薛姨妈的住处——梨香院。我们可以看到，梨香院里每个人都在笑，可是笑的心情不太一样。

首先，薛姨妈看到宝玉来当然是很开心地笑。那么，薛宝钗看到宝玉是怎么个笑法？她是"含笑"。我们回头留意一下第七回，周瑞家的进到梨香院见到薛宝钗时，薛宝钗是怎么个笑法？"满面堆笑"。虽然曹雪芹已经非常保护书里两位女主角，不希望读者有孰高孰低的成见，可是难免会露出一点马脚。

一个年轻女孩见到人会满面堆笑，说好听点儿是圆融有礼，但也给人一种刻意感。怪不得很多人觉得薛宝钗虚伪。当然那是另外一回事，可是现在她看到宝玉是含笑，也就是从心眼里就很开心看到他。在这一回，她从头到尾都善尽主人之职，表现得很有风度、很愉悦。

宝玉这回又是怎么个笑法呢？他先是嘻嘻笑，接着是尴尬傻笑，到后来干脆喝醉了乱笑。而林黛玉呢？她的笑是有点含酸带醋的酸溜溜的笑。所以说就算是笑，其实也有千百种，第八回出现的这几种笑就很有趣。

薛宝钗的出场

除了"堆笑"跟"含笑"这两个笑容外，第八回宝玉要进薛宝钗房间时，看到她房间的帘子是"半旧"的，进了房，看见她穿的衣服是"半新不旧"的。这也是刻意凸显薛家虽然有钱，可是宝钗不喜奢华。此外，作者还用了两个像是重叠的画面来加强宝钗的形象。第七回周瑞家的进来时，看到薛宝钗跟丫头正在描花样，现在宝玉进来，薛宝钗还是在做针线，就好像她几天几夜就杵在那里做针线一样。这两次描写，已经给足了读者一个贤惠女子的印象。

众人捧在手心的公子哥儿

第七回最后提到了秦钟，第八回最前头又说到秦钟的事，不过这只是一个过场，不是第八回的重点。

正戏上场前，作者顺便让我们知道，宝玉跟父亲的关系是多么不和谐，看来他就是一天到晚在躲父亲。这一大段我们可以对照着平面图看。宝玉要去探视宝钗，本来可以直接穿过贾政院，跨过去就是梨香院，可是他怕遇到父亲，所以宁可出二门，也就是绕了一个大大的弯儿，结果还是碰到了他父亲身边一些门下清客。所谓门下清客，其实跟《金瓶梅》里的"帮闲"差不多，只是这些人比较有文化水平，通常读书不成，科举没中，一事无成，就附属在有钱人门下，图个吃喝自在。贾家的这些清客每天就是陪在贾政身边，跟着老爷琴棋书画，说说文章，喝喝酒，有时候帮老板写点文书、书信之类的。

在《金瓶梅》里，作者给这些帮闲取的名字都语带讽刺，比如最有名的帮闲名叫应伯爵，伯爵就是"白嚼"，一天到晚白吃白喝，姓"应"是老板喜欢听什么，他就说什么。《红楼梦》这方面应该是仿效《金瓶梅》来的，所以为清客取的名字也是故意带有讽刺意味。今天宝玉在穿堂遇到的清客，一位叫詹光，就是"沾光"，一天到晚沾贾政的光。另一位是单聘仁，就是"善于骗人"。还有一位买办叫钱华，就是"有钱花"。

这些清客一看到宝玉，自是极尽巴结谄媚之能事，忙着恭维他的字越来越漂亮。宝玉很开心，"不值什么，你们说给我的小么儿们就是了"。意思是说："你们跟我底下助理讲一声就好了，要几张都有。"宝玉果然是一个众人捧在手心的公子哥儿，讲话的口气也有着十足公子哥儿的调调。

宝玉眼中的宝钗，宝钗眼中的宝玉

且说宝玉来到梨香院，先问起薛蟠："哥哥没在家么？"薛姨妈叹道："他是没笼头的马，天天逛不了，那里肯在家一日呢？"再来问起姐姐宝钗，薛姨妈说她在里面，让宝玉自己进去看望。

"宝玉掀帘一步进去，先就看见宝钗坐在炕上作针线，头上挽着黑漆油光的鬏儿，蜜合色的棉袄，玫瑰紫二色金银线的坎肩儿，葱黄绫子棉裙，一色儿半新不旧的。"接着，程乙本是"看去不见奢华，惟觉雅淡"。我觉得这两句很好，至于程甲本跟庚辰本，则是把宝钗的面貌写得更清楚一点，"唇不点而红，眉不画而翠，脸若银盆，眼如水杏"。所以林黛玉是瓜子脸，薛宝钗则是圆脸，眼如水杏，当然也很漂亮。接下来十六个字，就是作者给薛宝钗性格的评语："罕言寡语，人谓装愚；安分随时，自云守拙。"薛宝钗很聪明，可是大智若愚，不该讲的话她绝对不多说一句，情商非常高。

宝钗看见宝玉进来，连忙起身含笑招呼，并要莺儿去倒茶。接着开始描述宝钗眼中的宝玉。她看到宝玉身上的穿戴，尤其是宝玉项上挂着的那块玉。我们可以比较一下，第三回林黛玉第一次看到宝玉，虽然也瞧见他的装束，但主要是看他的人，她眼中的宝玉是"面若中秋之月，色如春晓之花，鬓若刀裁，眉如墨画，鼻如悬胆，睛若秋波"。如今宝钗看的是他外面那身打扮和他那块玉。这么写是作者有意识地告诉读者，这两个女孩，一个重视玉，一个重视人，是不太一样的。

天生的玉，后天的金

"宝钗因笑说道：'成日家说你的这块玉，究竟未曾细细的赏鉴过，我今儿倒要瞧瞧。'说着，便挪近前来。宝玉亦凑过去，便从项上摘下来，递在宝钗手内。宝钗托在掌上。"几个轻巧动词，如电影般一格一格的画面，顿时让气氛活泼起来。后来的张爱玲、白先勇都是从《红楼梦》里学到动词的活用，他们都是曹雪芹的学生。终于，这块玉的特写出来了，"只见大如雀卵，灿若明霞，莹润如酥，五色花纹缠护"。

宝钗看毕，又重新翻过正面来细看，口里念道："莫失莫忘，仙寿恒昌。"念了两遍，回头向莺儿笑道："你不去倒茶，也在这里发呆作什么？"莺儿也嘻嘻的笑道："我听这两句话，倒像和姑娘项圈上的两句话是一对儿。"莺儿开口了，她戏份不多，可是非常重要。

古代小姐和丫鬟的关系非常紧密，也很有趣，有专文讨论这两者的关系。千金小姐大门不出，二门不迈，有些话不能说，有些感情不能讲，这时就得靠丫鬟当分身。所以，小姐身边那个最得力的丫鬟，都要适时适地地帮小姐表达心里那层无可言说的意思。"我听这两句话，倒像和姑娘项圈上的两句话是一对儿"，这句话说得多么好，等于是帮助宝钗把这件事告诉给所有读者，也告诉了宝玉。这下子，宝玉的好奇心马上被挑起，就说也要赏鉴宝钗的项圈。宝钗说："你别听他的话，没有什么字。"这简直是吊人胃口啊，当然宝玉更想看了。"宝钗被他缠不过，因说道：'也是个人给了两句吉利话儿，錾上了，所以天天带着。不然，沉甸甸的，有什么趣儿？'"宝钗这么一说，我们就知道，宝玉那块玉是他生下来就有的，字也是本来就在上头，薛宝钗的金锁却是后天加工出来的。所以，所谓的金玉良缘，其实是后天人为的安排。至于锁片放的位置也有意思，宝玉那块玉天天挂在衣服外头，宝钗的金锁却是放在衣服里面，正反映了她深藏不露的个性。

宝钗"解了排扣，从里面大红袄儿上将那珠宝晶莹、黄金灿烂的璎珞摘出来"。果然是两面八个字，"不离不弃，芳龄永继"。宝玉念了两遍，又念自己的两遍，说"姐姐，这八个字倒和我的是一对儿"。莺儿说"是个癞头和尚送的，他说必须錾在金器上——"，宝钗这回不等她说完，就催她快去倒茶。我个人认为宝玉说"这八个字倒和我的是一对儿"时是无心的一派天真，可是薛宝钗让莺儿说出来，是有心机的。所以莺儿乍看是莽撞，却是在非常对的时间讲出重点。莺儿还说，"是个癞头和尚送的"。瞧，又是那癞头和尚了。《红楼梦》里，每个人背后都有那双命运的手在操控，一个癞头和尚和一个跛足道人，他们主宰了贾府这些人的命运。

为什么宝钗这次不等莺儿说完，就催她去倒茶？因为宝钗知道莺儿接着要说哪一句。莺儿应该会说，癞头和尚说要把话錾在金器上，然后要跟一个有玉的人在一起之类的。不过，小说如果这样直接写出来就俗气了，曹雪芹知道我们看得懂。

宝玉此时与宝钗挨肩坐着，他闻到阵阵香气，就问"姐姐熏的是什么香？我竟没闻过这味儿"。宝钗说她最怕熏香，好好的衣裳熏得烟燎火气的。后来，她才想到应该是早上吃的冷香丸的香气。宝玉就央求宝钗给他一丸尝尝。宝钗笑他："又混闹了，一个药也是混吃的？"

这一段是在写宝玉的天真，还有调皮淘气的那种小男生样，看到了姐姐，他就开始耍赖撒娇。这应该就是小说里林黛玉常念他的，"我很知道，你心里有妹妹，但只是见了姐姐，就把妹妹忘了"。这会儿真的是有了姐姐，完全忘了妹妹了，所以妹妹一定要赶快追过来！

两大女主角的过招

"一语未了,忽听外面人说:'林姑娘来了。'话犹未完,黛玉已摇摇摆摆的进来。"庚辰本这里是写"摇摇",但我觉得"摇摇摆摆"比较好,有点挑战的意味。

黛玉一见宝玉便笑道:"哎哟,我来得不巧了!"这个"哎哟"用得多好,黛玉的那种语气、神情都表现出来了。宝钗也不是省油的灯,她故意问:"这是怎么说?"黛玉道:"早知他来,我就不来了。"宝钗还要问到底:"这是什么意思?"黛玉道:"什么意思呢,来呢一齐来,不来一个也不来;今儿他来,明儿我来,间错开了来,岂不天天有人来呢?也不至太冷落,也不至太热闹,姐姐有什么不解的呢?"在回答这一段之前,黛玉重复了一次宝钗的问题"什么意思呢",这是程乙本加上去的。我觉得各个版本都有优缺点,至少这一句我觉得程乙本比较好。

大家可以回想一下,有时候别人问我们问题,我们还没想好答案时,确实会很自然地再重复一次问题,拖点时间,在这当下赶快想一个理由或答案。所以,程乙本这个改动更接近人的自然反应,更真实。黛玉一面想,一面回答,越讲越快,讲完之后还来一个回马枪:"姐姐有什么不解的呢?"我们可以想象林黛玉讲这句话时得意的样子,她可没让宝钗给问住。

老仆对上新来的亲戚

这时宝玉看到黛玉罩着大红羽缎对襟褂子,便问:"下雪了么?"地下老婆们说:"下了这半日了。"宝玉就要人取他的斗篷来。林黛玉便笑道:"是不是?我来了,他就该走了。"这话里透着点酸。

宝玉的反应也很好,他刚刚纯粹是没话找话说,可黛玉这么一讲,他也没有被她的话堵住,他说:"我何曾说要去?不过拿来预备着。"

"这里,薛姨妈已摆了几样细巧茶食,留他们喝茶吃果子。"宝玉说到前日在东府里珍大嫂子的好鹅掌,薛姨妈连忙把自己糟的取了来给他尝。宝玉笑道:"这个就酒才好。"

薛姨妈命人赶快弄了上等的酒来。这时,陪同前来的李嬷嬷登场了。

"李嬷嬷上来道:'姨太太,酒倒罢了。'宝玉笑央道:'好妈妈,我只喝一钟。'李妈道:'不中用!当着老太太、太太,那怕你喝一坛呢!不是那日我眼错不见,不知那个没调教的,只图讨你的喜欢,给了你一口酒喝,葬送得我挨了两天骂!姨太太不知道他的性子呢,喝了酒更弄性。有一天老太太高兴,又尽着他喝,什么日子又不许他喝。何苦我白赔在里头呢?'薛姨妈笑道:'老货,只管放心喝你的去罢,我也不许他喝多了,就是老太太问,有我呢。'一面命小丫头:'来,让你奶奶去也吃一杯搪搪寒气。'那李嬷嬷听如此说,只得且和众人吃酒去。"

这一段我觉得很堪玩味,因为李嬷嬷对上薛姨妈了。薛姨妈虽然是王夫人的亲妹妹,但到底是刚住进贾府的亲戚,而李嬷嬷仗着自己是宝玉的奶妈,她就想试试薛姨妈,如果薛姨妈面慈心软,她就可以把薛姨妈踩下去了。富贵人家的底下人,有时也会欺负主子,柿子拣软的捏。我们看李嬷嬷讲的话"不知那个没调教的,只图讨你的喜欢,给了你一口酒喝",这话是指桑骂槐啊。她在指责薛姨妈,只图讨宝玉欢心,让他乱喝酒。又说姨太太还不晓得他的个性是怎么样呢,喝了酒更弄性,这话里的意思是"我跟宝玉才是亲呢,你算什么,根本不了解他"。

李嬷嬷最后还把老太太给抬出来,真是每句话都在卖弄。如果我们是薛姨妈,对着一个仗着自己是宝玉奶妈,就在那儿发飙的难缠下人,我们要怎么办?可不可以跟她一样发脾气,跟她对骂?不行,有失身份。反倒要抬举她,可是也不能够让她欺负。所以,我们来看薛姨妈的反应。

薛姨妈说:"老货,只管放心喝你的去罢。"言下之意,她很清楚李嬷嬷自己也爱喝酒,"就是老太太问,有我呢",这句话厉害了,薛姨妈虽然一脸笑,说得温柔,但就是要让李嬷嬷知道,就算抬出老太太来,"有我呢",多利落!接着,她要小丫头带李嬷嬷去喝一杯,也是再次提醒李嬷嬷,她的位阶跟小丫头是一样的,一个小丫头就可以把她给打发了。"李嬷嬷听如此说,只得且和众人吃酒去","只得"这二字用得很好,显然李嬷嬷在这一回合输了,只得下擂台去了。

这里宝玉又开始撒娇,他说他喝的酒不用烫暖,要喝冷的。薛姨妈说这可不行,若喝冷酒,写字手会打战。这些家常谈话,很能显示出薛姨妈的慈爱。而宝钗的反应呢?

宝钗笑道:"宝兄弟,亏你每日家杂学旁收的,难道就不知道酒性最热,要热吃下去,发散的就快;要冷吃下去,便凝结在内。拿五脏去暖他,岂不受害?从此还不改了呢,快别吃那冷的了。"

宝钗讲话就是这风格,成篇成段,都是议论文,而且都讲得很好。这些话让人敬爱,可是不会心爱。宝玉听这话有理,当然就放下冷酒,令人烫了热酒来。

黛玉的酸意与嘴利

这时,黛玉在做什么?黛玉嗑着瓜子儿,只管抿着嘴儿笑。她这时是不是想嗑瓜子儿我们不知道,可是瓜子儿在中国文化里是一种很特别的食物。

丰子恺曾写过一篇题目为《吃瓜子儿》的文章。丰子恺说,他很佩服人会嗑瓜子儿,第一它那么小,第二吃不饱,第三最可贵的是它那么硬,所以嗑瓜子儿通常就是在杀时间。丰子恺这篇文章虽然表面上是说自己永远学不来嗑瓜子儿,可是事实上是在批判中国人有闲工夫嗑瓜子儿,把时间都给嗑掉了。

现在,梨香院里黛玉嗑着瓜子儿,冷眼看戏,心怀醋意,抿着嘴儿笑,心里可能暗骂着:好啊,宝玉,你就听她的话,看我等一会儿怎么消遣你。"可巧黛玉的丫鬟雪雁走来,给黛玉送小手炉儿。""可巧"这两个字有趣了,"黛玉因含笑问他",这个"含笑"是真开心了。"'谁叫你送来的?难为他费心,那里就冷死我了呢。'雪雁道:'紫鹃姐姐怕姑娘冷,叫我送来的。'黛玉接了,抱在怀中,笑道:'也亏了你倒听他的话,我平日和你说的,全当耳旁风,怎么他说了你就依,比圣旨还快呢。'"

瞧,这话再笨的人都听得出话中有话吧。"宝玉听这话,知道黛玉借此奚落,也无回复之词,只嘻嘻的笑了一阵罢了。"我们可以想象,此时宝玉表情之可爱,他不知怎么好,就只能嘻嘻笑,然后继续喝酒。宝钗素知黛玉的个性,也不在意。薛姨妈开口了:"你素日身子单弱,禁不得冷,他们惦记着你倒不好?"

"黛玉笑道:'姨妈不知道,幸亏是姨妈这里,倘或在别人家,那不叫人家恼吗?难道人家连个手炉也没有,巴巴儿的打家里送了来?不说丫头们太小心,还只当我素日是这么轻狂惯了的呢。'"

明明是强词夺理,脂砚斋却对她这些话赞誉有加:"用此一解,真可拍案叫绝,足见其以兰为心,以玉为骨,以莲为舌,以冰为神,真真绝倒天下之裙钗矣。"很多喜欢林黛玉的读者会把薛姨妈也归成坏心眼的人,其实我倒觉得她慈祥和蔼,还是不错的人。

薛姨妈接下去这一句话语气也很好:"你是个多心的,有这些想头。我就没有这些心。"这句话也不是责怪的意思,就是长辈对晚辈善意的响应而已。这时,李嬷嬷又来叫宝玉别喝了。宝玉正在"心甜意洽之时",与敬爱、心爱的表姐妹一起说说笑笑,正喝得开心呢,所以他央告:"好妈妈,我再吃两杯就不吃了。"李嬷嬷却说:"你可仔细,今儿老爷在家,提防着问你的书!"

李嬷嬷偏是哪壶不开提哪壶,她刚刚端出老太太来,被薛姨妈挡回去,现在又抬出老爷来了。"宝玉听了此话,便心中大不悦,慢慢的放下酒,垂了头。"这表情和动作都是特写镜头,总之,他就是扫兴至极。黛玉这下要替宝玉出头了,她说道:"别扫大家的兴!舅舅若叫,只说姨妈这里留住你。这妈妈,他又该拿我们来醒脾了!"一面悄悄地推宝玉,叫他赌赌气;一面咕哝说:"别理那老货,咱们只管乐咱们的。"李嬷嬷也知道黛玉的个性,现在却要跟她较劲:"林姐儿,你别助着他了!你要劝他,只怕他还听些。"黛玉自然不是好惹的,她冷笑道:"我为什么助着他?我也不犯着劝他,你这妈妈太小心了!往常老太太又给他酒吃,如今在姨妈这里多吃了一口,想来也不妨事,必定姨妈这里是外人,不当在这里吃,也未可知。"

李嬷嬷听了,又着急,又只能笑:"真真这林姐儿,说出一句话来,比刀子还利害。"程甲本还有一句"我这话算什么了",庚辰本是"你这算个什么",程乙本把这些全删了,我觉得删了也好。因为庚辰本那句,我怀疑是后人的眉批,李嬷嬷说了那句话后,很有可能后人眉批"那你这算什么"之类的,后来抄来抄去，就变成夹在正文里。所以我觉得程乙本说到"比刀子还利害"就很够了。林黛玉这话显然吓住李嬷嬷了，为什么？

中国传统文化注重宗族文化，我们这一家子、我们这一房、我们这一宗族、我们这一小区，然后慢慢地扩大，在宗族里的都是自己人，宗族外的都是外人。在这种宗族文化里，黛玉说出"必定姨妈这里是外人，不当在这里吃"，这句话相对就严重了。黛玉用这句话顶李嬷嬷，可见她非常聪明。但林黛玉这番话，想必又得罪李嬷嬷了，一回得罪一个人，以后真够她受的了。

宝钗的反应很有趣。打从讲了一段不宜喝冷酒的议论文后，好一阵子被冷落了。果然黛玉一来，宝玉又是有了妹妹，忘了姐姐。所以，宝钗"也忍不住，笑着把黛玉腮上一拧，说道：'真真的，这个颦丫头一张嘴，叫人恨又不是，喜欢又不是！'"这句话，是不是也是别有深意？虽然是姐姐疼爱妹妹，读者倒是要担心她这一拧，下手不知如何了？

薛姨妈出面安慰宝玉，要他索性在这吃晚饭，醉了就跟她睡。李嬷嬷吩咐小丫头："你们在这里小心着，我家去换了衣裳就来。"第二回合，李嬷嬷再度败下阵来，索性落跑。

宝玉"又鼓起兴来"，再喝了几杯，还一起吃了饭。该是告辞时分了，黛玉因问宝玉道："你走不走？"这句话的意思就是："姑娘我要走了，你敢不走吗？"宝玉"乜斜倦眼"，因为他这时已经喝醉了。宝玉说："你要走，我和你同走。"这应答，黛玉会满意。

外头雪还下着，丫头捧了斗笠要来给宝玉戴。丫头弄不好，宝玉醉言醉语地要自己戴，黛玉说："过来，我给你戴罢。"这话显然也有点示威之意。她没有把机会让给宝钗，三两下就帮宝玉打理完毕了。

第八回已近尾声，在薛家待了一整天，黛玉发挥了高度的"战斗力"，言词咄咄逼人，冷笑、含笑、抿着嘴儿笑，还主动帮宝玉戴斗笠。充满声音、动作的一天，想必很累。而宝玉呢？嘻嘻笑了一天后，作者让我们看到喝醉酒的"混世魔王"在自家房里闹上闹下、可恶复可爱的模样。

宝玉难得发火的缘由

宝玉回房后的这一段,先铺陈出他跟晴雯的关系。在《红楼梦》里,什么人讲什么话都是有一致性的,晴雯一向对宝玉言语辛辣,表面上像在呛他,可是他们两个感情最好,是那种哥儿们式的志同道合。宝玉想起早上写的字,晴雯笑道:"这个人可醉了。你头里过那府里去,嘱咐我贴在门斗儿上的。我恐怕别人贴坏了,亲自爬高上梯,贴了半天,这会子还冻得手僵着呢。"这口气就是晴雯的,这种话袭人不会讲,莺儿也不会讲,只有晴雯会讲。宝玉说:"我忘了,你手冷,我替你握着。"然后拉着晴雯的手,同看门斗上新写的三个字,由此可看出他们的亲密关系。

这里提到一种食物——豆腐皮包子。晴雯说:"快别提了,一送来我就知道是我的,偏才吃了饭,就搁在那里。"可见这种事情常常发生。宝玉对他屋里的丫鬟喜欢吃什么很熟悉,所以看到她们喜欢的,就会以自己的名义拿回来"孝敬"她们。晴雯的口气也很恃宠而骄,她说"一送来我就知道是我的",不过,那碟豆腐皮包子后来给李嬷嬷拿去给她孙子吃了。这事未了,宝玉又想起早上那杯枫露茶,茜雪说被李嬷嬷喝了去。宝玉一听就发火了,把茶杯往地下一摔,打了个粉碎,还泼了茜雪一裙子。

按说这种事李嬷嬷应该常做,可是为什么宝玉今天特别生气?我们来揣摩一下他的心情。第八回一开始,作者让我们看到宝玉这个公子哥儿是如何被捧在众人的手掌心,但去了梨香院,李嬷嬷几次在他亲亲爱爱的姐妹面前没给他面子,还拿老爷吓唬他!他应该早就一肚子火了。没想到回自己房后,发现豆腐皮包子被李嬷嬷拿走了,枫露茶也被她喝了,宝玉这才终于发飙。

茜雪这个角色第一次出现在第七回周瑞家的送花给黛玉时,宝玉听周瑞家的说宝钗身体不大好,就差丫鬟去向薛姨妈和宝钗问安,去的人就是茜雪。第二次就是在第八回这里出现的,然后要到第二十回才提到茜雪被撵出去的事。不过因为脂评本里有句"茜雪至狱神庙方呈正文",所以有学者认为,脂砚斋已经知道曹雪芹整部小说的大纲,原本应该有在第八十回以后,贾府被抄家关到狱神庙时,茜雪不计前嫌,回来照顾他们,到监狱里送饭,努力想办法救他们等情节。可是,我们现在看到的高鹗版并没有这段,所以有人觉得高鹗没有把这角色给处理好。总之,茜雪在这里成了李嬷嬷的替罪羔羊,后来被撵出了贾府。

宝玉发火摔杯后,贾母那里就有人来问怎么了,因为他还是住在贾母院里,跟贾母住的地方很近。作者刚刚写了晴雯的娇俏,现在则写袭人的识大体。袭人回说:"我才倒茶,叫雪滑倒了,失手砸了钟子了。"她一句话把事情担了下来。贾家有的是钱,弄破一个茶杯不算什么,可是如果她一五一十地说出来,那就没完没了了。

结尾作者把每个人都交代清楚了,宝玉醉到不行,袭人就服侍他睡觉,李嬷嬷进来,听见宝玉醉了,也就不敢上前。传统章回小说有时候没办法像西方小说那样结构严谨,因为是分次讲故事给听众听,有时候今天讲,明天就忘记漏掉谁没讲,可是《红楼梦》中每个角色都写得很周全。

第八回最后还带出了秦钟、秦邦业、秦可卿,交代了一下秦钟和秦可卿的背景,就像第四回最后带出薛家一样,因为接下来就是秦可卿的戏了。所以,它的整个结构也是非常紧密的。

食物背后的意义

接着,我们来谈谈第八回出现的食物,和它们在故事里的意义。

先从黛玉嗑的瓜子儿说起,她抿嘴而笑,伺机而动,瓜子儿滋味于她,应该一点儿意义也没有。

我们接着来说酸笋鸡皮汤,就是宝玉喝醉后在梨香院喝的汤。这汤用的鸡皮,是切成小小一厘米左右的菱形,当然除了那一层皮,还夹一点点鸡胸肉,也就是一只鸡皮下脂肪最少的部分。清朝袁栋在《书隐丛说》中就提到,富贵人家富贵的程度,是"鸡有但用皮者,鸭有但用舌者"。"鸡有但用皮者",就是说一只鸡只用鸡胸上面那一点鸡皮来做成这酸笋鸡皮汤用来醒酒。

然后就是糟的鸭信。糟是指用甜酒酿,再加上麻油,重新去泡制出来的一种糟油，甜甜香香的。糟的鸭信即是用这油腌制出来的鸭舌头。

宝玉还吃了半碗多碧粳粥。碧粳粥用的米也是皇宫内院在吃的，即所谓御用的米。这种米出产于河北，米粒较长，微带绿色，所以名为碧粳。煮的时候非常香，用这米煮成的粥就是碧粳粥。第六十二回宝玉生日那天下午，芳官请人准备的午后点心里也有一碗"热腾腾碧莹莹绿畦香稻粳米饭"，就是用这米煮的饭。

至于豆腐皮包子，读者比较容易想象吧，就是用豆腐皮包的包子。

那杯李嬷嬷喝掉的枫露茶究竟是什么样的茶，到今天为止，研究红学的人仍然不确定，有人说可能是用枫叶嫩枝去蒸出来的，就类似炼精油一样。喝茶时加一点点这个提炼出来的精华，就是枫露茶，可是也有人说是采集秋天枫叶上的露珠而沏成的茶，众说纷纭，未能定论。

第八回出现的这些食物除了点出了贾家的富贵，其实都是在写人。豆腐皮包子写晴雯跟宝玉的关系，枫露茶写袭人、茜雪，而重点集中在李嬷嬷的仗势欺人上，她平常在宝玉房里不晓得吃了拿了多少东西了。

所以，我们说《红楼梦》里每一样东西，背后都有作者巧心安排的意义，他用食物、用东西来代表一个人的性情、心情，或是带出情节的起承转合。下一节，我们要来谈一谈红楼品味，就是从贾府的衣食住行，来看他们的生活美学。

成篇 06

红楼品位：贾府的吃穿用度

这一节，我们将用贾府的吃穿用度来说一说富贵。

富贵不是件容易的事。清朝人有句话"房新树小画不古，此人必是内务府"，这是在强调一个家的根基。也就是说，如果一个人看起来很富有，可是房子是新的，他们家宅院里种的树还很矮小，墙上挂的也不是古画，那么这人必定是在内务府工作。内务府专门管皇宫内院的一些杂事，算是肥缺。也就是说，这种人可以很快赚到钱，但出身不高，是一副暴发户嘴脸。

富不等于贵

我们现在习惯把富和贵两个字摆在一起，好像富了就应该贵，但事实上富跟贵是两回事。社会学家已经很明确地界定：一个人口袋里有没有钱，那是经济资本，可是一个人是贵或贱，那是文化资本，也就是人文素养。有没有经济资本跟有没有文化资本，是两回事。

举例来讲，美国立国两百多年，时间不长，虽然多的是有钱人，可是没有贵族。所谓贵族，是家里拥有雄厚的文化资本，根基动辄百年以上者。所以，出身富贵家庭的音乐家拉赫玛尼诺夫在俄国十月革命后到美国，美国人对他特别欣赏佩服，因为拉赫玛尼诺夫的曲子里有一种属于贵族的贵气、感伤，甚至颓废。颓废也不是一件容易的事，必须有文化底蕴，它跟腐败是不一样的。我们说欧洲虽然没落了，可是还有贵族，因为除了身份血统外，更重要的是几代积累下来的文化气质。

不是谁都写得出富贵

《红楼梦》里的贾府无可讳言是富贵的、有文化的。故事里的三大场面、那些细腻的衣食住行，罗贯中写不出来，吴承恩也写不出来，更不要说兰陵笑笑生了，因为没有那个背景、那种见识。白先勇比一般人的家庭更占优势，所以他知道《游园惊梦》里豪门的排场、贵妇的心情，那是一般普罗大众难以揣摩的。

曹雪芹写得出《红楼梦》里那些富贵，是因为曹家三代为官，很懂吃穿。曹家最盛时的当家人曹寅就是一位富贵公子，有个外号叫饕餮侯。他既写食谱，又有过四次接驾经历，所以曹家当时一定集中了天下所有的山珍海味。《红楼梦》里的饮食可以说是十八世纪，就是康雍乾那个年代贵族的饮食记录的代表，而且主要是淮扬菜系较多。

为了与《红楼梦》做一下对比，我们来谈谈其他几部章回小说里的饮食。

罗贯中写《三国演义》，施耐庵写《水浒传》，他们所写的年代刚好是元末明初民生凋敝之时，他们也都是穷酸书生。《三国演义》里提到的饮食不多，作者写诸葛孔明等人在草船内喝酒，可是没写他们喝的是什么酒，因为他不知道有什么酒，没什么好说的。《水浒传》也一样，故事里英雄大块吃肉，大碗喝酒，但吃的是什么肉不知道，喝的是什么酒没说，因为作者说不出来。还有《西游记》，说到食物，读者想到了什么？唐僧肉、猪八戒吃的人参果、孙悟空偷摘的蟠桃等，这都是虚构的。我个人觉得《西游记》里的食物很有意思，因为唐僧是和尚，所以里面提到的食物都是青菜、豆腐、馒头之类。而作者吴承恩是个穷书生，长期栖身寺庙，所以他能写出来的、他所认识的食物，大概就是寺庙里那些青菜、豆腐、馒头而已。从更深一层来看，唐僧还有另外一种辛酸，他必须开口跟徒弟说"为师的腹中饥饿"，三个徒弟都是妖怪，不食人间烟火，不会觉得饿，所以常常忘记师父是会饿的。我们可以想象唐三藏一定每次都忍耐很久，才很不好意思地跟徒儿说，但每次一说出来，他一定会后悔，因为徒弟一定会惹事，最后就常常出现一个画面：唐三藏被捆起来吊在屋梁上，底下一口大锅正在烧开水，他低声呼喊"悟空救我"，眼泪一颗颗滴落在热锅里。我觉得，这应该相当深刻地反映了吴承恩对食物的心情，他长期寄食寺庙，看尽别人脸色，于是乎很自然地把这样一种委屈写进《西游记》里。有趣的是，虽然唐三藏常常饿肚子，可是他的肉又是所有妖怪想要吃的，这是不是又反映了吴承恩怀才不遇、愤世嫉俗的心情呢？

至于《金瓶梅》，则反映的是明朝城市经济中那种暴发户家庭的饮食。他们动不动就借个什么事，准备了肥鸭、腊鹅、油鸡、鲜鱼，虽然感觉是不错的食物，但其实很简单，比较粗糙。

《金瓶梅》里常出现炖得软烂的食物，西门庆食桌前总有"炖烂鸽子雏儿""炖烂蹄儿"等。上课时，学生们很好奇，说西门庆是不是牙口不好。我认为，炖烂的食物恰是富裕的一个象征。家里的大厨房二十四小时有人守着，一直都有蒸笼热着，不论客人何时来都有炖烂的大碗菜可以上桌，这当然是有钱人家才能做到的事。

粗菜细做，讲究细节

《金瓶梅》以市井小吃、城市中产阶层的食物为主调，《红楼梦》就不一样了，光是第四十一回王熙凤让刘姥姥吃的那个茄鲞就很经典。茄子就是茄子，可是茄子可以变出这个名堂来，"粗菜细做"，那才是富贵人家在食物上所下的功夫。

第三十八回，贾府众人要吃螃蟹，王熙凤"命小丫头们去取菊花叶儿桂花蕊熏的绿豆面子，预备着洗手"。这绿豆面子就等同于香皂，因为绿豆粉是很好、很天然的去角质材料。吃螃蟹时得用手,所以手一定会腥,吃完螃蟹后,把这绿豆面子拿来抓一抓,然后再就着清水冲洗一下,腥味就去掉了。贾府吃螃蟹,讲究的是这洗手的东西。

清楚分明的饮食等级

《红楼梦》里的饮食是满族人的吃法,亦即一天两个正餐。第一餐的时间,在上午十点左右。第二餐在下午三点左右。但我们不用担心他们会饿,因为除了正餐外,还有早茶、午点,当然消夜也不遑多论。第六十一回提到,贾府大厨房在准备贾母的饭时,是把天下所有蔬菜写成牌子,每天转到哪个就吃哪个,这画面很是气派。

从第三回、第六回来看,我们大概也知道,贾府里每个人吃的都不一样。贾母位于金字塔顶端,所以贾母带着孙女、孙子吃的是顶级的食物。贾母进餐之际,媳妇、孙媳妇都要在旁边伺候着。第三回,林黛玉和贾母同桌吃饭时,就看到李纨捧杯、王熙凤摆筷子、王夫人端汤。等贾母吃完后,媳妇再各自回房吃。此外,夫妻也不常在一起吃饭,也就是王夫人吃王夫人的,贾政吃贾政的。贾政通常在外书房跟那些沾光、骗人的清客一起吃,夫妻很少同桌,除非有特别的事。

那贾母吃剩的食物哪儿去了?有学者认为散给丫头们吃了。我则认为,这些残肴应该是撤下,倒掉了。因为什么等级吃什么食物,本就规矩严明。第六回王熙凤伺候完贾母,就回自己房间用餐,从刘姥姥的眼睛看到的是满满的一桌鱼肉,只略动了几样,就撤下来了。那么,那一桌菜哪里去了?还是倒掉。王熙凤吃的时候,平儿、丰儿、小红这些头等丫鬟伺候着,她吃完后,饭菜撤下,接着丫头们的菜来了,也就是平儿的来了,这又是一个等级。平儿这些头等丫鬟吃饭时,小丫头伺候着,等平儿她们吃完,撤下去后,小丫头的饭菜才上来。小丫头吃的时候,则是三等仆妇伺候着,等小丫头吃完撤下,再轮到三等仆妇吃,一个等级一个等级吃下来,怪不得一天只能吃两顿。这是说笑,但我们可以想见用餐时间拖得有多长,而且食物浪费得有多严重。

小说里不止一次提到,除非主子特别说这几样菜要给谁,下面等级的人才能拿,否则这些菜就是撤下去的。也就是说,该贾母吃的,贾母即使不吃,也不能给丫鬟,除非她特别讲一句这个还不错,你们把它吃了吧,大家才可以动它。小说中只有在家常宴会、菜色特别多时,才会由鸳鸯、平儿等做主发落。

还有一种情况,第三十五回中袭人端了两碗菜跟宝玉说,"今儿奇怪,刚才太太打发人给我送了两碗菜来","还不叫过去磕头,这可是奇了"。可见主子赏菜,丫头通常是得过去磕头的,而且要先向"直属长官"禀明,不可以私下随意下肚。上一节提到,宝玉看到豆腐皮包子,知道晴雯喜欢吃,但他得"和珍大奶奶要了,只说我晚上吃,叫人送来的",如此才符合规矩。原来在这样一个钟鸣鼎食之家,饮食的等级是这样子严明。

第六回,刘姥姥来贾府吃了一桌客饭,我想贾府的客饭大概也分好几个等级吧,刘姥姥吃的大概是倒数第二级,但她就已经满意到不行了。

贵气精细的贾府饮食

富贵人家的饮食不只等级严明,而且非常奢华,如第三十八回至第三十九回的螃蟹宴。刘姥姥刚好来贾府,听到周瑞家的等人说起螃蟹的事,刘姥姥道,这些螃蟹加上酒菜,数一数要二十来两银子,她说:"阿弥陀佛!这一顿的银子,够我们庄家人过一年了。"所以我们知道,贾府普普通通一顿螃蟹宴的花费就是庄家人可过一年的金额。一般小型家宴,也是要二三十两银子,如果加请戏班子,一次要花至少五十两银子。若是再隆重点的,第四十三回和第四十四回王熙凤生日那天就花了一百五十两银子。

饮食上的富贵,当然不是只看花多少钱,我们来看第三十五回提到的莲叶羹汤模子。话说第三十五回,宝玉挨打过后,贾母等人来看他,问他想吃什么,也亏得宝玉想到之前吃过的"小荷叶儿,小莲蓬儿汤"。整部小说只有这项食物是暗示先前元妃省亲时上供的御膳。曹家四次接驾,所以应该会有一些当初为康熙皇帝特别设计的佳肴,这或许就是其中一项,其实它还是"粗菜细做"。食材很简单,可是细节很讲究。宝玉既说想吃,贾母当然"一叠连声的"叫赶快去做,这口气很传神。王熙凤是当家的,笑道,"老祖宗别急,我想想,这模子是谁收着呢",结果由厨房问到管茶房的,最后是管金银器的送了上来,可见贾府有好多这方面的分支机构。这四副银模子"都有一尺多长,一寸见方,上面凿着豆子大小,也有菊花的,也有梅花的,也有莲蓬的,也有菱角的,共有三四十样,打得十分精巧"。

有一本《红楼梦饮食谱》(秦一民),将小说里提到的每样菜都照着重新做了一遍。宝玉想喝的这道"借点新荷叶的清香"的汤,就是先挤出荷叶汁,和在面粉里,然后拿那个模印上去,抠下来,放进用老母鸡熬出来的高汤里煮。我们可以想象,一碗熬得非常香的橙黄色鸡汤里,有绿色的小花朵浮浮沉沉,真是秀色可餐。

"富贵"得用对比、烘托手法

这里有个重点,薛姨妈看到这四副模子时说:"你们府上也都想绝了,吃碗汤还有这些样子,要不说出来,我见了这个,也认不得是做什么用的。"这话如果是刘姥姥说的,那一点儿分量都没有,可是薛姨妈已经是富贵中人,由她讲出这句话来,分量就很重了。

谈话间,贾母问薛姨妈想吃什么,她有办法叫凤丫头弄出来。王熙凤就很凑趣地说:"我们老祖宗只是嫌人肉酸,要不嫌人肉酸,早已把我还吃了呢。"这话说得众人哄堂大笑,躺在榻上的宝玉"也掌(撑)不住笑了"。这当然是一句俏皮话,王熙凤得老太太欢心,才敢开她玩笑。可是这句话背后,也暗喻着贾府富贵到什么程度!

再举个例子,第四十一回的油炸螃蟹饺儿。这天刘姥姥来,贾母带着她逛大观园时,有丫头来请用点心。其中一样是油炸的小饺子,用螃蟹做馅儿。这饺子只有一寸来大,一口就没了,做起来却很费工夫。我们简单讲一下做法,来想象一下那个滋味。首先，将螃蟹蒸熟，趁热剔出蟹黄、蟹膏跟蟹肉。其次，加上猪油，用猪油才香，也许需要再加点肉馅儿什么的，一起炒过做馅儿。最后，做好饺子皮，包馅儿上笼蒸，蒸熟后下热油锅，快速捞起，才能外酥里嫩。这饺子难的是时间，因为凉了就腥，皮就不酥脆了。厨房赶着热送到贾母面前，结果贾母看了一眼皱眉道："这会子油腻腻的，谁吃这个！"好，老祖宗说这话还有点道理，我们再看看第六十二回芳官的午点。

芳官是戏子，就是贵妃省亲时十二个戏子里的一个。后来戏班子解散，这十二个女孩就被分配到各屋里当丫鬟，其中芳官被分配到了宝玉的怡红院。论资历或身份，她绝对越不过晴雯、麝月，更不要说袭人，算是三等的丫鬟。故事提到，宝玉生日那天，全家都吃面，可是戏班子的女孩都是从江南采买来的，所以芳官吃不惯面。到了下午肚子饿，她就告诉厨房的负责人柳婶子给她做碗汤，盛半碗饭来。宝玉这时正好回来，"只见柳家的果然遣人送了一个盒子来……里面是一碗虾丸鸡皮汤，又是一碗酒酿清蒸鸭子，一碟腌的胭脂鹅脯，还有一碟四个奶油松瓤卷酥，并一大碗热腾腾碧莹莹绿畦香稻粳米饭"。

结果，这桌色香扑鼻的午餐，却让芳官说："油腻腻的，谁吃这些东西！"同样一句话，在贾母说来还没什么，让一个大观园里曾是戏子，现在不过是三等丫鬟的芳官讲出来，就有点儿吓人了。富贵不是单靠嘴巴讲，曹雪芹透过实例，再加对比、烘托手法，终让平凡的我辈知道什么是"富贵"。

超越时代，解放足下

接下来，我们看《红楼梦》里的穿着。我们拿《金瓶梅》来做比较，因为这两部小说类似，都是以一个家庭为单位的写实主义小说。《金瓶梅》的作者非常在乎女人脚下的三寸金莲，对于脚和鞋子，用了很多篇幅形容，可是在《红楼梦》里，我们完全看不到女人是否有缠足。

一直到现在，还有很多论文在讨论林黛玉有没有裹小脚。我觉得没有必要，小说跟人生本就有距离的美感，虽然它是写实主义小说。还好他没有写林黛玉裹小脚，否则想了都令人难过。可见在很多女性都在裹小脚的年代，曹雪芹已经超越了。当然还有一种说法，满族人不裹小脚，她们穿的是花盆底的鞋，但这点《红楼梦》完全没提到。也就是说，如果有所谓的解放足下，曹雪芹在《红楼梦》里已经替所有金钗解放了，这是一个很具象征性、很超越的写法。

至于书里写的衣服，倒是跟《金瓶梅》相当接近，也就是说比较接近明朝的服饰。清军入关后，规定男人要剃头，为了剃这个头，江南死了几十万书生，因为"留发不留头，留头不留发"。可是满族人对妇女的服饰是不限制的，所以清朝有句话说"男降女不降"，意即男人投降了，蓄清朝的辫子，可是女人依然穿由明朝沿袭下来的服饰。《红楼梦》里的薛宝钗、林黛玉或王熙凤的穿戴，跟明朝女子比较接近，不过重点不只是这个，我们要看的还有透过衣着显示出的"红楼品味"。

极品软烟罗

曹家是江宁织造，自是有最上等的丝织品，曹雪芹理所当然将它写进了小说。

我们先来看第四十回出现的软烟罗。这天，贾母带刘姥姥逛大观园，逛到了潇湘馆，看到潇湘馆糊的纱窗褪色，就说起家里有几种颜色的纱可以换。王熙凤忙回复道库房里还有几匹蝉翼纱，结果贾母取笑她说："呸！人人都说你没有没经过，没见过的，连这个纱还不能认得，明儿还说嘴！"老祖宗娓娓道来，库房里的纱不是蝉翼纱，而是软烟罗。顾名思义，蝉翼纱薄如蝉翼，已经是很好的纱了，但软烟罗等级更高，它有四个颜色：雨过天青、秋香、松绿、银红。那么，贾母建议用哪个颜色来糊潇湘馆的窗？这一问题，我在课堂上常常拿来问学生，结果答案都跟贾母不一样。老祖宗选择的是又名"霞影纱"的银红色软烟罗。

我们一般人可能觉得奇怪，明明窗户外面是千竿修竹，一片翠绿，为什么贾母要用银红色的来配？有的学生嘴快："红配绿，不就狗臭屁吗！"原来整匹纱卷叠着，看起来也许是红色的，可是打开来轻薄近乎透明。所以，把这银红色的霞影纱糊在窗户上,衬着外面绿色的竹林光影,远望宛如流动的烟雾。由此得证贾母真是一位生活美学家。

如果不是曾经有过那样的富贵,谁又能知道软烟罗是什么?

华美衣裳背后的意义

我们接着看凫靥裘,这是在第四十九回和第五十回出现的斗篷。一部长篇小说,会不断有新的人物出现,以便开展一些新的故事。《红楼梦》到此就出现了李纹、李绮、邢岫烟,还有薛宝钗的堂弟与堂妹,即薛蝌与薛宝琴。薛宝琴一来,贾母就非常喜欢她,送给她一件名为凫靥裘的漂亮斗篷。这斗篷是用野鸭子头上的毛做的,而且野鸭子头上只有那一小撮毛,一件斗篷要多少只野鸭子头上的毛啊,可见这斗篷之名贵。隔了两天,宝玉一早要出门,贾母怕宝玉穿得不够暖,就给了他一件孔雀裘,也就是"雀金呢"。孔雀的毛已经是金碧辉煌,用孔雀毛做成整件斗篷,穿起来就像孔雀开屏一样十分华丽吧。这两件名贵的斗篷同时出现,其实是个暗示。《红楼梦》里经常会使用信物来营造悬疑性,比如有金就要有玉。或者是,史湘云有一个麒麟,第二十九回宝玉也拿到一个麒麟,第三十一回回目又有"因麒麟伏白首双星"一句,所以也有人认为,这是宝玉后来也有机会跟史湘云结婚的伏笔。那现在薛宝琴得到凫靥裘,隔两天,贾母又给宝玉孔雀裘,是不是也在暗示这两个人也很有可能?事实上也是,贾母已经一眼看中宝琴,并让王夫人认作干女儿,"不命往园中住,晚上跟着贾母一处安寝"。这样的待遇,林黛玉亦不及。后来贾母知道宝琴已经许给梅翰林,还有些许遗憾呢。

我们常说,恋爱中的人都是盲目的。林黛玉只担心谁有什么信物,却忽略了若没有得到长辈欢心,一切都不算数。我们从各种蛛丝马迹都可以看出来,在宝玉婚配这件事上,贾母从来没有把林黛玉作为考虑的对象。林黛玉持续性的不安,不就代表她有感觉到,只是不敢深究吗?

其实,这一件孔雀裘,除了讲贾府衣着的名贵,背后又附带了很多作用。第一，它暗示宝琴跟宝玉结合的可能。第二，贾母给宝玉这件衣服时说："就剩了这一件，你糟蹋了也再没了。这会子特给你做这个也是没有的事。"果然宝玉穿出去当天就弄破了一个洞，这就是戏剧上的反高潮效果。至于"这会子特给你做这个也是没有的事"，则透露出贾家已经在走下坡路，这种好东西，以后不太可能再有了。最后，它还为晴雯"量身打造"了表现的机会。

那天宝玉穿了出门，回来就发现后襟让手炉的火星子烧了一个洞，宝玉自是懊恼得"嗐声顿脚"。当天晚上，袭人刚好回去奔母丧，所以麝月就赶快把衣服包好，叫婆子拿出去给织补匠修补，希望"赶天亮就有才好，千万别给老太太、太太知道"。结果婆子绕了一个晚上，回来说全城也找不到一个织补匠敢接这个生意。因为没人看过这种东西，不会补，怕弄坏了赔不起。

这时就轮到晴雯表现了。在小说里，我们常看到晴雯跟宝玉斗嘴。她人长得漂亮，又任性直率，一副很不"丫鬟"的样子。但当初贾母挑上她给宝玉，一定有她的道理，这会儿终于该晴雯发挥了。

我们来看小说怎么来安排晴雯这场戏。作者首先让袭人回家居母丧。因为只要袭人在，就不可能有晴雯的空间，然后又让晴雯生着病，只有如此，病美人灯下补裘的凄美动人画面才会出来。这里晴雯挣扎着坐起来，把头发一绾，"只觉头重身轻，满眼金星乱迸，实实掌（撑）不住。待不做，又怕宝玉着急，少不得狠命咬牙挨着"。就这样花一整夜，把这件全城织补匠都不敢揽的活儿给完成了。而这幅"晴雯灯下补裘图"就变成《红楼梦》里经常被传颂的画面。作者千方百计地给晴雯一个专题、一个画面，就是要说明她值得宝玉这样对待她。

这件孔雀裘到这儿已经发挥了好多作用，但还没完。晴雯在第七十八回过世，这件衣裳到了第八十九回"人亡物在公子填词"又出现了，当然这部分可能是高鹗补的，不过他补得也好。话说第八十九回，宝玉再次被逼到贾府的学堂读书，这一天天气很冷，袭人就命小厮包了一包衣服来。宝玉打开，里头赫然就是孔雀裘。我们可以想象，全班师生的眼睛全都亮了，而宝玉"不看则已，看了时，神已痴了"。因此说："我身上不大冷，且不穿呢，包上罢。""代儒只当宝玉可惜这件衣裳，却也心里喜他知道俭省。"曹雪芹在这里用贾代儒迂腐的想法，来烘托一个年轻人无人了解的浪漫与无人可诉的感伤，这种写法真的很不错。

独一无二的大观园

说完食、衣，现在我们来说住。清朝初年园林极盛，我们可以断定曹雪芹一定游过一些名园，对园林艺术有相当的认识。他在小说里除了渗透出自己独特的建筑理念外，又加上了文学的技巧和人生感慨，终于创造出一个独一无二的大观园。

怡红院就是"怡红快绿"，是整个大观园里最富贵豪华的房舍，当然是给宝玉这位富贵闲公子住的。潇湘馆小巧别致，千竿修竹，早也潇潇，晚也潇潇，最适合爱哭的林黛玉住。蘅芜苑像雪洞一样，种的不是一般的花花草草，而是药草，最重要的是每到秋冬越冷越苍翠，这就暗示了薛宝钗性格上的冷。秋爽斋，顾名思义秋高气爽，房子特别挑高，而且里面很开阔，尤其桌案上笔墨成林，还摆着一盘佛手瓜。这房里有佛手瓜香与书法墨香，是谁住的？探春。这也暗示了探春明朗的个性。元妃省亲时，一班人在作诗，贾元妃点名要探春把做好的诗誊出来，可见探春的书法很好，所以屋子里笔墨成林。

稻香村宛如田园，有景、有田，那就该清心寡欲的寡妇李纨来住。第十七回，贾政带着清客和宝玉游大观园，众人来到稻香村，宝玉就说这里"分明是人力造作成"，无趣得很。但贾政觉得这里"入目动心，未免勾引起我归农之意"。曹雪芹正是在骂这些文人，他们明明想做官，做了官又一天到晚谈归隐，什么"小隐隐于野，大隐隐于朝"，其实都很虚假。宝玉一讲出真话，果然又被父亲痛骂一顿。贾政这名字是有涵义的，贾政，即"假正"，也就是"虚伪的正派"！看他一副道貌岸然的模样，骂起宝玉来，却是粗俗可厌。另外，大观园里藕香榭、沁芳亭、紫菱洲、蓼风轩、芦雪庭等，都将在故事里一一出现，寓意着人生的各种感慨。

富贵人家的出行

最后是行的部分，我们特以第二十九回清虚观打醮为例。在各个版本的描述中，程甲本的描述比较活泼亲切，程乙本则比较有富贵气。

清虚观打醮的缘起，是贾元妃拿钱，请娘家帮她在清虚观打三天平安醮。凤姐很有兴致，贾母也想凑趣，王夫人又"打发人去到园里告诉，有要逛去的，只管初一跟老太太逛去"。这一招呼，几乎整个贾府倾巢而出。庚辰本和程甲本，把贾府众人浩浩荡荡出门的画面描写得很热闹："贾母等已经坐轿去了多远，这门前尚未坐完，这个说'我不同你在一处'，那个说'你压了我们奶奶的包袱'，那边车上又说'招了我的花儿'，这边又说'嘣了我的扇子'，叽叽呱呱，说笑不绝。周瑞家的走来过去的说道：'姑娘们，这是街上，看人笑话。'"

这场景写得也许活泼，也许亲切，但是我个人认为不可能发生。我们回想第三回，在王熙凤人未到声先到时，林黛玉还想着"这些人个个皆敛声屏气如此，这来者是谁，这样放诞无礼"，所以贾府的规矩是很严格的。那天晚上，同样通过林黛玉的眼睛告诉我们，用餐时，几十个人伺候着，可是连一声咳嗽不闻。贾府如此重规矩，怎么可能让这些小姐丫头在大街上叽叽喳喳，像小学生坐游览车一样呢？这样的写法，会让人觉得作者视点不高，就像站在一群人中，跟大家笑闹成一片。可是反观程乙本的写法则是由高往下的烘云托月法，用街上那些小户人家的眼睛来看贾家的富贵出行。

"那街上的人见是贾府去烧香，都站在两边观看。那些小门小户的妇女也都开了门，在门口站着，七言八语，指手画脚，就像看那过会的一般。"这描写很传神，对一般人来说，贾家出行当然值得一看，就比如看游行、迎神赛会之类。"只见前头的全副执事摆开"，就是全套的仪仗队伍行进。"一位青年公子骑着银鞍白马，彩辔朱缨"，这是指宝玉了。"在那八人轿前领着那些车轿人马"，八人轿是贾母的轿。"浩浩荡荡，一片锦绣香烟"，这几个字可是厉害了，锦绣指的是马或车子上面那些刺绣的布幔，至于香烟，则是由于阵仗出来一定有人熏香，故有香烟。更厉害的是"遮天压地而来"，这比喻队列长到看不见尾，而且一大片黑压压地过来，气势惊人。最出色的是下面一句"鸦雀无闻，只见车轮马蹄之声"，这才叫富贵啊！程甲本热闹的写法只是富，但不贵，而且还没规矩，大家乱成一团。

《红楼梦》现在有那么多版本，各有优缺点，在清虚观打醮的出行这部分，程乙本写得确实比较有富贵气。

从以上简单说明的贾府的衣食住行，我们可以了解贾府的富贵和品位。生活美学的部分我们以后还会谈到，就是他们如何在大观园里春夏秋冬过日子，那也是很精彩的部分。

成篇 07

谜样人物秦可卿

这一节，我们来谈谈谜一样的人物秦可卿。为什么说她是谜一样的人物？因为她有几点实在是很奇怪。首先，她的身世。其次，她的篇幅很少，第十三回就过世了，可是影响力又很大。再次，她如果真的是淫丧天香楼，那怎么会列在十二金钗正册里。

很久以来，许多人都认为宝玉从童男子变成大人多亏了秦可卿，可是现在又有一种比较符合医学的说法，即我们之前提到的，宝玉只不过是在那样一个充满女人香味、女性性暗示的房间里，有了一次少年的梦遗而已。因此，他的初试云雨情，是醒过来之后跟袭人发生的，并不是跟秦可卿。而在第十三回，当宝玉乍闻秦可卿的死讯时，忽然间吐血，这又是怎么回事？所以有一派紧咬这个证据，认为宝玉和秦可卿一定有什么，要不然他为什么吐血？不过这又是见仁见智了。

秦可卿的丈夫是贾蓉，贾蓉跟凤姐之间有点暧昧，第六回刘姥姥就在一旁看着他们两个打情骂俏，可是我们又觉得凤姐和秦可卿交情很好，两个人常私底下诉衷情，那到底是怎么回事儿？总之，秦可卿这个角色的意义在哪里？她是邪是正，是个什么样的人物？

061

综合以上疑问，就造成了秦可卿篇幅虽然少，可是几乎所有讨论《红楼梦》的书，没有一本敢漏掉她的现象。近年因为刘心武曾在中央电视台《百家讲坛》节目中讲《红楼梦》，主要是从秦可卿这个角色切入，认为曹雪芹写《红楼梦》的意义，就是为了写秦可卿，这个观点进而变成新派"秦学"。刘心武的观点是否足以说服人，我觉得那是另一回事，不过他的"秦学"倒是又掀起了大家对《红楼梦》的讨论。

养生堂孤女如何能嫁入宁国府？

秦可卿何许人也？小说第八回最后有简单介绍。程乙本说她的父亲名叫秦邦业，庚辰本说是秦业，反正是同一人。秦邦业现任营缮司郎中，是一个很小的官，他年近七旬，夫人早亡，因"年至五旬时尚无儿女，便向养生堂抱了一个儿子和一个女儿"。养生堂就是孤儿院。谁知抱来的儿子又死了，只剩一个女儿，小名叫可儿。这女孩长大后"生得形容袅娜，性格风流，因素与贾家有些瓜葛，故结了亲"。脂砚斋对于"性格风流"一词批说："四字便有隐意，《春秋》字法。"孔子当年作《春秋》，乱臣贼子惧，所以"《春秋》字法"意指褒贬都在其中。

书中提到，秦邦业到了五十三岁上又有了一个儿子秦钟，所以秦可卿和秦钟虽然是姐弟，可是没有任何血缘关系。现在问题来了，秦可卿是养生堂抱来的，也就是完全不知道身世背景为何，怎么可能有这么大能耐成为贾家宁国府长孙正媳？而且还是贾母"重孙媳中第一个得意之人"——光是这句话就给我们一个很大的想象空间，毕竟于情于理都不合。

我们试着分析几种可能。

第一，曹雪芹要用这种方式来凸显秦可卿从小就才貌双全，远近驰名，因此贾家愿意破格接受她。虽然这个可能性不大，因为就算她再怎么出色，但若真的是养生堂抱来的，照理说顶多只能做一个妾，不过或许真有这样一个例外也未可知。

第二，她是有娘家的，问题是娘家人单力薄，不足道哉，所以她被贾珍非礼也不敢声张，一旦被婆婆识破也只好自杀，反正这个娘家也没办法替她做任何事，干脆就一笔勾销。在传统封建社会里，人们认为"嫁出去的女泼出去的水"。什么时候娘家可以使上力去替女儿申冤呢？只有女儿死的时候。张爱玲的《五四遗事》、老舍的《柳家大院》里都有提到，女孩子在夫家受尽折磨，娘家摩拳擦掌，只有等姑奶奶一上吊，他们才会去讨伐，去讹诈一笔钱罢了！所以，也有可能作者是在暗示秦可卿的娘家根基薄弱到没有任何意义。

第三，秦可卿出身名门，原本与贾家门当户对，但因为她和贾珍有染，德行有亏，若丑闻传出，娘家也会蒙受其辱，所以小说里干脆隐没其娘家，宣称她是养生堂抱来的孤儿，这样至少能保护另一个可能的"名门"。

第四，就是刘心武大加发挥之处。秦可卿会不会是一位皇族遗孤？在皇帝登基背后的腥风血雨中，被偷偷送出宫，隐姓埋名，活了下来。在刘心武之前，早就有此猜测，但也只是猜测，可是到了刘心武的"秦学"，就帮她对号入座了。刘心武认为，秦可卿原是康熙皇帝立了两次又废了两次的前太子胤礽的女儿。在胤礽被废、全家被软禁之际，他们偷偷把这个女孩送出来，由曹家收留。

而曹家为什么要收留她？除了人情外，是不是也是场赌局？既然康熙立了这位皇子两次太子，又废了两次，那么难保不会第三次再立。万一第三次再立，曹家不就立了大功了？所以，曹家偷偷收留了这个女孩，对外就说是养生堂抱来的。根据刘心武的推断，这个女孩在宁国府长大之后，居然跟贾珍谈起恋爱来，可是对外又不能明讲，所以表面上就变成贾蓉的妻子了，可是她跟贾蓉是没有关系的，而整个家族又都知道她和贾珍的事。这件事后来朝廷知道了，迫于情势，胤礽下令女儿自我了断，以免株连更广。等到这位公主上吊自杀后，康熙皇帝就不予追究了，还让她的丧礼特别风光。书里还有一个暗示，就是秦可卿过世后，用的那副非常珍贵的棺木，本来是一位忠义亲王要用的，却因坏了事，才轮到秦可卿用。刘心武把这诸多事情连结在一起，发展出所谓的"秦学"。不过，这是历史事实加上想象形成的，目前还无法定论。

《红楼梦》里有很多历史元素，可即便构成小说的每个元素都来自真实人生，也一定要打散重新淘洗过，不是一加一等于二。天威难测的帝王家有很多不可告人的秘密本就司空见惯，所以秦可卿是不是有可能真是一位皇族遗孤？有可能。但是否一定是那位废掉的太子的女儿？不知道，关于这一点，现在还在历史小说的阶段。

种种安排都有用意

先前提到，原本第十三回回目是"秦可卿淫丧天香楼"，但脂砚斋要曹雪芹删掉相关内容，曹雪芹虽然删了，却埋下了不少线索。现在我们就来看到底有哪些线索暗示秦可卿跟贾珍是有问题的。至于第十回张太医的论病可以不用管它，那是虚写。

正戏上场，得先扫除障碍。由于这一回是"王熙凤协理宁国府"，而且由秦可卿带出来的秦钟，会跟宝玉有一段缠绵情谊，所以作者先安排林如海病重，来函要林黛玉回去探望。贾母忧闷之余，着令贾琏一路护送。这样一来，林黛玉暂时不在府中，宝玉落了单，相对也"空闲"了。贾琏一走，又刚好让凤姐有大展威风的机会。严丝合缝的安排，可见曹雪芹思虑之周密。

小说有"繁笔"跟"省笔"。同样是丧事，第十二回贾瑞被王熙凤活生生整死，父亲贾代儒料理丧事，"各处去报，三日起经，七日发引，寄灵铁槛寺"。贾府众人这个送二十两，那个送三十两，"代儒家道虽然淡薄，得此帮助，倒也丰丰富富完了此事"。就这么一段，不到两百字打发了贾瑞的丧事，这就是"省笔"，省笔是为了烘托后来秦可卿的"繁笔"。作者"省笔"与"繁笔"交叉运用，不仅让节奏活泼有变化，也明白地表示了不同的人情与心情。

曹雪芹的感慨

第十三回一开头，写到凤姐因为贾琏送黛玉去扬州，心中实在无趣，每到晚间，不过同平儿说笑一回，就"胡乱睡了"，这个形容有意思。

凤姐睡着后，就梦到秦可卿来道别。秦可卿说，为免贾府日后乐极生悲、树倒猢狲散，现在得未雨绸缪。她交代凤姐，趁早在祖先的坟地附近多买一些田庄、地亩，以备祭祀供给，"将家塾亦设于此"，就算有一天获罪败落，"己物可以入官，这祭祀产业，连官也不入的"，子孙回家读书务农，也有个退路。

这段话应该是曹雪芹很深切的感慨，因为现实中的曹家和外戚李家，果然在康熙死后就连遭厄运。曹頫被上枷示众，李煦被发配东北后活活饿死，六亲同运，一损俱损。如果曹家兴旺之时做到这些，他们也不会沦落至此，怪不得脂砚斋在文旁眉批："语语见道，字字伤心，读此一段，几不知此身为何物矣。"

秦可卿还说"眼前不日又有一件非常的喜事"，但"也不过是瞬息的繁华"。万不可忘了"盛筵必散"，还是要"早为后虑"。最后讲了一句："三春去后诸芳尽，各自须寻各自门。"脂砚斋："此句令批书人哭死。"

甲戌脂评的清楚提点

凤姐还要再问下去，只听二门上传出云板连叩四下，正是丧音。凤姐惊醒，听到人回"东府蓉大奶奶没了"，"吓了一身冷汗，出了一回神"。凤姐一时之间搞不清楚梦跟真实的界限，非常写实。

闹哄哄间，作者写道，"彼时合家皆知，无不纳闷，都有些疑心"。写秦可卿生病，王熙凤去探望她几次，每次都觉得她的病情越来越严重，在此情况下，她过世是很自然的事，为什么会又是纳闷，又是疑心呢？这句"无不纳闷，都有些疑心"（程乙本是"都有些伤心"），甲戌本脂砚斋评道："九个字写尽天香楼事，是不写之写。"不写之写是一种文学技法，没有写，但意在言外。

下面这段"长一辈的想他素日孝顺，平辈的想他素日和睦亲密，下一辈的想他素日慈爱，以及家中仆从老小想他素日怜贫惜贱"之类的，就是虚写了。关于这部分，刘心武说秦可卿是公主，大家当然都很敬重她。我倒觉得不见得，有时候文章就是实写跟虚写并用，虚实之间，真相自现。

接下来，作者提到"宝玉因近日林黛玉回去，剩得自己落单，也不和人玩耍，每到晚间便索然睡了"。"索然睡了"跟前面凤姐的"胡乱睡了"有什么不一样？哪一种睡法比较有情绪？胡乱睡了，只是觉得没趣无聊就只好睡了。"索然"则有很深的落寞感吧。这里不过才第十三回，第三回林黛玉才进贾府，作者也没写多少他们在一起如何的事，可是光这几个字就已经剧力万钧，让我们知道林黛玉来了之后，跟宝玉已经建立了多么深厚亲密的感情。不过请注意，这个感情不见得是爱情，他们两个人之间是由手足、知己最后朦朦胧胧地才变成爱情的。所以我觉得，这时候的黛玉对宝玉而言就是知心好友吧。少了黛玉，宝玉就觉得家里忽然变得空洞，索然无味了。

宝玉从梦中听见秦可卿过世，"连忙翻身爬起来，只觉心中似戳了一刀的，不觉的'哇'的一声，直喷出一口血来"。关于宝玉这个反应，很多红学家认为，宝玉不一定是针对秦可卿这个人，他是对于第五回那一场春梦、那一种气氛，还有梦中的兼美所形成的整体感触，才"急火攻心"。不过，这一段当然也可以有很多想象空间。

宝玉要立即去宁国府，贾母虽然不愿意，觉得人刚断气，那地方不干净。但宝玉坚持要去，贾母还是依了他。从这里可以看出，贾母很纵容这个孙子。宝玉到宁国府后，"只见府门大开，两边灯火，照如白昼，乱烘烘人来人往，里面哭声摇山振岳"。跟凤姐刚醒来一身冷汗的那种安静、阴森的气氛对照，现在这个氛围与气势又完全不同了。

曹雪芹埋下的线索

我们来看一下曹雪芹埋下的几条线索，这些都让读者隐约感觉到秦可卿之死没那么单纯，她跟贾珍之间确实是有什么的。

作者提到"贾珍哭得泪人一般"。脂砚斋侧批："可笑！如丧考妣，此作者刺心笔也。"贾珍还说："合家大小，远近亲友，谁不知我这媳妇比儿子还强十倍，如今伸腿去了，可见这长房内绝灭无人了！"贾珍竟然把自己一家"绝灭无人"的话都说出来了。当众人商议如何料理时，贾珍"拍手道：'如何料理！不过尽我所有罢了！'"活脱脱一副败家子样，而且毫不隐讳地让此"暧昧"呼之欲出。

宁国府请钦天监阴阳司择准停灵七七四十九日，这四十九天单请一百零八众僧人在大厅上拜"大悲忏"，超度前亡后化。另外设一个坛于天香楼上，天香楼名字在这里出来了。由九十九位全真道士，打四十九日解冤洗业醮。"解冤洗业醮"，为亡魂解除冤孽、罪孽，分明意有所不止，暗示秦可卿不是善终的。

宁国府的大长辈是贾敬，可是贾敬自认炼丹将成，早晚就要飞升，哪愿意为长孙媳妇过世之事回来染了红尘，所以他"只凭贾珍料理"。这句话很重要，因为有这一句才有下一句，"贾珍恣意奢华"。作者写得很细致，正是："漫言不肖皆荣出，造衅开端实在宁。"（第五回）

挑选棺木时，贾珍看来看去都不中意。这时薛蟠来悼祭，说起家里木店有一副万年不坏的好板。贾珍听说甚喜，即命抬来，众人一看，果然不凡，虽是木头，"以手扣之，声如玉石"。贾珍问这木头需要多少钱，薛蟠的回答很精彩："拿着一千两银子只怕没处买，什么价不价，赏他们几两银子作工钱就是了。"一出口就是个花花太岁。贾珍听说"连忙道谢不尽"。"贾政因劝道：'此物恐非常人可享，殓以上等杉木也罢了。'贾珍如何肯听。"这是程甲本、程乙本。庚辰本则多了一句："此时贾珍恨不能代秦氏之死，如何肯听。"我觉得这句话不对，因为再怎么写，这一句都太露骨了，所以很有可能是前人的眉批，后人抄来抄去就把这句眉批变成正文了。

薛蟠说，这副好木头一千两银子都还买不到。第三十六回的螃蟹宴，刘姥姥算过一顿饭二十多两银子，够她们庄家人过一年了。换句话说，一千两银子够刘姥姥一个人活到一百岁都用不完。富有跟贫穷是对比出来的，有钱人家一副棺木够穷人一家子过大半辈子了。

丫鬟不寻常的反应与贾蓉的消失

说完做棺木的好木材后，接下来又有线索。秦可卿有两个贴身丫鬟，其中一个叫瑞珠，见秦氏过世，触柱而亡，"此事更为可罕，合族都称叹"。"可罕"，意指这样的事更奇怪了，"称叹"二字也很耐人寻味，众人是赞赏还是叹息呢？只能由读者自己去想了。为什么瑞珠要触柱而死？合理的猜测她是秦可卿的贴身丫鬟，非常清楚秦可卿跟贾珍的事，现在既然事发，秦可卿选择自杀，贾珍和尤氏容得下瑞珠苟活吗？瑞珠跟着自尽，好歹家里还可以得到一笔抚恤金。设身处地想想，瑞珠好像真的就只有这条路了。"称叹"不见得是称赞，应该是感慨吧！

另外一个名叫宝珠的小丫鬟，则自愿当秦可卿的义女，"请任摔丧驾灵之任"。我以前读到这里时就很纳闷——瑞珠为什么不也自愿说要当秦可卿的干女儿，非死不可？后来懂了，瑞珠相当于林黛玉身边的紫鹃，宝珠则相当于雪雁。瑞珠自知一定得死，宝珠觉得自己或许还可以活下来。她们二人可能商量过，甚至都跟贾珍讲清楚、说明白了，也不是完全不可能的。

说完秦可卿两个丫鬟的事，接下来一段提到大明宫一个太监戴权来上祭。贾珍遂与戴权商议帮贾蓉捐个前程，也就是拿钱买官。贾珍花一千两银子帮贾蓉买官职？表面上是说为了让丧礼风光些，如此一来，秦可卿就有个五品诰命夫人的头衔，可是骨子里，贾珍是不是想用"龙禁卫"这个虚位官职来安抚贾蓉。因为从第十三回到第十四回这轰轰烈烈的丧礼中，我们完全没有看到贾蓉的作为，这是不是也挺蹊跷的？

戴权回应的口气，活灵活现就是个太监！"事倒凑巧，正有个美缺，如今三百员龙禁尉缺了两员，昨儿襄阳侯的兄弟老三来求我，现拿了一千五百两银子送到我家里。你知道，咱们都是老相好，不拘怎么样，看着他爷爷的分上，胡乱应了。还剩了一个缺，谁知永兴节度使冯胖子要求与他孩子捐，我就没工夫应他。既是咱们的孩子要捐，快写个履历来。"这话多精彩！一句话提供了好多信息。第一个信息，这一个美缺要价多少？一千五百两银子。第二个信息，不是有钱就有，还要看交情，所以他不仅是要拿这个价钱，还要给人情。太监自己是没有小孩的，所以他说"咱们的孩子"，好像人人都是他的孩子一样。

下一段就更好玩了，戴权说要一千五百两银子，贾珍就问银子是要送到部里，即直接送到公家单位，还是送入内相府中，就是戴权家。戴权回道："若到部里兑，你又吃亏了，不如平准一千两银子送到我家就完了。"这意思也很明显：送到我家，我给你打一个折扣。所以，这个钱最后到哪里去了？谁知道！前面提过，好的小说就是一个人物的出场，不管戏份儿多少，绝不浪费。这里大概有三百个字，就把太监的嘴脸，还有官场上卖官鬻爵的黑暗面都写尽了。

接下来，有句话也写得很好："如此亲朋你来我去，也不能计数。只这四十九日，宁国府街上一条白漫漫人来人往，花簇簇官去官来。"好一个"白漫漫人来人往，花簇簇官去官来"，让人想到《金瓶梅》那句写世态炎凉的话："时来谁不来，时不来谁来。"《金瓶梅》比较口语化，《红楼梦》相对典雅。

我们继续看曹雪芹埋下的线索。他提到贾珍做了这么多事，所以"心意满足"。这四个字精准，又意在言外。因为他该拉拢、该安抚、该压制的统统办好了。不过，还有一个搞不定的，就是他太太尤氏。在整个丧事里，除了没有贾蓉之外，尤氏这个婆婆也没出现。尤氏说是犯了旧疾胃痛，请了长长的病假，不参与这件事，这背后当然也很有想象空间。

也正由于尤氏完全没有参与，贾珍唯恐各"诰命"，也就是官太太来，宁国府亏了礼数，于是亲自来拜托邢夫人和王夫人让王熙凤去照理宁国府的丧事。"我想了这几日，除了大妹妹再无人可求了，婶娘不看侄儿和侄儿媳妇面上，只看死的分儿上罢！"说着流下泪来，贾珍在这一回眼泪真的很多。

王夫人是担心凤姐没有能力承担，但贾珍如此哀求，她又不好意思拒绝，所以"眼看着凤姐出神"。但王熙凤早巴不得有机会"卖弄才干"，所以她就顺着说："大哥说得如此恳切，太太就依了罢。"王夫人听她这么说，悄悄地问道："你可能么？""悄悄地"神情毕现，表示王夫人跟王熙凤真的是很亲，她们都是王家的自己人。凤姐估量着没什么不能，当场就把这工作揽下来了。

贾珍命人取来宁国府的对牌交给凤姐说："妹妹爱怎么就怎么样办，要什么，只管拿这个取去，也不必问我，只求别存心替我省钱。"真是阔气！

《红楼梦》中数场丧礼，以此次风光为最，它翔实地记录了清朝初期王公贵族挥霍铺张的丧葬习俗，而曹雪芹则是想借由凤姐主持秦可卿丧事的"威重令行"，但"因素性好胜，惟恐落人褒贬，故费尽精神，筹画得十分整齐。于是合族中上下无不称叹"来显示女子的政治才能。怪不得庚辰本批语："写秦死之盛，贾珍之奢，实是却写得一个凤姐。"

第五回太虚幻境"金陵十二钗正册"中有一幅画着大厦，一个美人悬梁自尽，判词云："情天情海幻情深，情既相逢必主淫；漫言不肖皆荣出，造衅开端实在宁。"

这位悬梁自尽的美人秦可卿虽然在第十三回就过世了，但故事还没完。第一百零一回，深秋的某天，王熙凤要去探视准备嫁人的探春，一个人走在大观园里，先是被一只黑油油的狗吓了一跳，然后一个人影出现，却是秦可卿。秦可卿出口说婶娘把她当年交代的话都忘了。王熙凤吓出一身冷汗说："哎呀！你是死了的人哪，怎么跑到这里来了呢？"这是在呼应第十三回的那个托梦。

第一百一十一回，秦可卿又出现了。话说，贾母去世后，贾母的丫鬟鸳鸯知道自己也活不下去了，因为曾经打她主意的贾赦早就放话难逃他手掌心。那一日鸳鸯回到房间，心里正在想该怎么了结自己时，朦胧间看见有个女子拿着汗巾好似要上吊，鸳鸯猛然想起她就是以前东府里那个小蓉奶奶，于是学着上吊而亡了。

有种民间说法：一百零一回王熙凤会看见秦可卿的鬼魂，是因为她的身体一直弱下来，阳气已衰。至于鸳鸯，则是因为一心求死，阴气就盛。

我觉得高鹗这样的写法很好，他呼应了这个悬疑，也呼应了第五回太虚幻境里的预言。小说一致性的收束合情合理。

因何托梦？为何能列正册？

现在问题来了：为什么秦可卿可以列在金陵十二钗正册？为什么是她来托梦提醒王熙凤？有一种说法认为，曹雪芹很早就确定要写托梦这个情节，原本打算给贾元春，内容为贾元春当上贵妃后没多久，就在宫廷里严峻的斗争中败下来，她死之前托梦给父母，就是贾政跟王夫人，交代要"立万年永远之基"。若是如此，很好啊，那为什么后来变成了秦可卿？

写过小说的人可能都知道，有时候作者心里有好几个精彩片段，早就决定好写小说时把它们放进去，可是等真正动笔时，安排来安排去，实在不适合原先想好的位置，可是又舍不得这个情节，只好放到其他地方。曹雪芹可能早就想用托梦的桥段来寄托他对曹家深沉的感慨，所以干脆就把这个桥段给了秦可卿。但很多读者也许纳闷，这么一个风流淫荡的女人，怎么会讲出这种忠义凛然的话？关于这点，我个人另有想法。我觉得曹雪芹说不定正是要表达，一个放荡的女人为什么不能治家、能力很强？就跟王熙凤一样，王熙凤在男女关系上就算比较随便，可不代表她做事能力不强。曹雪芹在第一回开宗明义就说，闺阁中历历有人，行止见识皆超出须眉，不该泯灭，所以我觉得曹雪芹有可能就是要写这样的女人。而这刚好也可以解释为什么秦可卿跟凤姐有交情。她们两个人也许都德行有亏，但是也都很有能力，所以成为知己。如此一来，安排秦可卿托梦给王熙凤也就顺理成章。

进一步说，为什么贾母那么喜欢秦可卿，因为她也看出了秦可卿的能干。甚至贾珍哭说他们没人了，也包含着这层意思呢！如果秦可卿活着，也许宁国府不会一败涂地，贾家也还可以延续久一点。人世间这样的女人当然是有的，只是通常敌不过社会道德的规范，没有发挥的机会罢了。所以曹雪芹偏是要替这样的女人立一个传，而且把她放在十二金钗正册里。

最后，我们还可以用二十世纪盛行的弗洛伊德"梦的解析"来看，亦即这不是秦可卿有没有托梦的问题，而是王熙凤自己潜意识的问题。也就是说，在第十三回开头，王熙凤还没那么坏，她真正越来越坏，是在第十五回办秦可卿丧事时，铁槛寺老尼拜托她张金哥的婚事。结果，凤姐假托贾琏所嘱，动用官府斡旋，导致未婚夫妻各自殉情而死。王熙凤初试身手，安享三千两银子，贾府无人知晓，从此"胆识愈壮"恣意妄为了。所以我个人认为，如果用弗洛伊德的"梦者日有所思"的解析来看，这个梦是不是在暗示王熙凤心中的矛盾，是该忠诚当家，还是要自私为己？简单来讲，就是一个好王熙凤跟一个坏王熙凤在对话，在天人交战。

一部好小说绝对禁得起时代的考验，因为只要是人性，都可以用每个时代的思考模式去解读作者写作背后的想法。

当然，关于以上种种，是没有结论的，可是因为围绕着秦可卿的这些谜团，尤其她的故事又在第十三回忽然打住，遂让人更加意犹未尽。

不断发生的"成住坏空"

　　一场盛大的丧礼,可不是只有一位往生者,前后总共死了多少人,各位有没有算过?这场丧事之前,先是一个贾瑞,接着,林黛玉回扬州探视身染重疾的父亲林如海也过世了。接着,秦可卿的丫鬟瑞珠触柱而亡。之后,秦可卿的父亲秦邦业,因为知道智能儿跟秦钟的事,气得老病发作而死。秦钟秉性怯弱,一生病,没多久也过世了。再加上先前提到的王熙凤插手所造成的张金哥未婚夫妻双人命案,秦可卿的丧事前后算下来总共死了八个人了。生命是脆弱的吗?为什么一有事,就有起落生死?虽然《红楼梦》现在好像还是在"成住坏空"的"成"的阶段,贾元春还没封妃呢,可是事实上,每一个小小的事件都是"成住坏空"。试看,第一回的甄士隐就已是一个"成住坏空"。一开始甄士隐过得还不错,有家、有业、有女,可是很快女儿就不见了,房子也因火灾烧毁,他困窘潦倒最后遁入空门。大轮回里有不断的小轮回,虽然还在第十三回和第十四回的阶段,却已经死了八个人,这是很令人心惊的,也象征着人世间的轮回是如此迅速。

秦钟——"情种"没能好好发挥的角色?

　　还有一个角色我们要顺便提一下,那就是秦钟。这个角色现在也成为另一个谜。一开始,我们看到曹雪芹花了好大力气介绍秦钟,可是忽然间又让他生病而亡,这是什么原因?

　　我们先看秦钟这个角色的出场。第七回,宝玉跟王熙凤去宁国府,就见到了秦钟。一见面,宝玉竟自惭形秽,觉得自己根本是"泥猪癞狗"。

　　而王熙凤也推着宝玉笑道:"比下去了!"这话很传神,一语道破秦钟的外表多么令人惊艳。虽然在凤姐看来,他"有些女儿之态"。不过,他的格调远不如宝玉。就从秦钟可以跟小尼姑智能儿随意乱来的情况来看,他跟宝玉的品位还是不同。

　　第八回,秦钟给带进荣国府,贾母看了也喜欢,宝玉上学更纯粹是为了他。

所以第九回、第十回都在讲他们这些年轻男孩大闹书房的事。大闹书房这一情节，我不是很欣赏。古时候的章回小说或者戏剧，很喜欢闹学这个桥段，一定会有学生不乖，老先生被耍得团团转之类的情节，比如《牡丹亭》一开始也有一个折子是"春香闹学"。这是只有在那个"八股"的年代、私塾的年代，才会出现的老哏，但曹雪芹还是用了，所以也让读者觉得秦钟该是个重要角色。

可是第十三回秦可卿过世后，在第十六回马上就让秦钟也退场了。而且第十六回鬼判来捉秦钟的这一段，还用了无新趣很"聊斋"的写法。鬼判要捉秦钟魂魄，但秦钟自是不肯跟去，那些小鬼正狐假虎威地说"阎王叫你三更死，谁敢留人到五更"。忽然间"运旺时盛"的宝玉来了，这些小鬼吓坏了，就让秦钟多活了一阵子，好跟宝玉诉别离之情。这个描述实在够"聊斋"，也没新意。

不过，如果我是宝玉，听到秦钟最后说的话（程乙本无），必定会很失望。秦钟说了什么？"并无别话，以前你我见识自为高过世人，我今日才知自误了，以后还该立志功名，以荣耀显达为是。"这话不是宝玉最不喜欢听的吗？当然我们也可以说人之将死，其言也善。不过，他临死之前对宝玉的劝解，居然还是又落入了那个俗套，所以对宝玉来讲，还真是相见不如怀念吧！

秦钟既死，贾母包了几十两银子，宝玉去吊祭，七日后便送殡掩埋了。秦可卿的丧礼写了多少篇幅，但她这个弟弟忽然间过世，不到一百个字就打发掉了。秦可卿的过世用繁笔，写出"白漫漫人来人往，花簇簇官去官来"的气派，但之前的贾瑞，之后的秦钟，用的则都是省笔。这样穿插，不仅文字活泼，而且也利用这两个年轻男孩的死是如此被忽略，来烘托秦可卿丧礼的隆重以及这背后不能说的秘密，这类缜密的布局就是《红楼梦》之所以成为《红楼梦》的原因吧！

总之，秦钟的命运就这样结束了。有红学家认为，由秦钟一出场的架势，这个角色本预备好好发挥，可是也就因为第十三回，曹雪芹被命删掉秦可卿淫丧天香楼的片段，既然姐姐都死了，这个弟弟活着也没什么意思，所以只好让他的故事腰斩，草草结束了。这么说来，秦钟这个角色是不是被浪费了呢？

成篇 08

有凤来仪：贵妃省亲

　　整部《红楼梦》中贾府即将如日中天的一个关键，当然就是贾政跟王夫人的大女儿贾元春在第十六回被加封贵妃。从第十六回到第十八回，我们看到大观园盖了起来，接着是元妃省亲的大场面，这可说是清朝初年迎妃仪礼的第一手资料。

　　我们说《红楼梦》里有三大场面是一般人写不出来的，这三大场面是秦可卿的丧礼、元妃省亲以及第五十三回贾府除夕宗祠祭拜。白先勇在《台北人》一书开头引刘禹锡的《乌衣巷》"朱雀桥边野草花，乌衣巷口夕阳斜。旧时王谢堂前燕，飞入寻常百姓家"，来影射困居台北荣光不再的过气士绅。但对曹雪芹来说，他不是旧时王谢的"堂前燕"，他就是"旧时王谢"，所以才能将富贵荣华与萧条衰替的落差写到骨子里。贵族的丧事我们之前略提过，之后比较书里两场丧事的时候，会再来做些分析，我们先来看元妃省亲的盛大场面。

唯宝玉与他人不同

　　这日，恰逢贾政生辰，大家正在庆祝时，忽有太监来宣贾政进宫。众人忙停止戏文，撤去酒席，摆香案，启中门跪接。

贾政更衣入朝后，"贾母等合家人心俱惶惶不定，不住的使人飞马来往探信"。贾母"心神不定，在大堂廊下伫候"。天威难测，忽然被皇帝宣入宫，真的很令人胆战心惊。两个时辰后，方知是贾元春封妃的喜讯，"贾母等听了方放下心来，一时皆喜见于面"。整个贾府，上下言笑鼎沸之际，却有一个人没当回事，他就是宝玉！

宝玉与他人不同，世俗荣宠本不在心上，感情对他而言才是重要的事。这时，他正在为秦钟生病伤心，尤其林黛玉又不在，所以，"宝玉心中怅怅不乐，虽有元春晋封之事，那解得他的愁闷？贾母等如何谢恩，如何回家，亲友如何来庆贺，宁荣两府近日如何热闹，众人如何得意，独他一个皆视有如无，毫不介意"。第三回，曹雪芹用林黛玉的视角带读者走进贾府，看得巨细靡遗，现在他又利用宝玉什么都没看到、什么都不关心，给自己省了很多事。脂砚斋非常欣赏这个写法，他说："大奇至妙之文，却用宝玉一人连用五'如何'，隐过多少繁华势利等文。试思若不如此，必至种种写到。"也就是，如果不这样子一笔带过，必须事事写到，就会写得很琐碎，"其死板拮据、琐碎杂乱，何可胜哉？故只借宝玉一人如此一写，省却多少闲文，却有无限烟波"。

幸喜黛玉回来了。宝玉"好容易盼到明日午错"，"好容易盼到"这几个字，有多少心情在里面啊！宝玉见了黛玉第一件事，就是把在秦可卿丧礼上北静王赠他的珍贵鹡鸰香串郑重其事地转送给黛玉，结果黛玉一句"什么臭男人拿过的！我不要这东西"，给丢了回去。这个反应，果然就是黛玉了。

有接驾经验，方写得出如此大场面

陪着黛玉去一趟扬州的贾琏也回来了，现在作者借贾琏的奶妈赵嬷嬷之口，提到接驾之事："也不过是拿着皇帝家的银子往皇帝身上使罢了。谁家有那些钱买这个虚热闹去？"这也是曹雪芹的感慨了，曹家光是应付接驾，每次都亏空一大笔钱。所以脂砚斋侧批："最要紧语。人若不自知，能作是语者吾未尝见。"

《红楼梦》里的元妃省亲，用的是两个真实的历史背景：一个是曹寅接驾康熙皇帝四次，这就是《红楼梦》里为元妃省亲盖园子、盖别墅部分；另一个就是曹寅的女儿曹佳氏嫁给平郡王，成了平郡王妃，她的长子福彭是乾隆皇帝的好朋友，《红楼梦》里的北静王就有他的影子。所以，曹雪芹是把这两个历史事实摆在一起，演绎出贾元妃省亲这么一个大场面。

如此浩大盛事，也只有《红楼梦》写得出来，因为别人压根儿不知道接驾是怎么回事，罗贯中、吴承恩写不出来，兰陵笑笑生更写不出来。《金瓶梅》写的是临清码头边一个暴发户的生活，家里吃的、用的、穿的都写得活灵活现，可是等到西门庆上京去见太尉时，里头的摆设和饮食他就毫无办法了。《金瓶梅》凡是写到大官府邸里面的吃穿都是一笔带过，因为作者没见过，写不出来。曹家确实经历过这些繁华，所以曹雪芹可以写出来。

骂儿子给别人看的传统父亲

第十六回交代会有元妃省亲这件事后，第十七回和第十八回，庚辰本的这两回是合在一起的，到了程甲本才分成两回。第十七回是讲大观园盖好之后，由贾政带人进去鉴赏，随着众人脚步，宏伟的园林、精巧的房舍就在作者笔下伸展开来。

当然，第十七回还有一段主戏，那就是贾政、宝玉这对父子的互动。贾政是一个不管事的腐儒，可是园子盖好了，他总要去看一看，所以带着众清客进园逛。其实本来没有他眼中不成才的儿子什么事，是宝玉自己不小心给撞上了，便命他一同前往。脂评说"如此偶然方妙"。

于是我们看到了别扭的贾政、尴尬的宝玉，以及一群巴结的清客，宛如合音天使一般在后面迎合造势的有趣场面。

说句题外话，我个人常觉得传统中国男人蛮可怜的，几乎都当不了好父亲，不过当爷爷还行。男人是一家之主，是"定心骨"，只能端着，撑住场面。一直要等到卸下担子，才能成为和蔼可亲的老祖父。

来到大观园，贾政先从大门口看起，看完正门进去，就到了曲径通幽，接着就看到沁芳亭，然后行至潇湘馆。

这一大段路，我们把贾政骂宝玉的话一一圈起来，顺便思考一下他说这些话的心理。宝玉提到"曲径通幽"时，贾政就说："不当过奖他，他年小的人，不过以一知充十用，取笑罢了。"传统父亲总是要贬低自己儿子给别人看。到了沁芳亭，"沁芳"二字也是宝玉提的，贾政的反应是"拈须点头不语"，这就表示他是赞同的了。到了潇湘馆，贾政又说："他未曾作，先要议论人家的好歹，可见是个轻薄东西。"又说："今日任你狂为乱道，等说出议论来，方许你做。"他不只口气不以为然，还冷笑以对。待宝玉讲了个"有凤来仪"，众人哄然叫妙后，贾政点头道："畜生！畜生！"既然骂儿子是畜生，怎么又点头？显见贾政都是用骂人来表示称赞。接下去，宝玉题了一联诗后，贾政摇头道"也未见长"，就是说也不怎么样，那"也不怎么样"，就是"还有点怎么样"。到目前为止，贾政算是还认同宝玉，父子真正杠上是在稻香村。

贾政的自惭形秽与嫉妒

前面提过，贾政总是一副道貌岸然模样，也真的以为自己道貌岸然。一个假的田园，他就可以兴起归农之意，可是对真正天然的宝玉来讲，这纯粹是一种假。众人听宝玉要论"天然"，"都怕他讨了没趣"，可是宝玉最不能接受的偏偏就是虚伪。他说："此处置一田庄，分明是人力造作成的……非其地而强为其地，非其山而强为其山，即百般精巧，终不相宜……"这下，在一迭声"无知的蠢物"的怒骂之下，大家可以想象贾政吹胡子瞪眼的好笑模样。贾政为何如此生气？因为他知道宝玉讲得在情在理。向来做父母、做长辈的，在自己理亏心虚时，常用声量和权威来镇压晚辈。这里把一个传统严父的形象描写得非常传神，宝玉这段话还没讲完，贾政就气得喝命："又出去！"刚出去，又喝命："回来！"命他再题一联，若不通，一并打嘴巴。宝玉战战兢兢，念了一联，贾政听了又摇头道："更不好。"但我们都知道，其实他心里还是觉得不错的。

为什么贾政常骂宝玉？我个人认为，这是因为宝玉长得比他潇洒，又聪慧，得到的宠爱也比他多，他常常是一个人待在外书房跟着清客混，每次若想跟家人一起享点天伦之乐，贾母都会赶他出去，怕他在就拘束了宝玉这些年轻人。所以，贾政对这儿子除了有点自惭形秽外，又有些哀怨，只得找机会用责骂来显示他身为父亲的威风。

　　然后他们离开稻香村来到蘅芜苑。在这里，作者仔细描写院子里的各种药草。我们当然可以说，曹雪芹是在卖弄他药草方面的知识，可是由此也可看出作者要暗示宝玉比他爹强。有好几种药草贾政根本叫不出，但宝玉是认得的。只是未及说完又换得父亲喝道："谁问你来！"宝玉果然是"杂学旁收"，这句话是第八回宝钗说他的。另外，第三回中宝玉一见到林黛玉，就说《古今人物通考》上说西方有石名黛，于是给了黛玉"颦颦"二字，探春还笑说该不会是杜撰的吧。其实作者是要告诉我们，宝玉不是不读书，只是不读求取功名的书。既无益于科举，冬烘父亲当然不喜欢。

　　面对蘅芜苑五间清厦，宝玉在旁不敢作声，贾政又喝道："怎么你应说话时又不说了！还要等人请教你不成？"父亲的针对性这么强，宝玉说也不对，不说也不对。这一整段最后，贾政说了句："岂有此理！"我觉得，这四个字是曹雪芹在骂贾政。宝玉沉默他也骂，说了他也骂，真是岂有此理！

　　接着，一行人来到正殿。宝玉来到此处心中忽有所动，觉得像是在哪里见过，却又一时想不起来。曹雪芹不点明，各位想起来了吗？这就是第五回他梦里的太虚幻境。原来整个省亲别墅、整个大观园都是幻境，都是海市蜃楼，即便刚落成也马上就要烟消云散。

　　宝玉正想得出神，贾政却冷笑道："你这畜生，也竟有不能之时了。"这又是一个很好的反讽——贾政何曾了解过儿子的心思啊，他只会以为儿子没能力题咏了，还要嘲笑他。

　　最后插曲：一行人居然在怡红院迷路了，迷宫般精巧布置，搭配一座大穿衣镜，何尝不是在象征着以后要入住的宝玉人生路途的迷茫，镜里镜外，甄、贾宝玉的真、假！

结构紧密，带出宝黛二人情谊

接下来这段有趣，我们看贾政一路骂宝玉，可是所有小厮、跟班都知道，今天贾政是欢喜的。原来贾政这种口吻是欢喜的，那平日他又是怎么骂宝玉的呢？这可又是一个"不写之写"了。所有小厮因为今天老爷开心，说着就把宝玉身上的配件当赏金全抢光了，由此也可以看出宝玉跟小厮之间散漫的关系。

因着这些荷包、扇袋被拿走，正好又可以引出另一件事，足见曹雪芹写作的结构是非常严谨的。原来，宝玉身上有一个荷包是黛玉做的。要黛玉做荷包是不容易的，第三十二回袭人就说黛玉："旧年好一年的工夫，做了个香袋儿，今年半年，还没见拿针线呢。"可见她做的荷包何等珍贵。"黛玉听说，走过来一瞧，果然一件没有，因向宝玉道：'我给的那个荷包也给他们了？你明儿再想我的东西，可不能够了。'"说毕，赌气回房，把原本宝玉拜托做了一半的香袋也剪了。宝玉赶过来把衣领解开，从里面掏出荷包说："我何从把你的东西给人来着？"

黛玉自知莽撞，低头不语，可是这下宝玉也生气了，将荷包掷还她，惹得黛玉越发气得哭了，宝玉只好妹妹长、妹妹短地赔不是。这边两个人难解难分，贾母那边偏又说："让他姐妹们一处玩玩儿罢……只别叫他们拌嘴。"真是神来之笔！

误会、生气、赔罪，两百六十多年前，曹雪芹已经写出一个比现在偶像剧还要"偶像剧"的桥段。各位可以想象，这本书流传出来后，曾经感动了多少年轻男女啊！

第十七回最后一段带出了妙玉，这也是《红楼梦》的一贯手法，第四回最后轻轻带出了薛家的背景，第八回最后又轻轻带出了秦可卿。看似信手拈来的一则信息，却都是日后故事发展的重要核心。这位即将进驻大观园栊翠庵的妙玉，虽然篇幅不是很多，但她也位列十二金钗之一。她感情深隽，人品高尚。曹雪芹要讲的是，不管是戏子、丫头、小姐，甚至是一位出家人，都应该有绝对自由的情感。

森严庄重的皇家气派

第十八回，元妃省亲上场了。这一回的脂评很多，我个人认为脂砚斋应该就是曹颙的遗腹子，也就是比曹雪芹大个十来岁的堂哥曹天佑。曹家接驾盛况他应该比曹雪芹有印象，就算没亲眼见过，但就像小说里的赵嬷嬷一样，府里的老人一定会一再说起过去的事，所以他有很深的感慨跟回忆。

在看元妃省亲这个大场面前，我们先来厘清一下时间。

贾元春是在二三月贾政生日时被封为贵妃的，然后，贾家开始盖园子，布置打理，准备来年元宵节贵妃省亲。也有人说，一个园子不可能一年盖好，大概要两年，不过这个主客观时间可以姑且不论。

第十八回第二段提到王夫人日日忙乱，大概到十月时才备齐，然后贾府奉旨"于明年正月十五日上元之日贵妃省亲"。之后，"一发日夜不闲，连年也不能好生过了"。这个年贾府忙着准备元妃省亲的事，没能好好过，也就不必细写，至于贾府如何过年，就要等到第五十三回，我们再借着薛宝琴的眼睛来看。

"转眼元宵在迩，自正月初八，就有太监出来，先看方向，何处更衣，何处燕坐，何处受礼，何处开宴，何处退息。又有巡察地方总理关防太监，带了许多小太监来各处关防，挡围幕。""挡围幕"就是皇帝妃子若出行，街道两边都会用黄色的锦缎围起来，闲杂人等是完全看不到的。负责的太监等人还"指示贾宅人员何处出入，何处进膳，何处启事，种种仪注"，要迎接皇室毕竟非同小可。这里又提到"外面又有工部官员并五城兵马司打扫街道，撵逐闲人"，街道戒备清空也是必要的。"至十四日，俱已停妥。这一夜，上下通不曾睡。"

十五日五鼓，也就是元宵节天快亮时，贾母等有爵、有官阶的人，按品大妆，大观园内"帐舞蟠龙，帘飞绣凤，金银焕彩，珠宝生辉"，这景象多么金碧辉煌，但重点不在此，而在"静悄悄无一人咳嗽"，"贾赦等在西街门外，贾母等在荣府大门外"，"正等得不耐烦，忽见一个太监骑着匹马来了"。脂评在这里写了一句"有是理"，就是说有这么一回事。贾政问太监贵妃何时到，太监就说还早着呢，"未初用晚膳，未正还到宝灵宫拜佛，酉初进大明宫领宴看灯，方请旨，只怕戌初才起身呢"。一更有两个时辰,"初"是开始的那个时间,"正"是中间那个时间,所以未初是下午一点,未正是下午两点,酉初是下午五点,戌初是晚上七点。也就是说,贾府一行人早上五点不到已经在等候了,但太监说贾妃大概晚上七点才会来。所以凤姐决定,大家先回去休息吧,"于是贾母等自便去了,园中悉赖凤姐照料"。

一直到了晚上,"忽听外面马跑之声不一,有十来个太监喘吁吁跑来拍手儿"。脂评上针对这一段就写"画出内家风范。《石头记》最难之处别书中摸不着"。内家指的是皇家内院,最难之处则是最特别、最难能可贵之处,也就是我们一般人、其他作者没办法写的地方,如果没有接过驾,当然不知道这些皇家礼节。现场的太监都会意,各按方向站立。"贾赦领合族子弟在西街门外,贾母领合族女眷在大门外迎接,半日静悄悄的。"刚刚写的是连一声咳嗽都没有,现在则更是悄无人声。"忽见两个太监"骑着马"缓缓而来"。这个"缓缓"也很重要,他们就是要用这种缓慢、静谧,来显示皇家的气派与森严。

"至西街门下了马,将马赶出围幕之外。"这里也写得很细,就是马不能进入围幕内。太监下了马"便面西站立,半日又是一对,亦是如此,少时便来了十来对",这是电影中无声缓慢的画面。来了十来对后,"方闻隐隐鼓乐之声,一对对凤翣龙旌(也有写作龙旌凤翣的),雉羽宫扇,又有销金提炉焚着御香,然后一把曲柄七凤黄金伞过来,便是冠袍带履,又有执事太监捧着香巾、绣帕、漱盂、拂尘等物。一队队过完,后面方是八个太监抬着一顶金顶鹅黄绣凤銮舆","缓缓行来"。

如此阵势,比之前我们提过的清虚观打醮的锦绣香烟、铺天盖地的富贵气象还要慑人,这真是皇家气派了。

贾妃的几番落泪

接下来,请对照着平面图看,贾妃銮舆从荣国府大门口进来,进来之后向东过了仪门到一个院落,先行更衣。之后,凤辇从大观园正门进去。贾妃进了园,

"只见园中香烟缭绕,花影缤纷,处处灯光相映,时时细乐声喧,说不尽这太平景象,富贵风流"。贾妃在轿子里看了,点头叹道:"太奢华过费了!"这句话也是曹雪芹的一种感慨,想当初曹家接驾这样子花钱真是不值得啊!

接着,太监来跪请登舟。这时是晚上,河道两边的石栏上都是水晶玻璃各色风灯,点得如银光雪浪。岸边柳杏诸树,因值正月,天冷无花,所以贾府用各色绸绫纸绢及通草扎出花并在每棵树上悬灯万盏,更兼池中各种鸟禽诸灯皆人工造就,真是"玻璃世界,珠宝乾坤"。这样的工程花费之庞大可想而知。

曹雪芹这个描述还是真有所本的。康熙二十八年,康熙皇帝第二次南巡时来到扬州,刚好是一月二十八日,跟书中的元宵节时间差不了多久,因为非花季,地方官要百姓于树上结彩欢迎。事后康熙下诏:"顷在扬州,民间结彩盈衢,虽出自爱敬之诚,不无少损物力。其前途经过郡邑,宜悉停止。"有这一道圣旨,证明真有这么回事。

到了花溆靠岸,元妃去舟上舆,进入"省亲别墅"。她虽然是回娘家,但身份仍是贵妃,所以贾家特意盖了大观园,就是行宫了。在此,贾府众人要先行国礼。当然贾妃要贾政、贾母这些等着上殿的贾府人不用排班行礼,可是依礼就是有这个仪式。等到茶三献,贵妃降座,乐止,贾妃退入侧室更衣,她要换下这一身代表贵妃身份的礼服,回归贾家女儿之身。

换好衣服后,贾妃又上车出了大观园,来到了贾母院的荣庆堂。现在,她从贾妃变成贾元春,要跟祖母、父母行家礼,但他们当然也不敢让她行礼。"贾妃垂泪","一手挽贾母,一手挽王夫人,三人满心皆有许多话,但说不出,只是呜咽对泣"。所有第十七回和第十八回的铺排,只不过要告诉你一句话:就是那种心中说不出来的苦!好不容易,贾妃忍泪开口说:"当日既送我到那不得见人的去处,好容易今日回家,娘儿们这时不说不笑,反倒哭个不了,一会子我去了,又不知多早晚才能一见。"说到这一句,不禁又哽咽起来,邢夫人忙上来劝解。这里写得在情在理,邢夫人是她的伯母,这时候最能忍泪的人应该就是她,是该她出来劝了。文中出现"抱琴"这个名字,抱琴是贾元春当初进宫带的随身丫鬟。贾家四千金的贴身丫鬟分别是贾元春的抱琴、贾迎春的司棋、贾探春的侍书、贾惜春的入画,四个合起来正好是琴棋书画,这是曹雪芹的巧思。

这里还有一句话也是重点,贾妃与家人相见时,除了让抱琴入别室款待,"执事太监及彩嫔昭容各侍从人等,宁府及贾赦那宅两处自有人款待,只留三四个小太监答应,母女姊妹不免叙些久别的情景"。庚辰夹评:"深"字妙!

接着,贾政来帘外问安,贾元妃含泪跟父亲说:"田舍之家,齑盐布帛,得遂天伦之乐,今虽富贵,骨肉分离,终无意趣。"当然,贾政亦含泪回了一堆冠冕堂皇的话。接下来就是宝玉。虽然宝玉是无职外男,元妃当然还是让弟弟进来,先行国礼,携手揽于怀内,又抚其头颈,笑道,"比先长了好些""一语未终,泪如雨下"。脂评说:"只此一句,便补足前面许多文字。"这"泪如雨下"背后有千言万语啊。

短暂的天伦之乐

小说中明文元妃"戌初"(晚上七点)起身回贾府。

"丑正三刻"(半夜两点四十五分),摆驾回銮。短短不到八小时中,除了繁缛礼仪,要游园、筵宴、题匾、赋诗,最后还要看戏。作者一丝不乱,读者可是眼花缭乱,而更让脂评"拍案叫绝"的是端庄场面中的小插曲,如宝玉满头大汗作不出诗时,宝钗悄言暗示,黛玉则干脆作弊,偷丢一首给他凑数。一时之间,竟宛然有姊妹寻常作诗谈笑的温馨气氛。

接着,"元妃又命以琼酪金脍等物,赐与宝玉并贾兰。此时贾兰尚幼,未谙诸事,只不过随母依叔行礼而已"。有评论者认为,这个年幼的贾兰就暗示着当时还小的曹雪芹。贾兰跟宝玉之间的年龄差距,大概就是曹雪芹跟脂砚斋的年龄差。

四出乱了章法的戏?

众人作完诗,贾蔷遂带领一班女戏子,呈上戏单以及戏班十二个人的花名册。结果，元妃点赏的四出戏，照理讲都不该出现在皇家盛筵，尤其是在贵妃省亲这桩大喜事上，所以，戏评家说难道是乱了章法了吗？当然不是！这纯粹是小说手法，曹雪芹想要做的是"借戏诉衷情"。

四出戏的第一出是《豪宴》。《豪宴》出自《一捧雪》，故事的主人公因为一只玉杯被奸臣所害，家破人亡，所以脂评批"伏贾家之败"。第二出是《乞巧》，出自《长生殿》，说的是杨贵妃的故事，脂评批"伏元妃之死"。第三出是《仙缘》，出自汤显祖的《邯郸梦》。《邯郸梦》的故事是吕洞宾度卢生，卢生睡了一觉，在梦中经历娶妻生子当官，但一觉醒来，发现不过是场梦。关于第三出戏，脂评写的是"伏甄宝玉送玉"。但是现存《红楼梦》各版本，都看不到这情节，想必已散佚。第四出就是《牡丹亭》的"离魂"，脂评就写"伏黛玉之死"。脂评还下了一个总结："所点之戏剧伏四事，乃通部书之大过节、大关键。"换句话说，在写第十八回时，脂砚斋已经知道曹雪芹接下来要写这四个重要情节和关键，而他现在先用这四出戏作为一个伏笔。

四出戏演完，就有太监托着一金盘糕点问谁是龄官。龄官在这里是第一次出现，之后在第三十回跟第三十六回都各有两幕戏。龄官是从外面移植到大观园里寂寞花开、寂寞花落的一声叹息。她是一个戏子，可是她跟府里面管她的主子贾蔷有一段爱情。而这段爱情，也影响了宝玉，之后我们会特别来谈龄官的爱情。

苦海慈航，热文冷收

一整个晚上元妃游园、用餐，然后作诗、听戏，现在撤宴，"将未到之处复又游玩"。走着，"忽见山环佛寺，忙盥手进去焚香拜佛"。书里没有特别讲明这座寺的名称，但应该就是陇翠庵，妙玉待的地方。在这里，元妃又题了一个匾"苦海慈航"。请注意这四个字，作者分明就是在告诉读者，元妃成为贵妃、贾府盖大观园、元妃省亲，整个就是苦海慈航。曹雪芹处心积虑地在此安排这个匾，就是要告诉我们，人生是苦海，我们看元妃省亲，说不尽的富贵风流，可是别忘了她一直泪眼迷离。也许入宫就是坠入苦海，也许回家省亲是一次慈航，但终归无岸可回头!

拜佛后,元妃行赏。虽然这些封赏看起来丰富,但事实上根本不够贾府花费的万分之一,而这些皇家礼物,也只有此背景的曹雪芹写得出来。

众人谢恩已毕,执事太监启道:"时已丑正三刻,请驾回銮。""皇家规矩,违错不得。"元妃不由得满眼滴泪,却又勉强笑着,拉着贾母跟王夫人的手不忍放。如果是拍电影,这时一定要特写那几只拉着的手。而且,她不是再三,而是"再四叮咛",劝她的母亲跟祖母"不须记挂,好生保养",接着说:"倘明岁天恩仍许归省,不可如此奢华糜费了。"元妃这句话道尽对娘家的眷恋与关切。可是脂评"如此现成一语,便是不再之谶",一语成谶。贾元妃后来失势,或是其他原因,总之,她就再没机会回来了。

对于元妃题"苦海慈航"一匾,脂评写道"写通部人事,一篇热文,却如此冷收",诚然如此。第十八回的元妃省亲,按理讲是整部书最热闹、最喜气之时,可是骨子里好像已经有一种凄冷的感觉,就像贾元妃那不断忍住的眼泪。离别是伤心的,但锥心的痛,宝玉还不懂。长姊元春成就了贾府的富贵风华,大观园也即将有一段青春欢笑。但这一切能持续多久呢?宝玉不知道。

谁又能知道呢?

红楼"住"篇:眼前春色梦中人

住篇 01

人生自是有情痴：贾宝玉

话说元妃归省回宫后，想起大观园自从幸过之后，必会"敬谨封锁"。如此岂不辜负盛景，因此下令家中姊妹和宝玉都住进园内。"登时园内花招绣带，柳拂香风"（第二十三回），宝玉与姊妹们一处或读书，或写字，或弹琴下棋，作画吟诗，日子过得十分惬意。

令人心疼的败家子

首先我必须承认，宝玉是一个败家子，但他是一个令人心疼的败家子。他是天才，却是一个失败的天才。《红楼梦》里贾家老、中、青三代男人都是败家子，可是他们败的是吃喝嫖赌、仗势欺人，把祖先的百年基业搞垮，可是宝玉败得不太一样。贾宝玉，假宝玉，从世俗的眼光来看，这是一块假的宝玉。在母亲王夫人口中，他是一个混世魔王、孽根祸胎，疯疯傻傻，有天没日。在父亲眼中呢？贾政一看到宝玉，就两眼冒火，叫骂着要拖出去打。那姐妹们呢？姐妹们虽然对他不错，可是只要逮到机会也都会想规劝他，宝钗不用说，史湘云也是，甚至连他的丫鬟袭人也不放过他。可见在她们眼里，宝玉并不上道，而他事实上也是如此。第一，他不求上进，不读科举考试的书。第二，他不务正业，一天到晚在姐妹堆里混。第三，他行事无章法，手头散漫，又很爱管闲事。光手头散漫这项，我们随手就可以举几个例子。

第五十一回，晴雯生病，怡红院找大夫来看病，婆子说需给大夫一两银子。由于袭人不在，麝月不知道一两银子是多大，宝玉说："拣那大的给他一块就是了，又不做买卖，算这些做什么？"麝月就随便拿了一块。婆子说，那块银子至少也有二两，换一块吧。结果麝月懒得再找，宝玉也完全不在意，就叫婆子"自去料理"。

第六十二回，黛玉跟宝玉说："我虽不管事，心里每常闲了，替他们一算，出的多，进的少，如今若不省俭，必致后手不接。"结果宝玉怎么说？"凭他怎么后手不接，也不短了咱们两个人的。"设想，如果现在有一个女孩子跟男朋友说，我看你们家收支不太平衡，要注意一下。男朋友居然回她："无所谓啦，反正少不了咱们两个的，晚上吃牛排去。"这种话能让女孩子放心吗？

另外，宝玉的性格还有一个缺点——无能懦弱。这么说好像有点过分，但确实如此。当那些女孩子因为他或者不是因为他而一个个离开时，不管他心中多么痛苦，就是没办法转变成行动能力，只能泪眼婆娑地让这些女孩一一"花自飘零水自流"。比如，他那么疼惜晴雯，可是眼睁睁看着晴雯在他眼前走向死亡；他舍不得司棋，但只能瞪着眼看司棋被拉走；金钏儿只不过跟他讲一个笑话，就被逼到去跳井，而他一点儿作为都没有。用我们今天的话讲，他完全不能给人家安全感。

有主张、神全的逸品

讲到这里，感觉贾宝玉就是一个纨绔子弟，好像真的一无是处。不，这就是一个艺术家最大的挑战了。毕加索说："对我而言，一幅画就是破坏的总和。"也就是他画里每一个元素、每一个小地方好像都不对，但凑起来就成一幅艺术品了。宝玉也一样，明明是个败家子，又一无是处，怎样才能把他写成一个让人心疼且难忘的角色呢？这就是曹雪芹敢于挑战了。

说完宝玉的缺点，我们再来说一下他几个正面的特色。

第一，他绝顶聪明。书里提到宝玉聪明乖觉，百个不及他一个，他只是不太上心，只要一上心，无有不能。而且，他的气质属于灵秀逸品。什么叫逸品？欣赏画作或工艺品，如果只是觉得技巧不错，但不动人，那就是匠气。比匠气好一点，技巧已经很纯熟，甚至有其过人之处，达到艺术的层次，那就是"能品"。我们看到有些艺术品旁有康熙、乾隆写的一个"神"字，那就是顶级的"神品"。神品重点在"传神"，堪称艺术最高境界。除此之外，还有我们无法用一般艺术标准去论定的，那就叫作"逸品"。神品、能品还学得来，逸品是学不来的。若以诗人来说，李白跟杜甫，一个诗仙，一个诗圣，杜甫是神品，李白是逸品，杜甫的诗学得来，李白的诗则如羚羊挂角，无迹可寻，是逸品。《红楼梦》第二回就已经通过冷子兴跟贾雨村评论宝玉，说出他有可能是聪俊灵秀，在千万人之上的逸品。

第二，宝玉风度翩翩，是个美男子。他"面若中秋之月，色如春晓之花，鬓若刀裁，眉如墨画，鼻如悬胆，睛若秋波"，真是一位飘逸的型男。

如果徒有出色外表，没有想法，那仍然是一个草包，重点在他的第三个特色，他是有主张的。他虽然整天游手好闲，可是心里自有一套想法。宝玉就认为，一个人如果只把读书当作晋升之阶，那就只是一个追求功名利禄的蛀书虫而已，他直接取名"禄蠹"。

宝玉在第三十一回还提出了一个很有趣的爱物观点。我个人觉得，曹雪芹的思想中虽然儒道佛都有，可又非儒、非道、非佛，比较接近的是庄子的哲学。庄子是以一个艺术家的美学角度看世界的，最经典的就是那句"天地与我并生，万物与我为一"。而宝玉呢？

第三十一回"撕扇子作千金一笑"。那天，晴雯服侍宝玉换衣，不小心碰掉了扇子，把扇骨给摔折了。宝玉原本心情不太好，就说了晴雯两句，于是两个人吵了起来。等到晚上，宝玉回来早已气消了，晴雯还冷脸以对。宝玉为了安抚她，就说扇子是给人扇凉的，但如果喜欢听撕扇子的声音也可以。不过若是因为生气，拿扇子来发泄怒气，撕了扇子的话，那就对不起扇子了。晴雯听了，说她喜欢听撕扇声。宝玉顺手就拿了好多把给她撕。这是一个很特别的观念，宝玉觉得万物是有情的，所以也要有情以对。我常打比方：课堂上的讲桌是给我放讲义的，如果我喜欢听敲桌子的声音，我就敲了桌子听那声音，并没有什么不可以。可是如果我今天要骂底下的学生，猛地拍桌子发怒，那我这一拍就已经对不起桌子了。这就是宝玉或者说是曹雪芹一个很特别、很浪漫的爱物观。

第三，宝玉的女子论，这也是《红楼梦》的一大特色。第二回，作者就借冷子兴之口提到宝玉的观点"女儿是水做的骨肉，男人是泥做的骨肉，我见了女儿便清爽，见了男子便觉浊臭逼人"。宝玉还说，每个女孩子都是一颗珍珠，清净得不得了，可惜的是一旦结婚就慢慢褪色，等到老了之后，就变成死鱼眼睛了。这番话意指女孩子一旦嫁为人妇，多年媳妇熬成婆，因为好不容易在宗法社会取得一个立足点，反而会回过头来欺负儿媳妇，所以宝玉觉得那些老婆子都非常可恨。

宝玉最大的特色是"神全"。神全也是庄子的看法。庄子认为，有些人也许外表有残缺，可是精神非常健全。反之，大部分人虽然外表健全，可是精神反而是有些残缺的。说一句题外话，也就是因为庄子这套"重神轻形"的说法，才衍生出武侠小说里一堆奇人异士，如盲剑客、独臂刀王、大醉侠等。这些人表面上也许有所残缺，可是一出手就天下无敌。我们回过头来看宝玉，宝玉一天到晚给人道歉，不管谁的错都算他的，即是因为他神全。在大观园作诗的时候，只希望要强的林黛玉得第一，对自己的表现完全无所谓。这无所谓的态度，也是因为神全。随意挥洒中，他自有他超群的贵气和高度。

然而，宝玉这个角色最珍贵的还是他的真性情。我们可以说，曹雪芹最大的贡献，就是塑造了这样一个温柔细致的多情公子，而这个多情公子跟《西厢记》中张君瑞那一类人是不一样的。传统章回小说里的才子，事实上多是沽名钓誉之徒，他们一见到佳人，就急着和对方缠绵悱恻；然后又以上京赶考为名，急于脱身，一旦考上又始乱终弃。可是宝玉这个角色，跳脱了千人一面的才子类型，是一位真正的多情公子，这一点最是难得。

温柔细致的多情公子

在女性主义的影响下，到今天总算有男人敢说自己是温柔的，因为不管古今中外，经常是性别决定个性。是男人，就一定要雄壮威武，要打落牙齿和血吞；是女人，就一定要温柔婉约。这从"男""女"的造字法上就可看出端倪。"男"字就是田里面的力，"女"字就是一个女子宽袍大袖、温柔婉约地跪坐着。更无奈的是"母"字，那两点是强调其功能性的。当一个社会用性别决定个性时，不适合其性别的个性就注定被糟蹋。男孩子稍微温柔点，就被说成娘娘腔；女孩子有点阳刚气，则是男人婆。但两百多年前的曹雪芹居然能够塑造出这么一位温柔细致、多情体贴的贾宝玉，真是令人佩服。

我们来说说宝玉的温柔、深情与体贴。第十四回，林黛玉由于父亲林如海病重，回扬州探病。林如海病逝的消息传来时，宝玉刚好跟王熙凤在一起，王熙凤听到这个消息就笑着跟宝玉说："你林妹妹可在咱们家住长了。"那宝玉怎么说呢？他说："了不得，想来这几日他不知哭得怎么样呢！"说着蹙眉长叹。问世间情为何物？此之谓也！不要说生死相许了，第一个想到的是对方的心情，顾念到对方，这才是深情。

宝玉的深情也不只是对一个或两个女孩，而是对天地万物。有一次宝玉生病，在家里待了十几天，这天身体稍好，他拄着拐杖，散步出怡红院，来到一棵杏花树下。宝玉发现就在他生病的这段时间，杏花已经开过落完，而且绿叶满枝了。宝玉无限感慨地说："能病了几天，竟把杏花辜负了。"（第五十八回）他用了"辜负"一词！想想我们自己，每天走在同样的路上，多半不记得街头有什么花、什么叶，我们不仅一天到晚辜负花花草草，甚至还一天到晚在辜负人，或等着被辜负。而宝玉跟一株杏花都能有约，还自愧辜负。《红楼梦》中有这么一处有情天地，这么一位深情男子，真是不容易。

关于"意淫"，脂评："按宝玉一生心性，只不过是体贴二字。"

"意淫"强调的是一种形而上、精神层面的感情。以宝玉来说，就是体贴。

他喜欢一个人，想到的就是能为对方做什么、能给予什么，不求回报，也不想计较。

有同学说："宝玉是女孩子杀手，他最可怕的一点是以对方喜欢的方式去对待她，而且是在对方未开口甚至未想到之前，他已经想到、做到了！"没错，例子俯拾即是，我们只举两事。

以第四十四回"喜出望外平儿理妆"这一段为例。凤姐生日那天因为贾琏、鲍二家的闹出丑事，让平儿受尽委屈。事后平儿被众人让到大观园。宝玉劝她："好姐姐，别伤心，我替他两个赔个不是罢。"平儿说："与你什么相干？"宝玉说："我们弟兄姐妹都一样，他们得罪了人，我替他赔个不是也是应该的。"

接下来他又说："可惜这新衣裳也沾了！这里有你花妹妹的衣裳，何不换下来，拿些个烧酒喷了，熨一熨，把头也另梳一梳。"一面吩咐小丫头舀洗脸水让平儿洗脸。我相信很多人看到这里，可能又要说宝玉"娘娘腔"。如果换个角度想，就知道这个男孩子是多么体贴啊。那么，衣服为什么要拿烧酒喷了后熨一熨？因为那时候没有干洗，就用这种方式处理不能下水的衣服。就像戏班子的戏服，绣得很漂亮，可是演员上台演出一定会流汗，弄脏衣服，但金线银线是不能下水的，所以演员下台，外衣一脱下，就会喷上高粱酒杀菌、消毒、除臭，然后用熨斗熨平。

再回来谈宝玉对平儿的体贴。由于平儿是贾琏的爱妾，又是凤姐的心腹，所以宝玉平常不肯与她太亲近，他是知道分寸的。袭人拿衣服给平儿换了后，宝玉又说："姐姐还应该擦上些脂粉，不然倒像是和凤姐姐赌气的似的，况且又是他的好日子，而且老太太又打发了人来安慰你。"可看出宝玉真的考虑很周到。平儿听了有理，便去找粉，"宝玉忙走至妆台前，将一个宣窑瓷盒揭开，里面盛着一排十根玉簪花棒儿"。宝玉还跟平儿解释："这不是铅粉，这是紫茉莉花种研碎了，兑上香料制的。"平儿倒在掌上看时，果见轻、白、红、香，四样俱美，扑在面上也容易匀净，而且润泽，不像一般的粉涩滞。另外，胭脂也不是成张的，却是如玫瑰膏子一样在小小白玉盒里，宝玉又解释："是上好的胭脂拧出汁子来，淘澄净了，配了花露蒸成的。"宝玉还进一步教平儿用法："只要细簪子挑一点儿，抹在唇上，足够了；用一点水化开，抹在手心里就够拍脸的了。"抄上这些，是因为我在大学讲课时，有化工系的同学掷书而叹："贾宝玉若生在现在，可自创品牌，上网销售，保证大赚，纯天然的！"说得也是！

平儿上了粉后，果见鲜艳异常，甜香满颊。宝玉又剪了一枝并蒂秋蕙，"替他簪在鬓上"。刚好这时李纨打发丫头来唤平儿，平儿这才离开怡红院。

我们来看平儿离开后宝玉的心情："宝玉因自来从不曾在平儿前尽过心，且平儿又是个极聪明、极清俊的上等女孩儿，比不得那起俗拙蠢物，深以为恨。"这是标准的宝玉了，他碰到女孩子，尤其是越好的女孩子，他就越想为对方做点什么。"今日是金钏儿生日，故一日不乐，不想后来闹出这件事来，竟得在平儿前稍尽片心，也算今生意中不想之乐，因歪在床上，心内怡然自得。"请别误会，宝玉不是以别人的痛苦为乐，他只是因为刚好有机会为一个好女孩做一点事，因此感到快乐。可是他马上又想到"平儿并无父母兄弟姊妹，独自一人供应贾琏夫妇二人，贾琏之俗，凤姐之威，他竟能周全妥贴"。想到其中的辛苦，他又为平儿伤感了起来。"复又起身，见方才的衣裳上喷的酒已半干，便拿熨斗熨了叠好，见他的绢子忘了去，上面犹有泪痕，又搁在盆中洗了晾上，又喜又悲，闷了一回，也往稻香村来，说了回闲话儿，掌灯后方散。"

我很喜欢这一段，因为从宝玉做的事能看出一个男孩体贴女孩的心。宝玉要丫鬟去做这些事是很容易的，可是他愿意为平儿做点什么，所以亲自替她熨衣服，帮她洗手帕。"方才的衣裳上喷的酒已半干，便拿熨斗熨了叠好"，这是唐诗绝句的写法，声调很美。"见他的绢子忘了去，上面犹有泪痕，又搁在盆中洗了晾上"，这是宋词的娴雅缠绵。"又喜又悲，闷了一回"，这是什么？元曲，元曲很干脆。然后，"往稻香村来，说了回闲话儿，掌灯后方散"，这是明清的小说了。上课我一定会念这一段，觉得唐诗、宋词、元曲、明清的小说都在里面了，多么美好的文字魅力。

从第六十二回的"呆香菱情解石榴裙"，也可以看到宝玉的体贴。香菱跟豆官闹着玩儿，不小心把薛宝琴送她的一条裙子给弄脏了，宝玉替她担心会对不起琴姑娘，又会被姨妈说个不清，急着帮她出主意，说袭人也有一件一样的，马上张罗来给香菱解危。香菱换好石榴裙，谢过袭人，看到宝玉郑重其事地在掩埋地上的花朵，她笑着对宝玉说："这又叫作什么？怪道人人说你惯会鬼鬼祟祟，使人肉麻呢。你瞧瞧！你这手弄得泥污苔滑的，还不快洗去！"香菱是个很好的女孩，可是香菱并没有办法了解宝玉。怎么说呢？第七十九回，薛蟠要娶老婆夏金桂，香菱竟比当事人还期待，以为又添了一个作诗的人。宝玉忍不住说，"我倒替你担心虑后"，"只怕再有个人来，薛大哥就不肯疼你了"。结果香菱听了非常生气："怪不得人人都说你是个亲近不得的人！"说完转身就走。我觉得整部《红楼梦》里，这句话大概最伤宝玉的心，他一片好意，香菱却当面这么说他，他应该会很难过吧。

纯真率性的年代

宝玉除了温柔体贴，也很纯真，所以连刘姥姥随口乱讲的谎言，他都相信。第二十八回宝玉跟黛玉吵架后，宝玉跟黛玉说："我心里的事也难对你说，日后自然明白。除了老太太、老爷、太太这三个人，第四个就是妹妹了。"我曾经在课堂上问同学："如果你男朋友说：'我心里，除了我奶奶、爸爸、妈妈，第四个就是你了，你接受吗？'"这时一位女生拍桌站起道："第五个是谁？说！"全班哄然。果然是"现代女性"！是的，我们宁愿相信谎言，想要听"你是我生命的唯一，你的过去我来不及参与，你的将来一定要有我"之类的。宝玉老实地说了真话。那黛玉有没有发脾气？没有，她听进去了，所以黛玉才是他的知音。

另外，宝玉活得很率性，第七十一回贾珍的太太尤氏说他："谁都像你是一心无挂碍，只知道和姊妹们玩笑，饿了吃，困了睡，再过几年不过是这样，一点后事也不虑。"宝玉笑着说："我能够和姊妹们过一日是一日，死了就完了，什么后事不后事！"用世俗的眼光来看，这是不长进，可是从另外一个角度来看呢？禅宗有个公案，佛是什么？吃饭的时候吃饭，睡觉的时候睡觉，就是佛了。可惜一般人吃饭时百种需索，睡觉时千样计较。如此说来，没有"远虑"、没有"近忧"的宝玉，已臻化境。有句话说："能平凡地过着平凡的日子，就了不起。"

这点纯真率性的心性黛玉就比不上。设想一个画面：这天，宝玉和黛玉吵架后不欢而散，潇湘馆里的黛玉一定是彻夜辗转，不仅睡不着，心里还牵挂着宝玉是不是也跟她一样难过。可第二天一早开门，只见宝玉一脸阳光灿烂，完全没事，这下黛玉真是旧恨未了，新愁又起啊。这应该算是他们两个人性格上最大的矛盾了，因为黛玉总是心事重重，但宝玉每一天都是崭新的一天。

成长的"眼泪三部曲"

"枕上清寒窗外雨，眼前春色梦中人。"这两句是第二十三回宝玉作的诗。他真的是觉得日子能够这样子过就好了，花常好，月常圆，人常在，从没想到要被迫长大。有朝一日黛玉离世、三春陨落，世事的变化终会让宝玉被迫去做选择并且承担选择。就像之前提到的，《红楼梦》也是一部成长小说、启蒙故事。在这里，我们用"眼泪三部曲"来看宝玉的成长。

第三十六回，宝玉跟袭人聊天，他说："我此时若果有造化，趁着你们都在眼前，我就死了，再能够你们哭我的眼泪，流成大河，把我的尸首漂起来，送到那鸦雀不到的幽僻处，随风化了。"这梦想美则美矣，但有一个先决条件：要得众人眼泪，这眼泪还要多到流成河，他有多贪心啊！《庄子》里说起风之时，列子就能在天上飞，但列子要飞还是须等风起，所以那是有依赖的逍遥，真正的逍遥游是随心所欲的，就算身体被绑住，灵魂始终自由。所以这阶段的少年宝玉觉得人生最美好的结局，不过是有依赖的逍遥罢了。

可是就在同一回，他去大观园找龄官，结果龄官根本不想理他。宝玉讨了一个没趣之后，回去跟袭人说："我昨儿晚上的话竟说错了……昨夜说，你们的眼泪单葬我，这就错了，看来我竟不能全得。从此后，只好各人得各人的眼泪罢了。"这是第二个阶段了，他知道不是所有人的眼泪都愿意给他，可是他还是有依赖，要得到"各人的眼泪"。

等到第一百一十九回，他已经完全清楚人生了。要离家赴考时，他的母亲王夫人眼泪直流，连宝钗这么矜持的人也一直流泪，可是宝玉还是飘然远去，再多的眼泪他都不要,再多的眼泪都留不住他了。

我们常常有个迷思,总以为等找到一个对的人,碰到一件对的事时,从此就会幸福,只这样想,本身就是一件很痛苦的事。通过宝玉的"眼泪三部曲",我们看到,他终于明白自己的生命要自己去完成,去圆满。所以《红楼梦》当然也是一个启蒙故事。

一体两面的甄宝玉、贾宝玉

除了贾宝玉,小说里还有一个甄宝玉,曹雪芹写这两个人的象征意义,即便放在二十一世纪,都是非常前卫的。贾宝玉跟甄宝玉其实是同一个人,就好像我们之后会比较的薛宝钗跟林黛玉,她们也是同一个人,代表不同的面向、不同的可能。

《红楼梦》整个故事的重心都在贾府,可是从第二回开始,经常就会出现一个甄府,贾府是实写,长篇大段;甄府是虚写,点到为止。甄府里面也有一个老太太,也有一个大园子,也有一个男孩叫宝玉,那位宝玉也一样,不爱读书,挨打的时候就叫姐姐妹妹的名字。甄宝玉的父亲名叫甄应嘉,就是"真的是来反映假的"。

甄府在小说里虽然神龙见首不见尾,但如果真要说的话,甄府确实有曹家的影子。可是,小说的重点在虚构的贾府,贾者,假作真时真亦假,无为有处有还无。这就是为什么这本小说能成为文学上的不朽名著,因为它太扑朔迷离、太有趣了。

第五十六回,甄府的家眷来贾家拜访,提到甄家有一个孩子也叫宝玉,所以那日宝玉睡觉时就做了个梦,在梦里与那位跟他很像的甄宝玉相见。待贾宝玉惊醒,就看见怡红院里那一面穿衣镜里的自己,这意象充满暗示性。等到第一百一十五回,终于在现实世界里面对面,结果却是相见不如怀念,因为他们这时已经不一样了。第五十六回两个人在梦中相见时,都不爱读书,都怜香惜玉,之后他们都经过了抄家,经过了变故,到了第一百一十五回时,贾宝玉还是贾宝玉，可是甄宝玉已经折节向学，所以两个人话不投机半句多，浪漫与现实，贾宝玉跟甄宝玉已分道扬镳了。

这两个人在现实世界里谁是成功的？甄宝玉！所以他姓甄。至于贾宝玉，在一般世俗的眼光里，他还是冥顽不灵的，所以只有选择自我放逐，远离社会的核心价值。事实上，甄宝玉、贾宝玉同时都在我们心中，我们都是甄宝玉，也是贾宝玉，可是随着年纪渐长，甄宝玉的部分会越来越多，贾宝玉的部分就渐渐离远了。

第八十二回私塾老师贾代儒告诉贾宝玉的话，我觉得也很好："成人不自在，自在不成人。"这句话到现在也是一样，要成为一个大人，当然必须牺牲很多，也因此不自在了；反之，若要活得完全自在，在社会上就无立足之地。这也是成长过程中的我们必须面对的放弃跟妥协，我们每个人都走在这条路上。

宝玉对人间的交代

宝玉最后做了什么？他做了三件事。第一百一十九回，他终于去考科举，而且他只用功学了一个月就考上了第七名举人。

从《红楼梦》问世，就有拥护林黛玉的拥林派，以及拥护薛宝钗的拥薛派。让拥林派最生气的事，就是高鹗的后四十回，宝玉被迫结婚也就罢了，怎么可以让薛宝钗怀孕呢？

可是我个人认为，以上两件事，加上跟父亲拜别这三件事，就是宝玉对人间的交代，这也就是加缪的话："幸福不是一切，人生还有责任。"

在个人主义高涨的二十一世纪，我们常常太在意自己的感受，而忽略了周遭的人。所以，我觉得宝玉如果忽然间就消失了，那就是一个不负责任的年轻人。可是宝玉先考上举人，光宗耀祖，然后又让薛宝钗怀孕，对贾母、对传宗接代有个交代，最后才选择离开。至于离开，我从来不认为他是看破世情，舍小爱就大爱，因为宝玉本来就是大爱。我个人认为，他离家其实是一种抗议："我要的你们不给我，你们给我的，我也不要了，这是我的选择。"我觉得最感动人的是第一百二十回，他拜别父亲那一幕。那天，贾政正扶着贾母的灵柩要回南方，天寒大雪，船泊靠在岸边。贾政坐在船舱里读家书，得知宝玉中了第七名举人，可是走失不见。贾政正想着要怎么回信时，抬起头来，"忽见船头上微微的雪影里面一个人，光着头，赤着脚，身上披着一领大红猩猩毡的斗篷"，对他倒身便拜，连拜了四拜，起身后不言不语，脸上亦喜亦悲。贾政先是愣了一下，才认出那是宝玉。这时宝玉两旁忽然冒出一僧一道，也就是《红楼梦》里牵引着所有人命运的那一双手——一僧一道，一左一右就夹着宝玉远去了。贾政追上前，仆人也跟着追，可是没追多远，贾政就说算了，不用追了。在那一刹那，这对父子终于和解，儿子谢过父亲，父亲也了解儿子了，我觉得这是很动人的一幕。白茫茫旷野中宝玉光着头，赤着脚，可是身上穿的是一袭大红色斗篷。这一袭红色斗篷，正象征着宝玉的头跟脚都出家了，可是他心上仍是热情一片。

最后的贾宝玉，我觉得可以用一阕词来形容："谁道闲情抛弃久，每到春来，惆怅还依旧。日日花前常病酒，不辞镜里朱颜瘦。 河畔青芜堤上柳，为问新愁，何事年年有。独立小桥风满袖，平林新月人归后。"这阕词有人说是欧阳修所作，有人说是出自冯延巳，不管是谁所作，我个人认为这阕词非常能表现出家之后浪迹天涯的宝玉的状态。关于宝玉最后的结局，也有版本写他成了打更人，但我选择的是程甲本、程乙本的出家，我觉得这个版本最美。

黛玉去世，宝玉出家，我们知道活下来有时比死更困难，死是一了百了，活下来则是每天都要面对。浪迹天涯的宝玉，花前、月下、酒后、梦里，支撑着他的应该就是"曾经有过"吧。他曾经有过一个大观园，曾经有过一群姐姐妹妹，曾经有过一个最入心的林黛玉。就像张爱玲说的："不多的一点回忆，将来是要装在水晶瓶里双手捧着看的。"因为有这么一点回忆，所以他可以活下来。寂寞当然还是寂寞的，"每到春来，惆怅还依旧"，"独立小桥风满袖，平林新月人归后"，这个意象也出现在张爱玲的《金锁记》里。小说中三叔姜季泽被七巧拒绝后，给泼了一脸酸梅汤，他走下去。七巧在楼上看着他："正在弄堂里往外走，长衫搭在臂上，晴天的风像一群白鸽子钻进他的纺绸裤褂里去，哪儿都钻到了，飘飘拍着翅子。""独立小桥风满袖"，一个中年男子的寂寞跟沧桑，是姜季泽，也是贾宝玉。

过尽千帆

人生总要走过好长一段路，才能明白一些事。年轻的贾宝玉，现代女孩不喜欢，嫌他无能没出息，只有过尽千帆才懂得，有些人就是拿来疼惜的。就像贾宝玉看林黛玉作诗得第一，比谁都快乐！毕竟只有了不起的男人才能够以女人的荣为荣，也只有了不起的女人，才知道疼惜男人的那点温柔与真心。

住篇 02

无可云证：宝玉与黛玉的爱情和生命取向

这一节我们要来谈情说爱，保证精彩。爱情就像出麻疹一样，每个人一生至少要经历一回。人生在世，会让我们昏头的事不多，爱情绝对是其中一样。所以常有人打趣说，结婚的目的，就是要把这个让人昏头的事解决掉，进而说，结婚就是走进爱情的坟墓了。但我们这节不谈婚姻，只说爱情。

我认为《红楼梦》是一部超级偶像剧，只要偶像剧存在，《红楼梦》就不会过时，因为它描绘出了那种我们非常渴望、可是不见得能拥有的感情。张爱玲曾经说过，中国是一个爱情荒的国度。二十一世纪的今天呢？从来没有一个时代像今天这样，男女之间的感情可以如此奔放、自由，充满了声音，充满了动作。可是，好像也从来没有一个时代像今天这样，爱情如此堕落、荒芜、不可靠，以至于我们只敢在乎"曾经拥有"，却不敢说要"天长地久"。

就是由于没信心，即便此刻再怎么亲密，我们仍然随时准备被背叛，或者背叛。就在这个浮夸却仍然爱情荒的年代，让我们来认识一下，那种如空谷幽兰般，一个会心就终身无悔的美好感情。

宝玉、黛玉彼此钟情的原因

虽说宝玉和黛玉是"三生石上旧精魂",结缘于天上灵河畔,但到了人间,又如何"众里寻他千百度",认定"那人却在灯火阑珊处"呢?他们彼此钟情的原因何在?

我个人认为有两个原因。

其一,在一堆庸脂俗粉、市侩禄蠹中,黛玉超现实的清绝、孤绝、美绝,让宝玉沛然的情感得以凝聚,有一个安顿处。而宝玉的清扬、潇洒、多情,也是黛玉少女情怀的寄托处。

其二,气味相投。相同处是都具有叛逆的个性,一个不上进,一个颠覆"女子无才便是德"。相投并非相同,还包括相异。宝玉的奔放、自在和黛玉的内敛、孤傲,彼此在对方身上找到了自己没有的,形成互补,就像金庸的《射雕英雄传》中郭靖的重、拙,刚好是轻、巧的黄蓉的依附处。

现在,我们从这段感情的特色说起。

这段感情的特色:从容,对等,彻底,绝对的性灵之美,不圆满。

第一,这段爱情的特色之一是从容。

第三回黛玉入贾府,住进贾母房内的碧纱橱,与橱外的宝玉,在时间、空间非常充裕的情境下,很从容地发展出感情。

小说第一回,曹雪芹就批评才子佳人等书,他说:"开口文君,满篇子建,千部一腔,千人一面。"宝玉和黛玉不是急就章偷情的才子佳人,他们是从两小无猜到青梅竹马,慢慢把这一段感情给酝酿出来的。这是很难得的一点。

第二,这段感情是对等的。

对等,就是尊重,"照单全收"!没有主、从或尊、卑。

俄国大文豪托尔斯泰说过一句话:"如果爱一个人,那就爱整个的他,实事求是地照他本来的面目爱他。"这话说来简单,做起来很难,因为有些爱情充满了算计。关于这点,写得最好的大概就是张爱玲的《倾城之恋》。《倾城之恋》里面有一句话很有意思,范柳原终于决定跟白流苏结婚以后,对白流苏说:"我们那时候太忙着谈恋爱了,哪里还有工夫恋爱。"恋爱的双方常把爱情当作战争,激情攻防,尔虞我诈,哪能冷静思考到内心深处呢?

我们在成长过程中,会对两性间的爱恋有所憧憬,慢慢就会塑造出自己心目中白马王子或白雪公主的形象。等到有机会碰到一个好像"对"的感觉时,就会认定对方。可是一旦在一起,女生也许就会游说男朋友去念一个硕士、博士,或念一个MBA(工商管理硕士),要不补个英文也不错。总之,她会起心动念改造对方,看能不能变得更符合她的期待。男生也是,刚在一起时觉得女朋友很完美,后来又开始希望她身材更苗条些,个性更温柔些……有意无意也想改变对方。所以很多情侣会在交往一段时间后开始失望,觉得对方变了。事实上,对方从来没有变,只是我们终于发现他(她)不是自己心目中那个王子或公主,而且也改造不成。有句话说"男女两方因为误会而结合,因为了解而分开",是有道理的。所以,要做到关系对等,爱一个人就照他本来面目爱他并不容易,可是贾宝玉和林黛玉就做到了。贾宝玉看林黛玉作诗喜欢抢第一名,他就帮她努力争取,虽然他自己并不在乎。而林黛玉也不会像别人一样,动不动就规劝宝玉好好读书、去考科举。

举个例子,第三十二回,有一天史湘云跟宝玉在房里,外头有人说贾雨村来了,想见宝玉,宝玉万般不乐意。史湘云就劝他去会会这些为官做宦的,也好学些应酬事务,不该成天在姐妹堆中"混搅"。

宝玉听了,"大觉逆耳",就直接说:"姑娘请别的屋里坐坐罢,我这里仔细腌臜了你这样知经济的人。"这对宝玉来讲是一个很特别的行为,因为他疼女孩子,留人家还唯恐不及,这会儿居然要赶人走。袭人急着打圆场,说前几天薛宝钗也说了他一回,结果宝玉没等人家话讲完就抬脚走人,搞得薛宝钗继续说也不是,不说也不是。袭人又继续夸薛宝钗,说她有涵养,过后还是照旧。换作是黛玉不理他,宝玉不知道要赔多少不是呢。结果宝玉说:"林姑娘从来说过这些混账话吗?要是他也说过这些混账话,我早和他生分了。"这真是十分默契了,爱对方就照他本来的面目爱他、尊重他,这就是我们所谓的对等。

第三,这段感情是他们的全部。

"无可云证，是立足境；无立足境，方是干净。"这两句话恰是他们感情的质地。第二十二回宝玉跟黛玉吵架，宝玉胡思乱想，有所体悟，觉得人生是"无可云证，是立足境"，也就是说，无可印证的顿悟就是最理想的境界。第二天黛玉看到这句话，又加了一句"无立足境，方是干净"，意指根本没有所谓的最高境界，才是干净。这也暗示他们终将一个离家，一个死亡。

黛玉为情而生，为情而苦，为情而死；宝玉为情而喜，为情而悲，为情而舍。这个彻底，我们也许心向往之，可是很难做到。我们活在世上，有太多牵绊，而且正如前面提到的"幸福不是一切，人生还有责任"，只有偶像剧的爱情才可以这么彻底。《红楼梦》作为一部偶像剧，作者当然让我们看到他们用生命的全部去成就这份感情。

第四，这段爱情是绝对的性灵之美。

所谓"美的外表下，情是他们的唯一"，我们来看那句经典台词"我为的是我的心"。第二十回，黛玉跟宝玉吵架，宝玉来哄黛玉，就说"亲不隔疏，后不僭先"，自己怎么可能因宝钗而远黛玉？黛玉就说："我难道叫你远他？我成了什么人了呢？我为的是我的心。"宝玉回她："我也为的是我的心，你难道就知道你的心，不知道我的心不成？"这句话实在太厉害了，光念起来就抑扬顿挫。"我也为的是我的心"，我本以为就是"我要让你知道你在我心里的分量"，不过当我看到脂评后，就觉得我最好闭嘴。怎么说呢？脂砚斋说，这句话就是除非有办法揣摩当时宝玉跟黛玉的心情，否则无法解释，因为这两句话也许作者不懂，石头不懂，就是那一块玉也不懂，搞不好连宝玉跟黛玉自己也不懂，所以观者莫乱解释。我觉得这说法很有道理，情人吵架本来就常是不知所云，你一句来，我一句去，一个说我为的是我的心，另一个就说我也为的是我的心，或许两个人在说什么自己也搞不清楚，不过这一段写得就是很精彩。曹雪芹身处那样八股的年代，而且他写《红楼梦》时，少说也三四十岁了，却有办法揣摩年轻男女的心情，写出这样的句子，实在了不起！因此我觉得这句话也不必强加解释，每个人都可以有自己的解读。

宝玉这么回她后，黛玉倒是接受了。她转换话题，问宝玉现在什么天气，为什么把披风脱了,不是存心要呕她吗?这是黛玉表达关心的口气。宝玉知道,他笑着说本来是穿着的,可是"见你一恼,我一暴躁就脱了"。如此,两个人言归于好。

第五,美丽的爱情只有破坏,才算完成。

传统才子佳人的小说到最后会来个大团圆,主角配主角,男二配女二,男三配女三,跟西方戏剧不同。西方戏剧相对较推崇悲剧,比如莎士比亚就有四大悲剧。有人说,这是中国戏剧文学的一个败笔,不过也不一定。在中国传统文化中,人们常把看戏当娱乐,戏园子里热热闹闹,大家嘻嘻哈哈地就看完了,不花力气,所以就缺少严肃性。

虽然传统才子佳人小说追求的是圆满结局,但是越美丽的爱情,通常就越是在破坏那一刻才算完成。如果爱情终于修成正果,有情人终成眷属,那接下来呢?英国作家王尔德就讲过一句很有趣的话:为什么所有童话故事结局一定是王子跟公主结婚了,从此过着幸福快乐的日子?因为接下去惨不忍睹,所以赶快在此落幕。这话也不无道理,我们觉得梁祝的爱情很美,也是因为它不圆满,最后冉冉双飞蝶更有一种超现实的美感。如果罗密欧与朱丽叶真的结婚了,一定会过得幸福快乐吗?那也很难说。电影《泰坦尼克号》里的露丝跟杰克,一个是有未婚夫的世家千金,一个是小混混儿,他们俩如果顺利地在纽约上岸私奔了,那以后呢?一定很艰难吧。

宝玉和黛玉的爱情注定不会有好结局。在那个年代,爱情是绝对不被允许的,这也可以解释为什么才子佳人的小说在当时那么盛行,因为现实中没有,所以人们只有在戏曲小说中求取补偿。宝玉跟黛玉虽然有幸在大观园中朝夕相处,但"爱情"这两个字却是见不得人,说不出口的。对宝玉来讲固然如此,对黛玉来讲更是。说到这儿,我觉得必须补充一点:几乎每一年,都有学生提出疑问:为什么他们不私奔呢?为什么不?因为宗法社会,是一个密密的网络,你得不到家族的认同,就得不到社会的认同,失去家族的庇荫,也就意味着失去了社会的立足地,所以出逃等于无处可逃!

宝玉是在富裕安全的环境下长大,自信、大方,这段感情,他付出得多,可是承担得少。反之，林黛玉经历忧患，这段感情，她也许付出得少，可是承担得多。孤身在大观园中，没有长辈为她做主，身边又有金玉、麒麟之类的各种威胁，她长时间处于焦虑状态。几次三番，贾府的人渐渐猜出来，黛玉也渐渐失去人心。第九十七回等到贾母说："咱们这种人家，别的事自然没有的，这心病也是断断有不得的。林丫头若不是这个病呢，我凭着花多少钱都使得。就是这个病，不但治不好，我也没心肠了！"这话等于是昭告天下，她对黛玉是放弃了，墙倒众人推，黛玉是真"无立足境"了。心理学大师荣格说："真正的美，其实是一种消失。"

"知心着意"的甜蜜

第十九回，这天，宝玉来找黛玉，丫鬟们都不在，满屋内静悄悄的，只见黛玉在睡午觉。宝玉说："好妹妹，才吃了饭，又睡觉。"黛玉见是宝玉，就说："你且出去逛逛，我前儿闹了一夜，今儿还没歇过来，浑身酸疼。"宝玉说："酸疼事小，睡出来的病大，我替你解闷儿，混过困去就好了。"

虽然宝玉要黛玉别睡，但她还是躺着，合着眼说："我不困，只略歇歇儿，你且别处去闹会子再来。"宝玉就推她道："我往那里去呢，见了别人就怪腻的。"黛玉听了，扑哧一声笑道："你既要在这里，那边去老老实实的坐着，咱们说话儿。"结果宝玉说："我也歪着。"这个"歪着"多可爱啊，意思就是我就躺你旁边吧。黛玉说："你就歪着。"非常自然。然后，宝玉有点儿坏，故意说："没有枕头，咱们在一个枕头上罢。"我们常说十年修得同船渡，百年修得共枕眠，宝玉要同她躺一个枕头，是嘴巴上要占她便宜。黛玉回什么呢？她说："放屁！外头不是枕头，拿一个来枕着。""放屁"两字脱口而出，正反映了她的轻松愉悦。在这样一个午后，在她自己的房间，没有别人，就她跟宝玉，都是欢喜的，都是安全的。这一刻，大概是整部小说里她最放松的时候了。

请各位回忆一下第三回林黛玉入府时，她那番文绉绉的话："舅母爱惜赐饭，原不应辞，只是还要过去拜见二舅舅，恐去迟了不恭。"因为那时她好紧张，可是现在她就只是一个开开心心、娇娇嫩嫩的女孩，她跟这个哥哥两小无猜，这里的感情混杂的是一种亲情、友情，爱情的成分反而不高，至少黛玉不觉得有什么。

黛玉要宝玉去外头拿个枕头来枕，宝玉去外面看了一看，回来笑道："那个我不要，也不知是那个腌臜老婆子的。"黛玉听了，睁开眼起身，笑道："真真你就是我命中的魔星！请枕这一个。"说着将自己枕的推给宝玉，又起身将自己的再拿了一个来枕上。这个描写很细腻，由黛玉这么自然的动作，可以看出他们从来都是如此亲密。

两个人躺下后，黛玉问起宝玉脸上一块血渍，知道是宝玉替丫头们淘澄胭脂时沾上的，就念了他几句。接下来这里很妙："宝玉总没听见这些话，只闻见一股幽香，却是从黛玉袖中发出，闻之令人醉魂酥骨。"为什么他没听见黛玉在讲什么？宝玉好歹是一个男孩子啊，现在躺在一个如花似玉的女孩子床上，若没有稍微心猿意马，那也是有点问题了。所以这里写得很人性化，写他开始闻到一些香味，还故意瞧瞧黛玉衣袖里有什么，也就是说，他还是有一点意乱情迷的。

两个人笑闹了一番后，黛玉用手帕盖着脸，宝玉怕她睡着，就瞎掰出一个故事，什么林子洞、耗子精的。各位觉得这个故事精不精彩？我个人是觉得非常不精彩，不过不精彩才对，精彩就错了。因为宝玉只是为了不让黛玉睡着，他自己又有一点情意缠绵，所以是随口瞎说的，可是林黛玉居然也听得津津有味，这又很生动地写出两情相悦的感觉。

没多久，宝钗来了。其实，我们发现宝玉、黛玉在大观园里要独处并不容易，只要两个人在一起做点什么，很快就会有一个第三者进来。其中来的最多的是袭人，因为她师出有名，她是宝玉的丫鬟，追宝玉是她的天职。宝钗进来后，"三人正在房中互相取笑。""宝玉恐黛玉饭后贪眠，一时存了食，或夜间走了困，身体不好，幸而宝钗走来，大家谈笑，那黛玉方不欲睡，自己才放了心"。寻常午后，寻常情节，却有宝玉对黛玉无尽的柔情蜜意。

两个人的定情物

若说别人有"金玉之说",黛玉有两条旧手帕。

第三十四回,宝玉因金钏儿的事挨了父亲一顿狠打,林黛玉去看他的时候,宝玉说:"你又做什么来了?太阳才落,那地上还是怪热的,倘或又受了暑,怎么好呢?"他在这种时候还在替对方着想。又说:"我虽然挨了打,却也不很觉疼痛。这个样儿是装出来哄他们,好在外头布散给老爷听。其实是假的,你别信真了。"宝玉这一说,不是让黛玉更心疼?她进来时一双眼已肿得核桃般,这时听到人说凤姐来了,黛玉连忙躲开,就怕又成了被取笑的对象。

匆匆一面,宝玉着实惦念着黛玉,想差人去看她。不过,他不是差袭人去,而是先遣开她。为什么不让袭人去?他知道袭人一定会讲出一些义正词严的话规劝他,可是宝玉自有治袭人的方式,他让袭人去宝钗那里借书。这个安排真的很有趣,什么时候都不读书,偏偏现在要读书?但袭人还真的去宝钗那里借书去了。

把袭人打发走之后,宝玉就叫晴雯去看看黛玉在做什么。晴雯说,总得带个话,还是拿个东西去吧。宝玉于是随手拿了两条旧手帕要她交给黛玉。在小说里,晴雯的心性比较接近黛玉,都属于性灵派,可是晴雯不明白宝玉为什么拿两条旧手帕,而不是新的,不怕林姑娘生气吗?

我个人觉得,有一种可能是,宝玉从来有新得的好东西,一定是收拾得整整齐齐,先拿去给黛玉挑过,所以这时如果又拿两条新的,黛玉会搞不清楚怎么回事。果然没错,晴雯送过去,黛玉说:"这绢子是谁送他的,必定是好的,叫他留着送别人罢。"所以,当晴雯说不是新的,是旧的,才有办法让黛玉特别注意一下。宝玉对黛玉是有信心的,他跟晴雯说:"你放心,他自然知道。"果然黛玉琢磨着真的明白了。

原来,"换我心为你心,始知相忆深"(五代顾夐)。宝玉用两条旧手帕说他惦记着黛玉、担心她现在在哭泣。总之,说了千言万语。

"黛玉体贴出绢子的意思来,不觉神痴心醉",于是就在那两块旧帕上,一连题了三首情意缠绵的诗篇，待要再往下写，却觉得浑身火热，脸面发烧，掀起镜子的套子一看，"只见腮上通红，真合压倒桃花，却不知病由此起"——这是双关语吧。第一层意指黛玉真的生病。有种说法，为什么很多西方小说的女主角例如茶花女，都是生肺病？因为那时肺病是不治之症。再者，刚生肺病时，人看起来更美，苍白的脸，乌溜的双眼，午后黄昏微微发热，脸上还会有一点红晕，所以女主角很容易得肺病。"病由此起"，就是告诉读者她已经得肺病了。但这个"病"还有第二层意思——相思病，心病，亦即爱情这个病也从这里种下了。就算别人有金，现在黛玉也有宝玉亲自给她的定情物了。正是"尺幅鲛绡劳惠赠，为君那得不伤悲"。

我们这里讲个题外话，第十九回有宝玉、黛玉的"床戏"，第三十四回有宝玉赠黛玉的定情物，而刚好第十九回跟第三十四回的上半回，袭人也有大动作。第十九回上半回，袭人用尽心机，半逼半哄地引君入瓮，要宝玉许她一个未来，让她能永远待在贾府。而第三十四回，当宝玉给黛玉两条旧手帕，他们有一个明确的定情物时，袭人也早一步在王夫人那边得到另外一个承诺了，王夫人说"我索性就把他交给你了"，就是"我确定以后要让你当姨娘了"。论手段，袭人可比林黛玉强太多了！

开心欢笑的黛玉

第四十回，刘姥姥进贾府，众人喝酒行酒令时，黛玉由于好强，不小心把《牡丹亭》跟《西厢记》的话给讲出来了。宝钗听到了，但她没有当场戳破黛玉，等到第四十二回，才私底下规劝她，说这种书不能看，看了会移性情什么的，款款一席话，说得黛玉"垂头吃茶，心下暗服"。黛玉本来是把宝钗视为威胁，但两个人都很大气，彼此对对方还是尊敬看重的，所以这时宝钗如此善意，黛玉对她的芥蒂也就消除了，觉得宝姐姐真的很好。

她们后来一起去惜春那边讨论画画的事时，满屋子都是黛玉的笑声，甚至笑到头发都乱了，还亏得宝钗帮她整理。看她那么大声地说笑，真是让人心疼。两方旧手帕，让黛玉跟宝玉的感情定下来了，现在情敌也变成朋友了。

我们可以想象，一个这么孤傲、聪明、纤细的女孩子，这时心里有多么快乐，而她这么快乐，正反映之前她有多么焦虑啊。这正是悲剧大师叔本华说的，痛苦是积极的实在的东西，幸福快乐是消极的根本不存在的东西。所谓快乐幸福，乃是解除痛苦之谓。没有痛苦便是幸福。现在黛玉笑得那么开心，正因为她心上的那些恐惧和焦虑，至少这一刻，她觉得好像消除了。

急痛迷心的宝玉

走过第四十二回，宝玉、黛玉就很少再吵架了，因为想确定的已然确定，可是有一个旁观者还是不放心。第五十七回黛玉的贴身丫鬟紫鹃，想试探一下宝玉，故意给宝玉说，姑娘和她明年要回苏州去，没想到宝玉一听就急疯了，硬拉住紫鹃不放，而且只要听到姓林的人，都觉得是他们要带走黛玉，还说："除了林妹妹，都不许姓林了！"甚至连橱子上面摆着条船，他也说那条船就是要来接林姑娘的，把它掖在被中，说这样黛玉就去不成了。总之，就因为紫鹃一句话，宝玉做了很多痴狂好笑的事。

一开始他真的是"急痛迷心"，看医服药后心下渐明白，但仍故意做出癫狂之态。除了希望紫鹃可以留在他身边多一些时间，他是不是也想借机让家里长辈了解林妹妹对他的重大意义。可惜事与愿违，在宗法世家的脑子里，本就没有"爱情"这两个字。除了黛玉为他多还了几次泪外，谁能体会他心上那片至诚呢？

绝望的异床同梦

我们再来说第八十二回黛玉的噩梦。第八十一回之后是高鹗续作，我们现在没办法确定他补了多少，我比较倾向高鹗不是完全创造，他应该有一些曹雪芹的残稿，当然他也做了一些改动。

我个人从来都是看程乙本，所以一直觉得蛮习惯。后四十回有薄弱之处，不过也有几个片段写得很好，第八十二回这个噩梦就是。

"病潇湘痴魂惊噩梦"，梦就是日有所思，反映的是心里的焦虑，然后在梦中释放。那天晚上林黛玉睡着后，梦见凤姐等人来跟她道喜，说她有了门好亲事，要去当人家的续弦。恍惚间，黛玉向贾母下跪，哭着说宁愿留在贾府当丫头，求外祖母不要赶她出去，结果贾母懒得理她。黛玉越发着急，跑去找宝玉，跟他说："我是死活打定主意的了，你到底叫我去不去？"宝玉道："我说叫你住下，你不信我的话，你就瞧瞧我的心！"说着，梦中的宝玉就拿起刀子来，往胸口上一划，血淋淋地在那边掏心，可是一面掏，一面又找不着心。这时黛玉已经吓醒了，一身冷汗，神魂俱乱。连着咳嗽大半夜，痰中带血丝了。这个噩梦如果写到这里为止，我觉得也就这样子而已，写得精彩处是下一回对这个梦的交代。原来，就在潇湘馆的黛玉从噩梦中惊醒那一刻，怡红院里的人也都吓醒了，因为宝玉也正从噩梦中哭闹起来，袭人说他："一叠连声的嚷起心疼来，嘴里胡说八道，只说好像刀子割了去的似的。"这个写法就非常前卫了，甚至可以说非常后现代。我们常说同床异梦，而这两个人则是异床同梦。真是"人居两地，情发一心"了。

有一些批评家说这段很血腥，写得不好，但我觉得写得很好，它表达出情到深处的浓烈。林黛玉为什么做这个梦？她对这份感情能否有结局，完全没把握，梦中的贾母对她非常冷淡，表示冰雪聪明的黛玉知道外祖母疼她，可是在感情这件事上，外祖母不可能帮她。她去找宝玉，血淋淋却挖不到心的宝玉刚好反映了他的力不从心。所以我觉得这个梦做得非常好，也非常具有现代感，用心理分析都可以说得通。

最后的告白与告别

第九十六回是两个人最后一次见面，那时宝玉已经丢失了玉，失魂落魄，所以不住怡红院了，已搬回贾母的房间。之前提到，甄宝玉跟贾宝玉是同一人，一个代表跟现实妥协的自我，一个代表浪漫纯真的自我。同样，宝玉跟那块玉也是一体的，一个代表肉体，一个代表精神，掉了那块玉后，宝玉已经像个空壳。可以说，宝钗要嫁的只是一副没有灵魂的躯体罢了。

第九十六回，黛玉刚好在大观园里看到贾母房内的丫鬟傻大姐在哭，就问她哭什么。傻大姐委屈地说，她问其他姐姐，宝二爷娶了宝姑娘，那以后要叫宝姑娘，还是叫宝二奶奶，结果就挨了巴掌。林黛玉一听当然是晴天霹雳，紫鹃帮她拿来手帕时，就看见她"身子恍恍荡荡的，眼睛也直直的，在那里东转西转"。她问黛玉要往哪儿去，黛玉随口应道："我问问宝玉去。"到了贾母门口，她的身子突然不再软弱，自己掀帘进屋，看到宝玉后，两个人就这么对坐着，也没讲话，只管傻笑。寂然无声中，黛玉忽然开口："宝玉，你为什么病了？"宝玉笑道："我为林姑娘病了。"此话一出，一屋子的丫头都吓傻了。可是，宝玉、黛玉不再言语，继续"只管笑，只管点头儿"。

紫鹃催黛玉回去休息，林黛玉说："可不是，我这就是回去的时候儿了。"言毕，"便回身笑着出来了"。走得非常快，让紫鹃在后面追呢。她之前走得快，是因为要去问那一句话；这下子走得快，是剩下那一口气她要坚持着。一个心性高的女孩子要倒，也要倒在自己家里。我觉得至少高鹗这一段写得很好。黛玉快到潇湘馆门口时，紫鹃说："阿弥陀佛！可到了家了！"未讲完，黛玉就"身子往前一栽，'哇'的一声，一口血直吐出来"。

第九十八回，黛玉临死前说的最后一句话是："宝玉，宝玉，你好……"到底她没说完的这句话是什么？高鹗给我们留了个大问号。

我在很多讲座中问过学生这个问题。总的来说，大约有一半的人答案是正向的，认为黛玉的未尽之言应该是"你好自为之""你善自珍重""你好好活着"。毕竟，黛玉知道宝玉已经掉了玉，知道他身不由己，她也亲自得到宝玉"我为林姑娘病了"的这句话，该是"情到深处无怨尤"了。

也有大约四分之一的人觉得，黛玉这句话不是要正面鼓励宝玉好好活着，而是同情地说"你好可怜""你好不幸""你好糊涂""你好天真"，或是"你好不值"。

最后，还有四分之一的人认为黛玉要说的是"你好狠""你好绝""你好可恨"等等，当然还有其他一些答案是无法归类的。说真的，到了这一刻，千言万语凭谁诉啊！人生，谁又能帮着给答案呢？

"无可云证,是立足境。"毕竟有大观园这个美好的情境空间,让他们从从容容地爱过。

"无立足境,方是干净。"这段爱情早在青埂峰上就开始了,人间哪能有立足境。

"松林数语风吹去,明日寻来尽是诗。"(夏承焘)

住篇 03

理性与感性：宝钗、黛玉各自的生命取向

上一节说过，甄宝玉和贾宝玉其实是同一人，代表的是一种成长过程的抉择，即"成人不自在，自在不成人"，长大即意味着人就必须妥协，必须失去一些东西。同理，宝钗跟黛玉也是同一人，我们每个人都是薛宝钗，也都是林黛玉，只是比例多少还有场合的问题。

比如，我们在办公室里通常会是比较圆融的薛宝钗，回到家后，就希望自己是有自我的林黛玉。事实上，我们每一个人在成长的过程中，都在寻求理性与感性的平衡。您如果看过李安改编自简·奥斯汀小说的电影《理智与情感》，就能知道这个道理。本来非常感性的妹妹，最后是不是渐渐趋于理性？她知道应该选择哪个男人，对她或者对家庭才是好的。本来非常理性压抑的姐姐在遇到令她心动的男性，峰回路转之际，也会喜极而泣。人总是在不断修正，才能成为成熟自在的个体。

接下来，我们来看曹雪芹是如何演绎薛宝钗的理性与林黛玉的感性的。

《红楼梦》有一个了不起的特色，书里每个人做的诗、住的房子，甚至抽到的花签，都暗示了他们每个人的命运或结局。第六十三回"寿怡红群芳开夜宴"，

也就是宝玉生日那天，众人在怡红院里抽花签，结果，花王牡丹由宝钗抽到，"艳冠群芳"，大家都要向她敬酒。花签下面一句唐诗"任是无情也动人"。黛玉抽到的是"风露清愁"的芙蓉花，下面也有句旧诗："莫怨东风当自嗟"，注云："自饮一杯，牡丹陪饮一杯。"一句话看出曹雪芹非常保护笔下这两个人物，努力想让她俩并驾齐驱。

太虚幻境里暗示金陵十二金钗命运的这些正册、副册、又副册都是一人一画一诗，偏偏正册头页"画着是两株枯木，木上悬着一围玉带；地下又有一堆雪，雪中一股金簪"。四句诗是："可叹停机德，堪怜咏絮才，玉带林中挂，金簪雪里埋。"

第一句"可叹停机德"的典故来自东汉的乐羊子。乐羊子到远处求学，但半途而废回家，他的妻子就把织了一半的布给剪了，以勉励他继续向学。所以，这句诗是在比喻贤惠的女子，说的就是宝钗。"堪怜咏絮才"的典故来自东晋才女谢道韫，她以"未若柳絮因风起"来咏雪，所以这句是在讲才女，说的是林黛玉。第三句"玉带林中挂"，这句很显然是在说黛玉了。第四句"金簪雪里埋"才又轮到薛宝钗。

所以，这首诗是一、四句说宝钗，二、三句说黛玉，可见作者煞费苦心。

如果说薛宝钗是贤惠标准之集大成者，那林黛玉堪称春愁秋怨才女之极致。这两位女子无论品貌、胸襟、才智都是第一流，而且互相烘托，各自出色。两个人也都很有涵养，很有气派，一旦成为朋友，就是推心置腹，互诉衷情。

这么优秀的女子，命运会把她们带向何方呢？

我们现在就从几个方面来探讨。

不同的出身背景

薛宝钗出身商业世家，"家中有百万之富，现领着内帑钱粮，采办杂料"（第四回），而她本人是"世宦名家之女，皆得亲名达部，以备选择为宫主郡主入学陪侍，充为才人赞善之职"（第四回）。因为商家背景，薛宝钗一向比较成熟、世故，懂得现实利益，而"列册待选"又让她从小到大，以一个传统三从四德女子的教育方式养成。

林黛玉则出身书香门第，父母膝下无子，仅此一女，"爱之如掌上明珠"（第二回），因此她的成长过程天真烂漫，不受羁绊。读书自娱，以性灵为重。

现实生活的落差

这两个人出身背景不同，先后进入贾府后，在贾府的现实处境也不一样。薛宝钗占尽先天优势，相较之下，林黛玉确实是输在起跑线上。贾府当家的王夫人、王熙凤是靠山，而薛宝钗则母宠、兄疼、家富，她为人又大方，送黛玉燕窝，帮史湘云张罗螃蟹宴，再随手送袭人戒指，人人喜欢和她亲近。说到婚姻，虽未成局，但她有金，而且和尚早就说要配玉，这是一个不可违逆的命运。"好风凭借力，送我上青云"（第七十回），轻薄无根的柳絮，在薛宝钗笔下，如此有新意，可见她充满正面的能量。

再说黛玉，孤身一人在贾府，虽然有宝玉，可是他们之间的感情必须是遮掩着的。而且宝玉尽管再怎么怜香惜玉，终是没有行动的能力，所以没办法给黛玉安全感。而黛玉身体娇弱，连贾母都说她"恐不是有寿的"（第九十回），病已成势，才会写出"冷月葬诗魂"这种诗句。最特别的一点是黛玉很穷。生病时，紫鹃还通过周瑞家的想向凤姐预支月钱。这真是一段公案了，林黛玉怎么会穷呢？

第三回林黛玉进贾府，第十二回父亲林如海病重，她赶忙回扬州。不多时，林如海过世，那么林家所有家当也应该就随黛玉搬到了贾府。不说林家自己的，当初贾母嫁这个女儿时应该也给了不少嫁妆。林黛玉回扬州时，是王熙凤的丈夫贾琏陪着去，陪着回来的，所以这些钱到哪里去了呢？后面第七十二回，贾琏曾经跟王熙凤说："这会子再发个三五万的财就好了！"这么一句话，这么一个"再"字就非常耐人寻味了。

林黛玉的身家少说几万两绝对不是问题，是不是因为她心不在这方面，所以完全不会去理会。而贾母疼爱外孙女，可也管不到这上头，想着以后给她一份好嫁妆就是了。

所以，综上所述，我们常感觉宝钗很大方，因为她支配的条件够。黛玉很"刻薄"，则是她实在力不从心啊！

个性之生成与形成

法国作家西蒙娜·德·波伏瓦，是女性主义的重要推手，她有一本经典著作《第二性》。第二性是什么意思？就是说男女是不平等的，男性是第一性，女性是第二性。她曾讲过一句经典的话："女人不是天生的，而是后天形成的。"我们从小到大，是不是常听大人说女孩子不可以这样、不可以那样，不可以大声说笑，不可以自以为是。等到稍微长大一点，别人又告诉你要怎么举止才算端庄，如果被轻薄，总是归于自身不检点，好像女性本就背着一个原罪似的。成年以后，女性还是一天到晚受质疑：当妻子是这样当的吗？为人媳妇可以这样吗？你这妈是怎么做的？女性从小到大，就在这样一道又一道的框框里成长着。

如果用这个观点来看，我们可以说薛宝钗是形成的，而林黛玉是生成的。清朝时就有一句话："娶妻当娶薛宝钗，谈情应同林黛玉。"我相信，即使在现代，世故的男人也想娶薛宝钗。因为薛宝钗可以跟你同富贵、共贫穷，她是男人身后的影子，家庭中的一根柱子，娶了薛宝钗，一生幸福平安，但无趣！

为什么"谈情应同林黛玉"？因为她会让人有一种人生该当如此的过瘾感。她天真、任性，会晴时多云偶阵雨，可是一阵台风过后，风和日丽时，她的如花笑颜，性灵高来高去的喜悦，会让人觉得此生无憾。

第三十七回，李纨评薛宝钗的诗作"含蓄浑厚"，林黛玉的诗作"风流别致"，这两句对诗的评价，刚好也是对这两个人的评价，一个含蓄浑厚，一个风流别致。

无我与有我

我们来看一件有意思的事,现在到殡仪馆参加长者的告别式时,还会看到灵堂前"×母×太夫人之丧"这几个大字。比如"王母张太夫人之丧",意指往生者是王家子女的母亲、张家的女儿。至于她名讳是什么,相对不重要。从来多少女子从"张小姐"到"王嫂""王大妈""王婆",却都不需要名字,当然,也不需要那个有个性的"我"!我们现在就从这个角度来看薛宝钗与林黛玉。第二十二回薛宝钗过生日,贾母出钱为她庆生,问她爱听何戏、爱吃何物。结果薛宝钗说的都是贾母喜欢的热闹戏、甜烂食物。第二十五回王熙凤问起她送的暹罗茶怎么样?薛宝钗说"口头也还好"。她是不得罪人的,说了等于没说。宝玉和凤姐都直说他们觉得不怎么好。林黛玉则说:"我吃着却好,不知你们的脾胃是怎样的。"也就是说,林黛玉是不会含糊其词的。

薛宝钗和人相处,总是端庄自重,恪守礼法,可是我们无法知道她内心真正的想法是什么。林黛玉则是非常在意我之为我必有我的道理,所以跟她在一起,反而清楚。打个比方,如果两个人都"寿终正寝",那薛宝钗的牌位上是"贾母薛太夫人",而林黛玉,她应该会坚持写三个字——林黛玉!

生活技术家和生活艺术家

现实生活中,薛宝钗是生活技术家,是理智型的CEO(首席执行官),强调的是技巧;而林黛玉是生活艺术家、神经质的诗人,强调的是内容。薛宝钗的生活重心在做人,林黛玉的重心在作诗。当薛宝钗在"随分从时"、广结善缘时,林黛玉在葬花,在"凤尾森森,龙吟细细"的潇湘馆里教鹦鹉念诗。教鹦鹉念诗这种事,薛宝钗会不会做?不会,但她也不会鄙视,只是觉得不该把时间浪费在这上头。薛宝钗绝对不是一个俗人,她也有很高洁的气质,只是她觉得为人要务实。

这么看起来,薛宝钗在替周遭的人解决问题时,林黛玉好像在制造问题;薛宝钗在利人利己、得人心时，林黛玉在损人损己、得罪人。所以这两个人真的是一个很有趣的对比，可是我们不得不承认，薛宝钗是可敬的，而林黛玉则是可爱的。说到这点，还是要顺便再称赞一下贾宝玉。

刚才提到，大部分男性其实宁愿娶薛宝钗，因为平安、省事，至于有没有那种电光石火般的灿烂，无所谓，因为黛玉难伺候。可是贾宝玉就懂，也大概只有他懂得欣赏黛玉的纯真。他宁愿要黛玉的这一点真性情，也不愿意要宝钗那种世故。

立体的人生，立体的人物

我们平时看电视剧，能牵动我们的，都是立体的人生、立体的人物。如果剧情、人物只是平铺直叙，好人好到无可挑剔，坏人坏到十恶不赦，基本上是无法感动人的。小说课上，我常提到一句："意料之外，情理之中。"金庸武侠小说就是有"意料之外"的剧情，所以吸引人；有"情理之中"的人性，所以感动人。

拍一部英雄剧也是，如果一味地"完人"演出，令人不耐而已，偶尔英雄干点狗熊事，观众倒乐了，因为他就是你我周边可亲近的人物了。

这就是"立体"！每个人都有好、有坏，有各种可能，不是平面单一的。就这点而言，《红楼梦》非常出色，书中尽是立体的人生、立体的人物。

以林黛玉为例，她的心思专注在感情上，任性、爱发脾气。有读者怀疑，如果真与宝玉结婚，她能撑得起这个家吗？我觉得没有问题，因为她头脑清明，什么都懂。比如第三回进贾府，她的应对进退中规中矩，绝对不失礼，完全是大家闺秀的风范。第六十二回，探春治理贾家，黛玉跟宝玉说："你家三丫头倒是个乖人。虽然叫他管些事，也倒一步不肯多走，差不多的人，就早作起威福来了。"很多人一掌权就开始腐化，但探春没有，黛玉看在眼里并称赞，足见她是知人的。同样是这回，她跟宝玉说："我虽不管事，心里每常闲了，替他们一算，出得多，进得少，如今若不省俭，必致后手不接。"所以，她也懂得持家的艰难。第七十三回，迎春的奶妈拿迎春的东西去当，迎春一点儿办法都没有，光拿着一本《太上感应篇》在那边读。黛玉看到这一幕忍不住说："真是'虎狼屯于阶陛，尚谈因果'。要是二姐姐是个男人，一家上下这些人，又如何裁治他们。"随便几个例子，都可看出来黛玉不是不食人间烟火，如果真有需要，她是撑得起来的。当然身体是另外一回事，至少她的心智是可以的。这就是一个立体的角色了。此外，林黛玉也有让人皱眉的时候，她笑刘姥姥是母蝗虫，还说把刘姥姥画进大观园，就是"携蝗大嚼图"。当然讲这种话的时候，她活脱脱就是一个千金小姐，娇气十足，完全没有怜老恤贫，真是可爱又可恶。林黛玉是活生生的、有厚度的、立体的人物，那薛宝钗呢？

薛宝钗圆融懂事，四平八稳，但她也是会骂人的。第三十回，宝玉说她像富态的杨贵妃，她当下大怒，刚好有个不识相的丫头跑来，宝钗就指桑骂槐予以反击。转头看到黛玉脸上有得意之色，宝钗也不饶人，拐个弯嘲讽他们一天到晚"负荆请罪"，那场面太有意思了。薛宝钗居然会骂人，这一骂好像扁平的黄色小鸭充气玩具一吹气，小鸭就站起来、立体了。

另外，宝钗也会扑蝶。"宝钗扑蝶"是《红楼梦》的画册里一定会有的一幅画。青春健康的宝钗拿着扇子追蝴蝶的画面，让她的形象鲜活起来。而且她也会动情，第三十四回，她拿了创伤药来给挨打的宝玉，话说着说着，眼眶就红了，少女情怀总是诗啊！然后她还会忘情，这个忘情最是精彩，我们好好来看看。

第三十六回"绣鸳鸯梦兆绛芸轩"。大热天的午后，一行人在薛姨妈那里吃过西瓜，宝钗跟黛玉回至园中来。宝钗约黛玉去藕香榭，黛玉因说"还要洗澡"，便各自散了。在此顺便提一下，洗澡为什么要特别讲？以前人不像我们现在有浴室可以天天洗澡，林黛玉身体虚弱，洗澡一定是选大热天中午，才不会感冒，所以洗澡对她算是一件正事。落了单的宝钗，顺路进了怡红院，想要找宝玉说话，"不想步入院中，鸦雀无闻，一并连两只仙鹤在芭蕉下都睡着了"。

宝钗顺着游廊来到房中，只见外间床上"横三竖四，都是丫头们睡觉"。她转过十锦槅子，来到宝玉房内，看见宝玉也在床上睡着了，袭人正坐在宝玉身旁做针线。袭人对薛宝钗笑道："好姑娘，你略坐一坐，我出去走走就来。"说着，就走了。现在房里就只剩下宝钗跟宝玉了。

宝钗只顾看着袭人那个"鸳鸯戏莲"的肚兜绣活,"便不留心,一蹲身,刚刚的也坐在袭人方才坐的那个所在,因又见那个活计实在可爱,不由得拿起针来就替他做。宝钗这个"便不留心"和"不由得",有何不对呢?如果她是宝玉的丫头,像袭人,是在服侍主子,坐在宝玉床边是合理的,可是宝钗跟宝玉是什么关系?虽是亲戚,但男女有别,而且都未婚。如果说第十九回宝玉、黛玉两个人在床上嬉闹已经不合礼法,现在一个睡床上,一个坐旁边绣花,活生生一幅《闺房乐》,更是犯了忌讳。这样的事,原先宝钗是绝不会做的,可是作者为了保护这个角色,他让天气热得不像话,让所有人都睡着了,仙鹤睡了,礼教也睡了,薛宝钗的"雪"也化掉了,她才会忘情的!

这时,林黛玉来了,这种"紧要关头"她也该来了。"黛玉见了这个景况,早已呆了,连忙把身子一躲,半日又握着嘴笑,却不敢笑出来。"这里又是"不写之写"。对黛玉来说,这一刻钟应该比一世纪还长,黛玉脑中一定是千回百转想了很多,不过她也知道宝玉、宝钗不可能有什么,只是这个画面实在太妙,所以她招手叫史湘云,要她一起来看好戏。史湘云毕竟比较冷静,她瞧了一眼,为了不让宝钗难堪,找了个理由把林黛玉拉走了。林黛玉当然心下明白,冷笑了两声,只得随她走了。

如果只写到这里还不厉害。"宝钗只刚做了两三个花瓣,忽见宝玉在梦中喊骂,说:'和尚道士的话如何信得?什么金玉姻缘,我偏说是木石姻缘。'宝钗听了这话,不觉怔了。"各位看看这个安排多好啊,宝钗也就这么一次忘情,结果睡着的宝玉连做梦也不给她机会,充分暗示着宝玉对感情的忠贞,或者说,也是曹雪芹对于宝玉跟黛玉这份爱情的保护。"宝钗听了这话,不觉怔了。"作者写到这里就好,读者可以想象,那天晚上宝钗可能又要吞几颗冷香丸了。

也就因为有这些动怒、忘情,于是虚构的薛宝钗,成了文学史中逼真的人物。

任是无情也动人

我曾经给学生出过一个考题：宝钗和黛玉这两个角色，如果搬上舞台，哪个好演？写入文字，哪个好写？结论是宝钗比林黛玉难演也难写。

究其原因，舞台上，林黛玉性格鲜明、尖锐，容易表现。文字上，伤春悲秋，闺怨型的才女，自有其传统，崔莺莺、杜丽娘有迹可循。至于薛宝钗，为什么难呢？

舞台上，圆融平和，又要让观众印象深刻，就是相当艰难的挑战。文字呢？宝钗既是集贤惠之大成，却不是那种"乡愿"式的贤惠。她不是毫无主见，任人摆布，一如鲁迅先生所描述的"祥林嫂"，当然也不是精明干练咄咄逼人的女强人，而是有主见，秀外慧中，谨守有所为有所不为的贤德女子，这该如何表达？

这么说来，林黛玉的角色固然很成功，但薛宝钗这个角色对曹雪芹而言更具挑战性，也更花心血。他要如何让"艳冠群芳"的牡丹，一步步成为"任是无情也动人"的"冷"人呢？

首先她姓薛，她就是"雪"。第六十五回，下人兴儿对尤二姐说，林姑娘跟薛姑娘出来时，下人们连气儿都不敢出，因为怕这气儿大了，吹倒了林姑娘；气儿暖了，又吹化了薛姑娘。她住的是蘅芜苑，屋里如雪洞一般，园子遍植奇草仙藤，这些药草还越冷越苍翠。她从来不爱那些花儿粉儿，这一点除了点出她个性的简约外，也是在暗示她冷落清秋的结局。

这些还不够，曹雪芹给她精心设计了三样"道具"。首先，他让薛宝钗脖子上挂了个金项圈。这是一个和尚给的。和尚还说她将来一定要跟一个有玉的人在一起。薛宝钗明明不爱这些累赘，却一直戴着这个沉甸甸的金项圈，虽然她是把它藏在衣服里，外面看不到。这个金项圈正暗喻着枷锁，用来锁住她青春热腾的心，她注定要戴着这个黄金的枷锁一辈子，没有爱情，没有温暖，只有一个虚名，一个宝二奶奶的身份。两百多年前，曹雪芹已经用非常前卫的象征主义写法，写出名利的枷锁、命运的枷锁，真是很了不得的文学技巧。张爱玲的《金锁记》最后有一段："三十年来她戴着黄金的枷。她用那沉重的枷角劈杀了几个人，没死的也送了半条命。"张爱玲写的这个意象，毋庸置疑是从《红楼梦》搬过来的，她自己也不否认。

除了金项圈外，还有一个物品也很有象征意义，那就是第二十八回出现的红麝香珠，也就是可戴在手腕上的念珠串。第二十八回贾元妃派人送来礼物，黛玉的礼物和迎春、探春、惜春的都一样，唯独宝玉跟宝钗各又多了红麝香珠、凤尾罗与芙蓉簟。

宝玉知道这件事后的第一个反应是"别是传错了罢"，既然这样，他就把自己那一份送给黛玉，林黛玉当然三两下就把它丢回来。林黛玉什么心情？读者想也知道，她心上应该蒙上一朵乌云，为什么元妃不是给她，而是给宝钗？只怕那几天晚上她都要"枕上泪共阶前雨"了。

至于薛宝钗呢？素来寡淡的她，却把元妃赏的那串香珠戴在手上。所以，对薛宝钗来讲，一个命中注定的金色枷锁套在脖子上还不够，现在手上又加了一道名利的手铐。一个血色鲜丽的女孩子，就被这些枷锁层层锁住了。

不止如此，以上这些是"外用"，还需要"内服"，所以她吃冷香丸。从医学角度来讲，宝钗可能是有一点气喘。可是曹雪芹说宝钗有"胎里带来的一股热毒"。明确表示她原本也是有天生的热情，可是为了配合传统社会贤惠女子的标准，所以必须把这股热情强压下去。冷香丸，文学史上最美丽的一帖药，必须搭配黄柏煎汤送下。黄柏味同黄连，极苦。要把天生的热情硬生生地压下去，哪有不苦的呢？曹雪芹以悲悯的情怀，写传统女子的桎梏与压抑，终让自己成为"无我"的贤妻。宝钗"任是无情也动人"，但宝玉是一个热情的人，要他整天面对这么一位端庄贤妻面带微笑地告诉他："宝兄弟，这样不好。"试问，他受得了吗？

生死同命，谁的悲剧性大

我上课时，学生常会问一个问题：既然老师认为宝钗和黛玉后来已经变成好朋友，那她跟宝玉结婚，不觉得对不起林黛玉吗？我个人的答案是不太会。因为在那个年代，男欢女爱、私订终身，本不被允许，像薛宝钗这样遵循三从四德标准的人，字典里一定没有这种事。贾母得知林黛玉因为这件事死了，承认："是我弄坏了他了！但只是这个丫头也忒傻气！"言下之意，还是黛玉自己傻气。贾母都这么想了，那作为同样一个道德系统下来的薛宝钗，应该也一样不会觉得对不起林黛玉，她会怅然，也会因黛玉的死而伤心，可是她不太会觉得自己是一个帮凶。荒谬的是，事实上她也不是，她只是被人摆布的牺牲品而已！

那么宝钗爱宝玉吗？这也是学生好奇的问题。其实很难说，我觉得如果可以选，宝钗应该会比较喜欢甄宝玉，因为他们都是世俗名利中人，追求的都是世俗所谓的成功。可是宝钗根本没有选择的机会，跟宝玉成亲时，大人们是以帮宝玉冲喜为目的，还被安排用黛玉之名去欺骗宝玉，偷梁换柱。这些对宝钗来说都是非常难堪的，怪不得第九十七回宝钗知道后"始则低头不语，后来便自垂泪"。连薛姨妈都看出她心里不愿意，可是礼教当头，自己母亲都说："他是女儿家，素来也孝顺守礼的人，知我应了，他也没的说的。""金玉成婚"固然是对林黛玉最大的生命打击，但对薛宝钗而言，她又承受了多大的屈辱，真是情何以堪啊！

第一百一十九回里的宝玉已经看透人生，他就要去考科举，考完即将离开。出门前他去拜别母亲。那天说也奇怪，王夫人和宝钗两个人倒像生离死别般地眼泪直流，然后宝钗开口："是时候了，你不必说这些唠叨话了。"宝钗绝对不会想到，这是她跟丈夫讲的最后一句话。宝玉回说："你倒催的我紧，我自己也知道该走了。"我觉得这句话好狠，这是他们夫妻分离的最后一句话。从此以后漫长的孤寡人生，午夜梦回，当薛宝钗想到这一幅画面，想到这一句话时，她会是什么样的心情呢？所以我个人认为，下了青埂峰的林黛玉，毕竟在人间痛快地走了一回。相比之下，"碧海青天夜夜心"的薛宝钗，实在较具悲剧性。

理性与感性，我们都有纯真的一面，也必须面对社会的考验。我们每个人都是林黛玉，也都是薛宝钗，如何取舍，存乎一心，便是各自的人生了。

住篇 04

红楼韵事：美好动人的场景与诗词

这一节，我们要来谈《红楼梦》里最快乐的一些章回，还有最浪漫的几个场景。在此之前，我们先来谈一下所谓的园林。

明清的园林艺术观

中国文化里有一大块与自然密切相关，在文学就是山林文学，在绘画就是山水画，在建筑就是园林艺术。园林艺术，起因于中国文人独特的生活美学，他们希望日常生活中有一个特定的广阔空间，经由借景、造景等虽是人为但处处见天然、讲荒趣的手段与安排，营造出一座风流、雅致的"情境空间"，让身心获得疏解、安顿。

什么叫借景？以"借水"来说，就是要有源头活水。正如朱熹诗中的意象："半亩方塘一鉴开，天光云影共徘徊。问渠那得清如许？为有源头活水来。"所以大观园里有条河，沁芳亭一带是码头，贯穿整个园子，从东边下来，又流出园子。"借山"也是园林艺术很重要的一个元素，比如远处有一座山，那么，建筑就要把山带进来。即便面山处是一堵墙,也要挖一个八角窗,或者一个扇面窗,让那座山刚好就在窗子框起来的空间里。于是,我们一抬头就是妩媚青山,而且随着四时更替,景色依次变化,春山如笑,夏山如怒,秋山如醉,冬山如睡,自然美景尽在眼前。

庭园里要种芭蕉,也要种竹。种芭蕉为的是听雨声。清朝道光年间,文人蒋坦在园子里种芭蕉,听了雨声后于蕉叶上题诗:"是谁多事种芭蕉?早也潇潇,晚也潇潇。"隔日,却见他的妻子秋芙也在蕉叶上续书:"是君心绪太无聊!种了芭蕉,又怨芭蕉。"这是文人雅士有趣的逸事。竹子也是,竹子在我们这个文化体系里本来就有很多象征意义,比如高风亮节、虚心有节,因此,园子里一定要种竹。以前的窗户是用宣纸糊的纸窗,从里头往外看,晴天就是墨竹,雨天看到的是雨竹,下雪时竹子压得低低的是雪竹,晚上风一吹过,就是标准的风竹。通过借景,人们就能将四时景色借进屋来。

明清以后,城市文明发达,地方士绅、归乡达宦,都风行盖自己的园子,现在江苏留下来的拙政园、留园、退思园、沧浪亭、随园等皆是。曹雪芹当时一定参观过朋友的庭园,或是那时候的名园。也因为如此,大观园背后有实际的园林艺术。

魅力独特的空中楼阁

不过,大观园应该是一个虚构的园子,虽然到目前为止,还有人认为它应该是和珅的府邸,即后来的恭王府,不过都没有明确证据。我个人认为它是一个空中楼阁。也就是说,它是曹雪芹根据好几种元素建构而成的,包括他的回忆、想象,还有当时他所看到的庭园,亦即前面所说的园林艺术。他巧妙地结合了文学的想象、建筑的理念、人生的感慨和对自然的认识,塑造了一个独一无二的大观园。

明清以来,庭园艺术大盛,文人雅士悠游其间,是以清丽的山林小品皆别有韵味。而贵族士绅家的千金小姐,也由于有了一个宽敞又隐秘的私人空间,又都读书识字，所以自然而然地结社，以文会友，发展出闺阁文学。和曹雪芹同时稍晚，以著有弹词小说《再生缘》，与《红楼梦》并称"南缘北梦"的钱塘才女陈端生为例，即和姊妹好友缔结诗社，吟咏唱和。陈端生的妹妹长生，更是袁枚的"女弟子"，可见当时江南风气之开，文风之盛。所以《红楼梦》里呼朋引伴的咏菊、赋梅、赏雪、品蟹，应该都是那时候贵族仕女的风雅实况。

日后，在"三春去后诸芳尽，花落人亡两不知"时，那一段美好的日子，应该是在里面待过的人最珍贵的一点记忆吧。

红楼韵事的发生地

现在，请读者参考书末平面图，我们一起找出前面提到的那些事发生的地点。如此，读《红楼梦》时，能更接近曹雪芹塑造的大观园，也更别有一番乐趣。

首先，林黛玉作《葬花词》的地点，是在大观园东北方"花冢"的附近，花冢就是黛玉葬花之处。"花谢花飞飞满天，红消香断有谁怜？"哀怨缠绵的《葬花词》即将在这里谱成。

第三十七回，众人来到探春住的秋爽斋，因为探春提议要起个诗社，于是就在这儿成立了海棠诗社。众姊妹还即兴咏起海棠。"偷来梨蕊三分白，借得梅花一缕魂。"林黛玉以花寓情的绝妙好辞于焉写就。隔天，第三十八回里他们就在藕香榭这个地方吃螃蟹，作诗咏菊。藕香榭盖在池中，所以要走过竹桥才能到达，在这样的环境里吃蟹作诗，光想象就是很舒服、很惬意的事。而各样的菊花诗外，却是薛宝钗"眼前道路无经纬，皮里春秋空黑黄"的咏蟹最让人惊艳。

第一回就出现的甄英莲（真应怜），三岁被拐子变卖，坎坷成长，后遇薛蟠。薛蟠曾为她闹出人命，后来将她收为小妾，且改名为香菱。第三十八回秀外慧中的香菱终于因为"呆霸王调情遭苦打"，躲羞出远门，而得以暂时住进大观园，跟林黛玉等人学作诗。这段辛苦又快乐的学习过程，极富优雅韵致。而第一首成功完成的好诗前两句："精华欲掩料应难，影自娟娟魄自寒。"非但是她命运的自况，也恰似隐喻着大观园众家女子的"现在"与"未来"。

第五十回的芦雪庭，该是全书儿女人数最齐全，也最开心的时候。众人在这里吃鹿肉、争联即景诗。芦雪庭在地图上位置比较不好找。请注意，藕香榭下面有一个河滩，河滩下面就是芦雪庭，芦雪庭旁边有一座小蜂腰桥。芦雪庭跟藕香榭一样，也是三面都在水上，到了冬天下雪，想必十分寒冷，可是屋子里有地炕，所以众人来此吃鹿肉的前一天，李纨已经先差人来把地炕给通了，烧起炭火，所以屋子里还是很温暖。他们就在这儿烤鹿肉，作诗。良辰、美景、赏心、乐事，姊妹们抢着联诗，笑声盈耳。亭外铁架烤肉香，亭内炕桌上灰色的芋头，外加朱橘、黄橙、橄榄，装点着风雅清丽的生活美学。

到了第七十回，之前因为贾府里有各种事，所以诗社散了一年。来到春天，他们索性另起一个诗社，叫作桃花诗社，黛玉为社主，诗社就在潇湘馆。大伙以漫天飘舞的柳絮为题，或缠绵悲戚，或情致妩媚。本来随意的宝玉一时兴起，续了探春的下半阕："落去君休惜，飞来我自知，莺愁蝶倦晚芳时，纵是明春再见，隔年期。"

宝玉一心以为春光烂漫，来年有期，谁会知晓这个桃花诗社，几乎就是《红楼梦》里一个美丽快乐的句点了。这一回，他们作完诗之后，又在院外放风筝。传统上，在北京放风筝象征放晦气，不作兴收回风筝，甚至风筝不走，都要用剪刀一剪，让风筝飘远。这个春天，将是《红楼梦》里这群年轻儿女的最后一个美丽春天。

《红楼梦》里，林黛玉作的诗很多，比较重要的有三首。其一，是第二十七回的《葬花词》。其二，是第四十五回的《秋窗风雨夕》，这首词用的是《春江花月夜》的词牌。其三，还有第七十回歌行体的《桃花行》。这三首又被合称为林黛玉的"三部曲"，都带有"诗谶"的成分。《葬花词》写的是对于人生无常、岁月不待的感慨，算是伤春。林黛玉念诗之际，宝玉在旁偷听，最终"恸倒山坡上"。第四十五回的《秋窗风雨夕》，字词和意境也很美，宝玉看了又感动莫名。第七十回《桃花行》最有名的就是最后两句"一声杜宇春归尽，寂寞帘栊空月痕"，与"一朝春尽红颜老,花落人亡两不知"异曲同工,都有优美的高洁意味和深沉的萧索。结果,宝玉一看,又伤感欲泪。这三首诗,都是一个负责写,一个负责感动;一个尽兴作诗,一个我心戚戚,留下甜蜜幸福的回忆。

接下来,想针对《葬花词》与《秋窗风雨夕》这两首黛玉的代表作,谈谈背后的心情故事。

黛玉葬花与伤春

小说中,曹雪芹从三月中写到四月二十六日,花了一个半月。慢慢铺陈,等到效果和气氛营造完成,才让《葬花词》出来。《秋窗风雨夕》则刚好相反,是一开始已先写就,接着余波荡漾。两者节奏不同,充满趣味。

《葬花词》的酝酿要从第二十三回说起。

话说二月二十二日,宝玉和姐姐妹妹搬进了大观园,日子行云流水,十分快意。"那日正当三月中浣",三月中的这天,宝玉偷偷拿了一套《会真记》,也就是《西厢记》,到沁芳闸旁边、桃花底下的一块石头上坐着,"从头细看"。正看到"落红成阵"时,"只见一阵风过,树上桃花吹下一大斗来,落得满身满书满地皆是花片"。宝玉本来想把花瓣抖下来,又怕踩到,就兜着花瓣来到池边,抖落水中,花瓣浮在水面,飘飘荡荡沿着小溪流出沁芳闸去了。

"回来只见地下还有许多花瓣,宝玉正踟蹰间"——我觉得这句话很重要,因为它帮我们认识了宝玉。很多人都以为黛玉葬花,宝玉只是陪在旁边,醉翁之意不在酒,但并不是,原来宝玉本来就怜惜花朵,所以他们两个人的心性是非常接近的。宝钗会不会做这种事?我猜不会,虽然宝钗也有忘情的时候,也有扑蝶这样可爱的举动,可是她不可能去做这种事。

黛玉这时来了,还担着花锄,上头挂着纱囊,手里拿着花帚,这是整部小说里黛玉很难得的健康形象。宝玉笑说来得正好,可把地上残余的花瓣扫起来,放到水里去,黛玉说不好。从他们的对话中又可看出这两个人其实又不一样,宝玉一直住在贾府里,他以为所有的水都是干净的,可是黛玉是从外面进来的,她知道外面的尘世是怎么回事。黛玉告诉他，这里的水虽干净，但把花瓣放水里流出去，有人的地方什么情况没有？她建议把花瓣扫了，"装在这绢袋里，埋在那里，日久随土化了，岂不干净？"这段对话也暗示，日后宝玉出家，就像那水面上的花瓣飘飘荡荡流出去了。黛玉则是要在大观园里，"一抔净土掩风流"。

"宝玉听了，喜不自禁"，说等他放下书，帮她收拾。黛玉问是什么书，宝玉一开始还说谎，说什么《中庸》《大学》，黛玉当然很了解他，说："你又在我跟前弄鬼，趁早儿给我瞧瞧。"宝玉道："妹妹，要论你，我是不怕的。你看了，好歹别告诉人！真是好文章，你要看了，连饭也不想吃呢！"果然，林黛玉读了非常喜欢，还默默记诵。

看完书，两个人借着西厢话语笑闹一番，方继续收拾落花。能够和一个情投意合的好友，在大观园偏僻的小角落，郑重其事地做这么一件旁人眼中的"傻事"，真是甜蜜。何况，看似傻事，但细究下去，那份庄严、逸致却不是一般人等闲能意会的。问题是，快乐的时光总是过得很快。袭人追来了，而且讲了一句很有意思的话："那里没找到，摸在这里来了！"如果有心人听到，会觉得她的话带某种程度的责备。反正不管三七二十一，袭人就把宝玉给带走了。

甜蜜时光那么短暂。黛玉见宝玉走了，闷闷地想回房，走过梨香院，刚好听到戏班那十二个女孩子在练唱，唱的是《牡丹亭》里的"原来是姹紫嫣红开遍，似这般，都付与断井颓垣"。各位看看，曹雪芹先是用满天满地的落花来布景，接下来引《西厢记》文字牵动心情，现在用汤显祖《牡丹亭》的歌声配乐，让沉浸在这种浪漫唯美气氛中的林黛玉越发感动。听到"良辰美景奈何天，赏心乐事谁家院"，她点头自叹；听到"只为你如花美眷，似水流年"，心动神摇；听到"你在幽闺自怜"等句，越发如醉如痴，站都站不住，跌坐在一块石头上，一时之间又想起古人诗中"水流花谢两无情"之句，还有"流水落花春去也，天上人间"，以及刚刚《西厢记》里看到的"花落水流红，闲愁万种"，全都凑上心头，仔细忖度，不觉心痛神驰，眼中落泪。

这一整段，如同曹雪芹在告诉我们文学艺术对人生的感性启发。就在这一刻，如花似玉的青春少女林黛玉生命中第一次意识到，原来美好的时间会过去，春天会过去，那人呢？今天她在这里，百年之后在哪里呢？这种对岁月、对无常的震惊、疼惜与伤痛，一下子全涌上来了。面对繁花似锦，却忽然有岁月倏忽的沧桑感，我们都懂，因为我们都曾经有过。

慢慢酝酿而出的《葬花词》

黛玉葬花是三月中的事，读者以为这件事已经结束了，不，第二十七回黛玉的《葬花词》才会出来。这中间曹雪芹慢条斯理地写了贾芸跟一个名叫小红的丫头的一段爱情故事，又铺排了一件惊天动地的事，让马道婆跟赵姨娘使了些手段，将宝玉跟王熙凤差点儿害死。接着，又经过了一个俗不可耐的薛蟠生日。这才来到《葬花词》登场的前一日。

这天晚上，林黛玉要去找宝玉，结果怡红院的门关着，不巧晴雯刚跟碧痕拌了嘴，心情不好，任凭外面敲门又出声，晴雯使性子说是谁都不开门。林黛玉在外边正不知如何是好，偏没多久门一开，宝钗出来了，宝玉、袭人等还送出门来。我们可以想象，悄然回家的黛玉这一夜有多受伤。

隔天，四月二十六日芒种，花神退位。一大早，大观园里姐妹们开心地办起饯神会。黛玉出门，瞧见来邀约的宝玉，正眼儿也不看，抽身独自走开，摸不着头绪的宝玉本想"索性迟两日，等他的气息一息，再去也罢了"。可是一低头，看见凤仙、石榴等各色落花锦重重落了一地，"因叹道，这是他心里生了气，也不收拾这花儿来了，等我送了去，明儿再问着他"。真是才下眉头，又上心头，眼里、心里还都是黛玉。既然搁不下，干脆"把那花兜起来，登山渡水，过树穿花，一直奔了那日和黛玉葬桃花的去处"。我们常说，一个会写小说的人一定也会写散文，而会写散文的通常也会画画，看看前面这几个字，是不是就是一幅会移动的美丽画面？

将到花冢，隔着山坡，宝玉远远听到有人呜咽着，念出一句句动人的诗文。这一听，宝玉不觉悲恸，哭倒在山坡上。

由"花谢花飞飞满天"到"花开易见落难寻"，再到"天尽头，何处有香丘"，最后到"质本洁来还洁去，不教污淖陷渠沟"。可能吗？也许终究还只是落个"一朝春尽红颜老，花落人亡两不知"罢了。

《葬花词》虽是伤春之作，但其中蕴涵着黛玉的人生三问：我从哪里来？将往哪里去？人生的意义是什么？岁月的更迭，人事的纠缠，甚至沧桑都在那里了。

不过，林黛玉虽有这些感慨，但毕竟有较多诗人的气质，她耽溺于作诗本身的情绪抒发。可是宝玉不一样，他悲恸，因为借由诗句，从自身往外推求，百转千回，已经想到万物皆无可寻觅之际，这已经是近乎哲学甚至宗教的层次的思考了。

事过境迁后，读者以为这件事真的已经过去了，而我们也都忘记了。但还有一个人没忘，曹雪芹没忘。第二十八回到第三十五回，中间有清虚观打醮、金钏儿跳井、宝玉挨打、黛玉拿到两条旧手帕的定情物……这么多事发生，所有读者都不记得有《葬花词》这回事了，只有曹雪芹还不放手。

第三十五回，已经到了五月底盛夏的时候。这一天，林黛玉从外头回到潇湘馆，刚好就听到屋子里养的一只鹦鹉，先长叹一声，那口气神似黛玉平日的叹息声，接着又念出："侬今葬花人笑痴，他年葬侬知是谁？"原来，这鹦鹉平日听黛玉念诗，就学了起来。黛玉觉得有趣，于是隔着纱窗开始教鹦鹉念诗。这画面看起来很美、很有情趣，可是就在这样一幅画面里，我们看到林黛玉秉绝世才情，却无处可发挥，无人能识，只能教鹦鹉念念诗，在翠竹森森的潇湘馆里，寂寞地过着日子。

此外，我还觉得曹雪芹很幽默，他顺便把所有读者包括你我，都给笑进去了，我们每个人都会念上这一句"侬今葬花人笑痴，他年葬侬知是谁"，我们都是鹦鹉了。这是不是就是他自己说的"满纸荒唐言，一把辛酸泪。都云作者痴，谁解其中味"啊。他不觉得世人能够了解他，世人顶多就是那一只学舌鹦鹉罢了。

话虽如此，曹雪芹毕竟有幸能留下千古佳作《红楼梦》。可是世上还有多少人，像林黛玉这样有才情，可是无时、无运、无可发挥处，只能默默地走完人生路。这也让我想到王维的那首《辛夷坞》:"木末芙蓉花,山中发红萼。涧户寂无人,纷纷开且落。"很多人都认为这首诗禅意十足。在一个人迹罕至的河谷里,辛夷花纷纷开了,又纷纷落了,这意象就是"岁月静好",可是我每次念这一首诗时,都觉得好伤感,好多好多的叹息声。一朵朵辛夷花,努力开,寂寞落,无人知晓,只有自家悄然一声叹息!世上多少人也是这个样子啊!

那一个秋雨的夜晚

说完《葬花词》,我们来谈谈秋词。

第四十五回,黛玉身体不舒服,宝钗来探望她。她们这时已经是好朋友了。说起黛玉的病症,宝钗提议黛玉每日早上应该熬碗燕窝粥吃。黛玉说:"我是一无所有,吃穿用度,一草一木,皆和他们家的姑娘一样,那起小人岂有不多嫌的?"宝钗就笑她:"将来也不过多费得一副嫁妆罢了,如今也愁不到那里。"林黛玉听了不觉红了脸,笑道:"人家把你当个正经人,才把心里烦难告诉你听,你反拿我取笑儿!"宝钗回她:"虽是取笑儿,却也是真话。你放心,我在这里一日,我与你消遣一日,你有什么委屈烦难,只管告诉我,我能解的自然替你解。"脂砚斋在此评论了一句话:"黛玉因识得宝钗后,方吐真情,宝钗亦识得黛玉后,方肯戏也。"林黛玉是因为了解了宝钗,才告诉她真心话,坦白说出自己在贾府的感受,而宝钗也因为真的了解了黛玉,才肯跟她开玩笑。我觉得这评语写得很好,我们不会跟不相干的人或是讨厌的人开玩笑。只有跟好朋友,我们才有这个信心,敢开他的玩笑。脂砚斋接下去还有一句话:"二人此时好看之极,真是儿女小窗中喁喁也。"这是脂砚斋自己有感,觉得这两个讲知心话、悄悄话的女孩,此时必然极可爱,极好看。

宝钗要离开时,黛玉要宝钗晚上再来看她,宝钗答应。可是,不多时天气就变了,下起雨来。黛玉知道宝钗不能来了,灯下看书,心有所感,遂拟了一阕《秋窗风雨夕》。

这首秋词跟《葬花词》不一样,《葬花词》表达的是黛玉对人生的"大哉问",

而这首秋词比较轻柔，在抒发秋天雨夜的心情。接下来这一段我个人非常欣赏，因为作者把潇湘馆里黛玉很家常的生活、情绪描写得十分细腻传神。

潇湘馆秋窗夜雨中，黛玉方要安寝，丫鬟说宝二爷来了，一语未尽，只见宝玉头上戴着大箬笠，身上披着蓑衣就进来了。黛玉不觉笑道："那里来的这么个渔翁？"虽然宝钗没能来，但宝玉来了，她很开心。

宝玉问她："今儿好些？吃了药了没有？今儿一日吃了多少饭？"这家常话，却是全天下人表达关心的通用语。宝玉一面说，一面脱了蓑衣，又忙举起灯来，一手遮着灯，向黛玉脸上照了一照，笑道："今儿气色好了些。"这画面多暖心！

林黛玉看他脱了蓑衣，里面穿着半旧衣服，显然宝玉是想过来就过来了。然后，黛玉问起宝玉的蓑衣斗笠，宝玉一听到妹妹喜欢，马上说要去弄一套给她。黛玉笑道："我不要他！戴上那个，成了画儿上画的和戏上扮的渔婆儿了。"一说出口，她就想到自己才刚说宝玉是渔翁，那不是成对了吗？于是她"后悔不迭，羞得脸飞红，伏在桌上，嗽个不住"。这种纤细的少女情怀和心情转折，我想，读者恐怕没发现吧。宝玉则根本没意识到，只有曹雪芹注意到，而且把它写下来了。

宝玉一看到桌上刚才那首秋词，"不觉叫好"，黛玉"忙起来夺在手内，灯上烧了"。宝玉笑说："我已记熟了。"因为黛玉还在不好意思中，所以说："我要歇了，你请去罢，明日再来。"宝玉掏出一个金表来，表上的针已经指到戌末亥初，即晚上九点了，于是宝玉赶快收好表说："原该歇了，又搅得你劳了半日神。"说着披蓑戴笠出去，可是一出去翻身又进来，问她："你想什么吃？你告诉我，我明儿一早回老太太，岂不比老婆子们说得明白。"为什么宝玉又回过头来讲这句没什么要紧的话？因为他舍不得走。林黛玉懂吗？当然懂，所以她笑着说："等我夜里想着了，明日一早告诉你。"这是哄小孩的语气。有一句歌词"思念总在分手后开始"（叶佳修），宝玉欲走还留，尚未离开，已然思念。事实上，黛玉也疼惜宝玉，因为外面下着雨，又那么晚了，所以她就哄着他，让他快回去。她还问，有没有下人跟着。黛玉给人的感觉好像一向任性，但事实上她是可以很周全、很细心的，只要她愿意。这时，站在外头的两个婆子就出声："有，在外面拿着伞，点着灯笼呢。"黛玉笑道："这个天点灯笼？"宝玉说："不相干，是羊角的，不怕雨。"也另有版本是写明瓦，反正就是比较耐得住风吹雨打的材质。黛玉听了，回头从书架上拿下一个玻璃绣球灯。宝玉说他也有这么一个，可是怕底下人弄坏，舍不得用。黛玉就说："跌了灯值钱呢？是跌了人值钱？"脱口而出的总是深情。宝玉接过灯，也接过这份关心，踏着雨水回去了。

灯影朦胧，人影朦胧

宝玉离开后，没想到蘅芜苑的两个婆子也打着伞提着灯，送了一大包燕窝，还有一包子洁粉梅片雪花洋糖来了。婆子说："这比买的强，我们姑娘说，姑娘先吃着，完了再送来。"黛玉回说："费心。"平常有人送东西来，而且时间这么晚，通常就是叫紫鹃、雪雁，甚至外面的婆子接过就算了，可是为什么这时候黛玉要亲手接它？因为她明白这是宝钗的情意。她还要婆子们在外头喝茶。婆子回说不喝茶了，还有事。

林黛玉又笑了，她今晚一直带着笑。她说："我也知道你们忙，如今天又凉，夜又长，越发该会个夜局赌两场了。"原来林黛玉在大观园里住着，像个局外人，可是什么事情都看得很清楚，她知道这些下人晚上会有赌局。这条线索要到第七十三回才会爆发出来。届时贾母大发雷霆，实施整顿，还延续到第七十四回的抄检大观园，而伏笔就是从这里安下来的。更有意思的是，婆子回答："不瞒姑娘说，今年我沾了光了，横竖每夜有几个上夜的人，误了更又不好，不如会个夜局，又坐了更，又解了闷，今儿又是我的头家，如今园门关了，就该上场儿了。"聚赌分明违法，婆子居然明着说。如果面对的是王熙凤，她一定不敢。探春呢？也不敢。如果是宝钗，想必也不敢。但她怎么敢跟林黛玉讲？是因为婆子们知道她是不管事、不相干的，还是说林姑娘从来都是不理人的，今天忽然间这么亲切，婆子有点儿受宠若惊，就一五一十地说了？林黛玉又笑道："难为你们，误了你们的发财，冒雨送来。"命人给她们几百钱。两个婆子当然就很开心，接了钱离开。

"紫鹃收起燕窝,然后移灯下帘,伏侍黛玉睡下。黛玉自在枕上感念宝钗,一时又羡他有母有兄,一回又想起宝玉素昔和睦,终有嫌疑,又听见窗外竹梢蕉叶之上雨声渐沥,清寒透幕,不觉又滴下泪来,直到四更方渐渐的睡熟了。"这一小段写得很美,尤其是最后一句:"直到四更方渐渐的睡熟了。"我们念这几个字,会感觉它的声调越来越缓,越来越低,好像这个人终于睡着了,如果是写"一躺上床,头一歪就睡着了",那整个文句就毁了,所以好的文章在语气的酝酿上也很重要。

我们特别拉出来看的一段,就是潇湘馆里一个秋天的雨夜,一位才女的心情。宝玉忽然来访,带给黛玉小小的快乐,可是也有小小的紧张,因为她觉得自己说错话了,可是还是温馨的,是女孩子的心事,与他人无关。而且,她对宝玉体贴,宝玉对她在意,心细如发的黛玉,少女情怀就这样起起落落。宝玉走了后,宝钗差人送来了燕窝,她一定觉得很开心。林黛玉平时给人一种乖戾之感,是因为她觉得自己没人疼、没人顾,但只要有人对她好,她其实是非常懂事的。这个晚上,她是这么得人疼!人来了也走了,夜雨秋窗,属于她特有的苍凉感又悄悄侵袭上来。终于,她还是又落了几滴泪,直到四更才渐渐睡熟,属于林黛玉的一天才过去了。

秋雨淅沥,竹湿风凉,昏暗当中我们透过纱窗,看见窗里的灯影朦胧,人影朦胧。非常平凡的一幕,可是不知道为什么,我觉得它很令人难忘。

住篇 05

大观园的优伶幽事

　　为了恭迎贾元妃省亲，贾府不只兴建大观园作为省亲别墅，还去姑苏采买了好些人。首先，有十二个女孩组成的一个戏班子。另外，还有十二个小尼姑、十二个小道姑。这三十六个女孩，在被买来的那一刻，一生的命运已然决定。

　　这一节，我们要来看梨香院里的优伶，也就是那十二个买来组成戏班子的女孩。为什么说梨香院里这些唱戏的女孩既是优伶也是幽灵？因为她们来无影去无踪，犹如孤叶，一阵风起，她们来了，再一阵风起，她们又得走了，注定是漂泊的命运。

任人随时捧高，随时摔下

　　戏曲专家俞大纲教授曾写过《曹雪芹笔底的优人与优事》，"优"就是所谓的戏子。文章里提到，乾隆年间，不管是官家还是民间，北京的戏班子都会到姑苏去找人。姑苏这一带自古以来，有资质很好、会唱戏的人才，还有很好的教习，亦即很好的师资。小说里的第十六回和第十七回就写贾蔷得了这个差事负责去姑苏采买，包括买乐器、行头，而且连教习也一起请了过来。所以，书里写的是那时候的实际状况。

《红楼梦》里这些戏子，十二个女孩，都是单名一个字，再加一个"官"字，所以她们的名字就叫龄官、药官、芳官、蕊官、藕官等。这个"官"字，根据俞大纲的研究，是江南对旦角的一个习惯称谓。

戏子的地位从来低下，被认定是"风流行次"。观众对他们一方面捧场，一方面歧视，这种落差就是戏子另类的社会阶次。以《红楼梦》为例，她们进入大观园，虽衣食无忧，但身份卑微，必须随时忍受周遭毫无来由的鄙视。试举几例：第五十八回，芳官的干娘骂芳官："怪不得人人说戏子没一个好缠的，凭你什么好的，入了这一行，都学坏了。"芳官的干娘就一个仆妇，但她可以这样批评芳官。第六十回，赵姨娘也骂芳官，她说："你是我们家银子钱买了来学戏的，不过是娼妇粉头之流，我家里下三等奴才也比你高贵些！"赵姨娘在贾府只是一个姨娘，地位低人一等，所以逮到一个地位比她更低的人，她当然会借此来显示自己比她高。王夫人也没好话，第七十七回中王夫人说芳官："唱戏的女孩子，自然更是狐狸精了！"这就是不识民间疾苦的太太讲的话了。

梨香院这十二个女孩里，曹雪芹着墨最多的是龄官与芳官，一个充满声音，一个充满色彩。曹雪芹充分运用舞台效果，让龄官以唢呐般激越的乐声表达她的爱与怨；芳官则如漫天飞舞的彩带，用颜色泼洒她的任性与决裂。

才艺卓越的龄官

《红楼梦》中龄官共出现三次，第一次是在第十八回贾元妃省亲的晚宴上，龄官因为唱戏唱得好，贾元妃特别赏她糕点，请她再唱。贾蔷就命龄官作《游园》《惊梦》，但龄官说那不是她本角的戏，执意不从，一定要作《相约》《相骂》这两出，"贾蔷扭不过他，只得依他做了"。可见龄官个性倔强，对自己的才艺又有自信，她果真又表现得很好，"元妃甚喜"，又额外赏赐了很多东西。

大观园中另一场小小的爱情故事

属于龄官的这场恋爱故事,只用两幕戏来表现。特别的是,这两幕戏都是通过宝玉的眼睛显露出来的。而且在戏中,她还只是个尴尬的配角!

龄官在第十八回出现后,接下来再登场,就已经跳到了第三十回。第三十回我们从宝玉走来王夫人房里看起。时当盛暑,"王夫人在里间凉床上睡着,金钏儿坐在旁边捶腿,也乜斜着眼乱恍"。宝玉先是逗金钏儿,金钏儿跟他讲了玩笑话,没想到王夫人却是醒着的,翻身就甩了金钏儿一巴掌。王夫人是个好人,可是她生平最痛恨的就是人家诱拐她儿子。虽然金钏儿是王夫人最贴身得意的丫头,却因为触犯她的大忌,当场就要被撵出去。

如果这是一个舞台,台上王夫人怒骂、金钏儿哀告、众丫头吓傻、金钏儿母亲求情,充满了声音和动作,喧闹嘈杂。然后,灯光渐渐暗下去,声音渐渐变小、变远,就在一片黑暗与安静中,有一道光束斜斜落在舞台边一个角落上,那里有个蔷薇花架,这时贾宝玉从刚刚喧嚣混乱的舞台中心走到那个光束底下。这是转场的舞台效果,可是如果用文字该怎么表达?我们看曹雪芹怎么做。

"且说宝玉见王夫人醒了,自己没趣,忙进大观园来,只见赤日当天,树阴匝地,满耳蝉声,静无人语。"最后的这十六个字,就已经充分达到了舞台上换场的效果!现在,光束在蔷薇架上,"刚到了蔷薇架,只听见有人哽噎之声,宝玉心中疑惑,便站住细听,果然那边架下有人"。这个叙述是非常合理的,我们一定是先听到声音,然后再找人。这一天是五月初四,蔷薇花叶茂盛之际,"宝玉悄悄的隔着药栏一看,只见一个女孩子蹲在花下,手里拿着根别头的簪子在地下抠土,一面悄悄的流泪"。这个镜头是不是犹如用了电影的运镜效果?先是听到声音,再慢慢看到人,现在镜头往前推,观众看到一个女孩子蹲在地上,手上拿着根簪子在抠土。

这画面出来后,宝玉心里先有了第一个假设:她会不会是来葬花的?然后他自觉好笑:"若真也葬花,可谓东施效颦了,不但不为新奇,而且更是可厌。"这是艺术家曹雪芹的看法。宝玉差点儿要开口跟那个女孩子说:"你不用跟着林姑娘学了。"还好话没出口，发现这个女孩子面生，不是个侍儿，倒像是那十二个学戏女孩子里的一个，可是又搞不清她是哪一个。

宝玉自己也庆幸没开口，他没多久前才因为造次，害得黛玉生气，宝钗也不高兴，如果现在又随便乱讲话就糟了。他一面想着，一面又着急自己认不出她是谁，再留神细看，见这女孩子"眉蹙春山，眼颦秋水，面薄腰纤，袅袅婷婷，大有黛玉之态"。宝玉心里、眼底真的只有林黛玉，这是"记得绿萝裙，处处怜芳草"啊！所以，宝玉当然不忍弃她而去，"只管痴看"。接下来我们要看，曹雪芹如何把这个"痴"给描写出来。

"只见他虽然用金簪画地，并不是掘土埋花，竟是向土上画字。宝玉拿眼随着簪子的起落，一直到底，一画、一点、一勾的看了去，数一数十八笔，自己又在手心里用指头按照他方才下笔的规矩写了，猜是个什么字，写成一想，原来就是个蔷薇花的蔷字。"所以宝玉的第二个假设出来了，他推测，这个女孩或许是要作诗，正在推敲字句。由此也可以看出来，宝玉的心真是干净啊。他"一面想，一面又看，只见那女孩子还在那里画呢，画来画去，还是个蔷字，再看，还是个蔷字"。这文字写得很好是不是？有叠韵的感觉。

"里面的原是早已痴了"，"画完一个蔷，又画一个蔷，已经画了有几十个"，"外面的不觉也看痴了"，到这里，已经出现三个"痴"了。宝玉看着看着，心里浮现了第三个假设："这女孩子一定有什么说不出的心事，才这么个样儿，外面他既是这个样儿，心里还不知怎么熬煎呢！看他的模样儿这么单薄，心里那里还搁得住熬煎呢？可恨我不能替你分些过来。"这一句话，整部小说里除了宝玉外，没人会讲，宝玉看到女孩子就是想要替人家分担些什么，帮她做点什么！

他已经猜出这个女孩子有心事，可是仍然不清楚为什么，就在这时变天了。"却说伏中阴晴不定，片云可以致雨"，伏中，就是我们说的三伏天气。这天是农历五月初四，大概就是阳历的六月中，天气阴晴不定，凉风一起，就忽然下起一阵雨。看见那女孩子头上往下滴水，衣服登时湿了，宝玉想道："这是下雨了。"程甲本和庚辰本这里是写"这时下雨"，我觉得不好，程乙本的"这是下雨了"最好。为什么？从刚才到现在已经出现三个"痴"字，由此来表达药栏里的那女子已经痴了，根本浑然不觉，外面的宝玉也痴了，没意识到在下雨，他是看见女孩子头上滴水，把衣服给滴湿，才恍然大悟下雨了！

如此情境，才没有枉费那三个"痴"字。宝玉心想："这是下雨了！他这个身子如何禁得骤雨一激？"因此他忍不住就说："不用写了，你看身上都湿了。"那女孩子听说，吃了一惊，抬头只见花外有个人，一来宝玉长得俊秀，二来花叶繁茂，几乎遮住他所有身子，只露出半张脸，所以那女孩也假设他是个丫头。所以她笑着说："多谢姐姐提醒了我，难道姐姐在外头有什么遮雨的？"就这句回话，也能让我们看出这女孩子心性。人家好心告诉她下雨了，她却来一句"难道姐姐在外头有什么遮雨的"，彻底表现出她的高傲自持和伶牙俐齿。她这样反问回去，"一句提醒了宝玉"。所以说，在她没开口前，宝玉只看见她的头发滴水，衣服湿了，但有没有想到自己，完全没有！这时他"哎哟了一声，才觉得浑身冰凉，低头看看自己身上也都湿了"。这段写得很高明，只有这样的铺陈才能把这两个人的"痴"给表达出来。宝玉说了句"不好"后，一口气跑回怡红院。一般人可以写到这里，但若就此打住还不够，因为那不是宝玉，宝玉一定要加上一句"心里却还记挂着那女孩子没处避雨"。

这幕戏，两个人互相不知对方是谁。我相信读者读到这里，也不清楚这一幕戏的用意。一直要到第三十六回，中间经过许多事后，曹雪芹才又轻轻地把这个线头给拉起来。

文章最难之处，在起承转合，也就是一个章节讲完，接下来怎么引出另外一个章节。如果不够高明，通常就只会"然后""然后"，一路然后下去。我们来看曹雪芹是怎么很有技巧地拉起这条线的。

这一天，宝玉因各处游得腻烦，想起《牡丹亭》的曲子来，自己看了两遍，"犹不惬怀"，因为听说梨香院里有一个小旦龄官唱得很好，他就出了角门，来到梨香院要找这位龄官。

一到梨香院，所有女孩子看到他来都笑迎让座。宝玉听说龄官在她屋内，直接入内，"只见龄官独自躺在枕上，见他进来，动也不动"，宝玉就在她身旁坐下。这里可以看到好几层意思。其一，龄官跟其他女孩子不同，别人看到宝玉巴结都还来不及，可是她居然"动也不动"。其二，她毕竟还是一个戏子，一个陌生男人可以直接跑到她屋里来，而且往她床上坐。如果她今天是一个千金小姐，或者就算是一般良家妇女、小家碧玉，也不至于有人这样对待她。所以，我们当然可以想见龄官心里的悲愤。

宝玉还没搞清楚状况，当然，不能否认，宝玉就是一个比较"轻佻"的公子哥儿，而且他平时跟女孩子玩儿惯了，所以开口就央她起来唱一套"袅晴丝"。结果，龄官见他坐下，忙抬起身来躲避。龄官正色说道："嗓子哑了，前儿娘娘传进我们去，我还没有唱呢。"这话可以看出她是非常骄傲的，她连娘娘叫她唱，她都不唱了，只差没讲"你算谁啊"。宝玉见她坐正了，一细看，原来就是那日蔷薇花下画"蔷"字的那个女孩。这一幕如果用电影呈现，那一日与这一日的两个画面此刻重叠出现。宝玉"从来未经过这样被人弃厌"——这个有意思了，前面提过宝玉的"眼泪三部曲"，第二部曲就是来自龄官的反应，因为他终于明白，不是天下所有女子的眼泪都归他，龄官的眼泪就绝对不是他的。宝玉尴尬地出来后，其他人问说怎么了，宝玉说了状况，宝官便说："只略等一等，蔷二爷来了，他叫唱，是必唱的。"悬疑出现，为什么蔷二爷要她唱，她就会唱，就因为贾蔷是她们的主子吗？宝玉听了，心下纳闷，他就问："蔷哥儿那里去了？"宝官说："才出去了，一定就是龄官要什么，他去变弄去了。"更进一步，那到底这两个人是什么关系呢？宝玉的好奇心全起来了。没多久，"果见贾蔷从外头来了，手里提着个雀儿笼子，上面扎着小戏台，并一个雀儿，兴兴头头往里来找龄官"。"兴兴头头"，可见他走路是一跳一跳的，就是他觉得今天有一样东西可以取悦女朋友，所以很有兴致、很得意。虽然兴兴头头，但贾蔷见了宝玉"只得站住"。"只得"这两个字也有意思，因为宝玉身份比他更高，他不能得罪，只得站住。宝玉问起贾蔷拿的东西，贾蔷说是一个玉顶儿，就是一只鸟，还会衔旗串戏。宝玉这人不识相，还问他多少钱买的，贾蔷回说一两八钱银子。然后，他一面说，一面让宝玉坐，自己往龄官屋里来。

曹雪芹很厉害。小说本身的叙述上已经是一个剧本，动作都已经安排好了——贾蔷一开始是兴兴头头，走路轻快跳跃，看到宝玉，只得停下脚步，可是接下去宝玉再问,他已经脚底抹油在动了。所以他一面回答一面走,因为急着要去跟女朋友献宝。他一面请宝玉坐,一面往里头走。这儿就不必写宝玉跟在贾蔷后面走进来,反正一定是跟进来了。

贾蔷进了龄官房后笑说:"你来瞧这个玩意儿。"龄官"起身"——刚才宝玉进来她没起身,现在她起身来问是什么,贾蔷说:"买了个雀儿给你玩,省了你天天发闷,我先玩个你瞧瞧。"说着就拿谷子哄得雀儿在戏台上衔着鬼脸跟旗帜乱窜,众女孩子都笑了。这画面本来就有趣,可是作者写"众女孩子都笑了",事实上是要凸显龄官的心性与她们不同。这些女孩子就是觉得好玩而已,只有龄官马上更深一层地想到,自己就是那个样子。笼子里那只戏台上的鸟,它是被迫的,所以龄官冷笑两声,赌气仍去睡了。贾蔷不懂,还只管赔笑,问她好不好。龄官说:"你们家把好好儿的人弄了来,关在这牢坑里学这个还不算,你这会子又弄个雀儿来,也干这个浪事!你分明弄了来打趣形容我们,还问好不好。"这口气很严厉了。"贾蔷听了,不觉站起来,连忙赌神起誓。"贾蔷在这里是一个很贴心的情人,他马上知道自己出错了,忙说:"今儿我那里的糊涂油蒙了心,费一二两银子买他,原说解闷儿,就没想到这上头。罢了,放了生,倒也免你的灾。"说着就把那只鸟放了,但龄官还继续骂他。其实这是冤枉了,这只鸟也不是贾蔷抓来训练的,但反正她就是会对最在意的人这样发脾气。她继续说:"今儿我咳嗽出两口血来,太太打发人来找你,叫你请大夫来细问问,你且弄这个来取笑儿,偏是我这没人管,没人理的,又偏爱害病。"庚辰本是"又偏病",我觉得差一点儿。"偏是我这没人管,没人理的,又偏爱害病"——这样是不是口气比较好听?就是那种娇滴滴的女孩子,一句一句清清脆脆的声音。贾蔷连忙说:"昨儿晚上我问了大夫,他说不相干,吃两剂药,后儿再瞧,谁知今儿又吐了,这会子就请他去。"贾蔷这时对龄官真是非常好,说着便要去请大夫。龄官又叫住他:"站住,这会子大毒日头地下,你赌气去请了来,我也不瞧。"贾蔷听了只得又站住。我相信读者都懂龄官这句话是什么用意吧!天气这么热,她是舍不得贾蔷,只是心高气傲的女孩子常习惯用辛辣的语气传达深切的感情。

那么,贾蔷听懂了吗?至少宝玉听懂了,不用怀疑,宝玉肯定是懂了。接着这一段也写得很好。"宝玉见了这般景况，不觉痴了，这才领会过画'蔷'深意。"通常一般人是写到这里。"自己站不住，便抽身走了。"我觉得如果是张爱玲可以写到这里。"贾蔷一心都在龄官身上，竟不曾理会，倒是别的女孩子送出来了。"曹雪芹才能够写到这里，因为他的一口气很长，他就是会有条有理地慢慢写，让整个画面非常完整。这里如果用电影来表现的话，就是贾蔷和龄官这两个人定格在那里，宝玉则和其他一群女孩子走出来，而且他这时的表情应该是有些尴尬与失落。

为何龄官就在书里消失了？

第三十六回之后书里就没再出现龄官了。第五十八回提到贾府发落这十二个女孩，除了四五个愿意离去，其他不想走的就分在各房里当使唤丫头，其中芳官分到了怡红院，蕊官、藕官、葵官等人，有的在宝钗屋里，有的在黛玉那里，一一点名，独缺龄官。

为什么书中不再交代？我觉得有几种可能。

第一，历史条件，也许曹雪芹有写，但在传抄转载的过程中刚巧被遗漏了。

第二，感情因素。曹雪芹会安排两幕戏给龄官，可见很看重这个心性高傲、优秀、像林黛玉的角色。那为什么没有交代？如果我们有机会问曹雪芹："龄官后来怎么样了呢？"我觉得他可能会说："你想，她会好吗？"虽说在梨香院偏僻的角落，不为人知，无人干扰，他们暂时拥有这份爱情，只是比起宝黛，这段爱情更加脆弱、更加不可能。一个是戏子，一个是主子，除地位悬殊外，贾蔷家底寒薄，无甚能力，而且后来贾蔷心性又变了。以曹雪芹的个性，他对笔下每个女孩子都是爱护备至，所以我说的感情因素是指他写不下去了。与其给她一个悲惨下场，不如不写，这是曹雪芹个人的感情因素。

第三，从文学技巧来讲，作者也可能是故意的，他要表达的是，一个漂泊的女子偶然漂进了大观园，等到大观园坏空之时，哪有她们存在的余地，因为太无足轻重了，连提都不用提了。这也是一种表现方式。

第四，用哲学的层次来想，就是我们现在常说的，没有结局的结局，有时候就是最好的结局。读者可以自己去想象，要给龄官什么结局。我也曾经让学生创作龄官接下来的生活，答案千奇百怪，什么样的发展都有，不过以私奔最多，完全是现代年轻人海阔天空的气派。大家知道世界名著《飘》的结局，郝思嘉说她明天要去找白瑞德，那找到了没有？不知道，可能性有很多。所以这是一种文学技巧，也是一种哲学的层次。人生本来就难以预料，谁知道后来会怎么样。好的文学作品，会容许读者参与，用读者本身的情绪、经历、感情去赋予小说人物不一样的生命基调。

所以，虽然龄官没再出现，我们不知道她怎么样了，但至少她的爱情在第三十六回当下还是很浪漫的，而且是通过宝玉的眼睛见证的。曹雪芹可能也是希望通过龄官的爱情故事，让我们看到爱情应该无分轩轾的，此刻的浪子跟戏子，他们风流缱绻，情深义重。

天真任性的芳官

芳官又是什么样的人物？作者对芳官的着墨比龄官少，芳官是第五十八回以后才开始有戏份儿，到了第七十七回和第七十八回，她就出家当尼姑去了。不过，芳官篇幅虽少，可是也很抢镜头，从第五十七回芳官等一干戏子被分派到大观园去之后，就都是芳官的戏了。龄官长得像林黛玉，个性也像。芳官则比较像史湘云，个性豪放，也很天真任性。

为了抗议干娘不公，和干娘吵了起来，挨了几下打。"只见芳官穿着海棠红的小绵袄，底下绿绸洒花夹裤，敞着裤腿，一头乌油油的头发披在脑后，哭得泪人儿一般。麝月笑道：'把个莺莺小姐弄成才拷打的红娘了。'"（第五十八回）

快乐的"寿怡红群芳开夜宴"，上坐之前，大家且先将外妆卸去。"当时芳官满口嚷热，只穿着一件玉色红青驼绒三色缎子拼的水田小夹袄，束着一条柳绿汗巾；底下是水红洒花夹裤，也散着裤腿；头上齐额编着一圈小辫，总归至顶心，结一根粗辫，拖在脑后；右耳根内只塞着米粒大小的一个小玉塞子，左耳上单一个白果大小的硬红镶金大坠子：越显得面如满月犹白，眼似秋水还清。引得众人笑说：'他两个倒像一对双生的弟兄。'"（第六十三回）

轻松愉快的怡红院，一大早就"叽叽呱呱，笑声不断"，让寡妇李纨的丫鬟碧月好生羡慕。"芳官却仰在炕上，穿着撒花紧身儿，红裤绿袜，两脚乱蹬，笑得喘不过气来。"（第七十回）

三段文字看下来，一位活泼明艳的少女，嫣然妩媚在眼前！《红楼梦》众多女子中，曹雪芹给了芳官最多的颜色，也在这一堆缤纷笑语中，塑造了豪放、任性的戏子芳官。

美优伶斩情归水月

第五十八回，因一位老太妃薨逝，贾母婆媳祖孙等每日入朝随祭。主人不在，下人偷安，结党营私的事件逐日增加，来暗示贾府日趋不平静。再因国丧不得筵宴音乐，贾府趁机解散戏班，由此看出财力日绌之象。而大部分戏子及梨香院众婆子分散在园内听使之后，这些"装丑弄鬼的几年"（王夫人语）的女孩子少有安分，从此大观园更加不得清静了。

以物件为例，茉莉粉、蔷薇硝、玫瑰露、茯苓霜，这几样因为施小惠、分赃不均造成的人事纠葛，都与芳官直接或间接有关。而事件呢，怡红院芳官洗头被干娘打哭的画面楚楚动人，为宝玉吹凉热汤时的谨慎可爱，被赵姨娘打耳光，和戏班子几个姐妹跟赵姨娘打群架时的泼辣，再到宝玉生日，她拒绝吃面，另叫午点的骄纵，以及晚宴要喝酒，她说"不许叫人管着我，我要尽力吃够了才罢"（第六十二回）的豪放，都可看出芳官的任情任性。

短暂的大观园青春岁月很快结束了，所有唱戏的女孩全被撵出园去。芳官百口莫辩，决意跟了水月庵的智通师父出家。旧社会女子能为自己做选择的唯一"活路"好像就是剃发当尼姑，从此一袭灰袍了残生。"彩色"变"黑白"，畸形的生命形态注定了悲剧的命运。

曹雪芹写芳官，是写她的天真任性，写龄官是写她的浓情厚谊。他想告诉世人：一个戏子也可以有她的爱情；一个戏子为什么不可以浪漫纵性？笔端带着满满的同情与悲悯。

杏子阴假凤泣虚凰

近水楼台，假戏真做，但若要扣以"同性恋"的帽子则太言重。这是被分配到潇湘馆服侍黛玉的藕官的一则小小的"旧情绵绵"。

第五十八回，病愈的宝玉拄着拐杖出门探访杏树，忽见一股火光从山石后发出，还伴随着叫骂声。宝玉趋前"只见藕官满面泪痕，蹲在那里，手内还拿着火，守着些纸钱灰作悲"。这时一个婆子恶狠狠地走来，要拉藕官去裁处，宝玉怎能让女孩受罪，因此阻挡、圆谎，用"非法正义"保护了藕官。

经过一番周折，至晚才从芳官处得知，原来戏台上扮小生的藕官与小旦药官日久生情，如夫妻般恩爱。后来药官过世，藕官哀痛逾恒，至今每节烧纸……

一切情感的事情，在宝玉看来都是最重要的。他"称奇道绝""又喜又悲"之余，很郑重地要芳官转告藕官"逢时按节，只备一炉香，一心虔诚，就能感应了"。他还说："我那案上也只设一个炉，我有心事，不论日期，时常焚香，随便新水新茶，就供一盏，或有鲜花鲜果，甚至荤腥素菜都可，只在敬心，不在虚名。"

相较自古至今祭祀之浮夸、铺张，我个人觉得宝玉的做法新颖有诚意多了！

第七十七回留在大观园的唱戏女孩全被逐出之际，藕官也决定出家，与蕊官去了地藏庵。佛门是否清净，她们能否"质本洁来还洁去"就不得而知了。也许可以套句曹雪芹极可能会说的话：

"你想，她们会好吗？"

住篇 06

六个生日的比较

这一节，我们要从整部书里找出六个生日，比较它们的差异。这六个生日串起来，仿佛一条历史的河流，慢慢穿过整个故事。六场发生在不同时间的生日聚会，让我们看到贾家由盛而衰的一些脉络，也看到其中世态的炎凉、人事的温寒。

中国章回小说源自说书活动。说书人讲到一个段落时，会来个所谓的"扣子"，也就是时间到了，要收钱了，所以说书人会营造一个悬疑——欲知后事如何，且待下回分解。这导致情节有时难免有点勉强或重复，而且结构较松散。

可是这样的缺点，绝对不会在《红楼梦》里出现。虽然它是百万言的小说，可是结构严谨，即便后四十回非原作，它仍然有一个最重要的优点——结构还在。所以，现在越来越多的人肯定高鹗的后四十回。也就是说，如果那时没有后四十回的完整本，后人能否知道《红楼梦》，也未可知了。

因为《红楼梦》的结构完整，光是把我们要谈的这六个生日抽出来看，都可以看出其中的"成住坏空"。

"成"是什么时候？第二十二回宝钗的那个生日，让我们看到一个富贵豪门的质地。讲富贵，要从小处、从最平常处着手。而宝钗这个生日，最能够看出什么叫作优雅闲适。

至于"住"，也就是贾府最兴盛的阶段，热闹如王熙凤之生日，动用了府里许多人，花了很多钱，又是豪门的另外一面，热闹、喧哗，可是有点儿俗艳。

"住"的最顶点，则是宝玉生日当晚的那场怡红酒宴，一群年轻儿女很快乐地聚在一起，青春无忧。

可是等到第七十一回贾母的八十大寿，就透出一种强弩之末，富贵中已经带着勉强了，这就来到"成住坏空"的"坏"了。

到了第一百零八回宝钗生日，也就是书里最后一场生日宴，真的一切就是"空"了。

这就是脂评所写的"起用宝钗，盛用阿凤，终用贾母。各有妙文，各有妙境"。他只提了三个生日，这一节我们要谈的有六个，有的多谈一些，有的少谈一些。

豪门的一场小巧生日宴

我们先来看第一场生日，第二十二回宝钗的生日。

第二十二回一开头，凤姐找丈夫贾琏商量，问起宝钗生日将近，要怎么为薛妹妹做生日才好。贾琏的回答很好，他说往日林妹妹怎么做，就怎么照办。可是凤姐又讲了一句："老太太说要替他做生日。"为什么要先有这段夫妻对白？这是要显现凤姐的能干。此话怎说？对贾琏来说，黛玉是血缘亲，宝钗是婚姻亲，黛玉自然亲一点。可是，对凤姐来讲，宝钗才是她的血缘亲，所以她先讨丈夫的话，表示自己没有偏袒娘家人，她有先问过，还提醒是老太太要帮宝钗做生日的。她就是要等贾琏讲那句话："这么着，就比林妹妹的多增些。"凤姐就说："我也这么想着，所以讨你的口气儿，我私自添了，你又怪我不回明白了你了。"凤姐精明，就这么轻易地达到了她的目的，也真是多亏曹雪芹有办法把这细微处给写出来。

作者在叙述这场生日时，出现了一个关键词。这词一出，几乎已经暗示宝玉、黛玉、宝钗这三人的暧昧情感会怎么结局。"贾母自见宝钗来了，喜他稳重和平。"脂评对此是写："四字评倒黛玉，是以特从贾母眼中写出。"作者从贾母的角度写出"稳重和平"四个字，分量非常重，黛玉在这个阶段已不乐观了。

贾母喜欢宝钗的稳重和平，而且这又是宝钗来贾府的第一个生辰，于是拿出二十两，嘱咐凤姐备酒备戏。凤姐凑趣，即兴说了个笑话顶老人家。她知道贾母一向开朗风趣，喜欢开玩笑，老太太果真被逗得很开心。当晚，贾母因问宝钗爱听何戏，爱吃何物时，"宝钗深知贾母年老之人，喜热闹戏文，爱吃甜烂之物，便总依贾母往日素喜者说了一遍，贾母更加喜欢"。庚辰本批："看他写宝钗，比颦儿如何。"

到了宝钗生日，正月二十一日这天，贾母内院搭了一个家常的小巧戏台。贾府这种大户人家本来就有固定的戏台，但这天又特别在贾母内院另搭一个小戏台，大伙儿直接在这里看戏，感觉很家常、自在，也很富贵典雅。这段描述里，有一句可堪玩味的话："并无一个外客，只有薛姨妈、史湘云、宝钗是客，余者皆是自己人。"看到这话，我们会马上想到黛玉，黛玉到底算不算客？应该不算，可是她自觉是客。之后抄检大观园时，在凤姐的示意下，抄检的人没去宝钗屋里，却进了潇湘馆。反正，黛玉就是一个很尴尬的处境。

现在贾母明着出二十两银子帮宝钗过生日，林黛玉会开心吗？这日早起，宝玉不见黛玉，就到她房里来，只见黛玉歪在炕上，宝玉笑着说："起来吃饭去，就开戏了，你爱听那一出？我好点。"黛玉冷笑道："你既这么说，你就特叫一班戏，拣我爱的唱给我听，这会子犯不上借着光儿问我。"宝玉的回答也很好玩："这有什么难的，明儿就叫一班子，也叫他们借着咱们的光儿。"请留意"咱们"二字，宝玉总跟黛玉说"咱们"，都是将两个人摆在一起。

吃饭点戏时，宝钗点了出《山门》，就是《水浒传》里鲁智深去五台山当和尚后，有回喝醉大闹，打坏山门。林黛玉看不得宝钗卖弄学问，宝玉又在那边赞叹不已，就说："安静些看戏罢，还没唱《山门》，你就《妆疯》了。"《妆疯》，说的是唐朝尉迟敬德因对朝政不满，不愿挂帅出征，便托疾装疯。这句话带着一种预言性。宝玉后来确实装疯了几次，比如第五十七回，紫鹃试探他，他先是真疯，后来就是装疯了。之后他失了玉，没有了心，又被迫结婚时，更是昏聩。最后，他也确实出家了，如《山门》所言，"赤条条来去无牵挂"！

这日戏散后，凤姐说小旦扮相颇似一个人。宝钗、宝玉都知道是谁，但没说出口，只有湘云心直口快地说是像黛玉。宝玉忙跟湘云使眼色，这下湘云不开心了，觉得要看人家脸色。黛玉也气大家把她当戏子取笑，遂迁怒于宝玉。宝玉因此里外不是人，自己越想越无趣。三人难解难分的关系、情绪，写得细腻传神。

一个宝钗的生日，已经给了我们这么多信息，而且全都在同一回里点到，它的饱满与精彩是无与伦比的。

从大有面子到大失面子

"闲取乐偶攒金庆寿。"（第四十三回）

我们再来看第二场生日。凤姐的生日是九月初二，这一场生日花了多少银子？一百五十两。这场生日宴又是贾母提议的，她真的是一个很会享受的老太太，喜欢日子过得热热闹闹，所以她说"咱们大家好生乐一天"。她如果活在今日，就算八十岁了，所有新潮、时髦的玩意儿应该都乐意尝试，因为她是一位不甘寂寞的快乐老人。

面对凤姐的生日，她又想出凑份子的点子来了，亦即众人集资帮凤姐过生日。穷人家凑份子，是因为手头紧，但在贾母是觉得有趣。凑份子这件事，又让我们看到中国传统家族的凝聚力，一声吆喝，几乎全员到齐，即便奴仆也是。而且大家要踊跃出钱，以示忠诚。凑份子时，有老一辈的管家头子说，她们照理要矮少奶奶们一等才是，贾母就说："我知道你们这几个都是财主，位虽低些，钱却比他们多。"这句话很有意思，这表示：第一，贾府待下人很好；第二，主子们都知道，这些下人很会累积财富。

这个给一些，那个出一点后，已经凑了不少钱，但凤姐还要把周姨娘、赵姨娘这两位姨太太给拖下来，明知她们穷，又故意说要是不找她们，是瞧不起人家。为什么说周姨娘和赵姨娘穷？这得从月钱来看。根据晚清名家姚燮的整理，王夫人一个月可以拿二十两，但周姨娘、赵姨娘一个月只有二两，是王夫人的十分之一。虽然她们吃、住、用都靠贾府，但多少会有些其他支出，所以手头真的比较紧。另外，凤姐在长辈面前装得多好，说寡嫂李纨的钱她要代出，结果根本没出，只卖了一个好人情。

凑份子后，钱交给贾珍的妻子尤氏，由她负责张罗凤姐的生日。尤氏当着凤姐的面，把平儿交来的银子还她，也把彩云、鸳鸯的钱给退了。趁着凤姐不在，暗地里把赵姨娘、周姨娘的也都给还了。退赵姨娘、周姨娘钱，是体谅她们穷，那为什么要退平儿、彩云、鸳鸯的钱？平儿是凤姐的贴身丫鬟，彩云是王夫人的丫鬟，鸳鸯是贾母的丫鬟，这是大家族的政治学了。

尤氏跟凤姐商议如何办生日时，凤姐讲了一句："你不用问我，你只看老太太的眼色儿行事就完了。"这就是孙媳妇的话了，人家祖婆婆说要给你做生日，做孙媳妇的还敢怎么样，自然是老太太喜欢什么是什么，就跟宝钗的意思是一样的。类似这种豪门，经常很多生日都不是当事人在过，而是为了家族，为了长辈，甚至为了某些利益关系在过的。时至今日，不也随时可见？

这一回，我们看到曹雪芹也真有此意。他明明在讲生日，可是讲得最多的是人，以及人与人之间错综复杂的关系。凤姐跟尤氏算是堂妯娌，尤氏应该是觉得凤姐很嚣张，可是她会用嬉笑怒骂来反制，夹枪带棒，可是不伤感情。妯娌之间要如何把想讲的话表达出来，让对方听到又生不了气，是门大学问，所以尤氏也是了不起。能够在贾府生存的，没有不厉害的角色。

一场生日还是有人往生。鲍二家的跟贾琏偷情，被捉奸在床，后来上吊自尽。贾琏私底下给了鲍二一大笔钱平息风波。这里还提到，这二百两会从日常的流水账上销掉。这又是一个信息，原来贾府会这样处理账目，既然上头的人会这么做，底下人当然也会。所以，贾母说底下这些老用人，虽然位阶低，但都很有钱，大家就心照不宣了。

变生不测凤姐泼醋

回到生日的主角凤姐,先不说后来捉奸在床的事,先说她在那个酒席上开心吗?表面上看起来风光,上上下下轮番上阵来敬酒,其实凤姐谁都得罪不起,谁敬她她都要喝,连对鸳鸯那些大丫头也是如此。在这里,我们看到一个当家的辛苦,这个生日对凤姐来讲,有还不如没有好。老太太以她的名义这么"兴风作浪",搞得她累坏了,更别说后来还闹出贾琏通奸那一段,让她从大大有面子,变成大大地没脸。

凤姐捉奸这段写得也很精彩。在酒席上,她"自觉酒沉了",心跳加快,想回去歇歇,可是回屋的路上却见三步一岗,五步一哨,令她起疑。读者看到这里,也不免纳闷。这一路上,贾琏安排的眼线资质也不一样,防守第一关的小丫头蛮笨的,她忠于职守,所以被修理得很惨。第二个小丫头就很机灵,知道跑不掉,就说自己是要来通风报信的,虽然也挨了一巴掌,但比第一位好多了。急鼓繁弦,激情演出后,再一层一层地写到平儿的委屈。她夹在凤姐和贾琏两个人中间,莫名其妙挨了打,接下来才有她被拉去怡红院,宝玉帮着她梳妆打扮的那一段。

最后,还有一段对白也很有意思,很家常合理。贾母毕竟有点年纪,也有搞不清状况的时候,凤姐跑来告状后,贾母就骂了一句:"平儿那蹄子,素日我倒看他好,怎么背地里这么坏!"这时是谁替平儿讲话的?是尤氏。

尤氏笑道:"平儿没有不是,是凤丫头拿着人家出气。两口子生气,都拿着平儿煞性子,平儿委屈得什么似的,老太太还骂人家。"这个对话也是一等一的优秀。贾母马上很聪明地说:"这就是了。"还要人去安抚平儿。

喧嚣多彩中的一抹素

"不了情暂撮土为香。"(第四十三回)

针对第四十三回,脂砚斋写了一句:"写办事不独熙凤,写多情不漏亡人。"

办事不独熙凤,这个生日宴里,我们看到尤氏也很能干,很懂人事义理。"写多情不漏亡人",多情的是宝玉,那亡人是谁?

这么写又达到一个对比效果——比起贾琏、凤姐这对夫妻的粗俗与泼辣,宝玉真的很不一样。曹雪芹是很用心地在写他笔下的这位男主角:宝玉就算一无是处,可是多情,而且人品高贵,绝对不会像贾琏那样只追求肉欲的快乐。所以,就在九月初二,大家都期待着热热闹闹的凤姐的生日时,宝玉却一大早穿着一身素出门。

从角门出来后,宝玉一语不发,跨上马就跑。他的贴身仆人焙茗也只得跟着。宝玉领着,来到城外偏僻冷清的地方,还说要用香。这一层一层的悬疑,给了读者很大的阅读乐趣——宝玉到底要做什么?为什么既要香,又要香炉?于是,焙茗提议去水仙庵。宝玉到了后借了个香炉,就把它放在井台上,这是不是暗示,他要祭拜的对象跟井有关。

我个人很喜欢第三回形容宝玉的一句话"无故寻愁觅恨"。简单来说,心思比较敏锐的人会这样,艺术家就是这样,诗人也一定如此。但他们不是"无故",是"有故",只是一般人难以了解其故,不明其故。懂得宝玉的,大概只有同样寻愁觅恨的黛玉。这也可以解释,林黛玉听到《牡丹亭》或是《西厢记》的句子,为什么会那么感动。宝钗也饱读诗书,可是这些诗书对她来讲是学问,但对林黛玉而言,是心情!

宝玉这天自是"有故"寻愁觅恨,就在大观园里一片欢乐时,他来到水仙庵的井台边焚香祭拜。这里我们要特别说一下焙茗。焙茗戏不多,可是非常抢戏,而且幽默。他也很机灵,就像莺儿会适时点出宝钗不会说出口的事,焙茗也说中了宝玉的心事。在宝玉含泪施了半礼后,焙茗也忙趴下磕了几个头,说道:"我焙茗跟二爷这几年,二爷的心事我没有不知道的,只有今儿这一祭祀,没有告诉我,我也不敢问。只是受祭的阴魂,虽不知名姓,想来自然是那人间有一,天上无双,极聪明清雅的一位姐姐妹妹了。二爷的心事难出口,我替二爷祝赞你,你若有灵有圣,我们二爷这样想着你,你也时常来望候望候二爷未尝不可。你在阴间,保佑二爷来生也变个女孩儿,和你们一处玩耍,岂不两下里都有趣了。"这段话既幽默，又真切！"保佑二爷来生也变个女孩儿"，在重男轻女、男尊女卑那么严重的时代，曹雪芹就是要讲这一句话！所以，宝玉没听他说完，都撑不住笑了。这个焙茗真是了不起。我个人认为要论丑角，绝对不会是刘姥姥，反而是焙茗比较接近。所谓的丑角，往往是自己讲什么都不知道，误打误撞讲出非常好笑的话来。但刘姥姥可是"世事洞明""人情练达"，讲什么都很清楚，有心机的。

接下去焙茗的一段话也很精彩，事实上他是用哄的口吻在告诉主子：可以了，够了，拜也拜了，出来也出来了，该回去了，再不回去，到时候挨板子的是他。要怎么样把这个随心所欲的主子给哄回去，也是需要一点儿能耐的。宝玉当然也懂，所以两个人就上马回去了。

看到这儿，作者还是没明说，宝玉穿着素服到底去祭拜谁。主仆二人回到贾府后，宝玉赶快换了华服，往新盖的大花厅去。刚到穿堂，只见玉钏儿独自坐在廊檐下垂泪。玉钏儿一见宝玉来了，就说："哎！凤凰来了，快进去罢，再一会子不来，可就都反了。"各位有没有感觉到，这一句话也充满了情意？玉钏儿为姐姐的事伤心，可是她有没有怪罪宝玉？好像没有，她还是替宝玉着急。宝玉则是赔笑道："你猜我往那里去了？"只见她身子一扭，也不理他，只管拭泪。玉钏儿知道宝玉去了哪里吗？应该不知道，因为她没看到他穿着一身素，也不知道他去做了什么事。玉钏儿不知道，可是聪明的读者知道了，原来宝玉是去祭拜金钏儿了！

不过，虽然玉钏儿不知道，但贾府里还是有人猜出宝玉去做了什么。不是王熙凤，她管不到这上头；不是袭人，她还不够格。知晓的人，就是林黛玉和薛宝钗了。

第四十四回宝玉入席，跟着众人一起看《荆钗记》。黛玉看到《男祭》这出戏，便跟宝钗说："这王十朋也不通得很，不管在那里祭一祭罢了，必定跑到江边上来做什么。俗语说睹物思人，天下的水总归一源，不拘那里的水舀一碗，看着哭去，也就尽情了。"这话很清楚地点出黛玉知道。那宝钗呢？"宝钗不答"，这表示她也知道。宝钗没说话，但即使不说话还是有表情，有时候不说话的时候比说话还重要。"宝玉听了，却又发起呆来。"宝玉一定在想，黛玉说得也对啊，这个反应也很传神。

所以，光是凤姐的生日，这第四十三回和第四十四回，就穿插了多少事，写了多少人，正是脂评说的"写办事不独熙凤，写多情不漏亡人"，非常精彩。

文雅韵致、平等欢乐的夜宴

"寿怡红群芳开夜宴"，接下来，到了第六十二回宝玉的生日。宝玉的生日是哪天，书里没明讲，应该是四月底。这天除了是宝玉生日外，同样也是薛宝琴、邢岫烟、平儿，还有一个丫头四儿的生日。四儿后来还因为跟宝玉同一天生日，被王夫人撵了出去。

农历四月底其实已经很热了，书里也一直讲到天气炎热，这里有多重含义：第一，强调这是贾府的夏季，贾府最鼎盛的阶段；第二，就是因为长辈不在，所有束缚都不见了。天气热，年轻人心也热，宝玉的这个生日才这么快乐。第五十八回曾提到，宫里有个老太妃过世，有诰命的都要去送葬。送葬不是一天就结束，还要跟着到皇陵之类的，要住上近一个月，所以贾府的长辈都不在。

第六十二回，宝玉生日的这个白天已经请过客、吃过寿面了，到第六十三回，他生日的这一晚更加热闹。晚间喝酒取乐，是怡红院里的丫头凑钱帮宝玉过的生日，后来还请来黛玉、宝钗、湘云、李纨、宝琴等。曹雪芹的这个安排是有意告诉读者，人生而平等，主子请丫头，丫头也可以请主子，怡红院这个晚上，没有大小尊卑，大家平起平坐，吃喝玩乐，抽花签，唱小曲，十分尽兴。

这晚的酒席总共花了三两二钱，比起前面的二十两、一百五十两，算是很少。前面那两场生日宴都没有特别提到食物，这里则是"四十个碟子，皆是一色白彩定窑的，不过小茶碟大，里面自是山南海北干鲜水陆的酒馔果菜"，仍是虚晃一招，重点是那四十个定窑的碟子本身的价值。另外，还有一坛绍兴酒。

宝玉这个生日，也让我们看到清初贵胄小辈生日的一些礼节。舅舅或长辈会送来一些东西，但就是面线、鞋袜之类的，可是寿星很辛苦，一早要去祠堂拜谢祖宗，还要在阳台上遥拜那些不在家的长辈，在家的再挨家挨户去磕头。不过，

第六十三回宝玉生日这一晚，大概是整部《红楼梦》里年轻儿女除了作诗之外，最快乐的一个晚上了。隔日袭人也说，连往日老太太、太太带着众人玩也不及昨儿这一晚。

这晚的生日酒会还有一个重点——抽花签。每个人抽到的花签就对应着她的个性或命运，比如先前提到，宝钗抽到艳冠群芳的牡丹，黛玉抽到风露清愁的芙蓉，麝月抽到的是"开到荼蘼花事了"。荼蘼花是春天最后开的花，所以"开到荼蘼花事了"，表示所有属于贾府的好日子就要过完了。在这个生日里，还有个人没到场，却送来一张祝贺的笺纸，那就是栊翠庵的妙玉。我们可以想象，当灯火辉煌的怡红院充满笑声时，这位"气质美如兰，才华馥比仙"（第五回）的出家人，寂寞地徘徊在冷清幽暗的院墙外。

隔天，与宝玉同天生日的平儿回请，众人正在喝酒玩笑时，却传来贾敬过世的消息。这是《红楼梦》里常见的状况，一回里讲两件事经常是一喜一悲，祸福相倚。第六十三回，生死相随之外，作者还将宝玉的清秀与贾蓉的龌龊做了对比。

外强中干的八十寿宴

"两府中俱悬灯结彩，屏开鸾凤，褥设芙蓉；笙箫鼓乐之音，通衢越巷。"（第七十一回）

我们说，《红楼梦》里有三大场面，是只有经历过皇家富贵才写得出来的：元妃省亲、秦可卿丧礼，以及贾府除夕祭祀祖先。那么，第四个场面就是贾母的八十大寿了。一定要经历过那样的富贵，才知道一个豪门老太太的生日要怎么安排，花多少银子——贾母八十大寿，一共花了几千两，真是惊人的数字！

贾母的生日是八月初三，但七月上旬起"送寿礼者便络绎不绝"，贾府从七月二十八日开始，至八月初五，宁荣两处，齐开筵宴。书里写得很清楚，第一天到第三天，每天分别请谁，第五天到第八天怎么安排，而且堂客跟官客还是分开的。官客就是做官的男士，堂客就是女眷——那些官太太。所以，同一天里，宁国府是单请官客，荣国府则专请堂客，包括南安王太妃、北静王妃等，由贾母等亲自迎接。就这样分批招待，总共请了整整八天。这一场八十大寿，刚好记录了清朝初年侯门贵族的繁文缛节与铺张浪费。

贾母这场生日寿宴除了让我们看到排场外，也看到贾家真的是已经到强弩之末了。正如清朝学者姚燮说的"开大门楣，不能做小家举止"，贾家即使没以前兴旺了，还是得拿出那么多钱硬充场面。这几千两银子花了之后，后面好几处红白大礼的应酬费用就没着落了。所以，第七十二回鸳鸯来问候凤姐时，贾琏就跟鸳鸯商量，要她把老太太查不着的金银家伙，暂且偷运一箱出来典当。鸳鸯偷贾母的东西典当，老太太知不知道？我个人觉得她早晚会知道，但也无可奈何，所以虽然表面上风光，但这栋大厦已经快要倾颓了。

第七十一回也写了荣府底下人的嚣张杂乱，得罪尤氏，闹大事情。邢夫人早已和媳妇王熙凤心生嫌隙，也就借此机会当众给媳妇下不来台。除了底下人没纪律外，荣国府门禁不严，也暗示着之后会有更坏的问题发生。后来的司棋私通表哥，还有抄检大观园，都是有脉络可循的。而从这些大大小小的事件可以看出，贾府不仅钱没有，"人和"也没有，上下都已经当面锣对面鼓喧闹起来，再也没有原先那些和平快乐了。

曲终人散的最后一场生日

"强欢笑蘅芜庆生辰"，第一百零八回又来到宝钗的生日。一开始的"成"是宝钗，最后的"空"也是宝钗，用宝钗的两次生日做对照，让我们看到贾府已经走到尽头了。宝钗生日这个钱又是贾母出的，她拿出一百两，本来是想给宝钗办个生日，也给贾府提升些士气。没想到生日宴上，泪眼多过笑脸，每个人都是各怀心事，强颜欢笑。这时贾元春已经去世，黛玉也不在了。贾府惨遭抄家，宝玉的玉失去踪影，迎春的婚姻充满暴力，探春则已经远嫁海疆，而凤姐身心俱疲，尽管贾母想要凤姐凑兴，凤姐也勉力而为，可是她的笑话一点儿都不好笑了。见此情状，贾母着急了起来，她说："你们到底是怎么着？大家高兴些才好。"史湘云就回："我们又吃又喝，还要怎么着呢？"这话就是勉强。后来，同样行令，掷骰子，可还是热闹不起来，反而烘托出第六十三回那个怡红院的晚上是多么好玩、多么快乐，现在大家都意兴阑珊了。

"死缠绵潇湘闻鬼哭"，就在这样一个很勉强的酒席里，宝玉想到黛玉不在，伤心得待不下去，借故离开，跑去潇湘馆大哭。他的苦确实没人了解，但他这么做，宝钗又情何以堪啊！她过生日，丈夫跑去哭旧情人。这也让我们更同情宝钗，她到头来真是一场空。

从前面提到的五个生日，我们可以发现，生日宴好像都不会关心当事人。宝钗的生日、凤姐的生日，其实主要都是要让老太太高兴的。宝玉的生日，重点也是大家在一起玩得很开心。贾母的大寿呢？她一开始还觉得有趣，但两三天就乏了、累了，因为她真的是提不起劲儿了。最后，到了宝钗的第二次生日，谁都无力回天了。

有没有寿星真的很开心在过的生日呢？有的，那是第二十六回薛蟠的生日。薛蟠生日是五月初三，但在那之前，他已经先请来宝玉，开心地说起他收到的礼物，一段话把他的快乐描写得淋漓尽致，他说："这么粗、这么长、粉脆的鲜藕，这么大的西瓜，这么长、这么大的暹罗国进贡的灵柏，香熏的暹罗猪、鱼。"我们几乎可以看到一个大傻瓜在那边比画着，他这又是另一种最俗气，但也最简单的快乐。

看到这儿，可能有些人心里有个疑问——为什么书里就是没有提到林黛玉的生日？按理说，她是很重要的角色，那为什么没有讲到她的生日？林黛玉的生日是二月十二日，这是从袭人嘴里讲出来的，因为袭人跟她同一天生日。那为什么作者故意不写黛玉的生日？

那是因为林黛玉进了贾府后，一切用度都跟迎春、探春、惜春一样，书里也没有写到她们三人的生日，所以黛玉的生日也很平常，不足道哉。那为什么特写宝钗？除了贾母喜欢她外，她上有母亲、哥哥，所以节庆一般都是在自己家过的，生日也是如此，只有这两次，一个是婚前，一个是婚后，所以作者要特别写。

以上这六个生日各有不同，我经常问学生，这六场生日宴，你们最想去哪一场。女生最想去的，几乎都是宝玉那场只有年轻人、气氛欢乐自由的生日，其次是第二十二回宝钗那一场都是家里人、很舒服自在的生日。男生的答案就比较多样，最多人希望参加的也是宝玉那场生日，但也有人想去见识一下凤姐那个热闹的生日，看看贾琏和鲍二家的。也有人想去薛蟠的生日，看一看、尝一尝他收到的那些粗犷礼物。不过，第一百零八回那个让人笑不出来的生日，真的是没有人想去参加了。

"枕上轻寒窗外雨，眼前春色梦中人。"（《春夜即事》宝玉）

"琥珀杯倾荷露滑，玻璃槛纳柳风凉。"（《夏夜即事》宝玉）

红楼岁月曾经是年轻儿女的一场"青春情人梦"。梦醒时分，将是又一番天地。

红楼"坏"篇：
寂寞帘栊空月痕

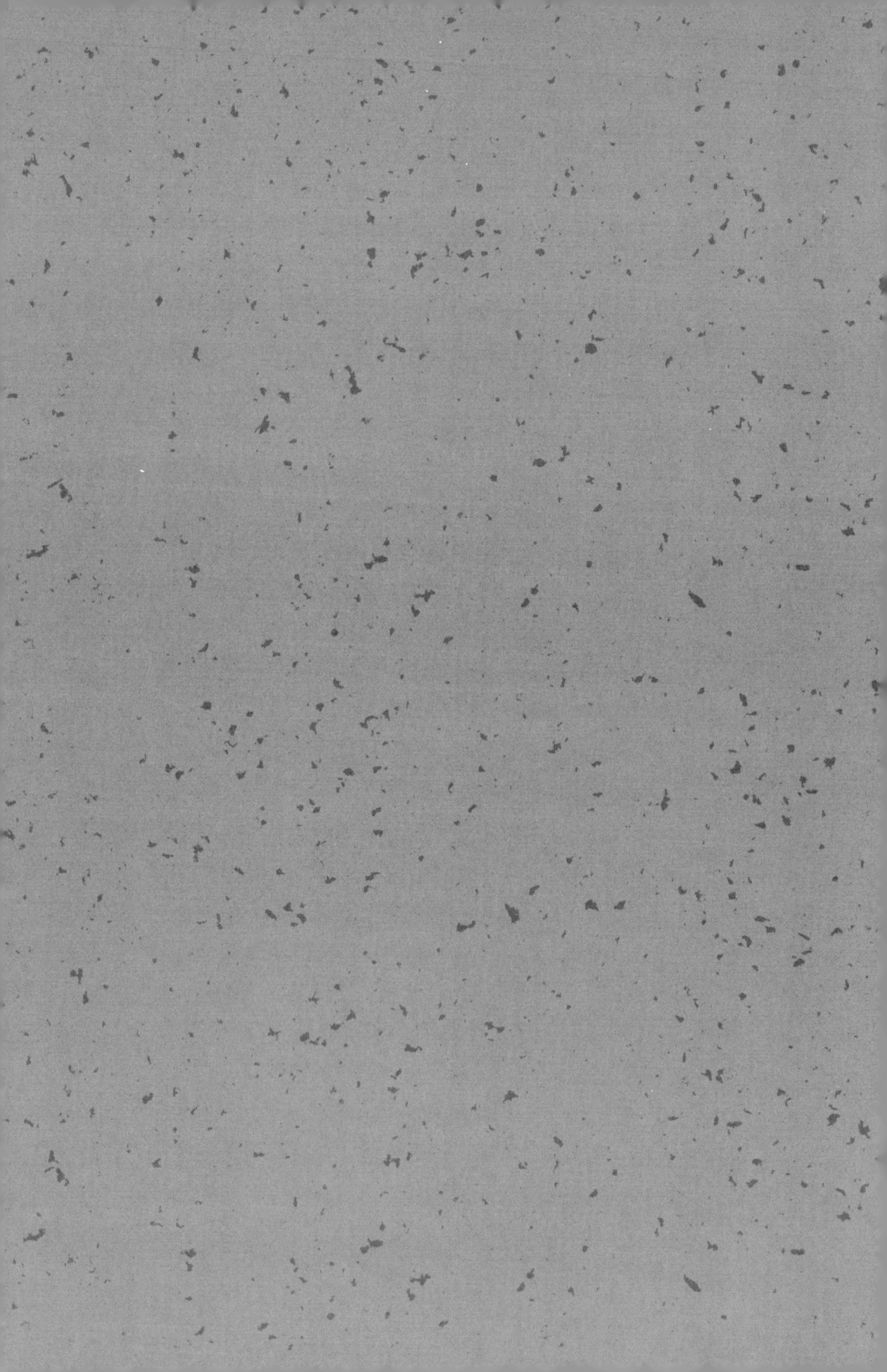

坏篇 01

女性意识下的"原应叹息"——元迎探惜

现在,我们要进入"成住坏空"的"坏",进入贾府的秋季,迎来大观园的逐渐凋零。

这天,黛玉看到宝钗、宝琴和乐,因此为自己的孤独伤心。她对着来劝慰的宝玉说:"近来我只觉心酸,眼泪却像比旧年少了些的,心里只管酸痛,眼泪却不多!"(第四十九回)宝玉好言安慰,还说:"岂有眼泪会少的?"会的,绛珠仙草的泪还得差不多了,接下来轮到怡红公子感时伤逝了。

女性意识与女性书写

这一节,我们从"女性意识""原应叹息"谈起。贾家有四位千金:贾元春、贾迎春、贾探春、贾惜春。名字有一点俗气,她们贴身丫鬟的名字反而很雅,贾元春的丫鬟叫抱琴,贾迎春的丫鬟是司棋,贾探春的丫鬟是侍书,贾惜春的丫鬟是入画,四个丫鬟的名字合起来就是琴棋书画。贾府四大千金的名字皆是"春",但作者其实是要用元、迎、探、惜这四个字来暗示"原来应该是令人叹息"的信息。

谈女性意识,我们认为,历史从来都是男人写给男人看的。几千年来,女性接受教育的很少,参与书写历史的机会更少,所以我们看到的历史,绝大部分都是男性观点,是用男人的眼光来记述的。女性主义有一个很重要的目标,就是要把女人的观点放进历史。所以,所谓女性意识,就是通过女性自身的观点重新去思考衡量过往历史与当今社会,从而为合理化的两性关系提供建设性的看法。也就是说,男性书写因为不懂女性而有所误会,进而产生了很多问题。我每次在课堂或演讲中谈女性主义,都会很郑重地告诉在场男士,女性主义不是想打倒男性,而是想让男性知道女性真正的想法。女性主义在解放女性的同时,也在解放男性,所以不用担心,没事的,这世界会变得更和谐。君不见高揭女性主义之后,男人终于可以流泪了。在此之前,人们都认为男儿有泪不轻弹,打落牙齿还要和血吞。但现在,女性也允许男人靠在她的肩上,男人想哭就哭吧,哭一场也没什么不好。请想想看,女性主义走了这么多年,我们周遭是不是越来越多温柔的男人了?

回到女性意识的重点,就是希望人们看事情时能加上一点儿女性的看法。就事论事,光从男性观点来看难免偏颇,总要再加上占人类一半人口的女性观点,方能得窥全貌。

被离婚的原配未必不堪——《小脚与西服》

举一个例子,我们来说徐志摩的原配张幼仪。风流倜傥的才子徐志摩说他要当中国第一个离婚的男人,他做到了。至于那位中国第一个被离婚的女人呢?如果没有《小脚与西服》这本书出现,世人有谁知道张幼仪这个名字?从民国初年以来,因为有《爱眉小札》一书,人们觉得徐志摩与陆小曼的爱情故事美丽浪漫,后来又多了一个徐志摩苦恋的林徽因,所有徐志摩的故事都是以他为中心点来写的。印象中,我年轻时看《爱眉小札》,只知有陆小曼,从来不知有张幼仪。我以为徐志摩的原配一定长得又蠢又黑,且不识字,徐志摩才会受不了她。幸好,后来有张邦梅的女性书写，从张幼仪的角度来写她和徐志摩的故事，才让世人认识这位在徐志摩故事里消失的原配。

《小脚与西服》的作者张邦梅，是张幼仪的侄孙女。张邦梅在美国长大，读大学时，有一次在找徐志摩的文献资料时，发现徐志摩的原配名叫张幼仪，而这正是她熟悉的姑婆的名字。张邦梅很好奇，想知道姑婆跟徐志摩到底是怎么回事。当时，张幼仪已经八十多岁了，也住在美国，张邦梅就好几次乘飞机去找姑婆，听张幼仪讲她的故事。

张幼仪十五岁就嫁给了徐志摩。张幼仪的哥哥跟徐志摩是好朋友，所以把这个妹妹嫁给了他。可是徐志摩认定她是一个传统女子，他甚至在看到她的照片时就嫌弃地说："乡下土包子！"不过，虽然不喜欢，徐志摩还是跟她结婚了，还生了一个儿子。后来，徐志摩因为林徽因去了英国，接着又去法国，再飞到德国。张幼仪的娘家人希望张幼仪能跟着徐志摩，就把她送出去，仿佛是寄送快递包裹似的，徐志摩到哪里，她就被送到哪里，可是每次徐志摩又都快快跑离了，让张幼仪有被丢弃的尴尬与屈辱。

《小脚与西服》这个书名怎么来的？那是张幼仪和徐志摩在英国时，有一次接待了徐志摩的女性友人，那女子穿着洋装，却裹着小脚。友人离开后，徐志摩问张幼仪对这位女性友人有什么看法。张幼仪说："她看起来很好，可是小脚和西服不搭调。"徐志摩突然尖叫地说："我就知道，所以我才想离婚。"在徐志摩看来，他自己就是西服，而张幼仪是小脚，虽然张幼仪并未缠足。这段婚姻维持了七年，而这七年间徐志摩外遇不断。终于，两个人在德国签字离婚。离婚后，张幼仪决定给自己一个机会，学习德文，读幼儿教育。这期间她独自照顾孩子并且承受三岁小儿夭折的打击。她曾说："我把生命看成两个阶段：去德国以前，我凡事都怕；去德国以后，我一无所惧。"

五年后，她回到上海，工作越来越顺利，还曾经当过上海第一家女子储蓄银行的副总裁，也开了服装公司，买卖股票，事业很成功。徐志摩的父母一直是由张幼仪在奉养的，他们俩根本不认陆小曼。后来，张幼仪自己住一处房子，另外一处就给徐家二老，两房后门对后门。徐志摩偶尔会带陆小曼回家看父母亲，但只要一听到他们来，徐爸爸一定从后门离开，跑进张幼仪家，不愿见他们。徐志摩坠机身亡，后事也是张幼仪操办的。曾经有一段时间，陆小曼的经济来源也是她。1953年张幼仪与中医师苏纪之再婚。1972年夫死，张幼仪移居美国，与大儿子徐积锴一起生活。张邦梅前后花了五年时间把这一段故事写下来，为张幼仪建立了一个我们所谓的女性观点、女性书写，从她的角度来看待这一件事情。

书写完，要发表时，张幼仪还嘱咐不要太为难徐志摩，意思是要张邦梅不要把他写得太难堪。张邦梅最后问姑婆，徐志摩的这三个女人当中，谁最爱他。结果，八十多岁的张幼仪想了一想说："在他一生当中遇到的几个女人里面，说不定我最爱他。"所以，如果没有张邦梅为她的姑婆写出《小脚与西服》，那么，世人只知徐志摩的风流史，谁又会知道张幼仪这位女性的委屈，还有她坚强独立的过程？因此，女性意识就是：把女人的还给女人，这一打理，方能看到完整的历史全貌。

无法做自己的主人，就是最大的悲哀

女性意识与作者性别无关，这是很重要的一点。不是女性写的文章就一定有女性意识，也不是男性写的就没有。曹雪芹是男性，可是他有女性意识，他笔下的女人都是用女性观点来写的，所以我们才看得到薛宝钗、林黛玉、史湘云、探春，甚至妙玉等女子的心情。反之，琼瑶是女性，可是在她的小说中几乎找不到女性意识，因为她笔下的女性，旁边随时有男性在哄着她，有第一候补、第二候补，随时都有男人在帮衬着。《烟雨濛濛》的女主角虽然比较强一点，但也毁在爱情上，只要一碰到爱情全融化掉，毫无主张了。因此，谈女性意识，一定要先搞清楚女性意识与作者性别无关。

"原应叹息"就是曹雪芹用女性观点，用女性意识来看当时女人的命运，他选择四位富家千金，并采用一种预言式的盖棺论定"三春去后诸芳尽，各自须寻各自门"。他想表达的是，一个人如果不能做自己的主人，那就是最大的悲哀。

这四位女子虽然出身富贵，可是都不能做自己的主人。我觉得，曹雪芹写女性,事实上是在演绎白居易的两句诗:"人生莫作妇人身,百年苦乐由他人。"曹雪芹对于女性,是有很深的悲悯情怀的。

元春、迎春、探春、惜春,各自有代表性!元春当了贵妃,代表的是富贵;迎春动不动就躲到哲学里,代表的是哲学;探春远嫁,代表的是婚姻;惜春最后出家为尼,代表的是宗教。事实上,作者要告诉我们的是:不管是转眼成空的富贵,还是哲学、婚姻、宗教,都是自欺欺人罢了,你还是做不了自己的主人。

贾元春才选凤藻宫

第十八回的贵妃省亲,场面热闹非凡,可是在富贵繁华的背后,贾元春一直都是泪眼迷离。小说里描写当上贵妃是无上的尊荣,但我们都知道,深宫内院绝对不是温情的牧歌,而是踩着敌人的铁跟血往前走的。虽然程高本第九十五回提到元妃"身体发福,未免举动费力",后来就发了痰疾。痰疾也就是现在说的中风。但事实上,她很可能只是在激烈的宫廷斗争中败下阵来。

第二十二回的猜谜也暗示做灯谜者的命运,贾元妃用来猜爆竹的"一声震得人方恐,回首相看已化灰",恰巧也暗示了她自己转眼成空的富贵。第五回太虚幻境里提到贾元妃是"虎兔相逢大梦归",这句话让许多红学家考究了半天。有一个说法我个人觉得很好,"虎兔相逢大梦归"的"虎"是指康熙六十一年的虎年,"兔"则是雍正元年,康熙六十一年到雍正元年,刚好是曹家由盛而衰的分水岭,所以曹雪芹是把曹家的事故放到元妃的境遇里去了。总之,贾元妃强忍着泪水的富贵来去如风,等到她一死,树倒猢狲散,整个贾家就完全败落了。

懦小姐不问累金凤

迎春是贾赦跟妾所生,与贾琏一样是庶出,他们是同父异母的兄妹。贾迎春的个性非常懦弱,第七十三回"懦小姐不问累金凤"就是在写贾迎春。这一回提到,贾母得知大观园的下人晚上聚赌,还有头家局主,就下令处置,而这就牵扯到迎春的奶妈。

迎春的奶妈不但是赌局的头家之一，居然还把迎春头上戴的首饰累金凤偷偷拿出去当了。迎春的丫头绣橘，要小姐去跟凤姐告状，好让奶妈把累金凤给赎回来。迎春还说算了，何必生事。她们在讲这话时，奶妈在大观园里当差的媳妇听到了，居然跑进迎春房里出言不逊。可以看出来，迎春懦弱到连下人都敢欺负她。

绣橘跟那媳妇吵了起来，司棋虽然生病，也帮着绣橘理论，作为小姐的贾迎春却诸事不管，干脆拿了一本《太上感应篇》去旁边看。刚好探春、黛玉、宝钗、宝琴这一群姐妹，心想迎春的奶妈这样子被揪出来，她会很没面子、很伤心，所以过来探望她，才发现这个局面。探春很厉害，她马上使眼色给侍书，把平儿给叫来，解决了这件事。黛玉看在眼里，则说："真是虎狼屯于阶陛，尚谈因果。"这话的意思是，老虎跟野狼都已经爬上台阶，威胁已近在眼前，这时要么就躲，要么就打，怎么还在谈因果呢？

黛玉还说："要是二姐姐是个男人，一家上下这些人又如何裁治他们？"迎春也不生气，居然说："'太上'说得好，救人急难，最是阴骘事……何苦来白白去和人结怨结仇，做那样无益有损的事呢？"如此颟顸懦弱，她有什么命运都已经隐约可知了。后来她不幸嫁了个忘恩负义的丈夫，当然无力反击，终究受虐而死。在那样的年代，女性的命运可以说七分是命，三分还是要靠自己打拼。问题是贾迎春连这三分都没有，人生的战场上，注定要输。曹雪芹就是在告诉读者，就算再被压抑，一个女性还是要有自己的主张，还是要努力去为自己争取点什么，可是贾迎春只想逆来顺受，真是对"女子无才便是德"的最大讽刺了。

可怜绣户侯门女，独卧青灯古佛旁

下面，我们先讲贾家年纪最小的千金惜春。惜春是贾敬跟一位不知名的妾所生的女儿，所以惜春跟贾珍也是同父异母的兄妹。不过惜春年纪很小，可见贾敬年纪很大才生了这个小女儿。惜春的个性非常孤僻，而且也很可怜。她年纪尚幼，父亲就已经不管她了，名义上虽然有兄嫂，但是除了场面上的礼数，谈不上什么温暖，遑论教导。贾母把这几个姊妹带在身边，"含饴弄孙"的成分居多。真的在照应这些姑娘的都是奶妈、丫鬟。所以，贾惜春虽然跟着两个堂姐探春、迎春一起过日子，但彼此也是疏离的。可以说，贾惜春从小就没有父兄姐妹切身的关怀跟照顾，是独自长大的，至于母亲更完全是一个空白。

第七十四回抄检大观园时，抄出她的贴身丫鬟入画私藏了一些男人的东西，厘清事实后，原来这些东西是入画代哥哥保管的。所有人都不认为这是大事，可是惜春非常痛恨，她说："快带了他去，或打，或杀，或卖，我一概不管。"后来她的大嫂尤氏来劝解，她还说："不但不要入画，如今我也大了，连我也不便往你们那边去了。"我们看到贾惜春选择的是划清界限，也就是她不想再跟宁国府有任何往来。宁国府早就恶名昭彰，柳湘莲也说过，宁国府除了门口那一对石狮子外，没一样是干净的。惜春没办法改变自己的命运，只能选择切割，这就是她的退缩以及自我防卫。

惜春擅长绘画，贾母曾当着刘姥姥称赞，刘姥姥拉着惜春说："我的姑娘！你这么大年纪儿，又这么个好模样儿，还有这个能干，别是个神仙托生的罢！"（第四十回）可惜，惜春对自己没有信心！

贾惜春大概从来没把握以后会有一个好人家要她，更没把握自己可以当好一个家。我觉得这是一个很大的悲哀！

贾惜春对自己丫鬟入画的无情也让人触目惊心。当然，她的无情跟际遇有关。可是佛门岂容无情之人，众生有情，有大爱才能入佛门啊。

再附带一提，惜春决定出家时，总要有一个丫鬟跟着，结果是紫鹃自愿出家服侍惜春，那时林黛玉已经过世了。我个人认为，这两个人里面，紫鹃的出家还比较有道理可言，她跟在林黛玉身旁，已经看尽人世的起落沧桑和虚幻。所以，紫鹃出家，可能因为了悟或看透，而惜春就只是"勘破三春景不长"的逃避罢了。

"才自清明志自高"——理应活得好的探春

贾探春跟迎春、惜春，同样出身背景，亦即父亲是主子，可母亲是妾。在那个年代，妾地位低下，但妾生的孩子是少爷跟小姐，是主子，而且认原配当母亲。贾政的妾赵姨娘生了两个孩子——探春跟贾环。他们都称呼王夫人为母亲，却叫自己的生母姨娘。而且探春眼里的舅舅是王夫人的哥哥，绝对不是赵姨娘那个也在贾府当差的哥哥赵国基。这就是那时候的矛盾现象。

探春应该算是整个贾府里最有理想抱负的年轻人。当贾府每个人都混沌度日时，只有探春会为未来担心，会想到这个家接下来应该怎么办，所以抄检大观园时她才会那么伤心生气，因为她明白那样做是不对的。小说的第五十五回和第五十六回是探春专栏，曹雪芹要让我们看到探春的才气。宋淇《论大观园》里曾提到，大观园如果还有起死回生的一个契机，那就是探春掌权时。话说，探春和姐妹们不久前曾去过赖大家，赖大是贾母陪嫁的一个男仆，是管家头子。这些年来他们家经济状况不错，也盖了个园子，请贾家这些小姐、太太们去他们的花园赏花。探春是一个有心人，她去了后发现人家小小一个园子，不仅不花钱，还可以靠着园子里的资源赚回来，她于是反思大观园也可以这么做，所以就利用掌权的那点儿时间，废掉了很多不该有的支出，把大观园整顿成一棵草、一朵花都是可以卖钱的。如此一来，大观园不仅不需要再花钱，每一年还有几百两的收入。要说她小气当然也可以，可是这才是生财之道，尤其那时贾府已经入不敷出了。如果探春有机会继续掌权的话，贾府应该可以好一些。问题是探春没有管多久，凤姐痊愈后又接手回去，贾府遂继续腐坏下去了。

第五十五回和第五十六回很精彩的地方，是让我们看到探春的胆识，还有她跟赵姨娘明显的矛盾跟冲突。我个人认为，探春有一点儿像武侠小说里的侠女，比如《倚天屠龙记》的赵敏之类。林黛玉的灵气、薛宝钗的识大体、凤姐的能干、史湘云的潇洒，这些特质她都有一些。她不是顶尖，不是集大成，可是刚好都有一点儿，所以就这样凑出一个最适合活在世上的人格特质。

我们年轻时看《红楼梦》，通常是认同林黛玉。后来进入社会，认同的是王熙凤，觉得就该像她这样才有魄力。可是没多久就知道，如果想要活得自在一点儿，应该学探春，该做的做，但还是要给自己留一点儿空间。像探春这样很开心地办诗社，也喜欢一些有趣的小东西、小玩意儿，要宝玉去帮她买。她的秋爽斋清爽阔朗，可不是那种小家子闺房的脂粉气味。而且她很讲义气，程高本的后四十回里，林黛玉即将辞世之际，另一边正热热闹闹地在办婚礼，潇湘馆内除了紫鹃外，陪伴着她的就是李纨跟探春。李纨是寡妇犯忌讳，人家不会要她去参加宝玉的婚礼。按理说，宝玉是探春的哥哥，而且她也很喜欢薛宝钗，可是她是守着林黛玉断气的，由此可看出她的义气。她也讲过："我但凡是个男人，可以出得去，我早走了，立出一番事业来，那时自有一番道理。"（第五十五回）由这话可以看出她的气派！她能干不输王熙凤，胸襟格局更胜。

不过，这样一个女孩子，小说第五回就暗示她是远嫁的："才自清明志自高，生于末世运偏消。清明涕泣江边望，千里东风一梦遥。"由于曹雪芹没写完稿，后四十回探春的结局就有了不同版本。1987年版的电视剧《红楼梦》，是让探春跟王昭君一样去和番。故事提到，爪哇国请婚于清廷，南安王太妃就先认探春当义女，让探春有了公主身份，再以公主的名义嫁到爪哇国去。但嫁去没多久，探春就因水土不服而去世。原先曹雪芹的构想也许比较接近这个版本，不过程高本给了探春不同的结局。虽然最后贾府这些男男女女死的死，走的走，但还有一个人活得好，那就是探春。探春是远嫁没错，可是她嫁的是一个封疆大吏世家，第一百一十九回她跟着丈夫回来，出落得比以往更鲜亮。她先回娘家，第二天姑爷也来了，知道贾府正一团乱，还留探春住下，很体贴妻子。我认为程高本这样的改写也不算太坏，以探春的个性和本领，再艰困的环境，应该都有办法活下来，所以若让她远嫁，客死异乡，实在说不过去。再说程高本的后四十回让探春好好活着，至少也给了人间一个正向的希望。

婚姻这部分，我觉得可以用史湘云来代表。之前提过，史湘云跟黛玉一样都是孤女，但她大声谈笑、大口吃肉，个性开朗潇洒。她嫁得好，可是丈夫很快过世，她从此"寒塘渡鹤影"，又是孑然一身，可见她的婚姻也拯救不了她。

因此，"原应叹息"就是元春的富贵、迎春的哲学、探春的婚姻，还有惜春的宗教，这些统统是自欺欺人而已，如果一个人的一生不能由自己主宰，那就是一个最大的悲剧，而那时候的女子命运都不在自己手上，这是很可悲的。

探春的能干以及她和母亲的矛盾

第五十五回和第五十六回既然是探春专栏，我们就来看其中一段，见识一下探春的厉害。

第五十三回和第五十四回在讲贾府过年。过完一个年，第五十五回开头就提到凤姐由于太操劳而小产，只得请病假，让探春跟李纨来管家。李纨本来也应该当家，她是王夫人的儿媳妇，但李纨和善宽厚，书里提到她"尚德不尚才"，难免会迁就了下人，这一点王夫人当然也知道，所以名义上是李纨管家，叫探春陪着，事实上就是要探春主事。然后再拜托薛宝钗照应园子，书中提到："他三人如此一理，更觉比凤姐儿当权时倒更谨慎了些。"

请找到这一句"这日王夫人正是往锦乡侯府去赴席"，从这里开始是一段很有张力的描写。这天王夫人去应酬不在家，李纨跟探春伺候她出门后，就回到议事厅坐下，因为荣府家大事情多，她们需要一个固定上班的地方。刚吃茶的时候，吴新登的媳妇进来回说："赵姨娘的兄弟赵国基昨儿出了事，已回过老太太、太太，说知道了，叫回姑娘来。"吴新登是一个管家，他老婆也是管家娘子。吴新登的媳妇说完后，就垂手旁侍，再不言语。探春刚一办事就碰到非常棘手的情况了。赵国基在血缘上是探春的亲舅舅，现在她当家，该给多少钱才对？

我们知道其中的冲突性和探春的为难，贾府的下人也知道。"彼时来回话者不少，都打听她二人办事如何，若办得妥当，大家则安个畏惧之心，若少有嫌隙不当之处，不但不畏服，一出二门，还说出许多笑话来取笑。"在贾府这种地方当家也不易啊，下人也都是柿子挑软的捏，怪不得懦弱的迎春会受欺负。所以，"吴新登的媳妇心中已有主意，若是凤姐前，他便早已献勤，说出许多主意，又查出许多旧例来任凤姐拣择施行，如今他藐视李纨老实，探春是年轻的姑娘，所以只说出这一句话来，试他二人有何主见"。这是程乙本的内容，庚辰本或程甲本的字句稍微有点出入，可是没有差很多。

"探春便问李纨"，这句话有意思了，探春心里其实有主意，可是李纨是嫂子，她要先尊重，听听嫂子的意见，但她也知道李纨会怎么回答。李纨想了一想说:"前日袭人的妈死了,听见说赏银四十两,这也赏他四十两罢了。"照理讲这个判断也没错,袭人虽然还没有名分,可是大家心照不宣,知道她以后会是宝玉的妾,所以若要比照袭人的母亲,给赵国基四十两也不是不可以。

李纨话一说完,"吴新登的媳妇听了,忙答应了个'是',接了对牌就走"。请注意这个"忙"字,吴新登家的急着要去外头说她们两位的笑话了。探春道:"你且回来。""且"是语中助词,代表她语气的和缓。如果说"你回来"就太急躁了,"你且回来"的感觉就不一样。吴新登家的"只得回来",用"只得"二字,表示她心不甘情不愿。探春道:"你且别支银子,我且问你。"这里又用了两个"且"字,以慢条斯理来强调探春的胸有成竹。"那几年老太太屋里的几位老姨奶奶,也有家里的,也有外头的,有两个分别。家里的若死了人是赏多少?外头的死了人是赏多少?你且说两个我们听听。"她最后又用了一个"且"字。什么叫家里的、外头的?家里的指家生子,外头的指外面买进来的奴婢。探春这一问,吴新登家的忙赔笑回说道:"这也不是什么大事,赏多赏少,谁还敢争不成?"这里出现第二个"忙"字了。第一个"忙"字出现时,她是赶着要出去说她笑话,现在这个"忙"则是混、是敷衍,根本懒得理探春,还是没有把她放在眼里。

"探春笑道",请各位留意这个"笑"字,探春这里的笑表示她生气了。我常要同学学着点儿,生气的时候反而要用笑的,人家才会怕,如果也大呼小叫,就跟对方一样了。探春虽然在笑,但是出口却是骂人的话:"这话胡闹!依我说,赏一百倒好,若不按理,别说你们笑话,明儿也难见你二奶奶。"探春的每一字、每一句都很厉害。她的意思是说赏钱谁不会,依我的话,我还可以大方赏个一百两,反正花的又不是我的钱,可是如果不按照道理做,别说你们看笑话,我也没脸见凤姐——这是表面话,但另外一层意思是威胁,意指凤姐要是知道你这样子办事,你就吃不了兜着走。

吴新登家的笑道:"既这么说,我查旧账去,此时却不记得。"吴新登家的这个笑又是另一回事,应该是有点儿尴尬了。她刚才已经说忘了,现在也没有台阶下,一定要继续忘,就说她要去查。探春还是笑着说话,可见她更生气了。探春笑道:"你办事办老了的,还不记得,倒来难我们,你素日回你二奶奶,也现查去？若有这道理，凤姐姐还不算利害，也就算是宽厚了！还不快找了来我瞧，再迟一日，不说你们粗心，倒像我们没主意了。"这每一字、每一句是不是铿锵有力？意思就是她很清楚吴新登家的是在为难她！

终于，"吴新登家的满面通红，忙转身出来"。这是第几个"忙"了？第三个"忙"，这会儿她是忙着落荒而逃了。接下来这一句也写得好，"众媳妇们都伸舌头"，这就是我们说的，文章有时用繁笔，有时用省笔。刚刚一大段是巨细靡遗地写出探春跟吴新登媳妇的对白，现在作者就用一个电影的大特写——"众媳妇们都伸舌头"，充分表达出大家都看到了，都听到了，也都吓到了，都明白三姑娘的厉害了！

看完吴新登家的取来的旧账后，探春决定赏赵国基二十两，这下沉不住气的赵姨娘跑来兴师问罪了。赵姨娘一进来，探春跟着李纨站起来让座。赵姨娘一把眼泪一把鼻涕地说自己连袭人都不如，探春也说自己是依旧规矩行事，没有犯法违礼，这说法当然无法消赵姨娘心头之委屈。李纨急着劝说，但一开口就看出她的脑筋真的很简单，她对赵姨娘说："姨娘别生气，也怨不得姑娘，他满心里要拉扯，口里怎么说得出来？"也就是说探春是有心，但做不到。探春听了一定更生气。赵姨娘继续骂探春，你自己的亲舅舅死了，你现在有机会，应该多给他一点儿银子才对。结果，探春义正词严地说："谁是我舅舅？我舅舅早升了九省的检点了！那里又跑出一个舅舅来？"她还说，赵国基如果是我舅舅，为什么他看到贾环要站起来？这番说辞，曾经有人批评探春太势利眼、太现实，或者就说这果然是一个吃人的礼教之类的。

不过我觉得，在那个年代就是这样！而且我个人认为，探春跟赵姨娘之间是有矛盾的，算是缘薄吧。所谓缘薄，就是很多父子、母女等，明明应该是很亲的关系，但由于个性不合，加上沟通不良，反而见面说不上两句就开始吵，探春跟赵姨娘应该就是这种状况。除了在旧式礼法上，探春理所当然认为王夫人是她的母亲之外，我觉得探春不至于这么不近人情。

以探春讲义气也潇洒的个性来说，如果赵姨娘温和安静一些，探春反而会对她好一点儿，主动替她多争取一些，偏偏赵姨娘就是没办法安分静默。人人都说三姑娘好，可是三姑娘又对她最冷淡，我们可以想见赵姨娘心里的挫折感，于是她三番两次，偏偏要挑探春最害怕的身世问题来激她，以至于冲突更大，关系更紧张。我认为赵姨娘智慧不够，她不了解探春，而探春又太年轻，不了解母亲的心，于是彼此就成了对方的悲剧！后来探春要远嫁，赵姨娘还去讽刺她，更是悲哀。

"元迎探惜"可能的现代版

说完从女性观点来解读的"原应叹息"后，我们再以设想元、迎、探、惜这四位女子的现代版来做结。我上课常会问学生，如果这四个人活在今天，她们会有什么样的可能？

同学们都认为，元春如果活在现代，应该可以风风光光嫁入豪门或者成为官太太。平常挺能干，挺神气，万一先生有外遇，她也可以忍辱负重，出来保证她先生没问题。他们认为以元春的个性，活在现代应该会很精彩。

至于迎春，同学们认为如果她运气够好，嫁给一个好人，可以相夫教子地幸福过一辈子。丈夫若差强人意，有点儿问题，她也是可以忍耐，风平浪静地过完一生。可是如果不小心嫁给一个很暴力或者大有问题的男人，那她就惨了，因为她毫无反击之力，一定会被活活整死。

探春的话，同学们觉得她应该就是一个拥有事业的女强人，还有办法驾驭丈夫，生一双聪明活泼又可爱的儿女。她可以把家庭维护得很好，事业也能兼顾。大家对她的评价最高。

同学们对惜春的看法最有意思，两极分化。有一部分学生认为惜春应该会去当"神棍"，因为她很容易被利用。也有部分学生很看好惜春，认为她有才气，而且她的个性应该是叛逆型的，若处于现在的年代，她可以弄一个工作室，开办一个网站。因为她有艺术天分，应该会有很多机会。这年头叛逆并不是罪恶，她只要有本领，应该可以活得很好！

一部好小说，里面的人物都是各种个性的浓缩。所以元春、迎春、探春、惜春这样的女子今天仍然存在，我相信她们会有更好的机会，可以当自己的主人，主宰自己的命运，可是，也要看自己有没有那点儿能耐。

坏篇 02

能干女子的较量篇

有时候，越简单、越清楚的内容，我们反而越容易略过。其实，《红楼梦》第一回头几行，作者就清楚讲明为什么要写这本书。他说，自己虽然一生庸庸碌碌，一事无成，可是身边女子都不让须眉，所以他觉得不能让她们泯灭无踪，他想把这些女子写下来。这是《红楼梦》开宗明义提到的事。这一节，我们就来谈《红楼梦》里能干的女子，同时从情节中看出贾家衰败的一些缘由。书中能干的女子几乎可说是"族繁不及备载"，我们只讲几个最具代表性的。

曹雪芹的高明之处在于书中能干的女子很多，却各有各的巧妙。因为她们身份不同、处境不同、个性不同，因而各自曲折、各自分明，绝对不会是千人一面、千部一腔。

身居权力金字塔顶端的能耐

前面提过，《红楼梦》里最厉害的女子是贾母。王熙凤固然精明能干，但贾母才是真正的狠角色。

事实上，也不是我私心认为贾母最厉害，小说原本就是这么设定的。第三十五回薛宝钗说："我来了这么几年，留神看起来，二嫂子凭他怎么巧，再巧不过老太太。"当然宝钗也是厉害人物，她一句话褒了两个人——王熙凤和贾母。这道理就跟第三回王熙凤赞美林黛玉的话一样。王熙凤初见黛玉时，称赞她的美貌："这通身的气派竟不像老祖宗的外孙女儿，竟是嫡亲的孙女儿似的。"这是绕了一个弯，同时赞美黛玉和贾母。现在贾母针对宝钗的美言，这么回答："我的儿，我如今老了，那里还巧什么，当日我像凤丫头这么大年纪，比他还来得呢！他如今虽说不如我，也就算好了。"听贾母口气，她也认同自己是比凤姐厉害的。她嫁到贾府，从重孙媳妇做起，一直爬到金字塔的顶端花了五十四年。五十四年，真的不容易啊！因此论贾府的能干女子，首推贾母。我们先来看第三十三回，看一个女人怎么巩固权力，这是很有意思的一段。

第三十三回的重点，是宝玉挨了父亲一顿狠打。凭良心说，这回的贾政，是整部小说里最有人情味的一回，其他部分几乎都是绷着一张脸，一副道貌岸然样。但这一回，他先是有作为一个父亲望子不成龙的那种痛恨、生气，以及伤心、无奈；贾母出现，他又气焰顿失，唯唯诺诺，虽然还是挺讨人厌，但是至少有人情味。

贾政之所以火冒三丈修理宝玉，先是因为有人找上门来问琪官下落，琪官就是后来娶了袭人的蒋玉菡。他是忠顺王府的戏子，这背后有很多没明讲的事，各凭想象，而且这些戏子跟那些公子哥儿也有一些不清不楚的交往。现在忠顺王府的人上门来找宝玉问琪官，已经够贾政生气了，贾环偏又刚好闯进来，说了金钏儿跳井的事，几件事凑在一起，当然让贾政非常愤怒。这里还加了一个插曲，宝玉急着找人救他，偏只找到一个耳聋婆子，把宝玉说的"要紧"听成"跳井"，纠缠不清，这就更增加了戏剧张力。

接下来的描写很精彩紧凑。勃然大怒的贾政命小厮们把宝玉按在凳子上，开始用大板狠力打。宝玉一开始还有力气哭嚷，后来被打得气弱，连叫都叫不出来了。王夫人闻讯赶来，失声大哭"苦命的儿"，因又想起已逝的长子贾珠，便哭叫着贾珠："若有你活着，便死一百个，我也不管了！"贾珠守寡的妻子李纨听了也忍不住哭了，灰心丧气的贾政也老泪纵横。

这时，丫鬟来说老太太来了，"一言未了，只听窗外颤巍巍的声气"，这也写得非常好，贾母一路上一定走得很快，上气不接下气的，而且是人未到，声先到。她颤巍巍地说："先打死我，再打死他，就干净了！"这话说得很重。"贾政见母亲来了，又急又痛，连忙迎出来，只见贾母扶着丫头"，如果是庚辰本，这里是写贾母"喘吁吁的走来"，程甲本、程乙本是写"摇头喘气的走来"，各位也可以由这几个字鉴定自己手上的书是哪个版本。

贾政上前躬身赔笑道："大暑热的天，老太太有什么吩咐，何必自己走来，只叫儿子进去吩咐便了。"贾母听了，便止步喘息，一面厉声道："你原来和我说话，我倒有话吩咐，只是我一生没养个好儿子，却叫我和谁说去！"用个比较夸张的比喻，我个人觉得贾母上过"辩论社"。辩论有三个要点，她说的话完全都符合，我们一点一点指出来。

振振有词，完全占上风

贾政忙跪下含泪道："儿子管他，也为的是光宗耀祖，老太太这话，儿子如何当得起？"刚刚他是躬身赔笑，现在母亲讲了一句，他马上矮了下去。贾母听说，便啐了一口，道："我说了一句话，你就禁不起，你那样下死手的板子，难道宝玉就禁得起了？"这就是辩论的第一要点：以子之矛，攻子之盾。

贾母又说："你说教训儿子是光宗耀祖，当日你父亲怎么教训你来着！"这个也厉害，把贾政的爹抬出来了。贾政又赔笑道："老太太也不必伤感，都是儿子一时性急，从此以后，再不打他了。"你觉得他说这句话是真心诚意的吗？不是，他是在敷衍，不想跟母亲胡缠下去，但贾母哪是省油的灯，她冷笑两声道："你也不必和我赌气，你的儿子，自然你要打就打，想来你也厌烦我们娘儿们，不如我们早离了你，大家干净！"说着就命人："去看轿！我和你太太、宝玉儿立刻回南京去！"这句话也很有意思，翻译成大白话就是："你的儿子跟老婆都算我的，我离家出走也要统统带走！"

然后，贾母又跟王夫人说："你也不必哭了，如今宝玉儿年纪小，你疼他，他将来长大，为官作宦的，也未必想着你是他母亲了，你如今倒是不疼他，只怕将来还少生一口气呢！"贾母这句话是辩论的第二个要点：指桑骂槐。表面上是对着王夫人讲疼宝玉也没用，反正他长大后还是会惹母亲生气，实际上当然是指贾政惹她生气。

贾政听了忙叩头说："母亲如此说，儿子无立足之地了。"这下都已经跪着叩头了。贾母冷笑道："你分明使我无立足之地，你反说起你来。只是我们回去了，你心里干净，看有谁来不许你打！"这是辩论的第三个要点：理不直，也要气壮。人家打儿子，为什么让她无立足之地？而且，她都说要把宝玉带走，贾政打谁啊？

所以，辩论有三个要点：第一是以子之矛，攻子之盾；第二是拐着弯，指桑骂槐；第三是理不直，也要气壮。这就是贾母的厉害之处了。她一边说，一边只命快打点行李车辆轿马要回去，贾政只能继续直挺挺地跪着叩头谢罪。

这番过程下来，贾政完全从为人父的威风，变成为人子的窝囊。贾母大获全胜，再次确定，自己才是贾家最高的权力核心，谁也打击不了。接着，"贾母一面说，一面来看宝玉"。关于贾母先骂儿子再看孙子的顺序，我有个医学院的学生打了个比喻，我觉得很有道理。他说，贾母是受过急诊医生的训练吧。什么叫急诊医生的训练？急诊医生最重要的课题，就是必须立刻判断哪个病人最危险。我们常听闻病患或家属抱怨急诊室的处置，说医生怎么不赶快处理一直流血的病患，却忙着管旁边一个看起来好好的人？这就是急诊医生的专业，他应该是很快判断出那个没明显外伤的人是心肌梗死，再不救，一条命可能就没了；但那个有外伤的人，可能血再流一阵子都没关系，还没有明显的危险。贾母进来后，一定是一眼就看出宝玉一时半刻死不了，所以她先吵一架再说，等到吵完，大获全胜了，再来关心宝玉。

一般以为，祖母疼孙子，一个箭步进来，一定是先去确认宝贝孙子的状况，再兴师问罪，可是贾母毕竟不同凡响。用五十四年爬到权力顶端，自是有她的能耐！"只见今日这顿打，不比往日"，一句话告诉读者，宝玉并不是第一次挨打，只是今日这顿打显然严重得多。

一场混乱结束后,凤姐忙着要底下人拿了张春凳把宝玉抬到贾母屋里去,此时薛姨妈、宝钗、香菱、袭人、湘云等也都在场。"袭人满心委屈只不好十分使出来",我觉得"满心委屈"这四个字用得很有趣,作者不是提她伤心、愤怒或遗憾,而是"满心委屈"!袭人跟贾母一样,认为宝玉是她的。但贾母是宝玉的祖母,可以发飙,袭人没有资格和条件,可是她的心是一样痛的。所以曹雪芹用了这四个字,尤其这"委屈"用得真好。既然她已经认定宝玉是自己的,谁要来抢,她一定不会善罢甘休。这也等于预告晴雯不会有好下场,就算晴雯不想争,袭人也不会放过她!

处事明快,公平公正

贾母不只会辩论,做事也明快有条理。第七十三回,探春提到大观园底下人聚赌,贾母不听则已,一听大发脾气,跟探春说:"你姑娘家那里知道这里头的利害?你以为赌钱常事,不过怕起争端,不知夜间既耍钱,就保不住不吃酒,既吃酒,就未免门户任意开锁,或买东西,其中夜静人稀,趁便藏贼引盗,什么事做不出来?"贾母分析得很有道理,说的都是事实,她非常快速地把这些做庄的头家赌家都找出来,有的赶走,有的责打,有的扣薪水,赌具烧掉,赌资没收。从这件事可以看出,贾母能力非常强,办事利落干脆,而且公正、公平、公开。

第一百零七回贾府被抄家了,老人家把自己所有私房钱、首饰、衣服都拿出来,分别给贾赦、贾政、贾珍、凤姐、宝玉等,如何分配,背后道理是什么,她都说得一清二楚、公平合理。那时林黛玉已经过世了,但棺木还在贾家,要把它送回南方也要一笔旅费,贾母也想到了,也交代了。连自己身后送终的钱也备妥,甚至对贾府往后的家计,也筹划、交代得清清楚楚。贾母果然是了不起啊!

说到这里,一定会有读者反问:如果贾母那么能干,为什么她任凭贾家就这样败了下来?我个人觉得人老了,体力衰弱之后,有些事即使知道,可是也会觉得算了,儿孙自有儿孙福。而且贾母真的是太疼爱王熙凤了,王熙凤在她面前说笑要宝，带给她很多快乐，如果说是她把王熙凤给宠坏了也不为过。所以整个贾府的倾颓，贾母也不是完全没责任，她让这些不肖子孙胆子越来越大，最后无力可回天。

尴尬人难免尴尬事

接下来，我们来看第四十六回，这一回是能干女子的集体演出。虽然出场人物众多，但每个人都有表现机会，整回几乎全用对白带出来，一句来一句去，每个人反应都好快。第四十六回也是贾赦在整部小说里最有人情味的一回。不过，跟贾政第三十三回的那种人情味不同，贾赦是让读者看到他的傲慢、无知与不堪。像贾赦这种人物，自古至今都有，而且不少。这种人仗着祖上积德，有几个钱就完全搞不清楚自己在做什么，口气狂妄，无知，又以自己的无知为荣，那是最可耻的。同时，作者在这里也用贾赦来烘托宝玉高贵的人格。面对贾赦不堪的行径，宝玉相对沉默。但他没有说话，就是无言的抗议与伤心，透露出他多么有气度。

当然很多人重点放在最后鸳鸯的宣言。在那个年代，一个丫头最好的出路就是成为一个妾；可是鸳鸯不愿意，她展现出的自主性是非常了不起的。我们从头看起。

见风转舵，随机应变

第四十六回的回目是"尴尬人难免尴尬事，鸳鸯女誓绝鸳鸯偶"。回目取得好，鸳鸯虽名为鸳鸯，但她偏偏就不愿意跟贾赦配鸳鸯。一开始的重点，是王熙凤对付她婆婆的六个招数，进退应对，可圈可点，把尴尬人邢夫人更逼入尴尬境。

话说邢夫人要找凤姐说话，既然是婆婆有令，媳妇当然马上得去。凤姐来了后，邢夫人就跟凤姐说，贾赦看上了老太太屋里的丫鬟鸳鸯，叫她和老太太讨去。邢夫人也知道不好办，毕竟鸳鸯是老太太身边最得力的丫鬟，万一老太太不给怎么办？所以要先跟凤姐商量。听了这话，凤姐的第一招儿来了，她忙赔笑道："依我说，就别碰这个钉子去。"凤姐这反应是对的。她还进一步解释："老太太离了鸳鸯，饭也吃不下去，那里就舍得了？"而且她还加强说明："老太太常说老爷：'如今上了年纪，做什么左一个右一个的放在屋里？头宗耽误了人家的女孩儿，二则放着身子不保养，官儿也不好生做，成日和小老婆喝酒。'太太听听，很喜欢咱们老爷么？这会子躲还怕躲不及。"凤姐这个说法非常明智，她是真心劝告婆婆别去惹这个麻烦。

问题是邢夫人听她的吗？没有。邢夫人不高兴了，她说："大家子三房四妾的也多，偏咱们就使不得？"她还认为，就是老太太心爱的丫头，这么胡子苍白了又做了官的儿子，要了做屋里人，有什么不行？反正她都从自己的角度去想。凤姐很机灵，她的第二招儿来了。凤姐知道邢夫人"秉性愚弱"，下面句子是通过凤姐心里的独白，让读者知道邢夫人是怎样一个人，她"只知奉承贾赦以自保，次则婪取财货为自得"。反正她就是一个小气又没用，"儿女奴仆一人不靠，一言不听"的自私妇人。凤姐知道劝也没用，马上见风使舵，赔笑说道："太太这话说得极是。"然后说了一番邢夫人喜欢听的话。凤姐做到了一个儿媳妇该尽的义务去劝她，可是毕竟就这样子而已，如果对象是她的生母，我想她大概会再力劝一下吧，但既是婆婆，那就算了。然后，邢夫人说，先不要跟老太太讲，要是老太太说不给，这事就死了，所以要先悄悄跟鸳鸯说。这就是无知兼傲慢，以为丫鬟听到主子想纳她为妾，一定会像中了彩票一样欣喜不已。她还说："他要是不言语就妥了，那时再和老太太说，老太太虽不依，搁不住他愿意，常言：人去不中留，自然这就妥了。"凤姐马上回说："到底是太太有智谋，这是千妥万妥。"虽然她压根儿觉得这事行不通！最后，邢夫人要凤姐先回去鸳鸯那里，别漏一点儿风声，她吃了晚饭就过去和她一起跟鸳鸯说。

凤姐的第三招儿要出来了。她估量着自己若先走，万一不能成事，邢夫人一定会怪她是不是先走漏风声、做了什么，届时，跳进黄河也洗不清。所以要走一定要两个人一起走，以避开嫌疑。凤姐说："才我临来，舅母那边送了两笼子鹌鹑，我吩咐他们炸了，原要赶太太晚饭上送过来，我才进大门时，见小子们抬车，说太太的车拔了缝，拿去收拾去了。"什么叫"拔了缝"？以前很多东西是用榫头接的，比如车子在行走时，榫头碰到石头一类的东西，就会松掉，就得重新接上，也就是说邢夫人的车子出故障了。这事是真是假，反正邢夫人也不会去检查，凤姐说："不如这会子坐了我的车，一起过去倒好。"好聪明，这样子她就没有事先走漏风声的嫌疑了。

来到贾母的屋子，凤姐的第四招儿来了，她要躲开是非了。她说："太太过老太太那里去，我要跟了去，老太太要问起我过来做什么，那倒不好，不如太太先去，我脱了衣裳再来。"换句白话讲："要死你自个儿去，恕不奉陪。"邢夫人"听了有理"，这四个字也很好笑，她真的不聪明，所以听了还觉得有理，便自己往贾母处来，跟贾母说了一会儿闲话，就去找鸳鸯。

小说写到这儿，要通过邢夫人让我们仔细看看鸳鸯了，也好让读者知道鸳鸯到底好看在哪里，为什么贾赦这位老色鬼会看上她。邢夫人浑身打量，只见鸳鸯"穿着半新的藕色绫袄，青缎掐牙坎肩儿，下面水绿裙子，蜂腰削背，鸭蛋脸，乌油头发，高高的鼻子，两边腮上微微的几点雀斑"，造型蛮俏丽的。然后，邢夫人就开始发表一大段自以为是的话，她说："老爷跟前竟没有个可靠的人，心里再要买一个，又怕那些牙子家出来的，不干不净"，"牙子家"就是人口贩子。又说："满府里要挑个家生女儿，又没个好的。"什么叫"家生女儿"？在以前，奴隶也可以是"世袭"的，一个男仆娶了一个丫鬟，生下来的小孩还是归这家，女儿就叫家生女儿，男的就叫家生儿子。邢夫人说，在这些家生女儿里挑来挑去没一个好的，冷眼选了半年，就鸳鸯最强。邢夫人讲这些话，是在抬高鸳鸯，但我们可以想象，鸳鸯应该是越听越生气，心中的火焰越升越高了。

邢夫人继续说："你比不得外头新买了来的，这一进去了，就开了脸，就封你作姨娘。"这种待遇好不好？我们来举例说明。比如平儿是贾琏通了房的大丫头，"通了房"用白话讲，就是男主人可以公然到她房间去的。可是毕竟没有明媒正娶，没有一个形式，所以平儿还不是姨娘。同样道理，香菱也是。薛蟠抢了香菱过来，做了他屋里人，可是香菱也不是姨娘，人家还是叫她香菱姑娘。这种尴尬的身份，大概要等到怀孕，有了小孩儿后才有机会变成姨娘。所以，邢夫人算是很抬举鸳鸯了，鸳鸯一过去，就是姨娘了。我们不能否认，这些话在那个时代，对一个丫鬟来讲，确实是有诱惑力。但鸳鸯是不愿意的，这个也是作者要表达出的女性自主意识。鸳鸯不讲话，邢夫人搞不清楚状况，以为她是害臊，后来又说想必是因为你有父母亲什么的，所以要叫他们来问，说毕，就往凤姐屋里来了。

另一边，凤姐躲开后，回来跟平儿讲了这件事。平儿也是聪明人，她的想法和凤姐一样，也觉得此事不妥，鸳鸯未必肯。所以，凤姐使出的第五招儿就是预做安排。要平儿也躲开，估量邢夫人走了再回来。

凤姐作为一个当家媳妇，她的顾虑都是对的。第一，她考虑到邢夫人百分之九十会碰钉子，如果让更多人知道，脸上也难看，她想替婆婆守住一点自尊。第二，她要保护平儿，因为平儿是下人，主人做的蠢事，下人知道得越少越好，知道太多就会惹祸上身。平儿于是"逍遥自在"地往大观园里去。"逍遥自在"，是对照鸳鸯的心情。鸳鸯见邢夫人走了，也知道她一定是到凤姐那里去，而且一定会有人来问她的意愿，所以她先躲进大观园里。她来到大观园的心情，当然跟平儿的"逍遥自在"很不相同。

鸳鸯不一样的志气

平儿在园子里遇到鸳鸯后，先跟她开一下玩笑，喊她新姨娘，鸳鸯当然很生气，接下来就是这一段重要宣言了。

她说："别说大老爷要我做小老婆，就是太太这会子死了，他三媒六聘的娶我去做大老婆，我也不能去。"这话显现了鸳鸯的志气。这时，山石背后忽地冒出一个人来，是袭人。袭人知道事情始末后，又和平儿打趣了鸳鸯一番。鸳鸯气急败坏，骂她们："两个坏蹄子，再不得好死的！人家有为难的事，拿着你们当作正经人告诉你们……你们倒替换着取笑儿，你们自以为都有了结果了，将来都是做姨娘的！据我看来，天底下的事，未必都那么遂心如意的，你们且收着些儿罢，别忒乐过了头儿！"鸳鸯真的是气坏了！

从她们三人互动的这一段，也可以看出在那个一夫多妻、妻妾成群的年代，鸳鸯这个志气有多么难得。我们不难想象，袭人若有机会能当宝玉的小老婆，应该已经心满意足了，平儿的心态也是。所以她们两个取笑鸳鸯时，虽然没有恶意，可是潜意识里还是觉得，鸳鸯若能成为贾赦的妾也是一件体面的事。

不过，她们了不起的地方是，一旦知道鸳鸯真正的意志后，就不再取笑她。平儿提到："可惜你是这里的家生女儿，不如我们两个只单在这里。"鸳鸯说："家生女儿怎么样？'牛不喝水强按头'吗？我不愿意，难道杀我的老子娘不成？"可见她真的是很早就有这样的自觉。

三人正在讲话时，鸳鸯的嫂子金家的来了，开心得什么似的，她自然也觉得小姑能成为主子的妾是件好事。鸳鸯就说："怪道成日家羡慕人家的丫头做了小老婆，一家子都仗着他横行霸道的，一家子都成了小老婆了！"鸳鸯算是很敢骂的。这部小说里是不是就有许多小老婆？换个角度说，贾元春是不是也是小老婆？所以，在那个年代，曹雪芹真的是提着头在写。鸳鸯继续骂："看得眼热了，也把我送在火坑里去。"在鸳鸯的观念里，当人家小老婆就是进火坑了。"我若得脸呢，你们外头横行霸道，自己封就了自己是舅爷；我要不得脸，败了时，你们把忘八脖子一缩，生死由我去！"这段话鸳鸯好像连贾赦、贾政这些"国舅老爷"都一起骂了。

不过，接下去看，我们也不得不夸一下这个嫂子，看人家反应多快，她骂不过小姑，就赶快把旁边两个人一起拉进来，她大概也知道这两个人早晚都是当姨娘的。"当着矮人别说矮话，姑娘骂我，我不敢还言，这二位姑娘并没惹着你，'小老婆'长，'小老婆'短，人家脸上怎么过得去？"各位请自己衡量一下，鸳鸯比得上这个嫂子伶牙俐齿吗？她拐一个弯，把两个人拉来前面挡，跟鸳鸯过不去！还好袭人跟平儿都很维护鸳鸯，炮口一致向外，还说："你倒别拉三扯四的……我们两个也没有爹娘哥哥、兄弟在这门子里仗着我们横行霸道的。"这话也厉害！等鸳鸯嫂子赌气走了后，又冒出来一个人——宝玉。他也躲在山石后头。

鸳鸯知道这些话宝玉都听到了，只伏在石头上装睡，宝玉就推她说："这石头上冷，咱们回屋里去睡，岂不好？"于是拉起鸳鸯，让平儿也一起到怡红院去。"宝玉将方才的话俱已听见，心中着实替鸳鸯不快，只默默的歪在床上，任他三人在外间说笑。"这里写得细致，宝玉一向看见女孩就有一点儿人来疯，可是今天他完全没这心情。他知道这一刻鸳鸯一定很难堪，他再多说任何一句对鸳鸯都是伤害，所以他贴心地把她带来屋里，可是自己躲开。由此，我们也能看出曹雪芹真的是用了很大的心思来塑造宝玉。

我们再来看凤姐的第六招儿。邢夫人果然来到凤姐屋里，这时碰了一鼻子灰的金家的也过来了。这个嫂子就说她挨了鸳鸯一顿骂，袭人也帮忙抢白，说了她许多不知好歹的话，这事就算了吧。因为凤姐在，金家的只敢说袭人，不敢说平儿。接下来这段就精彩了。邢夫人说："又与袭人什么相干？他们如何知道呢？还有谁在跟前？"这问得也好，因为对邢夫人来说这毕竟是一个忌讳，所以她想知道还有谁，金家的这时才说："还有平姑娘。"凤姐的反应很快，马上截掉她的话说："你不该拿嘴巴子把他打回来。我一出了门，他就逛去了，回家来，连个影儿也摸不着他，他必定也帮着说什么来着？"凤姐这么说，就是先表示平儿是完全不知情。她讲这句话时，八成眼睛是瞪着金家的，眼里的意思就是"你敢给我说说看"！金家的也不是省油的灯，她说："平姑娘倒没在跟前，远远的看着倒像是他，可也不真切，不过是我白忖度着。"这回答得真好，她既告了状，又没有太得罪凤姐，同时，也让凤姐知道，事实上平儿是有说什么的，可是她帮平儿遮掩了！这时候有个人倒霉了，林黛玉！她真的是八竿子打不着干系的。凤姐听了金家的话，就叫人去找平儿来，丰儿回说林姑娘找平儿去了。凤姐还故意说："天天烦他，有什么事情？"

然后，最不堪的贾赦现身说法了。贾赦叫鸳鸯的哥哥金文翔去说服妹妹，鸳鸯还是不愿意，她哥哥只好去回贾赦。贾赦于是说了一段话："我说给你，叫你女人和他说去，就说我的话：'自古嫦娥爱少年'，他必定嫌我老了，大约他恋着少爷们，多半是看上了宝玉。只怕也有贾琏，若有此心，叫他早早歇了，我要他不来，以后谁敢收他？"当年我在学校上课时，王文兴老师念这段话的口气，我记忆犹新，王老师说：这种话已经龌龊到具有喜剧效果了。

从写作技巧来看，这一回从头到尾，每个人的发言都有他的道理，慢慢酝酿后，最后的高潮一定是来到鸳鸯跟贾母这个画面上，所以曹雪芹又处心积虑地让所有人，该在的、不该在的统统在，就在场面最大的时候，让鸳鸯来跟贾母表明心志。

超级婆婆骂人小专栏

鸳鸯已经被逼到没办法了，就假装愿意，拉着她嫂子来到贾母跟前。她在贾母跟前说的这段话也是句句铿锵："因为不依，方才大老爷越发说我'恋着宝玉'，不然要等着往外聘，凭我到天上，这一辈子也跳不出他的手心去，终久要报仇！我是横了心的！当着众人在这里，我这一辈子别说是'宝玉'，就是'宝金''宝银''宝天王''宝皇帝'，横竖不嫁人就完了！就是老太太逼着我，一刀子抹死了，也不能从命！"然后，她也把自己的打算讲清楚了，等服侍老太太到终，要不寻死，要不就去当尼姑。那时候一个女性想要有自主权就只有这两条不归路了！

鸳鸯表明其心志后，就是一堆能干女子的大爆发了。贾母听了，气得浑身打战，口内只说："我通共剩了这么一个可靠的人，他们还要来算计！"因见王夫人在旁，便向王夫人道："你们原来都是哄我的，外头孝顺，暗地里盘算我，有好东西也来要，有好人也来要，剩了这个毛丫头，见我待他好了，你们自然气不过，弄开了他，好摆弄我！"这个反应写得真好，为什么贾母骂王夫人？婆婆要骂媳妇，管她是哪一号，找一个可以骂的就先骂了，这在当时是非常合情合理的。

贾母这么说完之后，我们来看每个人的反应有多好。"王夫人忙站起来，不敢还一言"，这是大家子的规矩，管她婆婆怎么骂，媳妇没有开口辩论的余地。薛姨妈的立场很尴尬，因为亲家母骂的是她亲姐姐，不好劝。"李纨一听见鸳鸯这话，早带了姐妹们出去"，因为鸳鸯讲的是婚嫁的事，而且又是贾赦的坏话，所以她赶快把一群姐妹带走。"探春有心的人，想王夫人虽有委屈，如何敢辩，薛姨妈现是亲妹妹,自然也不好辩,宝钗也不便为姨母辩,李纨、凤姐、宝玉一发不敢辩,这正用着女孩儿之时,迎春老实,惜春小",这里其实是讲给读者听的了,解释探春为什么敢在这时候发言。一个一个分析下来,现下这情况,最适合出马的就是她了。于是,探春在窗外听了一听,便走了进来,赔笑向贾母道:"这事与太太什么相干?老太太想一想,也有大伯子的事,小婶子如何知道?"

程甲本和程乙本是写到这里结束,可是庚辰本又加上一句:"便知道也推不知道。"这句话明显是把眉批抄成了正文了!探春是在替王夫人讲话,如果再加这一句,那是在帮王夫人吗?根本是在害她!所以这一句话我个人认为百分之百是不相干的眉批。结果庚辰本留住这句话,而且很多红学家到现在还没有把这句给删掉,我每次看到这里就很气结,我还是觉得探春不可能讲这句话。

"话未说完",这四个字也很重要,表示贾母的反应多么快,完全没有失智的可能。她马上知道自己骂错人了,所以接下来一大段就是贾母要找台阶下了。

贾母笑道:"可是我老糊涂了,姨太太别笑话我,你这个姐姐他极孝顺,不像我们那大太太,一味怕老爷,婆婆跟前不过应景儿,可是我委屈了他。"为什么贾母第一个安抚的是薛姨妈?因为薛姨妈是外人,而且是王夫人娘家的,以前娘家的人比较大,即使家里面的媳妇死了,也一定要娘家人看过才能封棺,以确认媳妇不是被虐待死的之类的,到现在有些地方还有这种习俗。所以这时候,薛姨妈是贾母第一个要安抚的人,媳妇反而没有关系,晾一旁。薛姨妈先答应个"是"。这时候她除了讲"是",也不能再说什么。应该是隔了几秒,薛姨妈觉得自己必须打圆场,就说:"老太太偏心,多疼小儿子媳妇也是有的。"把球还给贾母了。贾母这又来到一个紧要关头,她当然不可以承认,如果当众承认偏心,以后在贾府就站不住脚了。贾母的脑筋实在太厉害了,她马上说:"不偏心。"这三个字,字正腔圆。

贾母继续找台阶下,对宝玉说:"我错怪了你娘,你怎么也不提我,看着你娘受委屈?"宝玉的回应也很有道理:"我偏着母亲说大爷大娘不成?通共一个不是,我母亲要不认,却推谁去?我倒要认是我的不是,老太太又不信!"这是宝玉可爱地撒娇了,同时也帮母亲说了话。贾母笑了:"这也有理,你快给你娘跪下，你说太太别委屈了，老太太有年纪了，看着宝玉罢。"这会儿贾母也不会直接跟媳妇认错，还是要拐一个弯表示。但王夫人可不可以让宝玉跪？当然不行，而且这种情况还一定要笑，王夫人忙笑着说："快起来，断乎使不得，难道替老太太给我赔不是不成？"宝玉听说，忙站起来，这几个"忙"也很重要。

贾母还不够，她既要圆这个场，又要体面，所以她现在又找上凤姐了。贾母笑道："凤姐儿也不提我！"凤姐的回应是很逆转的："我倒不派老太太的不是，老太太倒寻上我了。"这话听起来很大胆，所以大家就好奇了，包括读者。凤姐说："谁叫老太太会调理人？调理得水葱儿似的，怎么怨得人要？"她换另一个角度切入了，说是贾母把鸳鸯照顾得这么漂亮、这么好，怪不得人家抢着要。贾母也就顺着竿子上来了："这么着，我也不要了，你带了去罢。"凤姐回说："等着修了这辈子，来生托生男人，我再要罢。"贾母又说："你带了去，给琏儿放在屋里，看你那没脸的公公还要不要了！"凤姐说："琏儿不配。"这四个字也是掷地有声，"就只配我和平儿这一对烧糊了的卷子"。说得众人都笑了，气氛终于轻松下来了。这时最后一个高潮点出现了。丫头回说大太太来了，王夫人"忙迎出去"——看到这里实在令人拍案叫绝。我问同学，王夫人迎出去干吗？去把她抓进来啊！冤有头债有主！她是祸首，怎能逃？没错，表面上，好像是她对邢夫人这个妯娌很好，赶快出去通风报信，让邢夫人小心一点儿，但事实上是让她没有逃掉的时间。要不然，书里什么时候写过邢夫人来，王夫人要迎出去的？

接着，我们又要看大家子的规矩了，在座众人都知道这下子邢夫人要挨批评了，三十六计走为上策，所以一个一个借故走了。贾母这时候骂人又是另外一套了，她现在已经恢复冷静，所以她给大媳妇留一点儿面子，等到所有人都走光，她才开口："我听见你替你老爷说媒来了，你倒也三从四德的，只是这贤慧也太过了！"邢夫人说："我劝过几次不依。"贾母说："他逼着你杀人，你也杀去？"然后我们看到，贾母责备媳妇，还是有节制、有条理，而且也替邢夫人想好退路了。她说起鸳鸯对她的重要性，还说，贾赦如果要人，就另找一个，要多少钱她出，就留着鸳鸯再服侍她几年吧。

贾母说毕，命人来"请了姨太太你姑娘们来才高兴，说个话儿，怎么又都散了"。转折、统驭能力，非常快速！"众人赶忙的又来"，毕竟只有薛姨妈经历过刚才那一番，有点儿意兴阑珊，便跟来接她的丫头说："我才来了，又做什么去，你就说我睡了。"

如果你是这个小丫头，你怎么办？我的学生里，有三分之二以上都说他们会对薛姨妈晓以大义，说老太太正生气，你不去的话会怎么样，会害了王夫人之类的。还有不到三分之一的人则说他们就回去据实禀报，说薛姨妈说她睡了不来。我就笑话同学们说，大家如果去贾府应聘小丫头的工作，一定全被刷下来。看看人家这个小丫头怎么做？她说："好亲亲的姨太太，姨祖宗，我们老太太生气呢，你老人家不去，没个开交了，只当疼我们罢！你老人家怕走，我背了你老人家去。"各位觉得她厉害吗？这个小丫头，整部小说就出现了这一次，可是我们能想象她将来一定是号人物。她把自己摆得很低，然后用软的、撒娇的方式央求，还说要背薛姨妈去，就是把她哄到心里舒坦，以达到目的。

薛姨妈来了后，贾母说要打牌，她们原本坐了四个人，贾母、王夫人、薛姨妈跟凤姐，凤姐建议应该再多一个人热闹些，贾母就叫鸳鸯来。所以这一桌子打牌有五个人，当然凤姐又讲了很多好笑的笑话，气氛很热络。可是，旁边其实有一个人还没走，还在那里站着，那就是邢夫人！这部分我们常会漏掉，可是确确实实，在她们五个人坐在那儿说说笑笑时，邢夫人还站在旁边，可想而知她有多尴尬，她毕竟是贾府的大媳妇。贾母用平起平坐给足鸳鸯面子，却让邢夫人当着众人站在一旁，这种处罚比责骂更令邢夫人痛苦吧！

这时候有一只小兔子跑进来了，贾琏！平儿已经叫他不要来，他偏又自己撞进来。方才贾母骂王夫人时是气急败坏，不管对方是谁就先发飙，等到她再训邢夫人时，那就是在情在理了，现在贾琏跑进来，老太太骂孙子，可是敞开来骂了。贾琏本来还在那边闪来闪去，但被贾母看到，只好进来。贾母问他为什么不进来，在那边鬼鬼祟祟的。贾琏就说："见老太太玩牌，不敢惊动，不过叫媳妇出来问问。"媳妇指的是凤姐。贾母就说："就忙到这一时，等他家去，你问他多少问不得？那一遭儿你这么小心来？这又不知是来做耳报神的，也不知是来做探子的，鬼鬼祟祟，倒吓我一跳，什么好下流种子！你媳妇和我玩牌呢，还有半日的空儿,你家去再和那赵二家的商量治你媳妇去罢!"贾母骂孙子,真的是骂到痛快至极,而且还讲错,把鲍二家的骂成赵二家的!这个很好笑,也很合理,也多亏曹雪芹怎么想得到呢?贾母确实不会把贾琏之前那些乱七八糟的事放心上,反正她就是知道有这么一回事,所以这时候顺便骂一下。鸳鸯说:"鲍二家的,老祖宗又拉上赵二家的去。"贾母就说:"可不,我那里记得什么抱着背着的。提起这些事来,不由我不生气。"

第四十六回和第四十七回真是"超级婆婆"骂人小专栏,还分门别类,什么人挨什么骂!

邢夫人和贾琏出来后,贾琏抱怨了几句,邢夫人就说:"你还不好好的呢,这几日生气,仔细他捶你。"果然没错,第四十八回,作者就借平儿之口,让读者知道贾琏因为贾赦要买扇子的事挨打了。贾赦就是这么糟糕的人,贾府焉能不败啊!

无用之用是为大用

这一节我们通过"鸳鸯事件",看到好些个能干女子的应对。我个人认为,探春应该很像年轻时的贾母,而贾母则是年老之后的探春。探春有政治家的风范跟格局;相形之下,王熙凤比较像一个政客,虽然能干,可是贪婪自私,机关算尽。

我们还要特别提一个人——李纨。小说里常提到她的没有作为。可是李纨就是张爱玲《倾城之恋》中范柳原讲的那句话:"无用的女人是最厉害的女人。"李纨虽然跟凤姐一样都是孙媳妇,但年轻守寡,是老好人一个。如此一来,她是不是很聪明地避开了凤姐的风头,乐得清闲。而且,因为李纨清静无为,凤姐可以对她没有戒心。即便李纨有时候嘴上会亏一下凤姐,比如第四十五回,她就夹枪带棒地损凤姐,说她"要生在贫寒小门小户人家,做了小子丫头,还不知怎么下作呢"!不过凤姐完全不以为意,可见她们妯娌之间感情蛮好。也就是说,李纨的无用之用,对她来讲是为大用。不过,我觉得李纨应该不是这么有心机,她刚好就是这样一个人，不是装出来的，是天生如此，因此她能在这个家庭里安稳度日。

事实上，书里能干的女人还有很多，像刘姥姥就是一个很有智慧的老太婆，虽然出身不怎么样，可是她知道自己要什么，也很懂得怎么去争取，怪不得贾母跟凤姐都喜欢她。后四十回刘姥姥有情有义，她在贾家败落时救了凤姐的女儿巧姐，因此刘姥姥当然是一个厉害角色。还有谁很能干？平儿当然算，袭人也是，宝钗更不用说。扩而大之，甚至怡红院里面的丫鬟就没有一个不能干的，所以《红楼梦》里能干的女人一言以蔽之，用一箩筐来形容不够，至少要两箩筐！

承受不起的富贵与爱情：红楼二尤的故事

我们常说"江山易改，本性难移"，可是曹雪芹在挑战这句话。二尤原先都背负淫荡之名，可是后来都让我们看到了不一样的转变。我觉得，曹雪芹要传达的理念是人都有机会改变，就看诱因够不够大、动机强不强烈。从这个角度来看，他的写法很具革命性。

曹雪芹写二尤的象征性与革命性

尤二姐追求的是一种传统标准，也就是安定富裕的好归宿。原本放荡随意的她一旦找到自认为的终身有靠，就完全改变，并且努力想守住这一切。有人努力的方式是出击，有人是忍辱，她选择了后者，但结果是失败！她怎么斗得过王熙凤这个大老婆呢？在生存的斗争中她失败了，最后她认命了，吞金自尽。

金子代表富贵，小说里常提到王熙凤头上的金子葳蕤生光。第三回从林黛玉眼里看到的王熙凤和第六回刘姥姥眼里看到的她，是不是满头珠翠，金光闪闪？尤二姐也期望一场富贵，可是最后落得吞金而死。这象征着富贵的金子并非人人都消受得起，没那个能耐，也就难以拥有。《魔戒》的作者托尔金有句话：凡是金子未必都发光。我觉得这句话刚好可以用在尤二姐身上。金子在王熙凤身上是装点富贵的门面，到了尤二姐这边却成了致命的凶器。

同样的，尤三姐也背负着淫荡的罪名，不过，程高本将她这部分稍做更改。张爱玲认为之前的版本里，一定提到更多尤三姐淫荡的行为，可是到了程高本，为了让尤三姐对爱情的坚贞更能说服人，所以稍微改过。不管如何，尤三姐是有自觉的，她要超越世俗，爱其所爱！曹雪芹通过一位所谓的淫荡女子发表了一段爱情宣言，表达出人人都有追求情感的权利和自由，真是难能可贵。尤三姐强调，她一定要找一个眼里、心里进得去的人，要不然对方再有钱、再好看，对她来讲都没意义。她努力了，可惜也失败了！

她的失败，在于她所认定的柳湘莲连机会都不给她，最后她选择自刎，她的死不是认命，而是抗命。尤二姐吞金，象征那一场消受不了的富贵；尤三姐自刎，用的是鸳鸯剑，鸳鸯代表爱情，所以这是她无法享有的爱情，她就死在这把爱情的剑下。

自古以来，男人可以随时"浪子回头金不换"，女人却是"一失足成千古恨，再回头已是百年身"。这两位花样年华的女子，对人生原有极大的热情，她们努力过，最后自我了断，也显见其志气。所以我个人认为，曹雪芹对这两位女子是敬佩的。

为故事增加丰富度的一个独立篇章

红楼二尤是一个独立中篇，从第六十三回末开始到第六十九回结束，篇幅相当长。有意思的是，整部小说如果把这一段完全抽离，一点儿都无损于小说主轴，可是这段故事的确也增加了整部小说的精彩度。它就这样顺理成章地加进来，再悄无声息地退出去。

既然与主要结构无关，作者为什么要加这个独立中篇？这就得讲到小说的创作了。《红楼梦》是一部百万言著作，如果从头到尾就是几个角色，可想而知，会走到无可发挥的窘境。所以一个长篇故事，必须要"节外生枝"。就像一棵大树，要开枝散叶，以增加内容的丰富性与角色的多样性。所以，有了红楼二尤，《红楼梦》就更有可看性了。

《红楼梦》很早就改编成各种戏曲，其中《红楼二尤》就是热门桥段，常在舞台上搬演。贾府里各色人等皆有，较缺乏的是像你我一样的普通老百姓。而红楼二尤恰恰就是平凡人家的小家碧玉，她们因缘际会走入贾府，各自上演了一场生死恋。我们先来认识一下她们的背景。

红楼二尤的背景

贾珍的岳父尤老先生，应该是在尤氏的母亲过世后，又娶了继室，这位继母在小说里就叫尤老娘。尤老娘嫁过来时，带了两个拖油瓶，因为母亲嫁给姓尤的，她们也跟着姓尤，所以就叫尤二姐和尤三姐。事实上她们跟尤大姐，也就是尤氏，没有任何血缘关系，是异父异母的姐妹。

尤老娘带两个拖油瓶再嫁，作者是不是在暗示，这样的家教应该比较随便。再者，她们出身贫寒，尤老娘曾讲过："我们家里自从先夫去世，家计也着实艰难了，全亏了这里姑爷帮助着。"这表示尤氏对非亲非故的继母跟两个继妹妹不错，常在经济上给予资助。

二尤和尤老娘是外面的人物，不在贾府原本的范围里，这样刚好让读者看到外面世界不同的人生。第三回写林黛玉入府，是从前头走进来的，当天就登堂入室，看到的是府里富贵的一面。第六回刘姥姥第一次入府则是从后门进来的，看到了林黛玉一辈子不会看到，也不会经过的下人房。现在曹雪芹把他写作的触角延伸到府外去了，找了两个平常人家的女孩作为写作的对象。再借由她们的故事，返照贾府纷杂的人事与人情。这个独立中篇，光是回目就十分精彩，不容错过，我们就先从回目看起。

从回目一窥精彩

第六十三回下半回的回目，是"死金丹独艳理亲丧"。死金丹是指贾敬。小说一开始，贾敬已经在道观里长住修炼。死金丹就是吞金丹而死，用现在的话来说，就是水银中毒。《红楼梦》常常安排福祸相倚，第六十三回上半回在写宝玉开开心心地过生日，下半回马上就出现贾敬这件事。"独艳理亲丧"，则是指尤氏主持了贾敬的大祭。

我们读小说时，可以去思考作者要怎么安排一个新局面。就像这里，作者先安排皇家有一个老太妃过世，贾府男女，包括贾母、贾赦、贾琏、贾珍统统要出官差。家里只能由尤氏来处理公公贾敬的丧事。也因此她请继母尤老娘来看家，这就制造了一个机会，让二尤入府，故事就可以开展了。

第六十四回下半回的回目是"浪荡子情遗九龙佩"，写的是贾琏送了一个玉佩给尤二姐。这一段非常有意思，粗俗、快乐，两个人明着打趣调情，相当于"金瓶梅"。这可是打死林黛玉也不会做的，薛宝钗当然也绝对不来这一套。

来到第六十五回，回目是"贾二舍偷娶尤二姨，尤三姐思嫁柳二郎"。贾二舍的这个"舍"字，意指只会花钱的纨绔子弟。"偷娶"就点明这件事是名不正言不顺，偷偷进行的，要不然以前三妻六妾是很正常的事，何罪之有？尤三姐"思嫁"，这二字也注定了她是一个悲剧。在那个年代，女孩子怎么能够有这种念头呢？当时婚姻一定是三媒六聘、父母之命、媒妁之言，怎么可以思嫁？至于柳二郎，就是柳湘莲。第六十六回的回目是"情小妹耻情归地府，冷二郎一冷入空门"。情小妹就是一心只想追求感情的尤家小妹尤三姐，她将此心托明月，对方却明月照沟渠——柳湘莲不把她当回事，所以她在自刎而死的那一刹那，真的是倍感耻辱。若不算串场人物甄士隐，小说里最终出家的男人只有两位，一位是热心热血的宝玉，另一位就是冷心冷面的柳湘莲。柳湘莲在尤三姐自刎后也出家了。也是在第六十六回里，贾宝玉意外成了这场悲剧的帮凶。当柳湘莲向贾宝玉打听尤三姐时，宝玉说二尤真的是一对绝色的尤物，尤其又姓尤。这么轻佻的回答似乎就暗示尤三姐的结局了。

第六十七回下半回是"闻秘事凤姐讯家童",这一段也写得很曲折离奇,很有意思。先是薛蟠远行回来,带来一些土物儿给母亲和妹妹,宝钗留了一些,其余的就让莺儿同婆子送给府里其他人。莺儿到凤姐那儿送东西,看到凤姐神色有异。紧接着袭人到凤姐那边,又听到一些话语。作者就这样由远而近一层一层,带出凤姐家有事了的悬疑性。这里我们也可以看出,莺儿跟袭人不一样,莺儿还很天真,袭人却是老谋深算,一看就知道不对劲儿,赶忙闪躲。果然,凤姐听闻底下人在说"新二奶奶"的事,质问旺儿和兴儿后,就这么知道了贾琏和尤二姐这桩事。

第六十八回的回目是"苦尤娘赚入大观园,酸凤姐大闹宁国府"。这一回,凤姐开始了大老婆的绝地反攻。《红楼梦》的回目很厉害,常常一字定褒贬,一个字就把重要信息全部传达出来,这个"赚"字用得非常关键,一个人被另一个人赚去,那还有什么好说?"赚"字当然也有种施展手段的意味。

我们替王熙凤想一下,如果她要绝地大反攻,必须面对哪些人?除了贾琏外,还有贾珍、贾蓉。尤二姐是尤氏的妹妹,所以还有尤氏。而且,倘若贾母真的同意尤二姐进来,凤姐可是一点儿办法都没有,所以她要面对的其实是整个家族!何况她还有没生男孩的致命伤!小说原始的版本应该是安排凤姐生有两个女儿,到了程高本干脆整合成一个,名叫巧姐,所以读者会觉得巧姐的年纪似乎忽大忽小,就是这个缘故。不管如何,凤姐没有生儿子,在以前就随时有被"七出"的威胁,所以她必须彻底清除尤二姐。

首先,她把尤二姐给"赚"进来,拘在身边,就近看管之余,还可随机应变,免得贾琏横生枝节,然后就是大闹宁国府。贾珍一看到她就快躲,贾蓉逃不掉,被她骂得狗血淋头。可怜的尤氏更是被"揉搓成一个面团儿",这是小说里用的字眼,十分传神地点出尤氏的狼狈。她衣服上全是凤姐的鼻涕眼泪,还被凤姐扯来拉去,连黑压压跪了一地求情的丫头们都说"奶奶也作践够了"。凤姐真是厉害,她在宁国府闹成这样,除了把他们全给镇住外,顺便又赚了五百两,她还要做贤良之妻,把尤二姐带去见贾母等人,所以贾珍、贾蓉、尤氏,甚至连尤二姐都深深地感谢她。从整个过程中可以看出王熙凤翻云覆雨的手段。

不过，她做了一件不该做的事。原本尤二姐有个未婚夫张华，贾琏要娶尤二姐时，已经处理了这件事，尤老娘给了张华二十两银子，两家于是退亲不提。可是王熙凤又把张华叫出来，强迫他去告官，要用法律来拘束贾珍、贾蓉和贾琏。这一点看起来好像成功了，可是后来贾府抄家的罪状中，有一条贾琏的"淫人妻"，当时又正逢国丧和家丧，贾琏这罪可大了。王熙凤徒有手段，但无远虑，害人终害己。不过，王熙凤如此凌厉的攻势，在这场女人跟女人的争斗中，那位"花为肠肚，雪作肌肤"的尤二姐怎么有办法招架？

来看第六十九回"弄小巧用借剑杀人"。这一回又多生一个枝节，跑出另一个名叫秋桐的女子来。秋桐原是贾赦的房里人，贾赦因为儿子替他做了一点儿事，就把秋桐赏给他。贾赦的胡作非为在此处再添一笔，也可见他们家真的是离谱。贾琏很得意地把她带回来，这对王熙凤而言，是一刺未除，又添一刺，可是她果然厉害，马上想到借刀杀人，联合次要敌人攻击主要敌人。她先利用秋桐，让秋桐欺负尤二姐，还在贾母等人面前说长道短，尤二姐纵有委屈，也完全没办法对付。

后来尤二姐怀孕，找了一个胡太医来看，结果这大夫说她不是怀孕，给她开了药，尤二姐服下后就把胎给打掉了。这里面是否另有操作之嫌，就不得而知了。总之，尤二姐经历各种折磨，至此心灰意冷，终于吞生金自逝。到了第六十九回红楼二尤都已香消玉殒，这个中篇就悄然结束了，当然这一段故事造成的影响，还会在后头余波荡漾。

粗俗的调情——贾蓉和尤二姐

看完回目，我们再来欣赏几个精彩片段，先从第六十三回后面看起。贾敬过世，尤氏须去铁槛寺料理丧事，所以让继母尤老娘来宁国府看家，尤老娘就把两个女儿都带了过来。这天，贾珍、贾蓉得到皇帝的特许，请假赶赴铁槛寺。"贾珍下了马，和贾蓉放声大哭，从大门外便跪爬起来，至棺前稽颡泣血，直哭到天亮，喉咙都哭哑了方住。"这两个人真是孝子贤孙啊！贾珍打发贾蓉回家料理停灵的事,"贾蓉巴不得一声儿,便先骑马跑来"——这是电影蒙太奇的手法了,前一个画面是他们放声大哭,稽颡泣血,接着画面一转,贾蓉兴高采烈地赶回家。贾蓉为什么"巴不得"?到底有谁、有什么事让他如此期待?

贾蓉一到家,"忙命前厅收桌椅,下楣扇,挂孝幔子,门前起鼓手棚、牌楼等事"。传统北京城办丧事都是在房子外搭帐篷。然后"又忙着进来看外祖母,两个姨娘",从这两个"忙"字可见他动作迅速,神情愉快。"尤老安人年高喜睡,常常歪着,他二姨娘三姨娘都和丫头们做活计,见他来了,都道烦恼。""道烦恼",就是"不好意思来打搅你"的意思。"贾蓉且嘻嘻的望他二姨娘",我们看"嘻嘻"这两个字——请别忘记不久前,才有稽颡泣血的特写,他与父亲还大哭到嗓子都哑了,现在却变成"嘻嘻"了。而且"嘻嘻"跟"哈哈"不一样,嘻嘻就是一种贼兮兮、色兮兮的感觉。

贾蓉跟他二姨娘,也就是尤二姐说:"二姨娘,你又来了。"这话表示她常来,下面那一句就不堪了:"我父亲正想你呢。"尤二姐算是贾蓉的阿姨了,一个晚辈跟阿姨说"我父亲正想你呢",这算什么?尤二姐红了脸骂道:"好蓉小子,我过两日不骂你几句,你就过不得了,越发连个体统都没了,还亏你是大家公子哥儿,每日念书学礼的,越发连那小家子的也跟不上。"这话骂得很顺口,她接下去的动作是顺手拿起一个熨斗来,兜头就打。真的是打情骂俏、公然挑逗了!"吓得贾蓉抱着头,滚到怀里告饶。"滚到谁的怀里?尤二姐怀里,这一幕真是非常粗俗露骨。程高本是写尤三姐便转过脸去说道:"等姐姐来家再告诉他。"庚辰本是"尤三姐便上来撕嘴",就是也跟他们打成一片。

下面一段贾蓉跟尤二姐抢砂仁吃的画面,也带有浓重的性暗示。"贾蓉忙笑着跪在炕上求饶,因又和他二姨娘抢砂仁吃。那二姐儿嚼了一嘴渣子,吐了他一脸,贾蓉用舌头都舔着吃了。"简直是"金瓶梅"了。

如此画面让我们知道,尤二姐果然很随便,而贾蓉的丑态甚至连丫头都看不过去了,说:"热孝在身上,老娘才睡了觉,他两个虽小,到底是姨娘家,你太眼里没有奶奶了,回来告诉爷,你吃不了兜着走!"贾蓉的反应却是抱着那丫头亲嘴耍赖。他的行为真是令人咋舌!

俗世的欢乐——贾琏和尤二姐

我们再来看第六十四回,浪荡子怎么情遗九龙佩。贾珍父子跟尤二姐无所不至,可能新鲜感没了,现在既然贾琏对尤二姐动了垂涎之意,贾珍、贾蓉父子遂借机"出清存货",想把尤二姐让给贾琏。当然尤二姐也有意愿,我们就来看尤二姐怎么用槟榔吊贾琏。

这天,刚好贾珍跟贾蓉讲到办丧事有笔钱,要回宁国府拿,贾琏知道后就自告奋勇去,总之就是想方设法要接近尤二姐。贾琏进到宁国府,"只见南边炕上只有尤二姐带着两个丫鬟一处做活,却不见尤老娘与三姐儿,贾琏忙上前问好相见"。

"尤二姐含笑让座……贾琏仍将上首让与二姐儿",两个人中规中矩说了些门面话,这时伺候的丫鬟去倒茶,无人在跟前。"贾琏不住的拿眼瞟着二姐儿,二姐儿低了头,只含笑不理。"尤二姐果然是个角色,含笑不理,她会不懂贾琏在想什么吗?她当然懂。贾琏这时还不敢造次,因为不晓得尤二姐是怎么想的。他看见尤二姐手里拿着一条拴着荷包的绢子摆弄,就往自己腰里摸了摸,说道:"槟榔荷包也忘记带了来,妹妹有槟榔,赏我一口吃。"这就是试探了,也让我们知道,原来清朝初年,一般人是会吃槟榔的。

尤二姐的回答真是高啊,她说:"槟榔倒有,就只是我的槟榔从来不给人吃。""槟榔倒有"这四个字,用现在的话讲就是"要调情,老娘可以随时奉陪",也就是说:"我知道你心里在想什么,可以啊,来啊!""就只是我的槟榔从来不给人吃",又是什么意思?意思是"不过我可是要看对象的"。贾琏懂了,棋逢对手!"贾琏便笑着欲近身来拿。二姐儿怕有人来看见不雅,便连忙一笑,撂了过来",就是把槟榔丢了过来。"贾琏接在手里,都倒了出来,拣了半块吃剩下的,撂在口里吃了,又将剩下的都揣了起来",这画面也是很"金瓶梅",非常干脆、痛快,他们不需要像林黛玉那样作诗、作词。

拿了尤二姐的槟榔,贾琏也要拿出自己的东西跟她交换,这时刚好两个丫鬟倒了茶来,"贾琏一面接了茶吃茶,一面暗将自己带的一个汉玉九龙佩解了下来,拴在手绢上,趁丫鬟回头时,仍撂了过去",两个人之间充满了偷情的喜悦和兴奋。"二姐儿亦不去拿,只装看不见,坐着吃茶",由这么一个表情动作,我们就知道尤二姐绝对是个中老手。"只听后面一阵帘子响,却是尤老娘、三姐儿带着两个小丫鬟自后面走来。贾琏送目与二姐儿,令其拾取",贾琏在那边拼命眨眼睛、使眼色,但尤二姐还是不理,这可急死人了!"贾琏不知二姐儿何意思,甚是着急,只得迎上来与尤老娘三姐儿相见,一面又回头看二姐儿时,只见二姐儿笑着,没事人似的,再又看一看,绢子已不知那里去了,贾琏方放了心。"

"贾琏方放了心"是双关语了,第一层是他没有出丑,第二层是他知道尤二姐愿意,两个人情投意合。我相信这一刻贾琏绝对会比当初跟鲍二家偷情来得过瘾。两个高手交手的喜悦跟快乐,充满空气中!我们也不得不佩服曹雪芹,形而上的情感他可以驾驭得很好,这种色欲横流的画面他也可以写得很传神。

用放荡泼辣来维护情感的贞洁——尤三姐

接下来剧情发展很快,贾琏跟尤二姐好事办成,贾琏对尤二姐由色生情,还把多年体己全搬过来。尤二姐也洗心革面,谨慎度日。有人会质疑,尤二姐这样一个水性杨花的女子,怎么可能有这么大改变?我觉得曹雪芹要传达的概念就是人都有机会改变,就看诱因够不够大、动机强不强烈。尤二姐也许较随便,可是她有她的理想,她想过富裕安定的生活,做一个贤妻良母,现在机会来了,她跟贾琏又情投意合,所以她真的彻底改变了。这也是曹雪芹革命性的写法,他告诉你这是可能的,人是可以改变的!这点我个人也赞同。

第六十五回有一段插曲很有意思。这时,贾琏已经金屋藏娇,跟尤二姐、尤三姐、尤老娘在外面舒心过日子,照理讲跟贾珍已没有任何瓜葛,可是隔了一两个月,贾珍居然心痒又来了,我们来看曹雪芹怎么描述这种不堪。

他先是写贾珍骑了马来,把马放在马厩,没隔多久贾琏也来了,也把马拴在了马厩,结果两匹马就在马厩里斗了起来,踢来踢去,讽刺意味十足!在这个房子看家的是鲍二家的,这个鲍二家的是之前那个上吊后,鲍二再娶的又一个淫荡的女人，所以她跟这些下人，也就是贾珍、贾琏的仆人手来脚去。还说："咱们今儿可要公公道道贴一炉子烧饼了！"这句话在那时是很粗俗暧昧的。所以，不同的马在一个马厩、不同的男人在一个厨房，都是在暗示这种事情的匪夷所思，幸好尤二姐已经改邪归正了，她见贾珍来，早就躲到房里去了。

贾琏知道贾珍也来了，但他当没事一样，来到房里跟尤二姐喝酒，夸她漂亮。尤二姐不好意思了，她说："我虽标致，却没品性，看来倒是不标致的好。"贾琏表示以前的事情不用再提，还出主意说，不如让贾珍跟尤三姐也凑成对，这样彼此两无碍。于是贾琏乘着酒兴找到贾珍和尤三姐，说："三妹妹为什么不合大哥吃个双钟儿？我也敬一杯，给大哥合三妹妹道喜。"尤三姐听了这话，马上跳起来指着贾琏冷笑道："你不用和我花马掉嘴的，咱们清水下杂面，你吃我看。提着影戏人子上场儿，好歹别戳破这层纸儿，你别糊涂油蒙了心，打量我们不知道你府上的事呢！"

三姐不闹则已，闹起来是很泼辣的。接下来，尤三姐有一段很精彩的个人戏。这两个色眯眯的男人本来对三姐有非分之想，她干脆先发制人。"只见这三姐索性卸了妆饰，脱了大衣服，松松的挽个鬏儿，身上穿着大红小袄，半掩半开的，故意露出葱绿抹胸，一痕雪脯。底下绿裤红鞋，鲜艳夺目，忽起忽坐，忽喜忽嗔，没半刻斯文，两个坠子就和打秋千一般，灯光之下越显得柳眉笼翠、檀口含丹。"尤三姐在这里反客为主，由着性儿，挥霍洒落，拿他兄弟二人尽力嘲笑取乐。"竟真是他嫖了男人，并非男人淫了他！"两只在灯光下像荡秋千一样摆来晃去的耳环，营造出风流意态，惹得贾珍二人要近不敢，要退舍不得。曹雪芹把这两个色中老鬼的丑态，写得十分传神。

自此之后，尤三姐越发泼闹，"打了银的，又要金的，有了珠子，又要宝石，吃了肥鹅，又宰肥鸭"，还会翻桌，什么好衣服不喜欢就剪，天天添乱，终于逼得尤二姐和贾琏要跟她摊牌了。

就在第六十五回中间，尤三姐说出她的爱情宣言了。她说："如今姐姐也得了好处安身，妈妈也有了安身之处，我也要自寻归结去，才是正礼。"她还说："我所以破着没脸，人家才不敢欺负。"这句话就是脱序行为背后的答案，原来她是用淫荡的行为来维护情感上的贞洁！接下去她说："不是我女孩儿家没羞耻，必得我拣个素日可心如意的人才跟他，要凭你们拣择，虽是有钱有势的，我心里进不去，白过了这一世了。"曹雪芹通过尤三姐的嘴巴告诉我们，每个人都有追求情感的权利，都有追求爱情的自由，而且问世间情为何物，就是要找一个可心如意、自己喜欢的人啊！贾琏一听，第一个假设就是贾宝玉，尤三姐啐了一口："难道除了你家，天下就没有好男人了不成！"

尤三姐个性豪迈，颇具"侠女"气势，她不会喜欢"娘娘腔"的宝玉的。而宝玉也没有机会了解她，才会轻蔑一句"尤物"，造成不可逆的遗憾。

被浪费了的角色？

尤三姐想嫁的人谜底揭晓，原来是柳湘莲。不过我个人认为这段不够精彩，没办法说服人，尤三姐只是五年前在一个场合里看到柳湘莲在台上演戏，她就认定他，这个有点儿太辜负了吧。我所说的辜负是指，曹雪芹有一点儿辜负尤三姐，他给了她轰轰烈烈的爱情宣言，可是又没有给她一个好男人，也没有给她一个好机会！不过，这个安排至少可以说是符合前面提到的，尤三姐就是有侠女个性，所以爱上比较江湖味的柳湘莲。

很多学者都认为柳湘莲这个人物是糟蹋了，因为我们看不出他角色意义在哪里。一开始，我们知道他跟宝玉交情好。后来，我们看到薛蟠以为他是可以随便乱来的，结果遭到柳湘莲狠打了一顿，又没想到后来薛蟠遇到强盗，刚好柳湘莲路过，出手相救，两个人因此化解恩怨，结拜为兄弟。但我们还是不太清楚他是怎样一个人，只从第四十七回知道他年轻英俊，"素性爽侠，不拘细事，酷好耍枪舞剑，赌博吃酒，以至眠花卧柳，吹笛弹筝，无所不为"。

第六十六回，贾琏得知尤三姐心意后，一天在去往平安州的路上，就遇到了柳湘莲，说起婚配之事。柳湘莲听了很快答应，还给了贾琏一对鸳鸯剑当作信物。不过，他如果是侠义英雄，应该重然诺，为什么又要找宝玉问底细？江湖豪侠怎么会拘泥于这些呢？所以这个角色有点儿矛盾。后来尤三姐一死，他哭一哭，就出家了，这个人物也就草草结束了。

不过，我个人觉得柳湘莲对薛蟠痛快、侠义，对尤三姐轻易放弃，是不是也代表传统重男轻女的双重标准呢？对男性，要重义气；对女性，何必认真？又或者，曹雪芹是不是也有意告诉我们，自古多少豪侠英雄都是浪得虚名，有豪杰之名，其实也不过尔尔。柳湘莲也就是这样一号人物罢了！

总之，柳湘莲听了宝玉的话后，马上来找贾琏，以他姑母已经帮他定亲为借口推辞亲事，而且想讨回那一对鸳鸯剑。本来尤三姐很高兴地拿了剑挂在绣房床上，以为终身有靠，没想到柳湘莲却来退亲。我个人认为，尤三姐在这个节骨眼儿上，比柳湘莲更具侠义的味道。她为了不让贾琏为难，所以一知柳湘莲反悔，马上就拿了鸳鸯剑出来，说要还他，可是自己藏了其中雌剑，在柳湘莲面前自刎了。

她的死，实在死得很凄凉。我们说"士为知己者死"，比如《水浒传》里面的阮小二、阮小五、阮小七，他们常常一抹脖子说："这腔热血只要卖与识货的。"虽是江湖义气，但重点是"识货"二字。可是尤三姐在柳湘莲面前自刎，这一腔热血只落了个寂寞红，她不是士为知己者死，是为不知己者死，这个寂寞、遗憾就更大了！千金难买早知道，柳湘莲看到她这样标致，性子又如此刚烈，当然就很扼腕懊悔，于是这里就出现了一场梦。

两场梦的解析

红楼二尤中有两个梦，这是第一个。庚辰本是写柳湘莲梦见一个薛蟠的小童带他去新房，程高本则是干脆让他走到一座庙里，梦见尤三姐来看他，一手捧着鸳鸯剑，说她奉警幻仙姑之命，要前往太虚幻境。尤三姐哭道："妾痴情待君五年，不期君果冷心冷面，妾以死报此痴情。"以死报此痴情，请千万不要弄错，尤三姐不是为柳湘莲殉情，是为自己的痴情而殉情，两者是不一样的！我强烈觉得有没有女性自觉就在这里，没有自觉时，一个女人的殉情常是被强迫的，有自觉时，是为自己，那就另当别论了。所以，以死报此痴情，是尤三姐对自己这段痴情的憾恨，与柳湘莲无关。

柳湘莲梦醒，只见自己身处一座破庙，旁边又是那个跛足道人。我们一再说《红楼梦》里面的癞头和尚和跛足道人，象征命运背后的那双手。现在跛足道人出现了，柳湘莲就问："此系何方？仙师何号？"道人笑道："连我也不知道此系何方，我系何人，不过暂来歇脚而已。"这话很有禅机，柳湘莲于是用鸳鸯剑的雄剑斩断万根烦恼丝，随那道士去了。我个人认为，曹雪芹让他出家，是不是为了弥补世人对尤三姐之不忍，也算是给个交代吧！

红楼二尤的第二个梦，是第六十九回尤二姐临死之前做的梦。梦中，尤三姐拿了一把鸳鸯剑，要尤二姐拿它杀了王熙凤，然后一同回至警幻案下，听其发落。这又是一个象征意义十足的梦。我们说日有所思，夜有所梦，尤二姐会梦见尤三姐要她去杀王熙凤，事实上代表尤二姐自己心里的天人交战——她是要继续战斗下去，还是就算了？尤二姐最后放弃了，这一场仗她已打过，也失败了。尤其是胎儿被打下来之后，她什么都没有了，面对骁勇善战的凤姐，她一点儿还击的力道都没有，能为自己做的就是自我了断，吞金而死了。

除了二尤，也写出其他人的不同面向

这个中篇同时写了好多人，除了尤二姐、尤三姐，曹雪芹还让我们更进一步看透贾珍、贾蓉、贾琏、柳湘莲、旺儿、兴儿、凤姐、秋桐、平儿等人。我想特别讲一下平儿，她后来可以得到善终，情理上也是应该的，就好像我认为后来让探春活得好也是应该的，就是作者给了世间一个公道，给了读者一个公道。王熙凤把尤二姐整得生不如死时，平儿看不过，自己拿钱出来送菜给尤二姐吃。在尤二姐痛苦不堪时，也是平儿背着凤姐帮她排解。

这个中篇也把贾琏写得很立体。他好色，可是也有情，偏又容易见异思迁，但他最后的眼泪是真的。尤二姐吞金自逝后，他真的很伤心，尤其是发现尤二姐的箱笼里面除了几件旧衣服以外什么都没有，他哭得更伤心，因为自己多年的体己也都不见了。平儿后来就偷偷拿了两百两银子给他，让他为尤二姐办丧事。这里又让我们看到平儿的好，而贾琏对平儿，也有一种相当于宝玉对晴雯的那种知己的感觉，所以贾琏敢把尤二姐的一条汗巾交给平儿，要她帮忙收着，留一个纪念。这样说来，他们两个之间反而有一点儿"革命感情"。

这一个节外生枝的故事对宝玉有没有影响？有，因为他无意中竟成了帮凶，所以第七十回一开头就提到，宝玉因为柳湘莲遁入空门、尤三姐自刎、尤二姐被凤姐逼死等诸多事情，"弄得情色若痴，语言常乱，似染怔忡之病"，因为他也搞不清楚为什么他这么一句话就害死了人，这个对他以后的悟道过程都是有影响的。

为王熙凤说句话

最后，我们再花一点儿篇幅来讲王熙凤。第六十五回贾琏心腹兴儿对尤二姐她们说"明是一盆火，暗是一把刀""嘴甜心苦，两面三刀，上头笑着，脚底下就使绊子"，说得凤姐简直像个母夜叉！但王熙凤如此大动作也是有原因的，她实在太没安全感了。

《红楼梦》难得的一点是，作者公平正面地写了一个当家媳妇的辛苦。她要让上面的人喜欢她，下面的人敬畏她，平辈接受她，着实不易啊！《金瓶梅》里有句话"当家三年狗也嫌"，可是，即使她这么辛苦，丈夫还是在外头拈三搞四，让她难堪。贾琏甚至跟尤二姐说："人人都说我们那夜叉婆俊，如今我看来，给你拾鞋也不要！"这话真够伤人的！

尤二姐事件，由于王熙凤的得理不饶人，所以很少人会同情王熙凤，但我个人倒是很同情她的，我觉得她的处境也很艰难。想想看，如果尤二姐真的顺利进来了，她又那么漂亮温柔，而且不用当家就不会累，不会累当然就每天美美的。再来她又怀孕了，若生了一个儿子，王熙凤的地位真的非常危险。只是，虽然大获全胜，但她造的孽也够了，后来，当她气血已衰，快死之际，这些人都回来讨命了。这件事情后，贾琏对于王熙凤就更心寒了，他后来对王熙凤"冷心冷面"，凤姐的辛酸又向谁人诉？！

这段独立中篇即使少了也无损全书结构，却意外的精彩处处，不但让我们看到两位不一样的女子，也看到贾府这些败家子的荒淫，这样的贾府岂能不崩坏？

坏篇 04

抄家的预言——抄检大观园

如果说红楼二尤可称为一个独立中篇，那么，我们现在要来看的第七十四回则可称为一个独立短篇，具有悬疑性的推理短篇。为什么它是可独立的？我们说小说有三大要素——人物、情节、环境，什么人在什么地方做了什么事。而第七十四回的抄检大观园，人物非常明确，地点也很清楚。至于情节，就是有一批人要去查有谁做了不好的事，藏了不该藏的东西。所谓独立成篇的小说，还有另一个很重要的因素，就是情节历经开端、发展、高潮，最终有了完整的结局。

简单举例，比如读者都很熟悉朱自清的《背影》。《背影》不是小说，是散文，顶多说是小说式的散文，它有故事的发展脉络，比如朱自清要乘车去北京，父亲本来嘱咐茶房陪他同去，后来还是不放心，就自己陪他去。又比如父亲爬过铁轨，爬上站台去给他买橘子。它是有一些情节，但偏重的是他当下主观的情绪抒发，而不是故事来龙去脉的客观交代。所以，它是一篇"小说式的散文"。如果朱自清陆陆续续把前因后果再一篇一篇地用散文写下去，结集成书，这书再有一个完整的故事和结局，它就有可能变成一本"散文式的小说"。

第七十四回的抄检大观园情节高潮迭起，人物演出精彩，最后还有一个可以达到戏剧张力效果的结论出来，所以它是一篇很有意思的推理小说。

第四十回以后，重心渐渐转移

在细看这个有意思的短篇前，我们先来分析一下《红楼梦》的结构。读者也许会发现，到了"坏"这个阶段，林黛玉的篇幅变少了。

我个人认为，小说前四十回，作者的重心是放在爱情上，放在宝玉、黛玉、宝钗的三角关系上，着墨于宝玉和黛玉怎么互相取得对方的确定，所以两个人经常吵架，泪眼婆娑。到了第三十四回，宝玉挨父亲打之后，送了两条旧手帕给黛玉，而这两条旧手帕是他俩的定情物。所以，两个人的关系已经达到另一个境界了，剩下的就看造化了。所谓造化就是外在的环境和命运要给你什么。

不过，虽然他们两个人心照不宣，但旁边的人不见得明白，所以紫鹃就很替黛玉着急。第五十七回，她故意拿话去堵宝玉，让宝玉失魂落魄，而且终于逼出了宝玉那句："活着，咱们一处活着，不活着，咱们一处化灰，化烟。如何？"这说法好美，这下连紫鹃也明白了！

那么，第四十回以后，重心偏向哪些部分？作者用心较多的是整个贾府的人事，以及人事带来的沧桑。我们说过，一部百万言长篇小说，不能老是绕着几个人转，那会变得单薄，所以第四十回以后，就陆续有三组人马加入。第一组人马在第四十九回出现，包括薛宝钗的堂妹薛宝琴、堂哥薛蝌，李纨的姊姊也带着两个女儿李纹和李绮来，还有邢夫人弟弟的女儿邢岫烟，也就是迎春的表妹。三路人马在渡口碰上，就一起进了贾府。这五个年轻人中，薛蝌不算特别出色，但四个女孩子都非常优秀，其中尤以薛宝琴最出类拔萃，一来风头就几乎盖过薛宝钗，也盖过林黛玉。

新的人物进来，可以和固定班底对戏，又可以激发出原先人物的另一面。比如，林黛玉有没有因为薛宝琴特别亮眼受宠而耍小性子，有没有嫉妒？没有，她对薛宝琴很好，这也表示，她真的是懂得欣赏美好人物，这就让读者看到了林黛玉的另一面。

其实贾母马上就相中薛宝琴堪当孙媳妇，由此也可见，黛玉从来不在她的考虑名单中，但可怜的黛玉就是参不透这一点。虽然贾母十分中意薛宝琴，但后来知道她已经许配给梅翰林，这事也就罢了。不过，光她和宝玉有没有可能这件事，就先来一个悬疑，再来一个爆点，戏份儿很多。邢岫烟的戏也不少，通过她，我们对妙玉的个性了解得更清楚了。而且我们发现，原来邢夫人待她刻薄，她被安排住在迎春屋里，每三五天就得拿些钱给下人打酒买点心吃，以至于月钱不够用，要偷偷把衣服当了。这件事最后是薛宝钗帮她解决的。像这样一条线一条线拉出来，可是跟原先的人又都有关系，可以发展出更多的故事。

来到第五十八回，又有一批人进了大观园。当初为了元妃省亲，贾家去姑苏找人组了一个戏班子，到了第五十八回戏班子解散，又拉出好多个情节。戏班子虽解散，想离开贾府的人不多，像文官、芳官、蕊官、藕官、葵官、艾官、茄官，就分别送到各个屋子里当丫鬟。其中，作者特别着墨于派到怡红院的芳官，她的戏份儿很多，也很生动。而第三组人马，就是尤老娘与尤二姐、尤三姐了。

这三组人马的进来，让小说一直有新的情节在发展，而且跟旧的人、旧的事也都随时有精彩的互动。也就在这当中，我们看到贾府渐渐在走下坡路。我们不得不佩服曹雪芹，他几乎是不着痕迹、一点一滴地透露出贾府渐渐不行了，如果不留意，不一定会发现，可是其实都有迹可循。

我们举几个例子。第四十五回黛玉作秋词的那个晚上，蘅芜苑的婆子带了一包燕窝和一些洋糖来给黛玉。黛玉那晚兴致很好，破天荒地接见了她们，还给了一些赏钱。黛玉还说，我知道天晚，你们要赶着去上局，婆子也很大方地回说，晚上值班也无聊，干脆开赌局。这里，已经点出下人聚赌的事。

第五十二回，贾母送了一件很漂亮的孔雀裘给宝玉，并说："就剩了这一件，你糟蹋了也再没了，这会子特给你做这个，也是没有的事。"这么一句话就点出，虽然贾府还一片富贵景象，可是经济状况是在走下坡路了。

到了第七十一回和第七十二回，虽然热热闹闹庆祝贾母八十大寿，却安排贾琏暗地里拜托鸳鸯偷贾母一箱金银财宝出来，当了大概一千两银子应付开销。也是在第七十一回，尤氏在天将黑时进入大观园，发现园门大敞，没人在管。曹雪芹就这样巧妙地把贾府走下坡路的线索安排在很多事情中。

人一多，问题也多

简单分析过前四十回到后四十回作者的安排后，我们再聚焦于贾府的风纪问题。第五十五回和第五十六回探春管理大观园时，是有机会好好整顿的，那时大观园也真有一番新气象。可惜凤姐痊愈后回来管事，一切照旧，腐败继续。

第五十八回，戏班子解散，芳官和她们的婆子等几十人全进入大观园，直接造成经济问题，间接造成人事问题！套句王夫人的话，学戏的就是"狐狸精"！而事实上也是，她们如倦鸟出笼，口角锋芒，无法安分。第五十九回，平儿有一句话就透露出园内风纪问题，她说："这三四日的工夫，一共大小出了八九件呢。"

第六十回，作者很高明地用了茉莉粉、蔷薇硝、玫瑰露、茯苓霜四样小东西来讲下人之间那种牵丝攀藤、错综复杂的人事脉络。除此之外，这些下人还善于搬弄是非。脂评也提到这些下人的嘴巴才是可怕。这也是直接、间接造成贾府败落的重要因素。

到了第七十三回，下人聚赌的事已经星火燎原，逼得贾母必须亲自处理了。这样终于到了我们这一节的重头戏——第七十四回的抄检大观园。

抄检大观园的远因和近因

作者布了这些线，安排这么多事，就是在告诉读者，贾府已经走到"坏"的阶段。贾府这么一棵大树之所以"坏"，不是因为一个大雷忽然打来，而是这棵大树里有好多蛀虫，慢慢地把树给蛀坏、蛀空了。

在抄检大观园这件事上，王夫人也是别有心思。王夫人很早就想整顿怡红院，借着抄检大观园这件事，她就顺水推舟，首先拿晴雯开刀。等到抄检过后的

第七十七回，她一进怡红院，便叫来四儿、芳官，用她们私底下讲的话来定她们的罪。像跟宝玉同一天生日的四儿背地里讲过同天生日就是夫妻，这自然犯了王夫人的大忌。可是，王夫人是怎么知道这些事的？是谁一直在告密？作者不交代，让读者去动脑筋。

至于近因，引爆点是有人在园子里发现的一件情趣用品。文学评论家夏志清教授说，这个十锦春意香袋，即相当于《圣经》里伊甸园的那条蛇，代表的是一个美好世界的崩坏。在中国文学里，情的乌托邦是大观园，欲的乌托邦是《金瓶梅》里山东省清河县西门庆的家，义的乌托邦则是梁山泊的聚义厅。现在这个十锦春意香袋的出现，毁了情的乌托邦，那一种纯粹干净、形而上的感情，在这里宣告结束！

这情趣用品是一个名叫傻大姐的丫鬟捡到的。各位想想，如果你是作者，会安排谁捡到？袭人吗，还是其他丫头？想来想去，好像还是非得傻大姐不可，要让一个非常童稚单纯的人捡到才能讲出"两个妖精打架"这么充满反讽效果的话语。那么，傻大姐捡到香袋后，要给谁看到才对？如果给凤姐、王夫人或平儿，那这件事就结束了，所以应该让一个喜欢闹事，又不太懂事的人看到，才有戏演。刚好，第四十六回"尴尬人难免尴尬事"，让邢夫人心中纠结，可是她又管不上事，这会儿让她看到最适合。作者安排邢夫人来巧遇傻大姐，真是高招儿！

"邢夫人接来一看，吓得连忙死紧攥住"——常有学生问我，她有什么好害怕的？她怕什么？我们一定要发挥想象力，才能回到那个年代！邢夫人想必也是礼教严明的大家子出身，要不然怎么能当上荣国府大媳妇？紧紧抓住，生怕被第二个人看到，因为她觉得这东西被任何人看到，都是一件很不光彩的事。

邢夫人怎么处理这个"天上掉下来的礼物"？是礼物没错！对她来讲，她一定想利用这个东西展开报复。从鸳鸯拒婚后，想必贾母一定零零碎碎地给邢夫人罪受。现在这个香袋是在大观园捡到的，而大观园是王夫人和王熙凤在管理的，正好可以拿来为难她俩。真的也亏曹雪芹有办法安排得这么仔细。

姑侄间的精彩对话

　　这十锦春意香袋从邢夫人手上，经过她的陪房丫头王善保家的，送到王夫人手中，延伸出了第七十四回的抄检大观园。而这部短篇小说的主角，就是王善保家的。她从头到尾充满了声音、动作、表情，还挨了两个清脆的巴掌。在这么一个布景、道具很清楚，戏剧效果强烈的舞台上，王熙凤、晴雯、探春、惜春等人都成了配角，簇拥着王善保家的，这个不受欢迎、讨人厌的反派女主角。

　　我们从王夫人突然来到凤姐屋子里看起。那时，凤姐跟平儿正在说话，就有人报太太来了。凤姐觉得奇怪，怎么王夫人这时候会来。"只见王夫人气色更变，只带一个贴己小丫头走来，一语不发。"这里把王夫人的神情写得很好，可见一个好的小说家，一定也是个好编剧、好导演。凤姐忙捧茶，赔笑问道："太太今日高兴，到这里逛逛？"王夫人没回她，只是喝命："平儿出去！"四个字铿锵有力，显见事态严重。平儿赶忙带了其他丫头一起出去，将房门掩上在阶上守着，不许任何人进去。

　　故事的第一个高潮，就是这对姑侄间接下来的对话。首先，王夫人含着泪拿出香袋——学生又说这个反应太夸张！但还是那句话，请回到那个年代吧，邢夫人都吓成那样了，王夫人这样的反应更可以理解。她的眼泪是出于惊吓，也有愤怒，还有不知所措，因为她被人家抓到小辫子了！凤姐一看是十锦春意香袋，吓了一跳，问："太太那里得来？"王夫人见问，越发泪如雨下，颤声说道："我从那里得来？"这句反问是不是也很精彩？"我从那里得来，我天天坐在井里，想你是个细心人，所以我才偷空儿，谁知你也和我一样！这样东西，大天白日明摆在园里山石上，被老太太的丫头拾着，不亏你婆婆看见，早已送到老太太跟前去了。我且问你，这个东西如何丢在那里？"王夫人根本不用问，一口咬定香袋是王熙凤的东西。

　　凤姐是见过场面的，不过这下子被安上这个罪名，脸色也变了。她说："太太怎么知道是我的？"王夫人又哭又叹道："你反问我？"她的理由是，一家子除了贾琏和凤姐这对小夫妻，谁需要这个？然后又说，这东西当然是贾琏那个不长进的下流种子弄来的。她继续强调严重性，说如果是丫头捡到，其他姐妹看见，这还了得！又或者，如果有小丫头捡到，出去说是园内捡的，给外人知道了，还要不要脸？

凤姐接下来的一段话讲得很好。各位回想一下，当初邢夫人找凤姐来，跟她说大老爷想娶鸳鸯时，凤姐的第一反应是劝她别碰钉子，可是邢夫人根本不听，她马上见风转舵，不管了。可是现在责备凤姐的人是她的亲姑姑，所以她讲话的条理就不一样了。再者，王夫人也容许她讲这么多，也听进去了，所以亲疏有别，在小地方都可以看到，曹雪芹还是安排得一丝不苟，佩服！

凤姐怎么反应的呢？首先，她"又急又愧，登时紫胀了面皮，便挨着炕沿双膝跪下，也含泪诉道"，这个泪是觉得自己委屈了。她说："太太说得固然有理，我也不敢辩。"可是她接下来就要好好辩了。凤姐说她没有这样东西，第一个理由："这香袋儿是外头仿着内工绣的，连穗子一概都是市卖的东西，我虽年轻不尊重，也不肯要这样东西。"说白话点儿，就是"这玩意儿太差了，我才不会要"，这话有道理啊！

第二个理由：就算有也只会放自己房里，怎么会带在身上，各处去逛？而且她们姐妹妯娌之间关系很亲密，平常大家拉拉扯扯的，她要是放在身上，一拉扯就掉出来了，不要说姐妹看见了不好，就是奴才看见对她也没好处。这个理由也很合理。

第三个理由："论主子内，我是年轻媳妇，算起来奴才比我更年轻的又不止一个了。"这里是说底下人的关系更复杂，况且她们也常在园内走动，哪知道是不是她们掉的。

第四个理由："还有那边太太常带过几个小姨娘来，嫣红、翠云那几个人，也都是年轻的人，他们更该有这个了。还有那边珍大嫂子，他也不算很老，也常带过佩凤他们来，又焉知不是他们的？"那边太太指的是邢夫人，前面提过，贾赦左一个右一个的女人放在屋里，所以他屋子里一定有很多年轻姨娘，宁国府贾珍那边也有好几个。这些妾是花钱从外头买来的，谁知道是什么来历，而且她们既然正年轻，又要邀宠，倒是很可能会有这种东西。

第五个理由："况且园内丫头也多，保不住都是正经的，或者年纪大些的，知道了人事，一刻查问不到，偷出去的，或借着因由，和二门上的小幺儿们打牙撂嘴儿，外头得了来的，也未可知。"

凤姐讲完这些理由，还顺便把平儿也救下了。她说："不但我没此事，就连平儿，我也可以下保的。"凤姐这一点很不错。

凤姐讲得在情在理，王夫人也真的听进去了，她说："你起来，我也知道你是大家子的姑娘出身，不致这样轻薄。"这一刻，王夫人不是王夫人了，又回到凤姐亲姑姑的立场。她又说："不过我气激你的话。"如果我们要写眉批，多半会忍不住在这句话上头写个"是吗"？王夫人刚才分明是真以为是凤姐的，那个气急败坏的啊，现在却让凤姐给说服了。不过，就算认同凤姐的话，王夫人还是不知道该怎么办。她说："你婆婆才打发人封了这个给我瞧，把我气了个死。"王夫人也知道邢夫人是来挑衅她，就看她怎么做。凤姐于是出主意，说可以放几个亲信在园子里当内线，偷偷了解状况，顺便再借这个机会把一些冗员撵出去，减少开支。

凤姐的建议完全正确，证明凤姐可以当家那么多年，也不是浪得虚名。王夫人的回答很有意思，活脱脱就是一个不知持家艰难的富家太太，贾府都已经中空了，她还在说不切实际的话："你说的何尝不是，但从公细想，你这几个姊妹，每人只有两三个丫头像人，余者竟是小鬼儿似的，如今再去了，不但我心里不忍，只怕老太太也未必就依。虽然艰难，也还穷不至此。我虽没受过大荣华，比你们是强些，如今宁可我省些，别委屈了他们。"这话也讲得漂亮。王夫人不坏，只是不太懂事而已。

接下来要办事了，她们找来周瑞家的、吴兴家的、郑华家的、来旺家的、来喜家的五家陪房。根据学者的评论，这五家陪房，有三个是王夫人的，两个是王熙凤的。我们常常看到王熙凤的陪房来旺，可见同是来字辈的来喜应该也是她的陪房。另外，吴兴家的、周瑞家的、郑华家的，这三个应该是王夫人的陪房。王夫人正嫌人少，忽见邢夫人的陪房王善保家的也走来，这里提到"王夫人向来看视邢夫人之得力心腹人等，原无二意"，我觉得王夫人倒不见得是真的对王善保家的好，而是觉得既然你来了，就顺便一起看个清楚，也是秉公处理了，所以她叫王善保家的一起来。

本来凤姐的意思是要大家私底下去查，可是王善保家的马上出主意要兴师动众去查。她说，这很容易办，晚上园门关了，就冷不防带人到各处丫头房里去搜，反正翻出来就是了。真是唯恐天下不乱啊！这样子明火执仗抄检自己人不仅难堪，也很不吉利，怪不得探春会那么生气。但王夫人居然同意，还问凤姐如何。凤姐"只得答应"，从"只得"二字来看，我们知道她其实不赞成，可能因为王善保家的在旁边，她不敢落了口实，得罪婆婆。如果王善保家的不在，凤姐一定会分析这么做将产生的问题和后遗症给王夫人听。可是王夫人都在王善保家的面前同意了，没办法，那就去了！

开始抄检大观园

晚饭后，待贾母就寝，负责抄检的这班人就进园，喝命先将角门上锁，从值夜班的婆子处开始搜查，先搜到一些多余攒下的蜡烛、灯油等物。王善保家的说："这也是赃，不许动的，等明日回过太太再动。"我们可以想象她那副小人得志的样子。接着，她们先到怡红院，一进去先叫关门。"宝玉正因晴雯不自在"，忽见一大群人来，忙问怎么回事。凤姐说："丢了一件要紧的东西，因大家混赖，恐怕有丫头们偷了，所以大家都查一查，去疑儿。"这话讲得婉转。袭人知道有事了，所以自己先打开箱子，任其搜检。

到了晴雯的箱子时，抄检大队问是谁的，怎么不打开叫搜？袭人才要帮晴雯打开，"只见晴雯挽着头发闯进来，豁啷一声，将箱子掀开，两手提着底子，往地下一倒，将所有之物尽都倒出来。"晴雯心里坦荡，而且豁出去了。王善保家的觉得没趣，紫涨着脸说："姑娘你别生气，我们并非私自就来的，原是奉太太的命来搜查，你们叫翻呢，我们就翻一翻，不叫翻，我们还许回太太去呢，那用急得这个样子！"晴雯"越发火上浇油"指着王善保家的脸说道："你说你是太太打发来的，我还是老太太打发来的呢，太太那边的人我也都见过，就只没看见你这么个有头有脸大管事的奶奶！""凤姐见晴雯说话锋利尖酸，心中甚喜"，晴雯替她出气了，凤姐心里开心得很，可是碍着邢夫人的脸，只得喝住晴雯。王善保家的还想回嘴，凤姐就催促赶快搜一搜吧，还要去别的地方呢。大家看一看，也没有什么，于是离开怡红院。说它是推理小说，就是一层层找嫌犯跟违禁品，第一关落空，继续找。

出了怡红院，凤姐跟王善保家的说："我有一句话，不知是不是，要抄检只抄检咱们家的人，薛大姑娘屋里，断乎抄检不得的。"王善保家的笑道："这个自然，岂有抄起亲戚家来的！"才讲着，她们就走到了潇湘馆，这个差别待遇让所有"红迷"都愤慨万分，薛宝钗是亲戚，她的屋里不可以抄，那林黛玉不也是亲戚吗？为什么她的屋子就可以抄？这里又不着痕迹地让读者看到，林黛玉在贾府里有时候真的里外不是，处境尴尬。

黛玉已经睡了，忽然这群人来，正要起身，凤姐过来安抚，要她继续睡。王善保家的就带着众人到丫头房中，一一开箱倒笼抄检一番，从紫鹃的屋里搜出了两副寄名符还有一些小东西，都是宝玉之前拿过的。王善保家的还以为抄出了什么，忙请凤姐过来检查。凤姐不错，替紫鹃说话了，她说宝玉和她们从小就混在一起，这没有什么。王善保家的说："二奶奶既知道就是了。"紫鹃也笑着说："直到如今，我们两下里的账也算不清，要问这一个，连我也忘了是那年月日有的了。"从这句话也可看出，紫鹃对她跟宝玉的关系，心态是很从容的，而且因为有凤姐作保，所以她轻松愉快。接着，抄检大队来到探春的住处，这里又将是一个高潮。

探春的胆识与悲愤

到了秋爽斋，早有人通报探春了，她也猜着必有缘故，所以引出这等丑态来，遂命丫鬟秉烛开门而待。"秉烛开门而待"，肃杀之气好吓人！看到抄检的众人，探春故意问："何事？"凤姐连忙笑着搬出之前说过的理由，说因为丢了一件东西，如何如何之类的。"探春笑道"——探春的笑从来不会有好事，她说："我们的丫头自然都是些贼,我就是头一个窝主。既如此,先来搜我的箱柜,他们所偷了来的都交给我藏着呢。"说着便命丫鬟们把大大小小的箱子一起打开,"请凤姐去抄阅"。请留意,探春是叫凤姐检查,她根本不甩王善保家的那几个。凤姐赔笑道:"我不过是奉太太的命来,妹妹别错怪了我。"好可怜的小媳妇,凤姐真的是怕探春的,就命令丫鬟们快快帮探春把那些打开了的东西都关上。有同学不太明白探春这么做的用意,我想她是用"伤害自己"来达到"伤害对方"的意思。

平儿、丰儿等先忙着帮侍书等关的关,收的收,探春说:"我的东西倒许你们搜阅,要想搜我的丫头,这可不能!你们不依,只管去回太太,只说我违背了太太,该怎么处治,我去自领。"探春接着又说:"你们别忙,自然你们抄的日子有呢,你们今日早起不是议论甄家,自己盼着好好的抄家,果然今日真抄了!咱们也渐渐的来了。可知这样大族人家,若从外头杀来,一时是杀不死的,这可是古人说的'百足之虫,死而不僵',必须先从家里自杀自灭起来,才能一败涂地呢!"这是多深的感慨啊,曹雪芹把它写在这里,可见当初曹家也不是一抄就结束,而是自己家里面自生自灭,最终一败涂地。探春说着,不觉流下泪来。这眼泪不也是曹雪芹的眼泪吗?

凤姐看着众媳妇们,这时她不便说什么了。周瑞家的是王夫人的亲信,就顺着探春的话说那就不用再搜了。探春还不放过,又补了句:"可细细搜明白了。若明日再来,我就不依了。"

凤姐就笑着说:"既然丫头们的东西都在这里,就不必搜了。"凤姐这话探春不满意,她冷笑道:"你果然倒乖,连我的包袱都打开了,还说没翻,明日敢说我护着丫头们,不许你们翻了!你趁早说明,若还要翻,不妨再翻一遍。"

探春从头到尾就只对着凤姐,她这也是要给一旁的陪房下马威。在那个礼法社会里,小姐就是有那个派头,姑娘如果对着嫂子耍赖,嫂子是拿她没办法的。凤姐深知探春,赶紧赔笑道:"已经连你的东西都搜查明白了。"探春就是要等凤姐这一句话!这时她才问众人:"你们也都搜明白了没有?"周瑞家的等都赔笑说:"都明白了。"

可是王善保家的本来就不识好歹,而且没跟探春打过交道,不知道她的厉害。这会儿，她觉得是众人没胆量，一个姑娘哪有这么厉害？况且她又是庶出——这句话很重要，她是瞧不起探春的，她又认为自己是邢夫人的陪房，连王夫人都另眼看待，何况别人了。于是"便要趁势作脸，因越众向前拉起探春的衣襟故意一掀，嘻嘻的笑道：'连姑娘身上我都翻了，果然没有什么。'"凤姐见她这样，马上知道惨了，赶紧："妈妈走罢，别疯疯癫癫的！"一语未了，只听"啪"的一声，王善保家的脸上早挨了探春一巴掌。探春指着她说："你是什么东西，敢来拉扯我的衣裳！我不过看着太太的面上，你又有几岁年纪，叫你一声妈妈，你就狗仗人势，天天作耗，在我们跟前逞脸，如今越发了不得了，你索性望我动手动脚的了，你打量我是和你们姑娘那样好性儿，由着你们欺负，你就错了主意了，你来搜检东西我不恼，你不该拿我取笑儿！"探春说的好性儿的姑娘就是迎春，所以迎春的没有用也是出了名的。探春的每一句话都很尖锐，说着，她还亲自要解扣子，要凤姐仔细搜她身子，省得奴才翻。

凤姐赶忙帮探春整理衣服，嘴里喝王善保家的出去。探春说："我但凡有气，早一头碰死了，不然怎么许奴才来我身上搜贼赃呢！"她真是非常痛恨这种毫无章法的胡乱搜检。她说："明儿一早，先回过老太太、太太，再过去给大娘赔礼，该怎么着，我去领！"探春的胆识在这里了，她敢打，就敢当。可王善保家的太没脸了，居然被一个庶出的三姑娘打，所以她虽去到外头仍碎念着："罢了，罢了，这也是头一遭挨打，我明儿回了太太，仍回老娘家去罢，这个老命还要他做什么。"

探春不屑跟她对嘴，就喝命丫鬟："你们听着他说话，还等我和他拌嘴去不成？"于是侍书去了，强将手下无弱兵，侍书说："妈妈，你知点道理儿，省一句儿罢，你果然回老娘家去，倒是我们的造化了。"庚辰本到这里就结束了，程高本的还有几句："只怕你舍不得去！你去了，叫谁讨主子的好儿，调唆着察考姑娘、折磨我们呢？"侍书这话也厉害，果然探春调教得好。各位想想看，后来探春远嫁，侍书一定跟去了，有这两个人，探春的处境能坏到哪里去？凤姐笑道："好丫头，真是有其主必有其仆。"凤姐这个笑真是开心痛快至极。探春冷笑道："我们做贼的人，嘴里都有三言两语的，就只不会背地里调唆主子。"很过瘾吧，搜检队毫无斩获，搜检大员还遭到磨挫。之后李纨的部分就很快带过去，到了惜春，第三个高潮又要出现了。

惜春见众人来，吓得不知所措。没想到她们居然在她的贴身丫鬟入画的箱子里找出一堆银两，还有一些男人的鞋袜之类的。一问之下，其实是小事一桩，因为入画的哥哥就在贾珍那边当差，贾珍赏他东西，入画的哥哥就会托人寄放到入画这边，免得他们的叔叔婶婶拿了去喝酒赌钱。

可是惜春一听就说："我竟不知道，这还了得！二嫂子要打他，好歹带出他去打罢，我听不惯的。"她一点儿都不想护卫一下自己的丫鬟，也不想弄清楚入画的不得已处，实在是很无情。所以这一回的重点之一，也是在写惜春的个性。惜春孤僻又绝情，后来选择出家。我总觉得她不是了悟，而是逃避。还是那一句，佛门岂容无情之人！

凤姐就说，如果入画说的是真话，也可以饶恕，只要不是偷来的就好。入画跪哭着说，如果去问真的不是，就拿他和哥哥一同打死无怨。惜春这时还在加码："嫂子别饶他，这里人多，要不管了他，那些大的听见了，又不知怎么样呢。嫂子要依他，我也不依。"入画真是倒霉，怎么跟了这么个绝情的主子呢？凤姐继续替入画说情。惜春更主动提出可能的传递者，一定是后门上的老张。我们到这里都不知道要痛恨惜春，还是可怜惜春了。她对自己人这么没有把握，只会用决绝的方式把自己隔离起来。真是可悲啊！

令人意想不到的精彩爆点

第四个高潮，是来到迎春的房里。迎春已经睡了，所以一行人就到丫鬟房里。原来迎春的贴身丫鬟司棋是王善保家的外孙女儿。这会儿，凤姐倒要看王家的可藏私不藏。到了司棋这里，王善保家的随意掏了一会儿，说也没什么东西，才要关箱时，周瑞家的说："这是什么话？有没有总要一样看看才公道。"说着伸手就拿出一双男子的棉袜和一双缎鞋，还有一个小包袱，打开看时里面是一个同心如意和一个字帖儿，一起递给凤姐。那个帖是一个大红双喜笺，上面写着：

"上月你来家后，父母已觉察了，但姑娘未出阁，尚不能完你我心愿。"这个姑娘指的是迎春，所以迎春未出嫁，他们两个人的事情就没有办法。"若园内可以相见，你可托张妈给一信。若得在园内一见，倒比来家好说话，千万千万！再所赐香珠二串，今已查收，外特寄香袋一个，略表我心，千万收好！表兄潘又安具。"凤姐看到这里不由得笑起来，她憋了一晚上，现在终于轮她出头了。

王善保家的并不知道她姑表兄妹有这么一段风流故事，见了鞋袜心里已经有一点儿毛病。又见有一红帖，凤姐看着直笑王善保家的便说："必是他们写的账不成字，所以奶奶见笑。"凤姐也不马上说，先逗她："正是这个账竟算不过来，你是司棋的老娘，他表兄也该姓王，怎么又姓潘呢？"王善保家的还没搞清楚，见问得奇怪，只得勉强说："司棋的姑妈给了潘家，所以他姑表弟兄姓潘，上次逃走了的潘又安就是他。"

凤姐说："这就是了。"因说："我念给你听听。"凤姐真坏，这个时候要拿王善保家的开心了，从头念了一遍，众人听了"都吐舌头，摇头儿"。这个独立的短篇小说高潮迭起，最后人赃俱获的结局终于出现了。王善保家的一心要抓人家把柄，没想到反倒搜到她外孙女！周瑞家的还加上一句："王大妈听见了，这是明明白白，再没得话说了，这如今怎么样呢？"

这个王善保家的只恨无地缝可钻，凤姐继续使坏，看着她，抿着嘴儿笑嘻嘻，对着周瑞家的道："这倒也好，不用他老娘操一点心，鸦雀不闻，就给他们弄了个好女婿来了。"周瑞家的当然也凑着趣儿，两个人你一言我一语的风凉话，讲得很开心。王善保家的一肚子气无处发泄，"啪"，一个清脆的耳光，现在真是自己"打脸"了，"老不死的娼妇，怎么造下孽了，说嘴打嘴，现世现报"！众人见她如此，要笑又不敢笑，也有趁愿的，也有心中感动报应不爽的。只见司棋"低头不语，也并无畏惧惭愧之意"，大家颇觉怪异，凤姐还怕她寻短，所以就派人监守着她。

搜检余事

　　大队搜检的结论有了，但还有些后续。这晚凤姐回屋子后，夜里下面淋血不止。自第五十三回过了一个元宵节，凤姐小产后，她的身体状况就一直往下走。用现在的医学术语来讲，她应该就是妇科疾病，可能是宫颈癌，或者子宫癌之类的。而抄检大观园的结果，也让许多冲突白热化了，惜春与尤氏就是。

　　抄检大观园的隔天，惜春就叫尤氏来，讲了入画的事，她的意思是，既然凤姐不带入画走，那就要尤氏带她去。惜春继续讲绝情的话："快带了他去，或打，或杀，或卖，我一概不管。"入画跪地哀求，百般苦告。尤氏跟奶妈也都劝说，但惜春就是不要入画了。接着，她又说："不但不要入画，如今我也大了，连我也不便往你们那边去了。况且近日闻得多少议论，我若再去，连我也编派。"尤氏还没搞清楚怎么回事，惜春说："我一个姑娘家只好躲是非的，我反寻是非，成个什么人了。况且古人说的，善恶生死，父子不能有所勖助，何况你我二人之间，我只能保住自己就够了，以后你们有事，好歹别累我。"

　　尤二姐、尤三姐的事，还有柳湘莲的那一句话应该都传到惜春耳里了，惜春对自己出身于宁国府觉得非常不堪，所以急着要跟宁国府切割。这一说，直接说中尤氏的心病了。尤氏在整个过程当中也挺无辜，尤二姐和尤三姐的事是贾琏、贾蓉、贾珍他们的主意，她本来就反对。后来王熙凤大闹宁国府，又搓揉得她全身都是鼻涕眼泪。她听了惜春的话说："怪道人人都说四姑娘年轻糊涂，我只不信，你们听这些话，无缘无故，又没轻重，真真的叫人寒心。"众人就说："姑娘年轻，奶奶自然该吃些亏的。"惜春接下来说："我虽年轻，这话却不年轻。你们不看书，不识字，所以都是呆子，倒说我糊涂。"这话简直幼稚之至！尤氏终于被她惹火了："你是状元，第一个才子，我们糊涂人，不如你明白！"惜春还继续在说一些以她的年纪根本无法参透的自以为是的"高论"，所以尤氏气到后来都觉得好笑了，然后惜春下结论："我看如今人一概也都是入画一般，没有什么大说头儿。"尤氏说："可知你真是个心冷嘴冷的人。"惜春又回："怎么我不冷，我清清白白的一个人，为什么叫你们带累坏了？"

现在，我们回到曹雪芹写作的角度来谈。曹雪芹在设定什么个性的人该讲什么话这件事上，真的很高明。这些话就该惜春说，绝不可能迎春说，更不可能探春说，就是惜春会说，还说得这么带劲儿！尤氏的反应也写得很好，我们说过，尤氏这角色不好写，她是隐晦型的，曹雪芹就有办法把这种隐晦，写得既隐晦又出色！尤氏终于开骂了，她说："我倒忍了这半日，你倒越发得了意，只管说这些话，你是千金小姐，我们以后就不亲近你，仔细带累了小姐的美名儿！即刻就叫人将入画带了过去。"惜春继续："你这一去了，若果然不来，倒也省了口舌是非，大家倒还干净。"姑嫂这场"当面锣，对面鼓"的对骂，精彩非常！

这个抄检已经注定有两个人走向毁灭，晴雯之外，就是司棋。不过，一个是大费周章地写了很多篇幅，一个却草草结束了。而除了晴雯、司棋外，芳官、四儿、入画也都将被赶出大观园了。

这个事件还有一个后遗症，那就是宝玉的悲痛。他没有能力挽救任何一个女子，花自飘零水自流，他只能在那边掉他的眼泪，心里面的痛有谁知道。接下来，我们还会看到在他最痛苦的时候，父亲贾政却偏偏要他欢喜作诗，这些冲突点，在暗示长大之后的宝玉没办法在这个家立身。从来世间事，每一个新的开始都是以过去为起点的，都是有一些蛛丝马迹在慢慢酝酿着，而不是凭空冒出来的。这也可以看出《红楼梦》的完美结构。下一节我们要谈那一年中秋，那将是贾家最后的一场盛宴。

坏篇 05

那一年中秋——最后一场富贵风流

第七十五回和第七十六回写的这个中秋，应该是整部《红楼梦》里，最后一场属于贾府的富贵风流。之后不是没有宴客聚会的场面，可是每个人的心情，还有聚会的人，已经不太一样了。

我们一路看着《红楼梦》，看着贾府走过春、夏的繁华，现在时序来到中秋，这个大宅门的气势也已经到萧飒的秋了。

几个重要的写作技巧

通过第七十五回和第七十六回，我想先谈一下曹雪芹对"营造气氛""参差对比""如何串场"以及"循序渐进"等几个文学技巧的运用。

首先，"营造气氛"很重要。我们都听过故事，你有没有发现，不同人讲同样的故事，感觉就是不一样。会讲故事的，绘声绘色，听的人很容易进入那个情境；不会讲故事的，再精彩的故事，它也是一杯白开水。写小说也一样，必须酝酿气氛、营造感觉，让读者如身临其境，这点很重要，但也最困难。

作为一个伟大的作者，曹雪芹很善于营造气氛。比如上一节提到的抄检大观园，夜深人静，忽然一群人一个屋子、一个屋子地闯进去，有的翻箱，有的倒柜，作者虽然没写出来，但是整个园子里一定灯光明亮，人声、狗叫声此起彼落，透出很不安的气氛。第七十五回，宁国府贾珍家人赏月时，原本风清月朗、气氛欢乐，但祠堂那头突然传来的那声长叹，再加一阵凉风过墙的阴冷感觉，不仅具有象征意义，气氛也营造得非常出色。

到了第七十六回，荣国府原本也是花好月圆，笛声悠扬，可是听着听着，各怀心事的众人反而有凄清之感。幸好林黛玉和史湘云一起作诗的场景充满了诗情画意，让感伤中仍带有一丝优美。

其次，我们谈"参差对比"的手法。张爱玲也说，她最喜欢用参差的比较，也就是一件事情两边不同的对照，亦即鲁迅讲的"一体两面"。由大的角度来说，整个第七十五回一直在使用这种手法。比如尤氏去李纨屋里洗脸，丫头弯腰捧着脸盆，李纨就要丫头跪着才成规矩，这就是这家人表面上注重的虚礼。可是，真相却是探春说的"恨不得你吃了我，我吃了你"！贾母用餐的一段也用了这个手法。贾府每一天每一顿饭，各房都会送敬菜来孝敬贾母，让餐桌看起来很丰盛，可是后面马上提到，贾母的米饭都是"可着吃的做"，再多就没了！

再次，至于"如何串场"，我相信有小说创作经验的人，一定经常碰到这个问题，也就是说，这一幕戏写完，接下来其他场景该怎么转换，才能生动自然不流于平淡琐碎？现在，我们来看曹雪芹是怎么做的。第七十五回，他充分使用了尤氏这个人物来串场、换场，尤氏从惜春的屋子，走到李纨的稻香村，再走到贾母院，最后再回到宁国府，如此一来，就把大部分的场面给串起来了。

第七十六回众人在凸碧堂团圆赏月，之后，林黛玉跟史湘云跑到下面溪边的凹晶馆去作诗，这两个场面要用什么去串起来？就用一个细瓷茶杯！凸碧堂散会后，下人收拾杯盘时，发现少了一只茶杯，她们说就算是破了，也要看到碎片才能交差。这时有人想起见过湘云的丫鬟翠缕拿着的，正要找翠缕问，刚好翠缕和紫鹃来说要找她们家姑娘。下一个场景，就告诉读者这两位姑娘哪儿去了，这也是一个很漂亮的串场。这个场景也有反讽的作用——整个大观园都即将垮掉，要崩坏了，执意找出这个细瓷茶杯又能够守住什么？我个人还认为，曹雪芹就是非常从容。我们讲故事或写小说时，讲到后来、写到后来不由得会着急起来，越讲越快、越写越急，因为怕底下观众跑掉，怕读者耐不住性子不读了，可是曹雪芹沉得住气。这是他很了不起的一点。

最后，我们来说"循序渐进"这个手法，作者是用在点出甄家抄家一事上。书里第一次提到甄家被抄，是第七十四回探春发飙时说："你们今日早起不是议论甄家，自己盼着好好的抄家，果然今日真抄了！"接着，第七十五回一开头，再由尤氏与下人的对话中透露。而真正落实，是在第七十五回王夫人向贾母说明甄家抄家的细节时。所以作者是用三段来铺陈，逐层推进。而在这背后还有一个更大的伏笔，就是甄家被抄，贾家也不远了！

粗俗与雅致并陈

曹雪芹还有一个很高明的手法，就是有办法把极粗俗的跟极雅致的摆在一起，而且文字各不相同，这种写法在《红楼梦》里有很多，我们举几个例子。

第三十八回写众人在藕香榭吃螃蟹，席间非常热闹，贾母一桌，丫头们也摆了一桌，难为凤姐作为一个当家的，她每一桌都要招呼到。招呼到鸳鸯这一桌时，平儿满手螃蟹地要去抹琥珀，不小心抹到凤姐脸上了。结果凤姐一出口就说："死娼妇，吃离了眼了，混抹你娘的！"她这话非常粗俗，可是有趣，大家听了都笑成一团。贾母听见了就问有什么乐子，也说来听听。鸳鸯高声说："二奶奶来抢螃蟹吃，平儿恼了，抹了他主子一脸螃蟹黄子，主子奴才打架呢！"贾母是一个乐天派老太太，她马上说："你们看他可怜见儿的，那小腿子、脐子，给他点子吃罢。"鸳鸯也就高声说："这满桌子的腿子，二奶奶只管吃就是了。"这当然是帮贾母凑兴的。这一段写出富贵人家在一个秋天的下午，没有外人，也没有什么忌讳，很开心地吃喝玩闹的画面，而凤姐说的那句话真是够呛辣、够粗俗。同样的时空，大人离开后，残席一撤，墙上挂起作诗的题目，画面中出现了林黛玉在钓鱼，薛宝钗在掐桂花蕊，迎春拿着根针在穿茉莉花，场景马上转换成一群年轻人的雅集。

我们再举一个例子,看粗俗怎么跟雅致凑在一起。第四十七回,薛蟠错以为柳湘莲是一个可上手的男宠,丑态毕露,讲的话也粗俗得让人喷饭,结果被柳湘莲给叫到城外痛打一顿。可是,第四十八回"慕雅女雅集苦吟诗",又让我们看到薛蟠的妾香菱努力在学作诗。这两个人凑在一起也是粗俗与雅致的并陈,一个是满口浑话,一个是学作诗学得忘我。而且,我觉得很有意思的是,香菱还真的是喜欢薛蟠。"呆霸王"的俗与"呆香菱"的雅也真是绝配!

现在,我们就翻开第七十五回,看看其中的精彩片段。

表面的虚礼与背后的真相

第七十五回一开头,是接续第七十四回末,尤氏在惜春那里被训了一顿,赌气出来后,本来想去王夫人那儿,结果,跟从的老嬷嬷悄悄跟她说:"才有甄家的几个人来,还有些东西,不知是什么机密事。奶奶这一去,恐怕不便。"尤氏听了就说:"昨日听见你老爷说,看见抄报上甄家犯了罪,现今抄没家私,调取进京治罪,怎么又有人来?"老嬷嬷道:"正是呢,才来了几个女人,气色不成气色,慌慌张张的,想必有什么瞒人的事。"于是尤氏转往李纨那边去。

甄家人来找王夫人这件点到为止的事情背后,其实真有曹家的背景在。历史上有这么一个记载,曹雪芹的父亲曹𫖯,也就是后来被雍正给抄家,而且革职治罪,披枷戴锁游街示众的那位,曾经帮雍正的弟弟胤禟代收了两只镀金的狮子。当初这两个镀金狮子因没做好,胤禟就说要先寄放在曹家。曹𫖯得罪不起皇亲贵戚,但这么一来就给自己招惹了祸端。读过历史的都知道,雍正对兄弟是很残忍的,胤禟也是其中一个被迫害的弟弟。所以,曹家代收胤禟两只镀金狮子,也成为后来抄家时一个很大的罪状。甄府跟贾府关系亲密,现在甄府被抄家,一定会偷偷把一些东西拿来放在贾府,这件事在之后贾府被抄家时没提到,可是,曹家的历史真相就隐藏在这里,也就是"甄士隐",真事隐在此处了。

尤氏来到李纨的屋子后,李纨吩咐下人去沏茶时,尤氏"出神无语"——这四个字勾勒出的画面很耐人寻味。尤氏在发呆，她在想什么？作者不说，让读者自己去想。她可能在想甄家抄家的事，也可能在想刚刚被小姑惜春痛骂一顿的事，又顺带想到尤二姐、尤三姐那些不堪的往事，还想到他们宁国府的恶名昭彰。对她来讲，这些事情应该比甄府抄家来得更直接吧。

尤氏洗脸的这一幕，就让我们看到所谓的虚礼了。李纨命丫鬟素云取来自己的妆奁，素云则将她自己的脂粉也拿来，说："我们奶奶就少这个，奶奶不嫌腌臜，能着用些。"李纨就念素云："我虽没有，你就该往姑娘们那里取去，怎么公然拿出你的来？幸而是他，若是别人，岂不恼呢！"接着尤氏洗脸的一段，庚辰本写得比较多，提到她把首饰先取下，在身上披一条大毛巾，还出现了另两个丫头的名字，一个叫银蝶，一个叫炒豆儿。程高本把这一段删掉了，我个人觉得删了也好，因为银蝶讲的话有点儿奇怪，再者，这个画面第五十五回已经出现过。第五十五回探春管事，赵姨娘来闹，探春忍不住气恼得哭了，后来丫鬟拿了东西来让她洗脸，重新打扮，那时候平儿在旁边，也帮着服侍。我觉得洗脸这一段在第五十五回就写得很细、很美了。第七十五回这里的重点是丫头本来是弯腰捧着脸盆，李纨就斥她："怎么这样没规矩？"那丫头于是赶快跪下。尤氏就说："我们家下大小的人，只会讲外面假礼假体面，究竟做出来的事都够使的了！"总之，作者就是用洗脸这一段，用丫头跪着捧脸盆，来写出表面虚礼和私底下行为的对比。

这时宝钗来了，说母亲身体不好，她要出园子跟母亲做伴。这里也能看出宝钗是蛮现实的，既然贾府在抄检，她也要躲是非了。宝钗说要离开，李纨"只看着尤氏笑，尤氏也看着李纨笑"，大家心照不宣。之后来的探春还说："很好，不但姨妈好了还来，就便好了不来也使得。"这话有点儿赌气，有点儿泄气。尤氏就说："这话又奇了！怎么撑起亲戚来了？"探春就冷笑道："正是呢，有别人撑的，不如我先撑，亲戚们好，也不必要死住着才好，咱们倒是一家子亲骨肉呢，一个个不像乌眼鸡似的，恨不得你吃了我，我吃了你。"这一句话才是真相，所以曹雪芹写了半天，要点出的就是在这虚礼的背后，这家人事实上已经闹翻了。而这一点又有历史的真相在背后。曹家后来会分崩离析、一败涂地，跟他们整个家族不和也有关，曹雪芹对此当有很深的感慨。

精准描摹贾母的心情

然后，尤氏往贾母这边来。"贾母歪在榻上，王夫人正说甄家因何获罪，如今抄没了家产来京治罪等话。贾母听了，心中甚不自在。"前面这里透露一点，那里透露一点，可是到这里，甄家抄家的事就确定了。

我们来看曹雪芹怎样写一个老人家的心理。

贾母正不自在，恰好见尤氏等人来，就想转移话题，开口问她们凤姐、李纨这两个妯娌今天身体如何。尤氏等忙回道："今日都好些。""贾母点头叹道"——这是很好的心理描写。她虽然点头，却是"叹"道："咱们别管人家的事，且商量咱们八月十五赏月是正经。"这句话把一个老人家，面对最亲近的甄家出事，知道自己家族也来日不多的心理描写得非常细腻。

我们之前说过，贾府里最能干的人应该是贾母，但她毕竟年纪大了，而且，我相信她老人家也知道无可挽回了，只能过一天算一天，所以她选择的是逃避。她这句话用了两个"咱们"，是在切割甄家是别人的事情，跟我们无关，但事实上她这么讲，正暗示是有关的。"八月十五赏月是正经"，"是正经"这三个字隐含的意思就是我不要再听、我受不了了，我们就讲赏月的事情吧！

贾母这么说，王夫人当然就要配合演出，她说："已预备下了，不知老太太拣那里好，只是园里恐夜晚风凉。"贾母笑着说："多穿两件衣服何妨，那里正是赏月的地方，岂可倒不去？"这话也还是在写她的心理，贾母内心也许知道，那个园子之后应该保不住，也许是最后一次了，所以管他冷不冷，还是要去的。

接下来用餐的一段，同样是日常中微见寒意。"说话之间，媳妇们抬过饭桌。王夫人尤氏等忙上来放箸捧饭。""贾母见自己几色菜已摆完，另有两大捧盒内盛了几色菜，便是各房孝敬的旧规矩。"从这里我们知道，原来以前富贵人家的长辈用餐时，各房是有敬菜的。比如贾赦、贾政，他们每天总是要挑一两样好菜，孝敬长辈。贾母说："我吩咐过几次，蠲了罢，你们都不听。""蠲"是免除、废掉的意思。王夫人笑着回道："不过都是家常东西，今日我吃斋，没有别的孝顺，那些面筋豆腐老太太又不甚爱吃，只拣了一样椒油莼虀酱来。"就是莼菜过水，切成细丝，加了花椒、盐、酱、醋的一道江南风味的素菜。贾母就笑着说："我倒也想这个吃。"从这里可以看出，贾母还是有点偏心，比较喜欢王夫人。鸳鸯听说，便将碟子挪在跟前。

除了王夫人的敬菜，还有另几样，包括贾政孝敬的鸡髓笋。《红楼梦饮食谱》有提到这道菜的做法，是把浙江天目山产的优质竹笋拿鸡汤煨成，应该也很美味。

贾母略尝了点儿，就叫人把那几样菜都送回去，嘱咐下人说她吃了，以后不必天天送，想吃什么自然会去要。接着贾母吃稀饭。曹雪芹很让人佩服的一点是吃一顿饭，他也可以写这么多、这么细，而且写得很有意思。

贾母吃的稀饭是红稻米粥，也就是现在流行的，说是很补血的紫米粥。吃了半碗，贾母吩咐将这粥送给凤姐，可见她也很疼凤姐。因见尤氏吃的仍是一般的白米饭，贾母就问："怎么不盛我的饭？"丫头们说："老太太的饭完了。"这句话很重要，可见每天煮给贾母的饭并不多。鸳鸯说："如今都是可着头做帽子了，要一点儿富余也不能的。"王夫人忙回道："这一二年旱涝不定，庄上的米都不能按数交的，这几样细米更艰难，所以都是可着吃的做。"这些铺陈不就是要让贾母讲出这句话："正是'巧媳妇做不出没米儿粥来'。"

虽然贾母是笑着说，众人也都笑着回应，但贾府的窘境渐渐显出来了。

很有《金瓶梅》味道的宁国府风景

"深得金瓶壶奥"，是《红楼梦》里的一句脂评。事实上，《红楼梦》的写作和感觉，有些地方真的很像《金瓶梅》，尤其是第七十五回。

用完晚餐尤氏回到宁国府，看见门口那对石狮子前停了一堆车，尤氏知道府里的男人又在聚赌了。一时兴起，打算从他们窗户跟前走过窥探一二。

就写作角度而言，宁府这样的事要由谁来看到才对？叫这些大爷来看？不对！因为他们急着进去。千金小姐？她们根本碰不到这场面，王夫人、邢夫人更见不着，所以尤氏应该是最适合的人！我们也借此看到康雍乾时代贵族生活的片段，这些男性贵族常有兄弟会之类的聚会，吃酒赌钱，并夸耀自家厨子有多高明。由于贾珍还在服丧，不能出游，就以习射为由，找来一些人玩乐，而以贾蓉之名邀约的这些少年都是斗鸡走狗、问柳评花的游侠纨绔。

这里还有邢夫人的胞弟邢德全，人家叫他"傻大舅"，以及薛蟠这位"呆大爷"。顾名思义，两个人都是手头散漫、败家比快之人。这里也写了清朝颇盛行的小幺儿，也就是所谓的男宠。曹雪芹真的很厉害，雅可以极雅，俗可以极俗，在宁国府此场景中淋漓尽致地描绘出这群男人的粗俗，而傻大舅和薛蟠讲话的口气几乎已经达到了喜剧效果！

通过傻大舅的嘴巴，作者顺便让我们进一步了解尴尬人邢夫人。邢夫人果然对谁都无情，自己娘家兄弟也不例外。尤氏在窗外听了这一堆话之后，悄悄啐了一口，骂道："你听听，这一起没廉耻的小挨刀的，再灌丧了黄汤，还不知呲出些什么新样儿的来呢！"有意思的是，她对这些荒唐画面不置可否。然后就回房去休息了。至四更时，贾珍方散，往佩凤房里去了。我觉得尤氏说的话，和对贾珍的描写很"金瓶梅"。《金瓶梅》里西门庆也是这样子玩乐到半夜，再选择到哪一个妾房里过夜。

隔日起来，就有人回西瓜月饼都全了，因为是中秋，所以作者扣着这个题目。贾家自己有厨子，做了月饼、备了西瓜要送人，贾珍吩咐叫尤氏去分配就好了。后面这一段我还是觉得像《金瓶梅》！贾珍的妾佩凤跟尤氏说："爷问奶奶今儿出门不出门？说咱们是孝家，十五过不得节，今儿晚上倒好。"请注意，《金瓶梅》里面西门庆那几房妾叫西门庆"爹"，管大老婆吴月娘叫"娘"，这里也一样，佩凤就是这么称呼贾珍跟尤氏的。说到这里，我们顺便再回忆一下，当初王熙凤杀到尤二姐屋里去时，尤二姐一见面就叫王熙凤什么？她称凤姐"姐姐"，光这一句话她就该死了。作为一个妾，她其实没有资格和权利叫大老婆姐姐的，她要自己矮一格叫她奶奶才对。尤二姐太天真了，怪不得斗不过凤姐！孝家年节不得当日过，这个习俗有些地方今天还有，所以贾珍他们八月十四就先过节。

那天晚上，"贾珍煮了一口猪，烧了一腔羊，备了一桌菜蔬果品"。曹雪芹写宁国府的吃穿用度，相对简单。备好食物，贾珍"在汇芳园丛绿堂中，带领妻子姬妾"，这画面是不是也很"金瓶梅"？西门庆过年过节时，也是带着一帮妻妾在自家园内同乐。贾珍命佩凤等四人也都入席，下面一溜儿坐下，猜枚划拳，场面很热闹。贾珍开心起来，就让人拿了一支紫竹箫来，命佩凤吹箫，文花唱曲，这还是一样"金瓶梅"。西门庆对妻妾都有音乐素养很是自得，潘金莲擅弹琵琶，孟玉楼会月琴。也就是说，以前有钱人家娶妾就是娶来娱乐的！白先勇的《游园惊梦》里，钱将军之所以娶南京得月台班子的蓝田玉，就是因为她有一副好嗓子，她唱的昆曲打动了钱将军，他为了继续听，就把她娶回家来。

接下来，另一种情境要出现了。"那天将有三更时分，贾珍酒已八分"，酒已八分，点出贾珍喝得差不多了，大家正"添衣喝茶，换盏更酌"，多好，八个字，已经把场面全部描写完了，"忽听那边墙下有人长叹之声。大家明明听见，都毛发悚然"。贾珍忙厉声叱问是谁在那边，连问几声，没人答应，尤氏说必是墙外边的人吧。贾珍就说："胡说！这墙四面皆无下人的房子，况且那边又紧靠着祠堂，焉得有人？"贾珍这话，当然更让人心慌。"一语未了，只听得一阵风声，竟过墙去了，恍惚闻得祠堂内槅扇开阖之声，只觉得风气森森，比先更觉凄惨起来。"这就是先前我们说的气氛营造，这样铺陈下来，那种恐怖之感弥漫开来了。

然后，作者用月色来比较，说现在"看那月色时，也淡淡的，不似先前明朗"，这全是心理变化了。方才贾珍一行人赏月，觉得月色皎洁，但现在被这么一吓，见月色也惨淡了。"众人都觉毛发倒竖，贾珍酒已吓醒了一半，只比别人拿得住些。"这个场景有十足的象征意义，子孙聚赌，家声败坏，祖宗焉得安心，是以长叹。

翌日一早起来，贾珍带领众子侄开祠行朔望之礼。以前有钱人家里有祠堂，初一和十五要开祠堂大门，好好祭拜一番。他们细察祠内，没见什么怪异处，贾珍认为许是自己醉了，遂不再提。

透出几许凄凉的团圆宴

到了晚上，贾珍夫妻吃过晚饭后，来到荣国府陪贾母过节，场景就又换到荣国府这边来。当下，一行人前往大观园。这时候园子正门大开，挂着羊角灯。"嘉荫堂月台上，焚着斗香，秉着烛，陈设着瓜果月饼等物"。邢夫人等一干女众已在那里久候，只见"月明灯彩，人气香烟，晶艳氤氲，不可名状"。这样的富贵荣华要多看两眼，明年知何处？

我们来看看，一个老人家是怎样努力地想要好好过个节的。拜完月亮，贾母便说"赏月在山上最好"，既然她这么说，这些子孙当然就陪着去了。一行人慢慢来到山脊上的凸碧山庄。以前真是男女严防，明明是一家人，但男众跟女众之间还要用一个屏风隔起来，贾母领着的男丁这边只坐了半桌，贾母感慨人太少了，她年轻时过中秋，男女就有三四十个，何等热闹。这里庚辰夹批："未饮先感人丁，总是将散之兆。"贾母于是要迎春、探春、惜春三姐妹也过来坐这一边。说到迎春，这当真是最后一次的快乐了，因为她的暴力婚姻已在不远处了！

赏月总是要来点余兴节目，贾母命人折一枝桂花来，击鼓传花，花到谁手上，谁就要讲笑话。结果，贾政首先讲了一个粗俗不堪的笑话，他一向道貌岸然，现在被迫要讲笑话，光是开口，就让老小乐不可支，讲什么反而不重要了。轮到宝玉时，他不敢讲笑话就作了诗，接着贾兰和贾环也作诗，不过书里并没有完整写出三人的诗作。庚辰本在这一回前面有一句话："乾隆二十一年五月初七对清。缺中秋诗，俟雪芹。"可见《红楼梦》确实就是曹雪芹写的，而脂评这句等于是备忘录，在1756年的这天注明有三首诗还没写，等雪芹来补，可惜曹雪芹终究未补上，所以我们到今天还是看不到宝玉、贾兰、贾环在这个中秋夜作的那三首诗。

贾政在宝玉、贾环作完诗后，还故作潇洒地说两个儿子是"二难"，难兄难弟，难以教训。作为一个父亲，贾政讲出来的酸话真的是可厌。

花传到贾赦手上时，他讲了一个母亲偏心的笑话。贾赦不知是有意还是无心，反正贾母听了心里不舒服。"贾母也只得吃半杯酒，半日笑道"，"只得"二字即有勉强之意，但接下来的"半日"，就是她在心里琢磨着，到底是要发脾气，还是不发脾气。贾母发话了："我也得这个婆子针一针就好了。"这话厉害！我们之前已经看过她怎样让贾政就范，现在她一句话也让大儿子不安了。贾赦知道母亲疑心，忙起身笑与贾母把盏，赶快让这件事情过去。

这个中秋夜是跨回的，从第七十五回写到第七十六回。贾母先是遣走贾政等男众，撤去围屏，两席并为一席，终还是觉得人少。宝钗、宝琴回自己家过节，李纨、凤姐又告了病假。尤其少了凤姐，等于是彩色变黑白，整个气氛就冷清下来，贾母说："偏又把凤丫头病了，有他一个人说说笑笑，还抵得十个人的空儿，可见天下事总难十全！"说毕，不觉长叹一声。这句"长叹一声"，刚好对应昨晚宁国府祠堂祖宗的那一声叹息。祖宗的叹是虚，贾母的叹是实，可是这两个叹息都在呼应，属于贾家的气数果然已经走到了尽头。王夫人马上说："母子团圆，自比往年有趣，往年娘儿们虽多，终不似今年骨肉齐全的好。"这话说得好，又让贾母鼓起兴致要大家都换了大杯子喝酒。只是这一刻，大家虽然围坐团圆，但其实各怀心事。先从贾母说起，贾母为了甄家的抄家，心里很不自在，所以她努力想忘记，想营造一种快乐气氛。王夫人跟邢夫人这对妯娌打从"尴尬人难免尴尬事"那回，一定有了心结。在抄检大观园时，邢夫人意外拿到情趣用品，想扳回一局，让王夫人难堪，可她的心腹王善保家的捉贼捉到自己的外孙女，这件事必然让两个人的心结更深。至于前不久才吵过一架的惜春跟尤氏，也一定是貌不合神也离，我瞪你一眼，你白我一眼。而且，原本总是站在惜春身后的入画已经被赶走了，丫鬟群空落了一个身影。

探春也坐在这里，可是她才刚打完王善保家的一巴掌，虽然礼貌上探春会尊称邢夫人一声大伯母，但我们相信邢夫人一定是从鼻子里哼气的，所以两个人也一定是白眼相对。况且，探春为了家里越来越不成样子，心情沉重，今天这顿饭想必也吃得很闷。迎春呢，司棋和她表兄的私情东窗事发了，现在已经被看管，要等过完节再发落，所以司棋该站的位置也空了。迎春不是无情，只是懦弱，没办法为自己人做点什么，但是她心里一定是难过的。

宝玉本来应该是最开心年节欢会的，可是这会儿他也心事重重，因为打从晴雯那一天气哭回去，接着病倒，又发生抄检大观园这样的事，宝玉徒有眼泪跟一颗破碎的心，在这个中秋夜里"诸务无心"，所以王夫人"再四遣他去睡"了。点将录似的，就是要告诉读者，林黛玉和史湘云为什么有机会可以离席，因为人人各有心事，连宝玉都顾不得林妹妹哪里去了。所以，这个中秋夜表面上是在写团圆宴，可是事实上已经秋意零落了。

花疲、人倦、戏散、夜凉

回到第七十六回上半部分，气氛酝酿写得极好。天上月明，楼台近水，所以水上又一轮明月，而且有笛声，还有桂花香，很有诗情画意。

众人赏了一会儿桂花，又入席换暖酒来。"猛不防那壁里桂花树下呜咽悠扬，吹出笛声来。趁着这明月清风，天空地静，真令人烦心顿释，万虑齐除。肃然危坐，默然相赏，听约两盏茶时，方才止住，大家称赞不已。"这一段优美的散文声色俱全，能让读者如临其境。建议月下闻笛的贾母很得意地问："果然好听么？"众人说实在好听啊，还是老太太比较厉害。这是实话！

贾赦离席回府时摔了一跤，贾母赶快派人去问状况。现在下人来回报，说没什么大碍。贾母点头叹道："我也太操心，打紧说我偏心，我反这样。"可见贾母还是把贾赦说的话放在心上的，这里把她的心情写得很细腻。

夜深，有露水了，贾母还是不回去，她戴上兜巾、披了斗篷还要继续，但实在有些勉强了。现在，更幽缓的一缕笛声从桂花阴里发出。各人随心想象，彼此都不禁有凄凉寂寞之意。只见席上贾母已蒙眬双眼，她终于敌不过岁月，再挽留也挽留不住那一点繁华了！

王夫人轻声请醒，贾母睁眼说："我不困，白闭闭眼养神，你们只管说，我听着呢。"这几句话让人觉得好伤感。王夫人等再三劝她说，还是明天十六再赏月吧，而且说她们姐妹熬不过，都去睡了。贾母听说细看了一看，果然都走了，"只有探春一人在此"。这句很重要，我觉得这就是为什么后来高鹗的后四十回让探春活着，而且活得比先前更好，探春是可以的，她有这个能耐。贾母笑道："也罢，你们也熬不惯，况且弱的弱，病的病，去了倒省心，只是三丫头可怜，尚还等着，你也去罢，我们散了。""我们散了"这四个字，终于从贾母嘴里讲出来了，属于贾府的富贵风流盛宴也到此结束。

不过，这个中秋夜还没写完，作者用那个找不着的细瓷茶杯来串场，由这个杯子追到凹晶馆去了。

寂寞月夜的一个美丽片段

到了凹晶馆，作者语气一转，写两位才女在这个月夜的美丽片段。史湘云和林黛玉平常不太对头，可是她们毕竟胸襟宽广，气派也好，所以两位孤女能够在倍思亲的佳节互相安慰。她们决定离开人群下到凹晶馆作诗。要用什么韵呢？她们于是数栏杆，数到哪一根，就用哪个韵。这个随兴数栏杆的动作可以看出两个人无可排遣的寂寥。不过，一旦开始作诗，她们就完全忘记自己的孤单，表露出很可爱的一面：对方讲出一句诗，我佩服，可是我也不认输，也要讲一句出来。这是整部小说里，史湘云跟林黛玉最合拍的一晚。她们在斗诗，可是不伤和气，彼此都欣赏对方。

当然，最有趣的画面就是水里忽然出现一个黑影，这时就看出两个人的个性了。黛玉说："敢是个鬼？"湘云笑道："可是又见鬼了！我是不怕鬼的，等我打他一下！"说着拿一个小石片打池子，"一个大圆圈将月影激荡，散而复聚者几次，只听那黑影里嘎的一声，却飞起一个白鹤来"，美丽情境中，史湘云说出了"寒塘渡鹤影"这一句暗示了她命运的绝唱。

"黛玉听了又叫好，又跺足，说：'了不得了，这鹤真是助他的了！'"这里又出现一个参差对比的写法。刚刚一堆人团圆赏月，但画面都是静态的、凄凉的，现在这两个孤女在这里作诗反而是动态的、活泼的，充满朗朗笑声。林黛玉说，这个"寒塘渡鹤"何等现成，何等有景且又新鲜，我竟要搁笔了。史湘云说，大家细想就有了，不然明日再联也可。这回答就是一副"是啊，我赢你了"那种得意的口气，可是不让人讨厌，很可爱！黛玉只看着天，不理她，半日猛然笑道："你不必捞嘴，我也有了，你听听！"接着就说出了"冷月葬诗魂"，这句同样也是预告着林黛玉结局的好诗。

这时，山石后面又冒出来一个人，是妙玉。作者对妙玉虽然着墨不多，可是每回妙玉一出场还是有好戏。能让林黛玉服气的人不多，宝钗是一个，妙玉也是一个。妙玉说夜很深了，邀她俩去栊翠庵喝杯茶。三人来到栊翠庵，"只见龛焰犹青，炉香未烬"。这几个字真是好，一下子就把一个禅堂夜晚的宁静，以及会有的那种香气、干净都写出来了。

在这里，紫鹃和翠缕终于找到自家姑娘了。接着，妙玉把刚才黛玉和湘云的联句续完，黛玉和湘云大为佩服。离开栊翠庵，史湘云说已经这么晚了，干脆去林姑娘那里，一行人就来到潇湘馆。我们看曹雪芹的笔，到这里大家都累了，他还没累，他还可以细细地写。"大家走至潇湘馆中，有一半人已睡去。二人进去了，卸妆宽衣，盥洗已毕，方上床安歇。紫鹃放下绡帐，移灯掩门出去。"写得有条有理，一点儿都不漏掉。

最后一段仍然很有意思，两个才女翻来覆去睡不着。湘云说她有择席症，也就是换了床就睡不好。黛玉说："我这睡不着，也并非一日了，大约一年之中，通共也只好睡十夜满足的觉。"黛玉由于气血不足，本来就睡不好。今晚又错过了困头，当然睡不着。我个人觉得作了一整晚的诗，情绪亢奋，自然不好睡！

这一回最后小小的句点也写得很好，两个女孩躺在一起，现在不斗嘴，是好姐妹了。湘云道："你这病就怪不得了。"这句话王文兴老师盛赞不绝。我们听起来没什么，但王文兴老师听出来了！他说，这两个好朋友睡不着时讲话，讲着讲着，史湘云快睡着了，她讲完"你这病就怪不得了"就进入梦乡了，所以如果我们念这句台词，声音该是越来越小声的。王文兴老师本来对语气、文字就是非常讲究，所以他看到了程乙本这句话的好处！上课时，同学们还关心："史湘云睡了，那林黛玉呢？"我想，她应该还得再醒好一阵子吧。

一样的中秋，不一样的心情，总是已经走到秋天的末端了。接着，严酷的冬天即将到来。

坏篇 06

任情任性的女子——晴雯

任情任性，这是《红楼梦》里的话。我们现在讲一个人任性，不是正面评价，但这里的任情任性，指的是让自己的感情和性格能不受压抑，真正发展出来。不过，这样子的行为，在那个年代通常不会有好下场，因为人生有层层框架在，怎么可以任情任性呢？男人不行，更何况女人。

活出自我，注定难以善终

《红楼梦》里几位任情任性的女子下场都不好，我们可以先从回目来看。林黛玉逝世的第九十八回，作者用的是"苦绛珠魂归离恨天"，黛玉这株来还泪的绛珠仙草最后心里真是很苦。"离恨天"出自佛经，历代诗词常见，但是这句"魂归离恨天"最是经典，许多早期的电影海报上都喜欢引用这句话。第六十六回的尤三姐则是"情小妹耻情归地府"，用了两个"情"字，多情的尤家小妹，最后以这段情为耻，她爱错了人，而且连一个证明自己的机会都没有，只能以死抗议。

晴雯跟芳官同在第七十七回，一个是"俏丫鬟抱屈夭风流"，一个是"美优伶斩情归水月"。《红楼梦》作者给了晴雯"俏"字,这个"俏"不容易,不仅美丽,还有轻盈、活泼之意。"屈"字是盖棺论定,说明晴雯是抱着很深的委屈,"夭"指青春早逝。逝于什么?风流。"风流"一词我们也不要用现在的意义来解读,它在以前是很好的字眼,所谓风流倜傥,也可以说就是任情任性。至于芳官,她是一个优伶,而且长得很漂亮,能得曹雪芹一个"美"字,比选美大会的认证还要有分量。"斩情"是斩断情根,"归水月"就是双关语了。一来,芳官最后就是在水月庵出家,所以归水月。再者,也意指所有感情都是一片水月,水中月、镜中花,都是虚幻的。芳官看透了,所以斩断情根,一切归空。

这四个女子同属性灵派,同样任情任性,她们放纵自己的感情和个性,在那个年代势必凄惨,所以四人里有三位都青春早逝。林黛玉的香消玉殒是渐渐地油尽灯枯。尤三姐的死,是一种悲壮的抗议和放弃。至于俏丫鬟晴雯则犹如雷电摧折,她去世后,王夫人给她安了一个病名"女儿痨",也就是女性青春期结核病。但是我们在《红楼梦》里认识的晴雯一直都是很活泼的,骂人也好,说话也好,都是声音爽脆,伶牙俐齿,怎么会是女儿痨呢?

王昆仑的《红楼梦人物论》是一本年代久远的书,不过它一再地被引用,出现在不同的红学书籍里。书里有一观点我很欣赏,他说《红楼梦》的作者对于宝钗、探春、平儿、袭人、凤姐是采取政治史的写法,对于黛玉、晴雯、尤三姐、芳官却是几首极哀怨的诗篇。

所谓政治史的写法,是作者偏向强调人物在现实世界里的行为,简单来讲大概就是为人处世方面的事。所以,曹雪芹写宝钗、探春、平儿、袭人、凤姐,比较偏重她们的行事风格,可是当写到黛玉、晴雯、尤三姐和芳官这几个女孩时,却是一首又一首浸满泪水的诗篇。换一个角度讲,曹雪芹写宝钗、探春这些人的时候,心情是较平静,较能理性入手,可是一写到黛玉、晴雯、尤三姐和芳官这几个女孩,他的心情却是起伏澎湃,尤其是第七十七回,那真的是曹雪芹呕心沥血在写的。所以,有一说法:曹雪芹写到晴雯死的时候,他真就吐血了。因此,第八十回后无以为继,可见他用了多大的感情来写晴雯!

"红迷"心中可爱的女孩

"霁月难逢,彩云易散。心比天高,身为下贱。风流灵巧招人怨,寿夭多因诽谤生,多情公子空牵念。"

太虚幻境"薄命司"中"金陵十二钗又副册"首页上面,既非人物,亦非山水,但见"水墨滃染,满纸乌云浊雾而已"。

这便是晴雯未盖棺已论定的命运。

在《红楼梦》里,除了宝玉之外,大概没几个人真正喜欢晴雯。她在怡红院里是当二小姐的,就像个富贵闲人。大事袭人做,小事有麝月、秋纹、碧痕和其他小丫头做,她是不做的。第五十一回袭人因母亲病重回家去,麝月跟晴雯说:"你今儿别装小姐了,我劝你也动一动儿。"但晴雯大小姐就坐在那里烤手,回说:"等你们都去净了,我再动不迟。"可见她平常一定是到处得罪人。怡红院的人忍受她,那些婆子、小丫头恨她。之前抄检大观园那回,王善保家的偏咬她出来,当然也是讨厌她。至于王夫人一看到她,眼里就喷出火来,说她就是一个祸胎,一定要去之而后快,这根本是偏见!

可是,在小说世界之外,这两百多年来的《红楼梦》读者,几乎没有人不喜欢晴雯。反差这么大,刚好反映了一件事:拉开距离,我们才懂得欣赏别人的美!凭良心讲,如果我们身边有晴雯这种同事,可能除了忍受之外,背地里也会抱怨。曹雪芹穷困之极时说过,如果有人请他吃黄酒烧鸭,他就讲故事给对方听。我们现在会觉得这位才子好辛酸,问题是,如果曹雪芹是你的朋友、家人,你会自始至终、无怨无悔地善待他吗?我个人认为这就是艺术的美感跟现实生活的落差。同样的道理,晴雯虽然在《红楼梦》的故事里没办法获得欣赏,可是在文学史上,她是每一个"红迷"心目中可爱的女孩。

浪漫与礼教的对撞

近代文学大师林语堂曾说,若一个人喜欢《红楼梦》里的晴雯,他也许是未来的大作家。大概是因为晴雯聪明、敏锐、爱憎分明，又极具正义感。

说了半天，晴雯到底犯了什么大错，怎么就是死罪一条呢？这要从抄检大观园时王善保家的第一个针对的就是她说起，那一刻也是王夫人与晴雯真正面对面的时候，浪漫与礼教的对撞将如何惊涛骇浪？

在抄检行动开始之前，王善保家的就先告了晴雯："别的还罢了，太太不知，头一个是宝玉屋里的晴雯那丫头，仗着她的模样儿比别人标致些，又长了一张巧嘴，天天打扮得像个西施样子在人跟前能说惯道，抓尖要强，一句话不投机，她就立起两只眼睛来骂人，妖妖调调，大不成个体统！"

王夫人一听，就问凤姐："有一个水蛇腰，削肩膀儿，眉眼又有些像你林妹妹的……这丫头想必就是他了？"晴雯长得漂亮，之前王夫人看见她正在骂小丫头，就很不顺眼。王夫人自己也说："我一生最嫌这样的人。"像王夫人这种自认正派、守着规矩的大家子太太，对于举止佻达、轻俏的最不能忍受。现在她着人把晴雯给叫来了。

晴雯这几天刚好不舒服，听见王夫人找，随便着衣就过来了。结果，"王夫人一见他钗軃鬓松，衫垂带褪，大有春睡捧心之态"，这几个形容词实在过重了。晴雯也许懒散些，但是从王夫人心怀偏见的眼里看出来就全然是负面的了。王夫人当场大怒，冷笑道："好个美人儿，真像个病西施了，你天天作这轻狂样儿给谁看？你干的事打量我不知道呢！我且放着你，自然明儿揭你的皮。"

王夫人骂了她几句后，突然问："宝玉今日可好些？"我想，包括你我在内，一定是答"好"，倘若王夫人接着问怎么好，我们就巨细靡遗地说明，以表示自己尽责认真，但这么一来，就惨了！晴雯刚一听王夫人的话，就知道自己被暗算了。虽然着恼，只不敢作声。"他本是个聪敏过顶的人，见问宝玉可好些，他便不肯以实话答应，忙跪下回道：'我不大到宝玉房里去，又不常和宝玉在一处，好歹我不能知，那都是袭人和麝月两个人的事，太太问他们。'"晴雯果然反应快，她知道这时先跟宝玉撇清关系要紧。

不过，她这样讲，王夫人会放过她吗？当然不会。王夫人说："这就该打嘴，你难道是死人，要你们做什么！"晴雯于是搬出老太太："我原是跟老太太的人，因老太太说园里空大人少,宝玉害怕,所以拨了我去外间屋里上夜,不过看屋子。我原回过我笨,不能伏侍,老太太骂了我'又不叫你管他的事,要伶俐的做什么',我听了不敢不去,才去的,不过十天半月之内。宝玉叫着了,答应几句话就散了。"她的意思是十天半个月的,宝玉才会跟她讲一两句话。她又一一解释,宝玉的饮食起居上一层有谁管,下一层有谁张罗,她闲着还要做老太太屋里的针线,总之就是一直搬出老太太来。"所以宝玉的事竟不曾留心,太太既怪,从此后我留心就是了。"晴雯这番随机应变,让我们好生佩服!王夫人信以为实,忙说:"阿弥陀佛,你不近宝玉,是我的造化了,竟不劳你费心,既是老太太给宝玉的,我明儿回了老太太再撵你。"浪漫与礼教的一次对撞,注定"薄命司"要添一缕冤魂了。

王夫人是好人,但好人有时更残忍,因为自认是"正义之师"!

与宝玉心性相通,却被"横刀夺爱"

就这样,没犯什么错的晴雯,被王夫人以非常决绝、无情的方式"撵"出去了。这件事王夫人做得很绝,毕竟晴雯是贾母的人,照理讲,她要发落晴雯一定要先经过贾母同意,可是她可能怕贾母留下晴雯,所以先斩后奏,而且给她安了一个"女儿痨"的病名。

我们来看看贾母知道后是怎么说的。贾母说:"晴雯这丫头,我看他甚好,言谈针线都不及他,将来还可以给宝玉使唤的。谁知道变了!"也就是说,贾母觉得晴雯长得好,女红也做得很好,本来是想着让她以后服侍宝玉的。这里让人觉得贾母真的很厉害,原来她早就帮宝玉张罗了一位姨太太的最佳人选,不是袭人,是晴雯!

在这个选择上,我觉得贾母是对的。怡红院里这些丫头,宝玉对袭人是敬爱,甚至有时候有点儿怕她,对晴雯却真的是喜欢,他们至少是心性相通的。

我们回想一下,当宝玉挨父亲打,哪里也去不了,又牵挂着林妹妹时,他先遣开了袭人,再找晴雯去探望林黛玉,因为他知道,如果叫袭人去,袭人一定会讲一大堆道理，可是晴雯不会。

在那个年代，娶妻娶德，娶妾就是娶她的美貌、她的讨人喜欢。所以，长辈会要求子孙娶大老婆要门当户对，符合某些特定条件，可是接下来的妾就随你高兴就好。所以我个人认为，贾母在得知晴雯被"撵"后的话中透露出，她已经选中晴雯是以后可以陪伴宝玉的美妾，但是这份美意却被王夫人"横刀夺爱"了！我觉得这四个字我用得很好，王夫人的横刀夺爱，是夺走贾母的爱、宝玉的爱，当然，还有晴雯的爱。她硬生生地排除晴雯，把袭人拱成宝玉的第一姨太太人选。各位想想看，晴雯走了、黛玉也死了后，宝玉是不是非常寂寞？他娶了宝钗后，等于正面一个镇山太岁，两旁各一个左右护法——麝月和袭人。宝玉焉得不窒息，他不脱身行吗？晴雯原本可以陪在宝玉身边，扮演让他抒发情感的角色，可惜就被王夫人给"横刀夺爱"了。

晴雯的几个鲜明画面

在《红楼梦》里，晴雯的篇章也许没有袭人多，可是说到晴雯，我们马上就能想到几个鲜明的画面，比如第三十一回的"撕扇子作千金一笑"，这个场景让我们看到她那种毫不掩饰的天真任性和火爆率直的个性。第五十二回的"勇晴雯病补孔雀裘"，则让我们看到她真正的实力。晴雯虽然很懒，什么事都不做，可是并不表示没有实力，要不然贾母也不会把她送给宝玉，所以第五十二回可以说是作者特为晴雯营建的小专栏，让我们看到一幅病美人灯下补裘的画面。

关于这一段，我觉得作者的铺陈真是了不起，他先安排孔雀裘出场，说明它有多么珍贵，又安排它不小心破了一个洞，再安排满城织补匠没一个会补，就在大伙儿不知所措时，正生着病的晴雯起身、绾发，忍着满眼金星开始补缀。经过一整夜的咬牙硬撑，终于让这件孔雀裘完整如新，看不出任何破绽，而灯下美人补裘的画面也就在那里定格成经典了。

到了第六十二回，袭人还拿这事来亏她，说晴雯平常"横针不拈，竖线不动"的，为什么她不在的时候，就拼了命把那个裘给补过来了？这些女孩子常常彼此说笑挖苦，其中有真情有假意，不过重点是晴雯真的有实力。

　　我个人还很喜欢第二十回的一个段落，不知道读者有没有注意到它？一想到晴雯，仿佛就会听到她摔帘子的声音。年节期间袭人生病，那天晚上所有丫头都跑出去玩，宝玉不放心袭人，就回家来看，结果发现只有麝月一个人在外间房里守着。宝玉问她怎么不出去玩，麝月就说老婆子、丫头都服侍了一天，总要让她们出去散散心；现在上头是灯，下头是火，没有人看着怎么办？宝玉因笑道："我在这里坐着，你放心去罢。"麝月就说，你来了，我就更不用走了，这句话也很有意思。宝玉就说："早起你说头上痒痒，这会子没什么事，我替你篦头罢。"以前人不常洗头，散文名家琦君的《髻》里还提到，女人以前只能在七夕洗头，若是其他时候洗头，阎罗王会把洗头的脏水存起来，等人死了后到地狱要喝掉，这传说真是对女人不公平啊。不过以前人洗头确实是一件大事，不常洗，所以头常常会痒。说着宝玉就拿了篦子帮麝月篦头，他一向很喜欢做这种事。

　　这时，晴雯刚好进来要拿赌牌输了的钱，见到这画面，晴雯便冷笑道："哦，交杯盏儿还没吃，就上了头了！"宝玉笑着说："你来，我也替你篦篦。"晴雯说："我没这么大造化！"说着拿了钱，摔了帘子出去。宝玉和麝月，在镜内相视而笑。宝玉笑道："满屋里就只是他磨牙。"麝月忙向镜中摆手，宝玉才会意，忽听哗啦一声帘子响，晴雯又跑进来问道："我怎么磨牙了？咱们倒得说说。"可见怡红院的丫头都非常了解晴雯的个性，她这一摔帘子出去，不是马上跑远，而是在那边听。麝月笑说："你去你的罢，又来拌嘴儿了。"晴雯也笑着说："你又护着他了，你们瞒神弄鬼的，打量我都不知道呢，等我捞回本儿来再说。"我特别要点出晴雯这句话，这话表示，怡红院里面袭人跟宝玉的事情，还有其他人的一些事，晴雯其实都知道，可是她的心不在这上头，她的心是干净的，她不会去跟人家抢着要什么。这也就是为什么她死前讲了那句："我今儿既担了虚名，况且没了远限，不是我说一句后悔的话，早知如此，我当日……"一个干干净净的女孩，在最后一刻讲出这样的话，背后该有多深沉的感慨啊！

　　曹雪芹通过鸳鸯强调，即便是一个丫头，也可选择婚姻的自由跟人格的尊严；通过尤三姐强调，就算是一个小家碧玉，又背着淫荡的罪名，也能争取爱其所爱。同样，曹雪芹也想通过晴雯告诉我们，即使是一个"身为下贱"的丫鬟，也有资格心高气傲！

心高气傲便是罪过

第三十七回，怡红院的丫鬟们在聊天，秋纹说起宝玉有一次见园子里桂花开得漂亮，孝心一动，就巴巴地找了花瓶把花插上，叫她送去给老太太和太太。贾母很开心，就赏了秋纹几百钱。秋纹说老太太赏钱是小事，难得的是这个脸面。后来，她又去送花给王夫人，王夫人也很开心，拿了两件旧衣服给秋纹。秋纹又说衣裳也是小事，但那是太太的恩典。

晴雯听了怎么回应？她说："要是我，我就不要，若是给别人剩的给我，也罢了，一样这屋里的人，难道谁又比谁高贵些？把好的给他，剩的才给我，我宁可不要，冲撞了太太，我也不受这口软气！"晴雯讲的是袭人，"谁又比谁高贵些"？她太不会保护自己了，这种锋芒毕露的话，只怕很快就传到王夫人的耳朵里了。而这样的心高气傲，在那个年代当然注定就是不得善终了。

"风流灵巧招人怨，寿夭多因诽谤生"，太虚幻境这句话预言晴雯将遭小人谗言，把她的身家性命给废掉了。后来晴雯以"莫须有"的罪名被逼走，宝玉不是没有怀疑，只是没有足够的理由去论定谁，何况，那时节他还没"长大"，他"怕"袭人。即使到二十一世纪的今天，我们一路走来，又有多少时候能痛快、潇洒地任情任性呢？正因如此，我们看小说就有一种移情作用，能在晴雯身上找到情感的抒发与着落。

最后的痛与遗憾

我们来看晴雯生命中的最后一夜。晴雯当时是赖大买的，赖大应该是贾母的陪房，所以晴雯就是奴才的奴才了。由于她常跟着赖大老婆进来看贾母，贾母很喜欢她，赖大的老婆就把她当礼物"孝敬了"贾母，这是晴雯的背景。

晴雯被撵出怡红院后，住在她姑舅哥哥的家里。庚辰本特别提到这个嫂子便是多浑虫灯姑娘，也就是曾经和贾琏搞在一起的女子，强调她的不良记录。程高本则把她变成另外一个人，不过也一样品行不端，完全不照顾晴雯，只剩她一个人在外间屋内爬着。"爬着"这个画面很可怕，可见晴雯是如何痛苦奋力挣扎着。

　　宝玉偷偷来看晴雯，一眼就看见她睡在一领芦席上，幸而被褥还是旧日铺盖的。宝玉"心内不知自己怎么才好，因上来含泪伸手，轻轻拉他，悄唤两声"。这里主要是在写宝玉那么喜欢晴雯，可是晴雯的命运完全不由他。他尽管心碎，眼泪直掉，但一点儿办法都没有！"当下晴雯又因着了风，又受了哥嫂的歹话，病上加病，嗽了一日，才朦胧睡了，忽闻有人唤他，强展双眸，一见是宝玉，又惊又喜，又悲又痛，一把死攥住他的手。"这里对晴雯表情和动作的描述都很传神。"一把死攥住他的手"，仿佛她已经快沉下去了，终于看到最后一根稻草。当然晴雯也有可能以为自己是在做梦，所以紧紧抓住宝玉。

　　晴雯哽咽了半日，方说道："我只道不得见你了。"接着咳个不住，宝玉也只有哽咽的份儿。晴雯又开口道："阿弥陀佛，你来得好，且把那茶倒半碗我喝。渴了半日，叫半个人也叫不着。"这杯茶和第三回黛玉入府那晚的那杯茶，背后都有很多寓意。宝玉听说了，忙拭泪问茶在哪里，晴雯说在炉台上，宝玉看时，虽有个黑煤乌嘴的吊子，也不像个茶壶，只得去拿了一个碗。但不论是茶或茶壶，都和他平日所见有天壤之别，原来茶的分别，也有如云泥！

　　他拿了一个碗，还没拿到手里，已闻到一股油膻之气。宝玉先拿一些茶水洗了两次，再用自己的手帕擦了擦，但那气味还在。提起壶来斟了半碗，茶是绛红色的，也不大像茶。晴雯扶枕说："快给我喝一口罢，这就是茶了，那里比得咱们的茶呢。""宝玉听说，先自己尝了一尝，并无茶味，咸涩不堪，只得递给晴雯。只见晴雯如得了甘露一般，一气都灌下去了。"这个动作真让人心疼，嚣张的晴雯如今竟沦落成这个样子。

　　"宝玉看着，眼中泪直流下来，连自己的身子都不知为何物了。"这是程高本。庚辰本写宝玉看到这情景，居然在心中想起古人说的话果然没错，什么"饱饫烹宰，饥餍糟糠"之类的，老实说我没办法喜欢。这当然是我一个小小读者的心得，我觉得宝玉这时心疼晴雯都来不及了，怎么可能会在那边掉书袋？程高本写到"宝玉看着，眼中泪直流下来，连自己的身子都不知为何物了"，我觉得程高本的写法力道很够，就是宝玉的心都已经被揉碎，揪成一团了。

他问晴雯："你有什么说的？趁着没人，告诉我。"晴雯呜咽着说："有什么可说的，不过是挨一刻是一刻，挨一日是一日，我已知横竖不过三五日光景，我就好回去了，只是一件，我死也不甘心，我虽生得比别人好些，并没有私情勾引你，怎么一口死咬定了我是个狐狸精，我今儿既担了虚名，况且没了远限，不是我说一句后悔的话，早知如此，我当日……"千言万语，不待说，晴雯"气往上咽，便说不出来，两手已经冰凉。宝玉又痛，又急，又害怕，便歪在席上，一只手攥着他的手，一只手轻轻的给他捶打着，又不敢大声的叫，真真万箭攒心"。这一段，我个人也认为程高本比较有力，庚辰本就又累赘一堆。但晴雯只剩最后一口气，怎么有办法长篇大论？

"两三句话时，晴雯才哭出来。宝玉拉着他的手，只觉瘦如枯柴，腕上犹戴着四个银镯，因哭道：'除下来，等好了再戴上去罢。'……晴雯拭泪，把那手用力拳回，搁在口边狠命一咬，只听'咯吱'一声，把两根葱管一般的指甲齐根咬下。"这是程高本写的画面，很惨烈。庚辰本是写晴雯拿了剪刀剪下指甲，但我还是怀疑，人都快死了，哪有办法再找剪刀，难道剪刀就在旁边？若要叫宝玉拿剪刀，怎么找得出她们家剪刀在哪里？当然对文本的偏好是见仁见智，我没有说哪个版本好、哪个版本不好，但以我个人来说，我喜欢程高本这种凄厉的写法，如此才能表现出这两个人最后一刻对撞出的火花，写出宝玉的心痛跟晴雯的憾恨。

晴雯挣扎着，连揪带脱，在被窝里把贴身的一件旧红绫小袄儿脱下来，递给宝玉。但她实在太虚弱，哪禁得起这么个动作，早喘成一处了。宝玉会意，连忙宽衣换上，也将自己的为晴雯披上，再轻轻将她放倒。庚辰本在这里又加了一段，让晴雯跟宝玉说，"回去他们看见了要问，不必撒谎，就说是我的，既担了虚名，越性如此，也不过这样了"。关于这一点我还是有意见，我觉得晴雯这时不会讲这么从容的大道理，事已至此，又与旁人何干？晴雯哭道："你去罢，这里腌臜，你那里受得？你的身子要紧，今日这一来，我就死了，也不枉担了虚名！"程高本这么写比较紧凑，也比较完整。

没想到两个人劫难未了，一语未完，只见晴雯的嫂子笑嘻嘻地掀帘进来。她嫂子进来干吗？"说着，便自己坐在炕沿上，把宝玉拉在怀中，紧紧的将两条腿夹住。"宝玉哪里见过这等场面，整个人吓坏了。庚辰本写那个嫂子进来后说，我在外面偷听，没想到你们两个人果然是清白的，"既然如此，你但放心，以后你只管来，我也不啰唆你"。我想庚辰本的意思，是想要传达出宝玉跟晴雯的爱情、委屈，连这样一个水性杨花的女子都被感动了。可是，我觉得太容易了些，反而显得矫情！在程高本里，宝玉真是吓坏了，"急得满面红胀，身上乱颤，又羞又愧，又怕又恼，只说：'好姐姐，别闹！'"刚好这时袭人差人把晴雯的东西送来。叫门声中，宝玉趁机先躲到里面去，最后怕院门关上就又冲出去了。这里将宝玉、晴雯各自蒙受的伤害，写得深切、传神。当这个媳妇要轻薄宝玉时，晴雯"又急，又臊，又气，一阵虚火上攻，早昏晕过去"。高洁的情操，遭受直接的凌辱，对她来讲，真是最后最大的痛了。

宝玉的身不由己和无可言宣的悲伤

回到家后的这一晚，宝玉"在枕上长吁短叹，覆去翻来"，直到五更天才睡着，却见"晴雯从外走来，仍是往日形景，进来向宝玉道：'你们好生过罢。我从此就别过了！'说毕翻身就走。""翻身就走"，十足是晴雯的模样，有"千山独行，不必相送"的帅气！宝玉梦中哭醒："晴雯死了。"袭人还笑回说："这是那里的话，叫人听着，什么意思。"宝玉心里急坏了，恨不得天一亮了就找人去问信。偏偏天刚亮王夫人就派人来传话，说贾政要带宝玉、贾环、贾兰一起去赏菊、作诗。

借用这个突兀的转折，作者让我们知道，宝玉身心的不自由。他揣着不知晴雯是生是死这么大的心事去见父亲，只见"贾政在那里吃茶，十分喜悦"。宝玉一天到晚挨父亲骂，如果这时父亲对他严厉如常，他心里或许还好过些。但这一天的贾政居然还称赞他。由于贾政这几句夸赞，王夫人真是"意外之喜"。接着还把宝玉今早得到贾政夸奖，带出去作诗这事告诉贾母。结果"贾母听了，更加喜悦"。作者苦心经营，从父亲的"十分喜悦"、母亲的"意外之喜"、祖母的"更加喜悦"，反衬出宝玉的一心凄楚！他让读者明白，宝玉虽然锦衣玉食，可是在他生命中十分痛苦的这一天，却没人懂他的心。我相信每个读者看到这里都很心疼宝玉，不知道他这一天是怎么熬过去的。

好不容易一天下来，宝玉终于回到园子里，他很着急，可是他还要先摆脱怡红院里麝月这些人。最后他找来两个小丫头，问袭人有没有找人去看晴雯。一个小丫头回说有啊，晴雯叫了一夜，早上已经死了。宝玉忙问晴雯一夜叫的是谁。小丫头回说晴雯叫的是娘，另外一个小丫头很聪明，她知道宝玉想听什么，所以她说晴雯一夜除了叫娘之外，还叫着宝玉，这句话对痛苦的宝玉来讲是很大的安慰。有时候我们情愿有人骗我们，要不然真不知道怎么办！这个小丫头适时扮演犹如心理医师的角色，安顿了宝玉那一颗破碎的心。而且她还胡诌了一个乱七八糟任谁听了都不会相信的谎话，但宝玉相信了。宝玉那么聪明，但他诚心诚意地相信晴雯去当芙蓉花神了。为什么《红楼梦》可以感动古往今来这么多人，因为它写的都是我们曾经有过或想过的事，这种痛苦到了宁可相信谎言的时刻，很多人也许都经历过。

就在宝玉心情如此颠簸之际，当天晚上他父亲还不放过他，又把他叫去作林四娘的挽词，这真的是让人不发疯也很奇怪了！作者用反讽的方式，让我们了解宝玉另类的苦难，也暗示着宝玉为什么会一步步走向逃离。

《芙蓉女儿诔》究竟祭悼谁？

来到第七十八回，我相信很多人应该没有好好读完宝玉写的《芙蓉女儿诔》吧，因为太长，太掉书袋了。我个人觉得，曹雪芹用血泪写晴雯的死，情感泛滥，几不可收拾！很多人认为，这篇文章哀悼的不只是晴雯，还有黛玉，因为宝玉读毕诔文后，黛玉出现了，两个人针对其中词句讨论了一番。不管"红绡帐里，公子情深；黄土陇中，女儿命薄"，抑或"茜纱窗下，小姐多情；黄土陇中，丫鬟薄命"，总之"茜纱窗下，我本无缘；黄土陇中，卿何薄命"，这篇祭文可以是在祭晴雯，也可以是在祭黛玉，甚至祭的就是宝玉他自己！

毕竟"风刀霜剑严相逼""明媚鲜妍能几时"（黛玉《葬花词》）。

红楼"空"篇:
悲金悼玉红楼梦

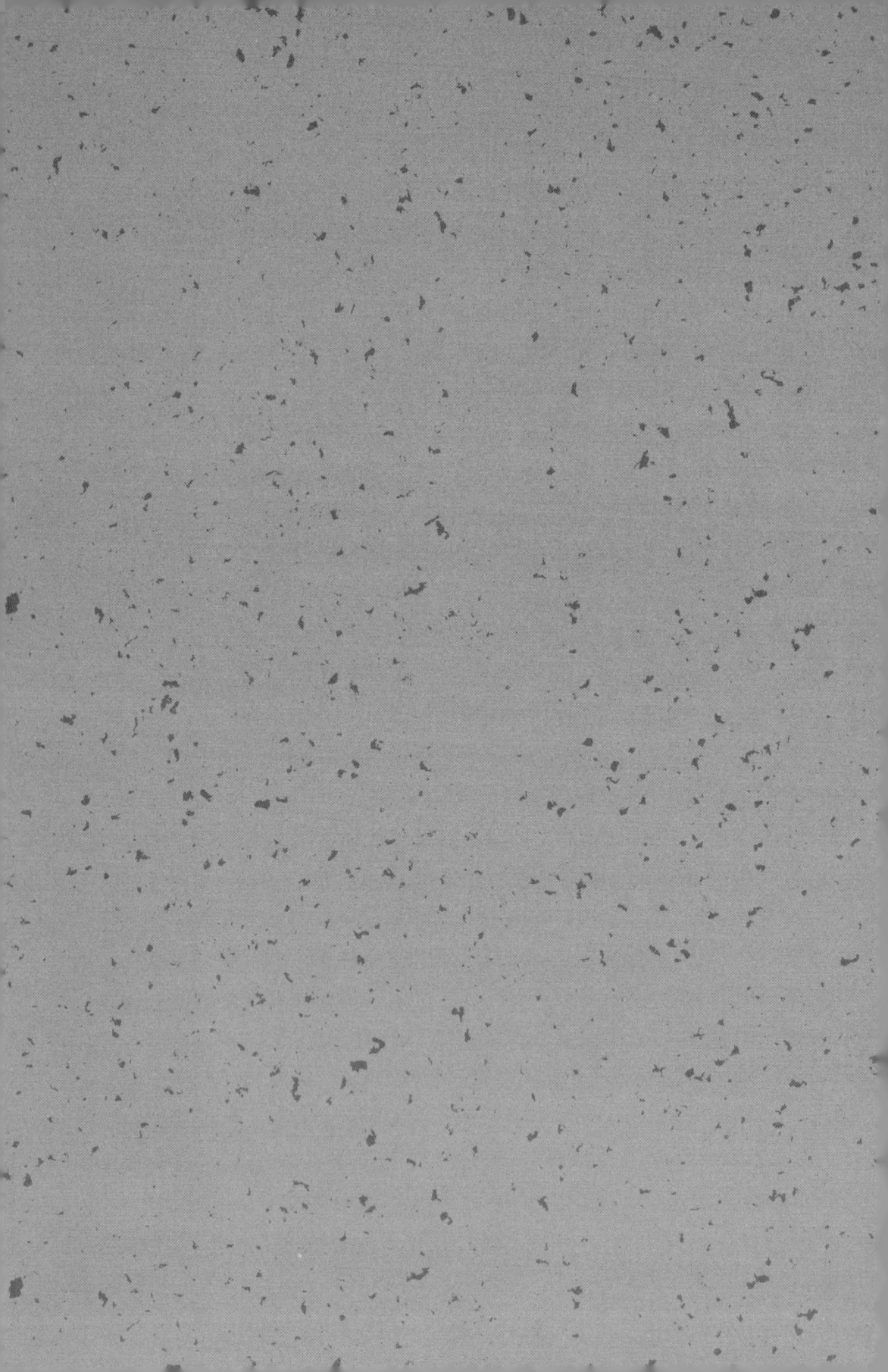

空篇 01

贾母之丧——与秦可卿丧事的比较

从这一节开始,我们将进入"空"的阶段。不过,请大家放心,即使是空,也不会是哭哭啼啼、凄凄惨惨戚戚,因为《红楼梦》并不是一个悲剧。我个人认为,《红楼梦》没有来,也没有去,既来也既去,它走过人生四季、时序温寒,就这么回事,每个人都有过。

我们这一节要来谈谈贾母的丧礼,跟秦可卿当日风光的丧礼做个比较。但是在此之前,我们先谈一下《金瓶梅》。因为,通过前后两场丧礼来做呼应、比对,这个写法,极有可能就出自《金瓶梅》。

《金瓶梅》与《红楼梦》的同与异

首先,《金瓶梅》跟《红楼梦》写作的年代大概相隔一个半世纪,一个是十六世纪末、十七世纪初,一个是十八世纪中期,它们有很多类似处。两部小说都是以一个家族为背景,写一个家族由兴而衰的过程。

其次,它们都是写实主义文学,用白描的方式近身描写这些人物,记录下他们日常生活用度，以及人情应酬往来的大小琐事，几乎等于家族日志。它们也都有世态炎凉、人情冷暖的人生感慨。《金瓶梅》里有很多十六、十七世纪的民间俗语，像这句"时来谁不来，时不来谁来"：时运来了，谁不靠过来啊；反之，时运不济时谁又会来？可说是现在研究语言学、社会学的宝库。

再次，两部小说的写作技巧也有相似处。《金瓶梅》里有很多人名或名词，会运用谐音字，刻意在里头蕴藏暗示。像西门庆身边头号帮闲人物"应伯爵"即是"应白嚼"。"应"是应声虫，"白嚼"，随时骗吃骗喝的意思。《红楼梦》更是如此，贾政门下清客就有詹光（沾光）、单聘仁（善骗人），贾雨村、甄应嘉、贾政、元春、迎春、探春、惜春等也都别有寓意。

两部小说内容不同的是，《金瓶梅》写的是一个城市小商人，忽然间发迹成了暴发户，在三五年内累积了庞大财富，但后来一人倒下，整个"王国"很快就崩溃。《红楼梦》则是皇亲国戚、贵族侯门。我们通常会用两句话来界定《金瓶梅》和《红楼梦》，一个是"地下柴米夫妻"，另一个是"天上神仙伴侣"。"地下柴米夫妻"说的就是西门庆跟其妻妾纯粹的人间烟火味，"天上神仙伴侣"当然是指林黛玉、贾宝玉，他们本来就是天界的旧相识。

为什么近几百年来，大家觉得看《红楼梦》是一种高贵的行为，看《金瓶梅》却得遮遮掩掩？很多人带《金瓶梅》出门还要特意把书皮包起来，感觉见不得人似的。之所以有此差异，我想主要就是在表达方式和思想层次上的区别吧。《红楼梦》强调的是一种纯洁的感情、高尚的境界；《金瓶梅》却非常勇敢地告诉我们人生的欲望、挫折与绝望。两相比较，《金瓶梅》更接近粗糙的人生本质，《红楼梦》反倒像是一个包装过后的童话故事，当然它背后有很深的一些寓意。所以，捧着《红楼梦》在街上走，别人会觉得你是有格调的，拿着《金瓶梅》，别人便觉得你俗气了，但事实上它们对人生的深度感受、反省是一样的。

我们相信曹雪芹应该读过《金瓶梅》，而且很喜欢，脂评本至少有三处提到作者的写法"深得金瓶壸奥"，所以，《金瓶梅》一定在某种程度上影响了《红楼梦》。张爱玲曾明讲："(《金瓶梅》与《红楼梦》)这两部书在我是一切的泉源。"我们可以说，因为有《金瓶梅》，才有《红楼梦》；有《红楼梦》和《金瓶梅》，才有张爱玲。所有的文学，都来自源远流长的学习跟吸收，然后经过孕育转化，春蚕吐丝般又化为字字珠玑，这就是艺术的功能。

《金瓶梅》的两场丧礼

《金瓶梅》写了两场丧礼，一场是李瓶儿，另一场是西门庆。如果说《红楼梦》写了贾府的"成住坏空"，《金瓶梅》也是，在西门庆升官晋爵极盛之际，第六个妾李瓶儿也为他生了儿子。可是没多久，儿子就被潘金莲害死，李瓶儿也就很快染病去世了。《金瓶梅》里大肆描写李瓶儿的死亡过程，等到后来西门庆过世时却是草草收束。作者刻意用两个丧礼作对比，一个小妾，因为她的丧礼是在西门庆的全盛时期，所以办得风光；而那个当家做主的，人在人情在，人亡人情也就亡了，所以丧礼反而潦草。这个写法也影响了曹雪芹，所以他用相同的手法写了秦可卿跟贾母的丧礼。

秦可卿是贾蓉的妻子，贾府的重孙媳妇，算是很年轻的一辈，可是她的丧礼之风光体面，成了《红楼梦》的第一场重头戏。作者用秦可卿盛大的丧礼，来凸显贾家正要兴旺起来的气势，可是到了贾母过世的时候，贾家已经倾颓了，所以这么一个金字塔顶端人物的丧礼却是拮据、潦落的。

拿《金瓶梅》进一步做对比，从李瓶儿发病、卧床到最终断气，在小说里是九月初九到九月十七，总共九天。这九天《金瓶梅》写了两大回，仔细记载了李瓶儿怎么生病、交代后事、大夫怎么来看病，然后她怎么寂寞地死去。而等到西门庆时，从他躺下到死去，是正月十三到正月二十一，同样历时九天。写西门庆缠绵病榻、朋友探望、妻妾焦急、请大夫，到后来他交代遗言，却仅仅用了半回的文字。

李瓶儿断气后，作者从小殓、大殓、头七、二七、出殡，一直写到五七，写到百日，写丧事的排程，还有人情应酬往来巨细靡遗，足足又写了五回。西门庆的丧事却是一回不到，就字数来看落差更大。

《红楼梦》中秦可卿的丧礼，巨细靡遗地记录了清朝初年王公贵族奢华的习俗。《金瓶梅》中李瓶儿出殡的场面则是明朝中晚期城市商人阶层的风俗画卷。当然，西门家那时正盛，所以"官员士夫、亲邻朋友来送殡者，车马喧呼，填街塞巷"，"填街塞巷"这四个字很精彩。送殡的行列中，光是轿子就有百十余顶，山头上酒肉成林，还有两百军，也就是有两百个士兵来维持秩序。而且，还有各种表演，犹如嘉年华一般，烟焰涨天、鼓乐喧天。通过作者的描写，我们可以看到十六世纪后半期，京杭大运河沿岸这些城市商人、暴发户的奢侈情况。顺带一提，京杭大运河由杭州到北京，是明朝时期很重要的交通运输要道。当时江南是商业贸易区，很多物资都由南方运送到北京，所以京杭大运河是一个很重要的经济枢纽，沿岸城市当然也就跟着发达起来。

但等到第八十回写西门庆的死，出殡部分却只用五行带过，山头祭桌只有几家，仅五六个自己的伙计而已。明确点明世态炎凉，人情冷暖，并呈现出西门家那种兵败如山倒的感觉。

俗语说："太太死，满街白；老爷死，没人抬。"意思是说，妻子若是在丈夫正得势的时候过世，满街都是穿白衣来悼念亡者的人，但等到老爷死就不一样了。李瓶儿跟西门庆刚好就是这句话的真实写照。

再回到《金瓶梅》和《红楼梦》的比较，就文学的艺术性来讲，《金瓶梅》稍嫌琐碎；相形之下，《红楼梦》写秦可卿，虽然也是在彰显贾家如何隆重办这场丧事，但精练许多。有一句话，会让人觉得曹雪芹还是比兰陵笑笑生高明些，那就是第十三回的"只这四十九日，宁国府街上一条白漫漫人来人往，花簇簇官去官来"。声音、画面、动作就全到位了！最近听到一句话"喜酒看长辈，丧礼看晚辈"，婚宴上的宾客，事实上多是父母的亲朋好友、人情交际上的对象，年轻的新郎新娘顶多就几桌是自己的同事跟同学。所以说，喜宴看长辈，喜宴风不风光，看的是长一辈的能力，看能不能请来高官贵人主婚之类的。可是等到丧礼，就是看子孙有没有能耐了，如果子孙飞黄腾达，就可以看到很多达官名流送来挽联，极尽哀荣。不知道是不是可以仿照这句话：秦可卿的丧礼"看长辈"，而贾母的丧礼"看晚辈"！所以贾母的混乱对照秦可卿的"齐整"，当然是子孙不孝了！

一个立于宗法制度顶端的真实老太太

我们现在来说贾母这个角色。《红楼梦》塑造了很多个典型，像当家媳妇王熙凤，作者公平公正地写出了一位当家媳妇的辛苦和能耐，还有她的喜怒哀乐、贪嗔痴慢。同样道理，作者也是以一个公平客观的角度，写出一位中国传统大家庭里的老太太。她的形象很立体，我们在之前的文学作品里，大概很少看到这么完整的老太太！教科书里的老夫人几乎全是艰苦卓绝的贤妻良母。社会上有句笑话所谓"模范母亲"的定义就是丈夫早死，儿子一堆，还要有成就才算数。而最制式的就是老太太归西时，讣闻里对她的描述千人一面，总是完美到全然陌生！相较之下，《红楼梦》给了我们一个比较真实的老太太，她有能干的一面，也有昏庸的时候；有私心的宠溺，但也有公正大方的一面。最特别的，是她让我们看到传统大家庭的老太太，她所拥有的权势！

学生常会问一个问题：明明是男尊女卑的社会，为什么贾母的权力那么大？有同学说，贾母是不是女性主义者，奋斗出来的？正确的解释应该是，当贾母爬到宗法社会的顶端时，她已经不是"女人"了。讲得直白一点，她就是电影《倩女幽魂》里的那个姥姥，不男不女，半男半女！多年的媳妇熬成婆之后，这个熬出来的婆终于在男性社会里得到一点利益，会比男性更维护这个制度。从这个角度来看，我们才可以接受虽然贾母那么疼惜林黛玉，可是她压根儿不会把林黛玉当作孙媳妇的人选之一。因为她要维护贾家，要维护这个宗法制度。所以疼黛玉是一回事，可是要为孙子宝玉找老婆时，她一定要找能持家、能健康传宗接代的女子，这才是重点。

《红楼梦》里对于贾母有一个很经典的称呼"老祖宗"。在中国历史上，只有另外一个人的称呼可以和她相提并论，那就是慈禧太后的"老佛爷"。在《红楼梦》的人物画像廊里，贾母就是一个传统大家庭的女性在宗法制度上爬到顶端的人物典型。

现在贾母终于走完人生，在八十三岁离开。她懂得享受，喜欢儿孙围绕身边。她不只享富贵，也经历了抄家的变故。回想那一年中秋，八月十四日晚上，贾家祠堂发出了一声叹息，第二天八月十五日，贾母是不是也长叹了一声？阴阳两方都长叹，预示着一个家族最终的陨落。

贾母的丧事在第一百一十回，这是后四十回的内容了。后四十回并不像张爱玲疾恶如仇那样的一无是处，有些地方还是有好文，问题是，很多红学家只要看到后四十回写得好的地方，就说那一定是曹雪芹的遗稿、残篇，真相是否如此就不得而知了。我个人认为第一百一十回写贾母丧事的部分不错。由贾母的丧事可以看到人性的复杂，看到贾政、邢夫人、王夫人、凤姐、贾琏、鸳鸯、李纨、宝钗、宝玉等各自曲折的心理与眼泪。

贾母的最终页

《红楼梦》第一个办丧礼的秦可卿是死于非命，至于贾母，则算是寿终正寝。不过，贾家最后在她手里被抄家，我想她的愧疚比谁都大，她把私房钱分派清楚之后，也就没有再活下去的道理了。

第一百零九回最后，太医说贾母脉气不好，家人也都有料理后事的准备了。第一百一十回，贾母回光返照时的最后一番话温馨感人，真有大家子的气派。贾母说："我到你们家已经六十多年了，从年轻的时候到老来，福也享尽了，自你们老爷起，儿子孙子也都算是好的了。"贾母算是很慈爱了，儿孙骄奢遭祸，她并无深责。贾母又说："就是宝玉呢，我疼了他一场……"说到这里，就找宝玉，宝玉毕竟是她心肝上最顶尖的一个了。王夫人把宝玉推到床前，贾母从被窝里伸出手来拉着宝玉道："我的儿，你要争气才好。"这几个字也生动，就是祖母临终前对孙子的期盼，宠爱归宠爱，她还是希望孙子争气。宝玉嘴里答应，心里一酸，眼泪便要流下来，又不敢哭。贾母又说："我想再见一个重孙子，我就安心了。"这重孙子就是李纨的儿子贾兰。贾母叮嘱贾兰："你母亲是要孝顺的，将来你成了人，也叫你母亲风光风光。"这也是一个祖母对年轻守寡孙媳妇的一番体念。贾母接着叫了凤姐，她是真的很疼爱凤姐，她说："我的儿，你是太聪明了，将来修修福罢。"最后她讲到史湘云，这又是她心尖上另外一个可人儿，那时林黛玉已经去世，就没得好说了。贾母说："史丫头没良心，怎么总不来瞧我！"史湘云没过来，是因为她结婚没多久，丈夫就染病了，她哪有心思过来这里。鸳鸯等明知其故，都不言语。贾母又瞧了一瞧宝钗，没讲话，只是叹了口气。这里我觉得写得最好，聪明如贾母，当然知道宝钗的志向，贾母心里没说的话也许是："为了我个人的私心，我硬把你配给我那个现在已经疯傻的孙子，我有点儿对不起你，可是我们就是一定要这样子的。"所以她看了看宝钗，一声叹息就胜过千言万语了。看完宝钗，贾母不看儿子、不看儿媳妇，他们都不必看了。贾母脸上发红，贾政要给她参汤，但贾母的牙关已经紧了，合了一会儿眼，又睁着满屋里瞧了一瞧——这描写也好壮观啊，真正的死亡不见得能够这么美。王夫人和宝钗上去轻轻扶着，邢夫人、凤姐等连忙帮她穿寿衣，从前的习俗是在人没有断气之前就要赶快穿好寿衣。听见贾母喉间略一响动，脸变笑容，竟是去了。"脸变笑容"这四个字也写得大气，表示她怀着感恩、满足的笑容辞世了。

秦可卿的过世，是大家在睡梦中，被云板惊醒方知；贾母离世的过程却是众人随侍在侧，哀、荣还是有别！

下面这一段，也是在写富贵人家怎么办丧事："从荣府大门起至内宅门，扇扇大开，一色净白纸糊了；孝棚高起，大门前的牌楼立时竖起，上下人等登时成服。"光"登时成服"四个字，道尽背后多少人力、多少动作。

凤姐——从一切皆在掌握，到一切都无法掌控

第十三回到第十五回秦可卿丧礼的主角是凤姐，写凤姐恩威并施、令出必行的得意样子。同样的，史太君寿终归地府的第一百一十回，也是凤姐的舞台，却是写她的处处掣肘，心力交瘁。太虚幻境正册里，关于王熙凤的诗有一句"一从二令三人木"，"二令"就是指她经办过两场大丧事。她因为秦可卿的丧事，声势蹿起来，成为万绿丛中一点红！但在操办贾母的丧事时，又结结实实摔落到底！我们现在来看到底怎么回事。

凤姐为什么没办法好好操办贾母的丧礼？因为她要人没人，要钱没钱。办

事，先得有人手，所以凤姐要人拿了花名册来，结果男仆仅得二十一人，女仆十九人，各房的丫头，也只三十多人。想当年秦可卿的丧礼一百一十六个人随她差遣，现在是有的没有的全部拉扯上，也才七十个人左右。那时她发落得多顺畅，这二十个人单管什么，那二十个人单管什么，分层负责，条理分明。可是现在贾家没落，人员变少，而且都是凑数的，根本"难以派差"！

至于钱呢？想当初，贾珍拜托凤姐办理丧礼时，讲了一句话："只求别存心替我省钱。"多爽快！现在到了老夫人的丧礼，照理讲，钱应该花得更气派，而且老太太自己分配私房钱时，也预留了一笔钱要办丧事，但钱到哪里去了？原来，没钱是跟贾政的态度有关！

贾政的个性拘泥，而且他有一个最大的忌讳，毕竟他们抄过家，现在虽然皇恩浩荡，又把荣国公这个世职让他承袭，可是丧礼若办得热闹，恐将招忌。贾政这种心情背后多少也应有当年曹家的心结。而且贾政的另一个用意也是对的，他想把这笔钱拿来置产。他认为，贾母的灵柩终是要回归到南边的，不如把银子留着，在祖坟上盖几间房屋，买几顷祭田，他们回去也好，如果不回去，就叫下面一些人住着，也好按时按节上香祭扫。

这不就是当初秦可卿跟凤姐托梦时，所提到的当务之急吗？可见这真是曹家很深切的痛。这第一百一十回不管是不是高鹗写的，至少呼应了这件事。就这样，丧葬费被贾政扣住了。至于邢夫人跟王夫人，这些富贵人家的太太，无事便罢，有事便躲，仗着"悲戚为孝"这四个字，什么都不理会。

贾母过世后，凤姐原本摩拳擦掌，准备好好料理丧事，却发现没人也没钱，在贾琏告诉她上头的意思后，凤姐呆了半天，说道："这还办什么！"才刚说完这句话，就有个丫头来传邢夫人的话，丫头说："大太太的话，问二奶奶今儿第三天了，里头还很乱，供了饭，还叫亲戚们等着吗？叫了半天，上了菜，短了饭，这是什么办事的道理？"凤姐急忙进去吆喝人伺候，才将就着把早饭给打发了。以前交通不便，客人远路来参加丧礼，丧家是一定要供饭的。"偏偏那日人来得多，里头的人都死眉瞪眼的"，"死眉瞪眼"，这词真传神，可知情况之困窘、慌乱！"凤姐只得在那里照料一会子，又惦记着派人，赶着出来，叫了旺儿家的传齐了家下女人们，一一分派了，众人都答应着不动。"下人虽然听了指示，却不行动。凤姐说："什么时候，还不供饭？"众人就说："传饭是容易的，只要将里头的东西发出来，我们才好照管去。"凤姐就说："糊涂东西，派定了你们，少不得有的。"众人只得勉强应着。从这段话就能看到凤姐的力不从心，当年办秦可卿丧礼，谁敢不听她差遣？但这会儿，说了这些话，众人还"只得勉强应着"。接着，凤姐急着找钱，她先去问鸳鸯老太太那儿还有没有东西，鸳鸯说道："你还问我呢！那一年二爷当了，赎了来了么？"很不客气地顶了嘴，后来在王夫人那边，总算找着了一点可典当的。鸳鸯不明就里，看凤姐这么慌张，只觉得是凤姐不够用心，于是在贾母灵前唠唠叨叨哭个不停。接着又写了邢夫人的心里话，我觉得也很精彩："邢夫人素知凤姐手脚大，贾琏的闹鬼，所以死拿住不放松。""凤姐手脚大"，就是她花钱很慷慨，很浪费，"贾琏的闹鬼"又是什么意思？比如，要是给贾琏一百两银子去办事，他也许会先扣掉二三十两自己留着。不过，邢夫人自己也是一样，之前贾琏要鸳鸯偷一箱老太太的东西出来当，邢夫人马上就说她要两百两，他们一家子都是这个样！

凤姐吐血

邢夫人对这个儿媳妇早已百般不满，现在逮住机会，三番五次地为难她。凤姐对邢夫人的责难也不敢说什么，只得含悲忍泣，又把底下的众人都找来，拜托她们帮忙，还说："大娘婶子们，可怜我罢！"我们何曾见过凤姐这样子啊！焦头烂额的凤姐"叫了那个，走了这个；发一回急，央及一回；支吾过了一起，又打发一起。别说鸳鸯等看去不象样，连凤姐自己心里也过不去了。"凤姐对贾母是有真感情的，尤其是抄检大观园的事，贾母没有怪罪于她，所以她是真心想把这个丧礼办好，问题是牡丹虽好，也要绿叶扶持。

这一回一直在铺陈凤姐的力不从心，不仅没了过去那个威风劲儿，还要装小伏低，求爷爷告奶奶。"到了下半天亲友更多了，事情也更繁了，瞻前不能顾后，正在着急"，这时候，只见一个小丫头跑过来说："二奶奶在这里呢，怪不得大太太说，里头人多，照应不过来，二奶奶是躲着受用去了！""凤姐听了这话，一口气撞上来，往下一咽，眼泪直流，只觉得眼前一黑，嗓子里一甜，便喷出鲜红的血来。"昏晕过去了！

李纨算是这一群奶奶太太里面比较有良心的，她看到凤姐的苦处，告诫自己底下的人，不要跟着欺负二奶奶，要尽量帮她忙。李纨的个性写得很一致，不过归根究底，她还是标准大家庭里面的那种媳妇，顶多自扫门前雪，难有魄力去帮凤姐承担什么。

接下来一段讲到车子的事，也别有用意。

由车轿看家道

李纨跟下人们闲聊时，听说家里车子不够，要去借，她就笑说车子怎么用借的。这就是一副晋惠帝说"何不食肉糜"的样子了，因为富贵人家从来不知道车子可以用借的，就好像有钱人家家里就有好几辆车，你让他坐出租车，他还问你什么是出租车！可是现在贾府被抄了家，贾赦、贾珍已一无所有，当然车子也没了，只好去借。问题是连借都借不到，因为那一天能借得到的亲戚自己都要用车，所以最后只好用雇的。李纨听了叹息道："先前见有咱们家里的太太奶奶们坐了雇的车来，咱们都笑话，如今轮到自己头上了。"

用车子来凸显"今非昔比"的桥段，后来有一位作家也用到了，那就是白先勇的《游园惊梦》。曾经风光一时的钱将军夫人，在台湾地区南部隐居多年后，来到台北新贵窦公馆，经历了一场"游园"兼"惊梦"。晚宴结束要离开时，窦夫人问，钱夫人的车呢？底下人回说钱夫人是搭出租车来的。这一刻钱夫人一定很难堪。怪不得窦夫人问她台北有没有改变时，钱夫人沉吟良久，说："变多了！"又意味深长地加了一句："变得我都快不认识了——起了好多新的高楼大厦。"贾母临终遗憾没见到的史湘云，在坐夜前一日来了。所谓坐夜，就是出殡前一晚的守灵。史湘云的夫婿这时已经得了痨症，虽是绝症，但暂且不妨，所以史湘云就过来了。她想起贾母的疼惜，当然也想到自己的命苦，好不容易嫁了一个才貌双全、性情又好的夫婿,偏偏这个结局,思前想后,直哭了半夜。

宝玉瞧着史湘云哭,也不胜悲伤,"见他淡妆素服,不敷脂粉,更比未出嫁的时候犹胜几分"。有红学家以此为例,认为高鹗这么写太过轻佻。但我觉得写得好,宝玉就是这样子,要不然就不是宝玉了!在他心里,女子的美是一件庄严的事,所以他是在纯欣赏。他回头又看宝琴也是淡妆素服,丰韵嫣然。然后又看到宝钗,那一种雅致比寻常穿颜色时更自不同,心里想着:"古人说:'千红万紫,终让梅花为魁,看来不止为梅花开得早,竟是那洁白清香四字真不可及了。'"我仍然认为宝玉应该是一个艺术家,所以他在这时仍是美学的思维。"但只这时候若有林妹妹,也是这样打扮,更不知怎样的丰韵呢!"宝玉不论什么事,到后来一定会想到他的林妹妹,"想到这里不觉得心酸起来,那泪珠儿便一直的滚下来了,趁着贾母的事,不妨放声大哭"。

鸳鸯之死,与众人的眼泪

贾母丧礼写凤姐的"力诎",也写鸳鸯的"无助"。贾母已过世,鸳鸯除了死之外没有别的路了。早在第四十六回贾赦已经放话,说鸳鸯难逃他的手掌心。有人会说,这时贾赦不是已经去远地充军了吗?可是,那是一个人治的社会,皇上一高兴,谁知道贾赦会不会很快又能回来?与其活着不知道以后什么下场,忐忑一生,不如死了干净。就在心灰意冷之际,鸳鸯看到了秦可卿上吊的影像——也就跟着上吊了。

鸳鸯的死,掀起各人心中不同的波澜。对贾政来讲,鸳鸯这个行为值得佩服,她是殉主而死,殉贾母而死。当然这是他自以为是的想法。宝玉知道鸳鸯死了,则是又哭又笑。他伤心难过的是一个这么好的女孩子死去。那他笑什么?他知道鸳鸯心灵的高洁,能干干净净地走,也算死得其所,想了又觉得欢喜,所以宝玉是另外一种心情。

平儿知道后,和袭人、莺儿等一干人都哭得哀哀欲绝。兔死狐悲,物伤其类,她们和鸳鸯是同一类人,现在家败了,主子不成主子,她们以后的活路在哪里？

　　紫鹃呢？"紫鹃也想起自己终身一无着落，恨不跟了林姑娘去，又全了主仆的恩义，又得了死所，如今空悬在宝玉屋内，虽说宝玉仍是柔情蜜意，究竟算不得什么。"紫鹃确实没有着落，而且她的痛苦又比平儿、袭人、莺儿更深一层，因为她经历过林黛玉的死亡，也经历过情深到头终是一场空的失落，所以之后惜春出家时，紫鹃才会自愿跟着去。至于鸳鸯嫂子的哭，则根本是一场闹剧！王夫人给了鸳鸯嫂子一百两银子，还说等闲了把鸳鸯所有东西都赏了她，所以嫂子就说："真真的我们姑娘是个有志气的，有造化的，又得了好名声，又得了好发送。"她只差没有鼓掌叫好，说死得好啊。旁边一个婆子看不过，就开口奚落："罢呀，嫂子，这会子你把一个活姑娘卖了一百银便这么喜欢了，那时候儿给了大老爷，你还不知得多少银钱呢，你该更得意了。"一句话戳中了她嫂子的心，这才尴尬地走开。可是等棺材抬进来，她只得又跟了进去，假意哭号了几声，虚情假意一番。

　　贾政觉得鸳鸯是为贾母而死的，所以，他来为鸳鸯上香，同时也要小辈行礼。宝玉"喜不自胜"赶快恭敬行礼。贾琏也想行礼，但邢夫人说："有了一个爷们就是了，别折寿得他不得超生。"邢夫人这个人从头到尾都惹人厌，人格也很一致。"宝钗听着这话，好不自在"，便以感谢鸳鸯代尽孝心为由，"扶了莺儿走到灵前，一面奠酒，那眼泪早扑簌簌流下来了，奠毕，拜了几拜，狠狠的哭了他一场"。为什么宝钗这时狠狠哭了一场？我觉得她也是在哭自己！用一个比较个人的现代观点来讲，她一定会觉得自己怎么这么倒霉啊，因为她是那种"好风凭借力，送我上青云"的女子，很希望能够在人间有所作为，没想到糊里糊涂地婚配了一个糊里糊涂的丈夫，现在家道又衰落，心里当然有很大的委屈，只有乘机狠狠哭一场。

赵姨娘最后的一出戏

　　贾母出殡、安灵的过程以几行带过，接下来的部分，我个人觉得了无新意。

贾家一败涂地之下，小偷强盗都来了，把贾政苦心留下的财物席卷一空。大观园终于正式成为"失落园"。而且这场丧事前后，连带着凑起来又死了好多人，迎春在贾母过世前不久已经死了，贾母过世后，鸳鸯上吊，何三被打死，妙玉生死难卜。灵柩送到铁槛寺后，赵姨娘忽然得了暴病，满嘴白沫，眼睛直竖，举止可怖，自己撕开衣服，还趴在地上求饶，又说是凤姐告她一状的。大家都说，赵姨娘是被阴间刑求。难道凤姐阳寿已终，魂魄已经在阴间，要不然怎么告状？从科学角度来说，赵姨娘觉得一块石头压在胸口，呼吸不过来，比较像心肌梗死。痛苦折腾了一天一夜，蓬头赤脚地死在炕上了。再不久凤姐也即将死于妇科的毛病，史湘云的丈夫当然也活不久了。我们回想一下，秦可卿的丧礼前后，是有好几条生命陪着死去。现在贾母的死亡也是，似乎都在象征着人间轮回的迅速！不过，两场丧礼虽然都让人看到这么多幽微复杂的人性，但终究还是不同。毕竟一个是预告贾家即将日正当中，一个却已是日暮黄昏，"说到辛酸处，荒唐愈可悲"（第一百二十回），令人不胜唏嘘！

空篇 02

红楼婢女的归宿

贾宝玉第五回神游太虚幻境，来到其中的"薄命司"，看到里头有正册、副册、又副册等，就是现在我们常说的档案。又副册列的大概都是丫鬟，第一个是晴雯，第二个就是袭人。虽然书中没有再详列人物，但可以想见，薄命司里最薄命的女子大概就是丫鬟了。

我个人认为，《红楼梦》在某种程度上是相当具有宿命论的，书里这些女子的生命还未开展，背后那一双拨弄命运的手，也就是在好些个紧要关头出现的跛足道人和癞头和尚，就已经紧紧掐住了她们。如果想抗命，结局当然是分外悲惨。不过，曹雪芹一方面具有宿命论，一方面对勇于抗争的人，又充满悲悯的情怀跟肯定！不管是尤二姐、尤三姐，还是晴雯、鸳鸯，曹雪芹都肯定她们的努力。

有句话说人生在世，"三分天注定，七分靠打拼"，但这一般是指男人。古代的女子，大概七分是命，剩下的三分还是要靠自己打拼。所以像探春这样个性的人，可以活得不错，但迎春和惜春就不行了。可是对丫鬟来讲，她们大概九分是命，一分才是可以努力的空间，像平儿、鸳鸯、袭人都很努力地在这一分空间里用心。我个人尤其佩服袭人，甚至想把一句话"世界上只有一种真正的英雄主义，那就是在认清生活的真相后依然热爱生活"送给袭人。我觉得袭人的奋斗不懈是很了不起的。

身家性命全凭主子决定

我们先来说这些丫鬟命运的本质。虽然这些丫鬟，尤其是跟着小姐的所谓的贴身丫鬟，表面看起来绫罗绸缎、吃香喝辣，还被说成是二小姐或副小姐，可是，她们犹如风中柳絮是没有根的，稍微风吹草动，人生就可能风云变幻了，真是"万般皆是命，半点不由人"！

贾府算是忠厚传家，可是丫头照样有被撵的、被打的、被卖的、被杀的、被淫的，历历在目。

撵，这些丫鬟平常在贾府里生活优渥，若一旦被撵出去，等于是黑牌上面盖了一个金印，永世不得超生。号称仁德的王夫人，慈悲为怀，还常吃斋，但金钏儿不过跟宝玉调笑了两句，马上被撵出去。而一撵出去，就注定死路一条了。还有晴雯，她根本没犯过什么错，没说过什么不该说的话，但莫名其妙，王夫人就是看她不顺眼，觉得她是个狐狸精，二话不说就把她给撵出去了。司棋跟她的表兄是有一点儿私情，我们只能说抄检大观园时误打误撞，刚好就被发现，然后，她马上就被撵出大观园了。入画是最冤枉，她也没犯什么错，就是跟错了主子，在惜春一意孤行下给撵走了。

打，就不用说了，在凤姐的淫威下，小丫头常常挨打。像凤姐生日那天，贾琏在屋子里偷情，派了几个丫头把风，结果凤姐一路打过去，还罚人家跪在地上。

卖，王夫人后来将留在大观园的戏子强制驱离，虽没明说，但看那些如狼似虎的干娘感恩不尽的样子，想也知道这几个女孩能有什么好下场。

杀，像金钏儿和晴雯，虽然不是直接由王夫人下手，但"我不杀伯仁，伯仁由我而死"，主人一句话就能决定丫鬟的生死。

淫，贾琏、贾赦都是色中饿鬼，迎春嫁给孙绍祖后，也回来哭诉，说孙绍祖好色，家里所有丫鬟几乎淫遍。其实，对一个丫鬟而言，尤其没有这方面的自主权，因此袭人跟宝玉初试云雨情就是另外一桩公案了。有人认为袭人矫情，但我觉得，这也是做丫鬟的悲哀，她本来就没有说不的权力。所以，即使贾府对下人算是仁厚，但从丫鬟的际遇来看，她们的命运仍是很不堪的。虽然说丫鬟九分是命，一分得靠努力，可是努力也并不等于成功。光是丫鬟之间的权力斗争就极为惨烈，我们用小红的例子来说。

丫鬟间的明争暗斗

小红第一次出现在第二十四回。她是怡红院里的小丫鬟，聪明伶俐，却始终盼不到出头之日。偶然一次大丫鬟不在，宝玉刚好要喝茶，小红跑进来服侍他。也不过是这样一件事，结果就被其他大丫鬟用很恶毒的话责骂，说她是"没脸面的下流东西"。怡红院这些丫鬟个个貌美如花，但出口都很犀利尖锐！第五十八回芳官要帮宝玉吹汤，外面她的干娘力求表现，跑进去，结果挨一顿骂。众人嘲讽她："我们到的地方儿，有你到的一半儿，那一半儿是你到不去的呢！何况又跑到我们到不去的地方儿！"这一层层的，丫鬟要争到一个露脸机会，还真不是一般的容易。

姨娘也不是个好出路

丫鬟长大之后，可能有几个运气特别好的可以当上姨娘。在那个年代，这算是丫鬟最了不得的出路了。绝大部分丫鬟大了就是发配给小子，也就是家里面的男仆，等于是奴才配奴才，再生一堆小奴才，男的叫家生儿子，女的叫家生女儿。如果丫鬟能嫁一个品行还不错的男仆，能平安度日便不错了，问题是被发配的过程不仅"不由自主"，还危机四伏。第七十二回"倚势霸成亲"就是这样一个例子。

王夫人屋里有一个不错的丫鬟，叫彩霞。彩霞跟贾环彼此有点好感，但贾环并不当真放心上。彩霞年纪稍长后，王夫人放她出去，让她父亲自己去帮女儿婚配。结果，跟着凤姐陪嫁来的男仆旺儿有一个儿子，贪图彩霞的美色，很想娶她，但彩霞并不愿意，因为旺儿的儿子长得奇丑又吃喝嫖赌一技不成。凤姐只为私心，立意要帮旺儿说成这门亲事。贾琏曾出言反对说，何苦白糟蹋一个女孩，凤姐居然说："我们王家的人，连我还不中你们的意，何况奴才呢！"这当中可完全没有一点"人道"上的考虑。彩霞的母亲本不愿意，就只因凤姐亲自对她开口，何等体面，便满口应承，轻易把女儿的一生糟蹋掉了。

回头说，丫鬟就算是当上姨娘又怎么样呢？第七十九回，薛蟠娶夏金桂进门，夏金桂一来就给香菱一个下马威，要把香菱的名字改成秋菱，还问她服不服。香菱回说："此刻连我一身一体俱是奶奶的，何得换一个名字反问我服不服，叫我如何当得起！"正是如此，姨娘的地位远比不上正室。贾政有两个妾，周姨娘、赵姨娘。周姨娘在书中纯然只是一个影子，她唯一一次被主动提到居然是探春在劝她母亲时说的："你瞧周姨娘怎么没人欺他，他也不寻人去？"可见周姨娘这个角色的存在意义就是"不存在"！而赵姨娘呢，她虽然有子有女，但精神上一天到晚受气，物质上又很贫乏，还被李纨称为"苦瓠子"，所以固然可恶，亦有她的可怜之处。由此可知，丫鬟即使当上姨娘，也不见得多好。

小姐与丫鬟的特殊亲密关系

"五四时期"名作家许地山曾有篇题目相当拗口的小说《读〈芝兰与茉莉〉因而想及我底祖母》。文中写到一桩本来美好的婚姻，有天新嫁娘犯了一点儿错，被掌家的大姑责备，随嫁的丫头心急跑回娘家告状，这下两家起了冲突，小姐被赶回娘家，终于抑郁而终。临死，她要求丈夫娶回丫头，代她服侍，而双方亲戚长辈也都同意让这位丫头"回去"！于是，小说中的"我"有一位未曾谋面的祖母，跟一位身边常在的祖母，而"'丫头'这两个字是我家的'圣讳'。平常是不许说的"。这是一则一百多年前发生在台南的故事。

小姐跟贴身丫鬟的关系，简言之，就是不同命，同运。一个是千金小姐，一个是来伺候千金小姐的丫鬟，命当然不同，但两者的命运有时候却又绑在一起。小姐嫁得好，丫鬟就过得好，有时还可能跟小姐同侍一夫，比如凤姐和平儿。所以有一个笑话说，《西厢记》的红娘那么努力在帮崔莺莺牵线，是因为红娘先看上了张君瑞，而她知道在小姐身上下功夫就好！在琼瑶的《还珠格格》里，紫薇也是一直想把自己的贴身丫鬟金锁给尔康。

小姐与贴身丫鬟可谓一体两面。也就是说，能成为小姐贴身丫鬟的必备条件是明白小姐的心事。小姐毕竟是小姐，有许多事不能说出口，但小姐心里在想什么，贴身丫鬟要知道，而且要适时替她完成。所以，有时候丫鬟做或说了些什么，小姐表面上虽然责骂，其实心里是赞同的。像莺儿帮薛宝钗说的那一句："我听这两句话，倒像和姑娘项圈上的两句话是一对儿。"或如第五十七回紫鹃骗宝玉说有林家的人会来接她们回苏州，结果闹出宝玉急疯了那件事。

小姐跟丫鬟除了是一体两面，她们同时也是闺蜜。在那个年代，千金小姐的生活圈是封闭的，没有所谓的同学，也不可能有什么朋友，而且大门不出，二门不迈，是在一个很孤单的环境下长大，唯一的朋友大概就是贴身丫鬟。所以丫鬟也扮演着闺蜜的角色，可以分担小姐的心事和苦闷。

小姐与丫鬟的亲密关系也建立在个性上的互补。互补就是有同、有异，可互相搭配。我们举几个例子。王熙凤跟平儿这对主仆有相同点，都很能干；相异点是凤姐比较残忍无情，平儿比较温柔敦厚。宝钗跟莺儿，她们体型差不多，看起来很健康，个性上也都算贤惠，可是她们的个性也有互补之处，莺儿比较天真憨厚，可以衬托宝钗的城府心机。

林黛玉和紫鹃这对主仆，我觉得她们两个的相同点是善解人意。紫鹃当然也很聪明，要不然贾母也不会把她派给黛玉，黛玉也不会那么喜欢她。她们两个人不一样的地方是紫鹃比较健康，而身体健康，心理也会比较健康，所以会给林黛玉带来正能量。至于紫鹃喜不喜欢宝玉？我觉得她当然也喜欢，可是她并不是因为喜欢宝玉而去争取，而是真心为小姐着想。而紫鹃的纯真和简单，又恰恰可以化解黛玉的多愁善感。

探春也有一个得力丫鬟侍书。抄检大观园那回，探春打了王善保家的一巴掌，王善保家的走到屋外还在嘀嘀咕咕，侍书就出去骂她，骂得也很精彩，连凤姐都赞赏："好丫头！真是有其主必有其仆。"这是在凸显探春这个强将手下自无弱兵了。

迎春的贴身丫鬟司棋跟她也是个性互补。迎春很懦弱，但司棋很强悍，问题是司棋在迎春结婚前就已经出事了，并没有跟着迎春嫁过去。有人说，如果司棋跟着迎春过去，孙绍祖是不是会多少收敛一点？也许吧，可是谁都不知道，或者更惨也说不定。总之，这些主子和丫鬟，就是善用了个性上互补、搭配等，从而相得益彰。

除了小姐外，当然也不能忽略主角贾宝玉的丫鬟，宝玉的丫鬟人数很多，里头最出色的，一个是袭人，另一个是晴雯。袭人照顾宝玉的生活起居，晴雯是他的知心好友。一个顾的是他的身，一个护的是他的心。他的身心因为有这两个人，所以成长过程得到了安顿。袭人对宝玉是真心的，晴雯当然也是，可是她们扮演的角色不一样。

平儿的难为与难得

在"九分天注定，一分靠努力"的红楼丫鬟中，我们来谈一下平儿。她是《红楼梦》画像廊中极为生动的一幅画作。第四十四回凤姐生日，贾琏偷情，结果夫妻两个都磨挫她。后来，宝玉让平儿到怡红院，帮她梳妆打扮，作者通过宝玉的心情让我们知道平儿无父母兄弟姐妹，独自一人供奉贾琏夫妇。而且，她处境实在艰难，两个主子一个这么好色，一个这么厉害！

换个角度说，平儿要是不够漂亮，贾琏不会要她，但如果她太漂亮，凤姐容不下她，要是太笨，凤姐绝对不会留她，太能干了也会功高震主，所以平儿在这之间要怎么拿捏？想想就觉得很难。第七十一回，尤氏也对平儿说："好丫头！你这么个好心人，难为在这里熬！"但平儿却在这之间谨谨慎慎地走出了一条路，在贾府挣出了一个专属于她的位置，真的是了不起。

另外，不知道读者有没有注意到，小说里有一点儿影射李纨是喜欢平儿的，有些微同性爱恋的感觉。李纨年轻守寡，对平儿一向特别疼爱，甚至在第三十九回众人喝酒吃螃蟹时，李纨揽着平儿，小说只是很含糊地写了一句平儿对李纨说："奶奶，别这么摸得我怪痒痒的。"李纨摸到一个硬硬的东西问是什么，平儿回说是钥匙，李纨就说："你就是你奶奶的一把总钥匙，还要这钥匙做什么？"李纨也不止一次替平儿叫屈，同样这一回，她跟平儿说："可惜这么个好体面模样儿，命却平常，只落得屋里使唤。"这里让读者知道，平儿确实气质出众，怪不得刘姥姥第一次进贾府，误以为她是凤姐。至于人品，平儿也比凤姐好，凤姐是刚，平儿是柔，难得的是平儿对主子忠心耿耿。有小厮说母亲生病，想回去探望，平儿会同意，只叮咛他隔天早上几点钟一定要到，等于是替他当保人。她总是默默地为自己、为凤姐积德，帮凤姐护持着家。

既是得力助手，也是知己

平儿的能干表现在很多方面，不过，我们要着重来看第五十五回和第五十六回。

第五十五回的重点是探春当权，赵姨娘正为了赵国基的事来跟探春混闹时，平儿来了。平儿在贾府本是很有地位的，可是她一发现探春在发脾气，马上知道自己该扮演什么角色。探春哭过要补妆时，她赶紧低声下气地以丫头的身份帮忙服侍。

接着有媳妇来支取贾环和贾兰家学里一年的公费，探春问明细节，就说这费用从月钱支出就好，何必再给八两银子？探春跟平儿说："平儿回去，告诉你奶奶，说我的话，把这一条务必免了。"这就是等于拿凤姐开刀了。平儿马上笑着说："早就该免，旧年奶奶原说要免来着，因年下忙，就忘了。"

到了午饭时间，因为宝钗在这儿，探春说要把宝钗的饭也送过来。丫鬟们要找人去说，探春开口："那都是办大事的管家娘子们，你们支使他要饭要茶的？连个高低都不知道，平儿这里站着，叫他叫去！"平儿果然像小丫头一样答应了一声，即刻出来。探春敢对平儿这样子，是对平儿有信心，她知道平儿很清楚现在要演哪出戏。探春就是要做给众管家娘子看——我连平儿都支使得动，你们还敢把我怎么样！平儿也很聪明，配合演出，她不忌讳，不生气。

第五十五回最后，平儿回去跟凤姐讲探春办事的情况。由她们的谈话，我们可以感觉到两个人的关系不只是主仆，而是亲密好友在商量事情。用现代的话讲，平儿果然是一个非常好的特助，凡事都替主管想到、做到。凤姐还怕平儿护主心切，顶撞探春，她说："还有一件，我虽知你极明白，恐怕你心里挽不过来，如今嘱咐你：他虽是姑娘家，心里却事事明白，不过是言语谨慎，他又比我知书识字，更厉害一层了。如今俗语说：'擒贼必先擒王。'他如今要作法开端，一定是先拿我开端，倘或他要驳我的事，你可别分辩，你只越恭敬越说驳得是才好，千万别想着怕我没脸，和他一犟，就不好了。"平儿就很得意了，不等凤姐说完，就笑着说："你太把人看糊涂了，我才已经行在先了，这会子才嘱咐我。"从这句话的口气，可以想象平儿开心的样子。凤姐笑着说："我是恐怕你心里眼里只有了我，一概没有他人之故，不得不嘱咐，既已行在先，更比我明白了，这不是你又急了，满嘴里'你'呀'我'的起来了！"凤姐欣赏平儿，可是又觉得不能让她太得意，所以提醒她，主子奴才之间不可以说你呀我的。

平儿的回话好可爱，亏曹雪芹能抓住这一个刚刚办事办得得意，也受主人夸奖的年轻女孩开心的样子。平儿说："偏说'你'，你不依，这不是嘴巴子？再打一顿，难道这脸上还没尝过的不成？"这句话将平儿的神情表现得活灵活现！主仆二人当下心情都很好，所以凤姐也笑着说："你这小蹄子儿，要掂多少过儿才罢？你看我病得这个样儿，还来怄我呢！过来坐下，横竖没人来，咱们一处吃饭是正经。"

照理说，主仆不能同桌吃饭。贾府饮食上的等级分得很清楚，平儿得先服侍好凤姐，凤姐吃完，平儿再下去吃她自己的。现在要一处吃饭，当然是特殊恩宠了。凤姐说完，丰儿跟几个小丫头进来放小炕桌，把凤姐的一碗燕窝粥、两碟子精致小菜和平儿的四样分例菜端至桌上，盛了饭来。凤姐因为生病，吃得简单，每日分例菜已暂减去。而这里也让我们知道平儿是有四样菜的，但丰儿她们可能就没有这个规格。

下面的描写更见作者细致。凤姐坐在炕上，"平儿屈一膝于炕沿之上，半身犹立于炕下，陪着凤姐儿吃了饭"。这就是平儿知礼处，凤姐赏识她，但她还是要守着规矩。平儿"陪着凤姐儿吃了饭，伏侍漱口毕，吩咐了丰儿些话，方往探春处来"。一句一步调，显得寻常日子的从容。

回到探春办公的议事厅，接下来，只要探春提出什么道理，平儿马上回我们奶奶已经想到了，可是因为什么原因没有办，现在要办，当然非常好。探春后来提出一番管理大观园的意见，平儿又说："这件事须得姑娘说出来，我们奶奶虽有此心，未必好出口，此刻姑娘们在园里住着，不能多弄些玩意儿陪衬，反叫人去监管修理，图省钱，这话断不好出口。"此话一出，我个人认为，所有"红迷"都会承认她比凤姐还厉害，想得更多、更周全，而且说的话更漂亮！宝钗忍不住摸着平儿的脸笑道："你张开嘴，我瞧瞧你的牙齿舌头是什么做的？从早起来到这会子，你说了这些话，一套一个样子：也不奉承三姑娘，也不说你们奶奶才短想不到，三姑娘说一套话出来，你就有一套话回奉，总是三姑娘想得到的，你们奶奶也想到了，只是必有个不可办的缘故……"曹雪芹算是通过宝钗好好地称赞了平儿一番。所以说第五十五回和第五十六回，虽是探春专栏，可是副专栏就是不着痕迹地让我们看到平儿真正能干的一面。

写平儿，也写凤姐

还有一个段落刚好可以看到凤姐与平儿两个人无比的默契。这个段落也许很少有人注意到，那就是第五十一回。第五十一回袭人的母亲病重，她哥哥来贾府求恩典，希望让袭人回去看母亲，凤姐嘱咐周瑞家的去跟袭人说，要袭人穿几件颜色好的衣服，包一包衣服，离开前，先来凤姐这边让她检查一下。这一段让我们看到好几件事。第一，生身父母是一回事，但丫鬟进了主子家，就是主子的人。母亲快过世，子女巴不得早一分钟去探视，主人却要求丫鬟打扮得漂亮一点儿，这么做为的是主子的体面，根本没有管到丫鬟的心情。第二，我们看到凤姐当家的周全。怎么说？袭人的身份已经是一个暧昧存在的秘密，她既有可能是宝玉未来的妾，那她出去的阵仗就是贾府的体面了，所以凤姐连这件事都要费心张罗。

凤姐检查后，嫌袭人穿得不够丰厚，就把自己的衣服拿出来添上，并分派周瑞家的和几个下人跟着袭人过去，还特别跟袭人说，要是她母亲不行了，得留下时，千万不要用那边的铺盖什么的，打发人回来讲一声，她就会派人把袭人的铺盖送过去。

读者也许觉得一个丫头变成姨娘，真有麻雀变凤凰的光彩。可是我们看到的是凤姐这位当家的辛苦，她得张罗这么多、这么细，还真多亏有平儿这位贴身丫鬟，否则三头六臂也不够。凤姐叫平儿拿她的大衣来给袭人，结果平儿拿出了两件很好的大衣。袭人一时没搞清楚，以为两件都是要给她的，说一件就当不起了。结果平儿说，其中一件是要给邢岫烟的，前一天他们一群人在芦雪庭烤肉，下雪天每个人不是穿猩猩毡就是羽缎的，十来件大红衣裳，映着大雪，好不整齐，只有邢姑娘穿着旧衣裳，整个人缩背发抖，看了可怜。凤姐笑说："我的东西，他私自就要给人。"众人附和着，那是奶奶平日大方，疼爱下人，平儿才敢这么做。凤姐也说："所以知道我的，也就是他还知三分罢了。"世人但知凤姐贪多势利，多亏曹雪芹刻画人物的立体性，让我们看到凤姐怜老恤贫的另一面。不用她交代，平儿已经把她另外一套不常穿的大衣顺手拿出来准备送给邢岫烟，这对主仆真是知人、知面、知心的"知己"了！

小说中段后，平儿的地位越来越重要，当凤姐生病、体力不支时，很多时候是平儿出来决定事情的。什么蔷薇硝、茉莉粉，玫瑰露、茯苓霜之类的大小案子，还有管厨房的柳嫂子和女儿柳五儿差点被撵出去的冤狱，都端赖平儿在其中有理有据地厘清真相，把事情解决了。她甚至苦口婆心地劝凤姐不要树敌，趁早放手，不要太操劳。凤姐居然也被平儿说服了。当凤姐笑着说："随你们罢，没的怄气！"平儿笑回："这不是正经话？"说毕，转身出来，一一发放时，我们又看到这么一个年轻女子开心得意的身影！

平儿的篇幅不算少，几乎有凤姐的地方就有平儿，所以她是散见在整部小说里的。综合来看，我们会发现平儿跟凤姐这两个角色正是有时互补，有时对比，在互相衬托下，成就了各自的精彩！

这样一个出色的丫鬟，最后有没有得到善终？在程高本里，平儿的结局是好的，这也可以说是应读者要求了，因为几乎没有读者不喜欢平儿。程高本最后让平儿跟刘姥姥合作，救了差点儿被卖掉的巧姐儿，让贾琏心怀感激，打算等贾赦回来就要将平儿扶正。我想我们都乐见平儿修成正果，毕竟她不只能干，也宅心仁厚，实至名归的。

为自己挣得的保证

现在我们来说袭人。我觉得袭人了不起，也许有读者不服气，不过她能干、有胆识，为达目的处心积虑，都是事实。

简单举例，我们前面提过的第八回，宝玉在薛姨妈那里喝了酒，带着醉意回到屋里，因为李嬷嬷的事发脾气，还摔杯子，贾母派人来问发生什么事时，袭人马上说是自己失手滑了茶杯。后来，李嬷嬷骂人时，袭人也忍气吞声承担了。所以袭人有作为怡红院头号丫头那种"宰相肚里能撑船"的雅量和大度。

关于袭人，有两回要特别拿出来说，分别是第十九回和第三十四回。《红楼梦》一回通常写两件事，第十九回下半回，写林黛玉和宝玉天真无邪的亲密"床戏"，上半回写的就是袭人。年节期间，袭人的母亲接她回家吃年茶，宝玉那天一时兴起，就跟焙茗两个跑去袭人娘家做客。晚上袭人回来的时候，宝玉问起，今天她家里有一个穿红的是谁。袭人马上回说，你是不是嫌她不配穿红的。宝玉说，他是觉得那女子很好，若能在我们家就好了。袭人又冷笑说："我一个人是奴才命罢了，难道连我的亲戚都是奴才命不成？"还说，你喜欢，就买她们进来啊。

可怜的宝玉，晴雯虽然也会拿话堵他，可是没有恶意，但袭人拿话堵宝玉时通常是有心机的。宝玉只是问了一句穿红的那人是谁，袭人就讲这种话。宝玉那时还很天真，搞不清楚袭人话中带刺。袭人接着又说，早晚有一天，她母亲是要来赎她回去的，唬得宝玉泪流满面。

就在这个节骨眼上，袭人提出条件了，说如果宝玉答应她几件事，乖乖听她话，纵使八人大轿来抬她也不出去了。当然她提的几件事也可以说是为宝玉好，像不管是爱不爱读书，至少要装出个样子来，也不要毁僧谤道，嘴巴放干净一点儿之类的，乖巧的宝玉，迫不及待全部答应。袭人在以退为进、软硬兼施下大获全胜！这时宝玉还巴结着说袭人若在这里待久，日后不怕没八人大轿可坐。袭人可是得了便宜又卖乖，说她不稀罕！反正从这一回可以看出来，袭人真是把宝玉治得服服帖帖的。王夫人如果知道她儿子这样子被人家威迫，才应该生气呢，可惜王夫人不知道。就这样，袭人用她的伶牙俐齿，用她的智慧，迅速以自己的方式得到了宝玉的保证。

等到第三十四回宝玉挨打，众人疼惜之际，袭人谋定而后动，在时间、情绪都恰到好处的时候，开口跟王夫人说论理宝二爷也应该要老爷管一管。这句话很大胆，可是刚好说中了王夫人的心！母亲心疼儿子被打，可是她也不希望儿子变坏，所以王夫人当下被袭人"说服"了，马上给袭人一个保证："你如今既说了这样的话，我索性就把他交给你了。"

第十九回跟第三十四回，袭人用她的胆识，已先林黛玉一步获得了宝玉跟王夫人的应许！

袭人为什么在又副册？

从这两个例子来看，袭人已是地位稳固了，但她的结局又是如何呢？我觉得程高本写得很周全。那时宝玉已经走了，宝钗怀孕，屋里的丫头都要发放，但袭人的问题来了。袭人虽然是个屋里人，但没有过明路，该怎么处理？王夫人跟妹妹薛姨妈商量的结果是把袭人的哥哥叫过来，要他为袭人找一门好亲事。没多久，袭人的哥嫂果然就帮她找了一个姓蒋的，只知道这人有房、有产、有铺面，人又长得不错，王夫人欣然同意，另贴了很多嫁妆。

得此安排，已形销骨立的袭人更加伤心，她其实是宁愿殉情宝玉的。这里又写到人性的曲折跟复杂，袭人本来想死在贾府，可是看王夫人对她那么好，她不能坏了贾府的名声，于是她流着泪，离开了贾府，准备回哥哥家去死。没想到哥哥家给她置办的嫁妆非常齐备，而且张罗得非常用心，这下子也不能死在哥哥家，拖累哥哥了。所以她就下定决心，要死在夫家。迎娶那天，她是委委屈屈哭着上花轿的，没想到一进夫家，从入门开始，大批仆人都是按着正配的规矩称呼她为"奶奶"。新婚之夜"原是哭着，不肯俯就的，那姑爷却极柔情曲意的承顺"（第一百二十回）。待第二天袭人开箱子，姑爷才发现袭人有一条汗巾是旧物，原来姑爷就是蒋玉菡，那汗巾就是蒋玉菡当时与宝玉论交时交换过的。这里顺理成章地用一个信物表示蒋玉菡和袭人原是"姻缘前定"。这下"袭人真无死所"，"从此又是一番天地"了。

可是程高本接下来的说法我个人觉得很"封建"。为什么袭人在又副册？因为"千古艰难惟一死，伤心岂独息夫人"。这两句诗原是清朝初年诗人邓汉仪写的，息夫人是春秋时息国一个诸侯的夫人，楚文王灭了息国之后娶了她，还生了两个孩子，可是终其一生，息夫人很少讲话。楚文王曾问她为什么不说话，她说我早在息国灭、夫君死的时候，就应该要死了，我没有死，还跟你结婚生子，你现在叫我说什么？这分明是饿死事小、失节事大的吃人礼教。而程高本就用这个道理来批判袭人，说"这'不得已'三字也不是一概推诿得的"。如果我们有机会问宝玉、问曹雪芹，我相信他们不会希望她去死的，再多的眼泪也不要了，怎么会要这么一位血色鲜丽的好女孩去用一生的幸福来陪葬？毕竟"蝼蚁尚且偷生"，上天有好生之德，一个温柔聪慧的女子安安静静活下来，又碍着谁了！

《红楼梦》这些丫鬟，大部分都是花自飘零水自流，可是在"九分天注定，一分靠努力"当中，曹雪芹肯定这样子的勇气与努力，所以平儿、袭人，她们都为自己争取到活下去的价值与尊严。

而如果要论中国文学史上几个出色的丫鬟，红娘大概居首位，接下来是晴雯、平儿，还有袭人，也都算是一等一的了。

空篇 03

红楼化外篇

在中国戏曲小说里,和尚、尼姑、道士这些人,不见得都是正面角色。虽然在中国文化里,儒、道、佛好像是我们思想的主要来源,可是在戏曲文学小说里又常是非儒、非道、非佛——"非"是动词,意即反儒、反道、反佛。比如为官的县太爷,常是一种奸诈狡猾的形象,而那些和尚、尼姑又都是不务正业。

戏曲小说是代表庶民的俗文学,正因一般老百姓对官老爷、和尚、尼姑、道士那些假道学的反感,所以才会在戏曲里反映出来。最有趣的例子是《白蛇传》,里面代表正义一方的是法海,而白素贞明明是一条蛇、一个妖精,贪人间欢爱,主动追求男人,但所有看小说、看戏曲的人认同的都是白素贞,反而对法海反感,更别说许仙这个负心汉了。

揶揄中带有批判

《红楼梦》也是如此,我个人认为,曹雪芹也是非儒、非道、非佛。他反对吃人的礼教,对和尚、道士、三姑六婆一向无好感,所以小说里也尽多揶揄之处。举几个例子来说，宁国府的贾敬很早就去道观修炼了，第六十三回贾敬突然"得道升仙"，大夫来检视后说："系道教中吞金服砂，烧胀而殁。"贾敬腹中坚硬似铁，皮肤变黑，明显就是水银中毒。贾敬虔心求道，最后落得中毒而死，这是曹雪芹对于道教修炼的不以为然。

第二十五回，马道婆说要帮赵姨娘出气，就用萨满巫术，针插小人，害得贾宝玉跟王熙凤差点儿一命呜呼。还有第十五回秦可卿出殡后，凤姐带着宝玉和秦钟去馒头庵休息，馒头庵的静虚师太就借机跟王熙凤说，想利用贾府权势拆散一对未婚夫妻。没想到退婚成功后，却逼得女子上吊，守备之子投河，造成一桩两条人命的悲剧。

小说写了这件事，除了显示王熙凤背地里干的坏事，同时，也让我们看到静虚师太这个出家人的胆大妄为。

第二十九回贾府去清虚观做醮，清虚观的张道士也一样不是个讨喜的角色。他那副巴结的嘴脸，根本是一个满口虚伪的道士。第八十回宝玉来到天齐庙，这里也出现了一个诨号叫"王一贴"的道士，意思是他医术高明，各种疑难杂症，只要一帖膏药即能药到病除。《红楼梦》厉害之处就是不论什么身份、背景、职业的人，作者都能将其特色描写到位，看他把王一贴那种粗俗卑贱、油腔滑调的样子描写得多活灵活现。

话说，这天贾宝玉问是不是所有的病膏药都能贴好。王一贴马上说："想是二爷如今有了房中的事情，要滋助的药，可是不是？"宝玉还没搞清楚怎么回事，他的仆人焙茗当即就开骂了。其实，宝玉是要问他有无治女人善妒的药，想是帮香菱问的。薛蟠娶了夏金桂之后，香菱一直受夏金桂荼毒，宝玉不忍心，才这么天真地提问。王一贴还真的给了他一帖药。《红楼梦》里杜撰了两帖药，一帖是宝钗服的冷香丸，可美容养颜、延年益寿，另外就是这帖"疗妒汤"，拿一个秋梨蒸得软软甜甜的，吃一颗吃不好，就吃两颗，吃到后来，人总会死，死了就不会嫉妒了，反正纯属瞎说！可见《红楼梦》里这些和尚、道士、尼姑，包括马道婆、静虚师太、张道士、王一贴，在曹雪芹笔下都是揶揄中带有批判！

三姑六婆形象不佳，但有其正面功能

说到这里，我们又要提一下《金瓶梅》。跟《红楼梦》的道士王一贴一样，《金瓶梅》里的和尚、道士、尼姑，也会管人家房事，当作一个谋生手段。西门庆的原配月娘怀孕，靠的就是尼姑给的助孕药。而西门庆，也有胡僧给他的房中药，助他勇猛精进，可是到后来他也是死在这服药上头。

几乎所有笔记小说里都见得到三姑六婆：三姑就是尼姑、道姑，以及专门算命的卦姑；六婆，就是牙婆、媒婆、师婆、虔婆、稳婆和药婆。牙婆是买卖人口的女性，当时要买卖丫头之类的，就要找牙婆。如果不单指女性的人口贩子，就叫人牙。媒婆这称呼今日还在，就是帮人做媒的。师婆就是巫婆之意，做巫术、做法事的，马道婆应该就是师婆。虔婆则是老鸨。稳婆是为孕妇接生的。药婆则是为女性治病、开药的。这些婆里面，已经在文学史上留名，而且永远立于不败之地的，就是《金瓶梅》里的王婆，她引诱并撮合了西门庆和潘金莲，又毒害了武大郎，绝对是个厉害角色。

三姑六婆在小说里的形象，或者一般民间对她们的印象，都不是太好。当时良家妇女大门不出、二门不迈，就靠这些可以登堂入室的三姑六婆传递信息。男人讨厌这些女人，认为她们会把家里的女人带坏。又因为笔记小说都是男人写的，所以在他们笔下，三姑六婆的形象负面居多，没有展现出她们的正面意义。

事实上，三姑六婆在当时有很重要的社会功能，她们除穿门越户、互通有无之外，也给了深闺女子一个更广阔的想象世界。我们通常只注意到她们引诱良家妇女做了什么坏事，可是，这些行业可以存在那么久，一定有其正面功能。媒婆不用说，女性有妇科疾病需要药婆，接生需要稳婆。甚至，三姑六婆在某种程度上也扮演着心理咨询师的角色，倾听深闺苦闷的女性发牢骚之余，也会给点儿意见。而且，她们其实都是"女强人"，在那个女人一定要靠男人才能活命的社会，这些人都是靠自己的本事赚钱，扮演着具有积极功能的社会角色。

再回到《红楼梦》，虽然曹雪芹对三姑六婆、和尚、道士没什么好话，但有意思的是，在《红楼梦》里，从头到尾主宰每个人命运的是一僧一道，一个癞头和尚跟一个跛足道人。不过我个人认为，曹雪芹哲学性的寓意还是远甚于宗教性。

说到化外之人，我们简单整理一下《红楼梦》里出家的人。以女性来说，比较重要的是惜春、紫鹃和芳官。这三人的出家有各自不同的原因。芳官原本是贾府为了元妃省亲买来的戏子，她后来选择水月庵，实在是无路可走，如果不成为一个尼姑，她也许会被卖到更不堪的地方去，所以她的出家是最悲惨的。

惜春的出家则是一种逃避，因为对人生没把握，她"勘破三春景不长"后，情愿"缁衣顿改昔年妆""独卧青灯古佛旁"。而自愿跟着惜春出家的紫鹃，是已经看破人生了。林姑娘让她觉得人间再多的爱恋都是一场空，何况她还只是个微不足道的丫鬟，谁知道将来是什么下场，干脆选择出家，至少是对自己的一种安顿。

至于男性，第一回就出现了甄士隐。为什么甄士隐要出家？因为真事要隐去了。然后，就是第六十六回"冷二郎一冷入空门"的柳湘莲。最后，很热情的宝玉也出家了。这两个人一冷一热，但结局都是遁入空门。

神来之笔的"老僧"

皇皇巨著《红楼梦》中，我们常忽略掉一个不到三百字的小段落，那一位只有一个镜头的老僧！第二回贾雨村得到甄士隐接济后，上京赴考，先是当了官，后来又被罢黜，成了林黛玉的家庭教师。这天，他偶至郊外，信步走到风景优美处，发现有座门巷倾颓、墙垣剥落的破庙。门前有匾额题着"智通寺"三个字，门旁又有一副破旧的对联：身后有余忘缩手，眼前无路想回头。贾雨村见了心想"这两句文虽甚浅，其意则深"，就在这两句话后面，甲戌脂砚斋批道"一部书之总批"，意思是说这两句话，是《红楼梦》整部书的中心思想！"其中想必有个翻过筋斗来的，也未可知。"翻过筋斗，也就是经过大风大浪的人。贾雨村这么想着，遂走了进去，看到一个龙钟老僧在那里煮粥。贾雨村问了他几句话，发现老僧既聋且昏，又齿落舌钝，贾雨村不耐烦地离开了，接着就在一家酒馆碰上了冷子兴。

这个老僧是谁？代表什么意思？其中大有玄机！《红楼梦》本是作者经历过人生，再跳出人生回头写人生的，用文学上的写作手法来讲就是倒叙的手法。所以小说一开始的时候，事情都已经过去，那块石头已经去过人间了。因此，那一位龙钟老僧是不是有可能就是年老之后的宝玉？！老僧是真的既聋且昏，齿落舌钝呢？甲戌脂批道："毕竟雨村还是俗眼，只能识得阿凤、宝玉、黛玉等未觉之先，却不识得既证之后。"中国台湾清华大学的胡万川教授在《由智通寺一段里的用典看〈红楼梦〉》提到，这一段跟唐人小说《枕中记》类似。《枕中记》写的是一个书生上京赶考，下榻旅馆，遇见一位道士。两个人相谈甚欢，道士就送给了书生一个枕头。书生枕着枕头睡着时，店家正在煮黄粱米饭，《红楼梦》里老僧煮粥的情节就跟这个类似。书生睡着后，梦中经历了好长的人生，享尽荣华富贵，但一觉醒来，却发现黄粱米饭尚未煮熟。《枕中记》就是通过这样一个故事来讲富贵如云烟。智通寺一段也是，贾雨村发现那老僧既聋且昏，就离开了——其实不是，贾雨村是入梦了！他走向人间，也走入梦中。《红楼梦》就是贾雨村的一场富贵梦！

第一百零三回，升了官的贾雨村，某天经过急流津渡口，在等渡船。这个安排也是有象征意义的。贾雨村在渡口看到了一座破庙，进去后，发现庙里的道士很眼熟，像是甄士隐，不过那道士没有承认。等到第一百二十回，贾雨村因为贪渎被罢官，成为一介平民，又来到了急流津，要渡回来。这时再见渡头的草棚里步出一位道士，果然就是甄士隐。在这一刻，贾雨村终于梦醒了！第二回入梦，第一百二十回梦醒。

我们回到第二回的智通寺。如果让第一百二十回的贾雨村再回到智通寺，他还会不会觉得老僧既聋且昏，齿落舌钝呢？说不定他会发现这位老僧字字珠玑，处处禅机呢！小小一段文字的智通寺，还真是"此中有真意，欲辩已忘言"。

曹雪芹的第二回是神来之笔，后来高鹗以急流津渡口把它补完整了，我觉得很不错。不过，说到《红楼梦》里的化外篇，曹雪芹虽写了这些和尚、道士、尼姑，但他极力着墨处是在妙玉这个角色上。十二金钗正册都是贾府里的重要人物，独有一位局外人妙玉，而且还是位动了凡心的出家人。曹雪芹的胆识真是非同小可。

妙玉，身心一片，没处安排

"欲洁何曾洁，云空未必空；可怜金玉质，终陷淖泥中。"这是第五回太虚幻境正册里对妙玉的结论。妙玉希望自己是洁净的，但做不到。她出身良好，才气又高，犹如金玉一般，但最后却落入俗尘泥淖。这个预言式的盖棺论定，不管有没有后四十回，已注定是个悲剧。

我个人认为，曹雪芹写妙玉是革命性的写法，是高尚版的尼姑思凡。昆曲里有一出小戏《尼姑思凡》，它比较着重在俗世的情欲，小尼姑要下山去找一个男子，跟他共度晨昏，过快乐生活。可是妙玉的版本不是。我认为妙玉让人很心疼。她努力压抑感情，勉强自己，问题在于她无法管住自己那颗青春热腾的心，所以让人深感同情。

小说在第十七回最后一段带出妙玉的身世，她是苏州人士，祖上也是读书仕宦之人，家境富裕。妙玉从小多病，家人买了许多替身，皆不中用。什么叫"买了许多替身，皆不中用"？当时有钱人自己生病，或小孩生病，会买穷人或穷人家的孩子，让他们出家，当作替身。第二十九回清虚观的那一位张道士，也是当初荣国公的替身。换句话讲，可能荣国公当初罹病，神明指示他应该遁入空门，可是他不可能出家，就买了一个人出家做替身。妙玉的情况也一样，家里帮她买了好多个替身，可怜几个小女孩因为小妙玉的生病而被卖入寺庙当尼姑，问题是这么做都无效，她还是生病。后来，是妙玉亲身入了佛门病才好。妙玉初登场时是十八岁，"文墨也极通，经典也极熟，模样又极好"。师父临死前要她在京城等待，自会有结果。

贾府盖了大观园，里面有一座庙，于是贾府就写了请帖郑重邀请妙玉，进驻大观园的栊翠庵。

德国大文豪歌德于1808年发表的《浮士德》中，浮士德与魔鬼做交易，他将灵魂交给魔鬼，换取人间二十四年的荣华富贵。妙玉也等于是跟神明交换条件，她舍身入空门，以交换神明让她活命。我每次问学生，若要在生命短促和益寿延年但要一身袈裟万缘俱寂中择一，同学们要什么？"才不要，短命就短命！"答案几无例外。

"斋堂文化"

说到这里，我想来谈一下台湾地区的"斋堂文化"。简单来说，民间认为，女子若没出嫁，死后就无人祭拜，成为孤魂野鬼。所以，以前有钱人家的女子如果没结婚，家里就会在宅院里给她盖一处修行的场所，就跟惜春后来住在栊翠庵一样，或者就在外面给她买个房子，置些田产，让她自力更生。这样她后半生也就生活无虞，不必担心父母去世后无依无靠了。

这样的女子俗称"菜姑"，她们吃素、拜佛，家有佛堂，常年一袭灰色或黑色道袍，形同出家。但她们没有落发，而是将头发盘起成髻。这些女子通常不是自己一个人住，可能会有其他仆人或同样身份背景的陪在身边。而斋堂，后来往往会变成一个小型的类似社会福利机构的地方，若有逃家或是被抛弃无家可归的女性，斋堂可以适时地收容她们，一起生活，耕作种菜，自给自足。作家李昂有一本写食物的书还特别提到，台湾地区彰化县的鹿港有些斋堂出产的腌菜或素菜远近驰名。这就是"斋堂文化"。

妙玉家里富裕，虽然要她舍身入寺，可是又舍不得让她真的剃度，所以让她带发修行。郑板桥曾有句诗说僧家"比世人少却几茎头发，省得许多烦恼"。那"带发修行"是不是就意味带着许多烦恼在修行了？妙玉进驻栊翠庵后，带了一大堆丫头、仆妇跟各种珍奇富贵的家当。布袋和尚说："行也布袋，坐也布袋，放下布袋，何等自在。"可怜妙玉出家不仅带着烦恼，还带着一堆布袋！

妙玉心高气傲，"却不知好高人愈妒，过洁世同嫌"（第五回），连李纨都说她可厌。第六十三回，宝玉跟邢岫烟说起妙玉时即说："他为人孤癖，不合时宜，万人不入他的目。"跟妙玉有一段交情的邢岫烟则笑说她："僧不僧，俗不俗，女不女，男不男。"就是出家不像出家，入世不像入世，没个体统。

带发修行、携着珍奇名贵的家当修行，极具荒谬性，而她进驻的栊翠庵也是一个虚假的地方。贾府盖大观园，凿水池、叠假山，都是造景。栊翠庵就是假山上面的一座假庙，当然也是造景，不过是用来装点富贵人家庆有余。云空未必空，出家的心是假的，出家的地点也是假的，真叫她身心一片，终是没处安排！

栊翠庵外头那十几棵红梅倒是真的，每到下雪，"如胭脂一般，映着雪色，分外显得精神"（第四十九回）。这又暗示着栊翠庵里的妙玉，外表犹如冷雪一般，但内心就像那红梅一样鲜艳，真是矛盾！

"绿玉斗"背后的心思

说到妙玉，不能错过第四十一回"贾宝玉品茶栊翠庵"。

这一回，贾母等人带着刘姥姥逛大观园，来到栊翠庵。贾母说："我们才都吃了酒肉，你这里头有菩萨，冲了罪过。我们这里坐坐，把你的好茶拿来，我们吃一杯就去了。"下一句接着写"宝玉留神看他是怎么行事"，所以以下的叙述都是宝玉的眼睛看出来的。

"只见妙玉亲自捧了一个海棠花式雕漆填金云龙献寿的小茶盘，里面放一个成窑五彩小盖钟，捧与贾母。"成窑是明朝成化年间的官窑，算是昂贵的古董。贾母说："我不吃六安茶。"妙玉笑说："知道，这是老君眉。"贾母接着又问："是什么水？"妙玉道："是旧年蠲的雨水。"这个"蠲"字，意思是密封澄净过，这也是一种喝茶的讲究。贾母吃了半盏，就笑着拿给刘姥姥要她也尝尝。刘姥姥一口喝尽，笑道："好是好，就是淡些！"六安茶和老君眉都是绿茶，取其香气高爽，回韵甘醇，当是以淡雅为上，所以众人都笑了。

妙玉给贾母用的茶具十分名贵，至于其他众人的杯子也不遑多让，都是"一色的官窑脱胎填白盖碗"。这脱胎填白盖碗如何名贵法？做杯子，是先要用土捏成再上釉，而所谓"脱胎"就是釉层之内几乎已全脱去胎骨，如此做出来的杯子近乎半透明，比蛋壳还要薄。曾经有一个故事，有位收藏家拥有一个名贵的脱胎器皿，某天突发异想，想清洗一下，没料到水龙头一开，水往下冲，杯子当场碎裂，可见其轻巧娇贵。

作者极力铺陈这些茶具，就是要让读者知道，妙玉是带着这样一堆富贵家当修行的。我们继续通过宝玉的眼睛来看。妙玉把宝钗、黛玉的衣襟一拉，两个人随她出去。宝玉悄悄地随后跟了来，只见妙玉让她二人在耳房内，宝钗坐在榻上，黛玉坐在妙玉的蒲团上，妙玉自向风炉上扇滚了水，另泡了一壶茶。宝玉便轻轻走进来说："你们吃体己茶呢。"宝黛二人就笑说："你又赶了来撤茶吃，这里并没你吃的。"这里很有趣，妙玉拉黛玉、宝钗进去，似乎是想用这两个人来钓宝玉，宝玉果然乖乖跟进来了。

妙玉刚要去取杯，只见道婆收了茶盏来，妙玉忙说："将那成窑的茶杯别收了，搁在外头去罢。"善解人意的宝玉当然懂，因为刘姥姥用了那茶杯，妙玉嫌脏，不要了。这时又见妙玉拿出两只更珍贵的杯子，分别斟给宝钗、黛玉之后，"仍将前番自己常日吃茶的那只绿玉斗来斟与宝玉"。

这下有趣了，宝玉不领情，还说："常言世法平等，他两个就用那样古玩奇珍，我就是个俗器了？"妙玉回他："这是俗器？不是我说狂话，只怕你家里未必找得出这么一个俗器来呢！"怎么听着有点儿赌气的味道。宝玉又说："俗语说'随乡入乡'，到了你这里，自然把这金珠玉宝一概贬为俗器了。"妙玉听他这么说，于是拿出一只奇形怪状的竹根大盏，斟了一杯茶给宝玉。"宝玉细细吃了，果觉轻淳无比，赏赞不绝。"毕竟他还是会品茶的！曹雪芹真的是太保护宝玉跟黛玉的爱情了，就像第三十六回，薛宝钗一个不小心坐在宝玉床边绣鸳鸯，结果沉睡中的宝玉忽然在梦中大叫："和尚道士的话如何信得？什么金玉姻缘？我偏说木石姻缘！"宝玉连梦中都不曾给宝钗任何机会，现在妙玉的绿玉斗，同样得不到宝玉的青睐！

这时，妙玉正色说道："你这遭吃茶，是托他两个的福。独你来了，我是不能给你吃的。"越描越黑，显得有一点儿心虚，反而宝玉的心里是干净的，他就笑着说："我深知道，我也不领你的情，只谢他二人便了。"妙玉听了就说："这话明白。"虽这么说，可是，为什么总觉得这四个字看起来有点儿失落？接下来，黛玉要讨骂了，她问："这也是旧年的雨水？"妙玉冷笑道："你这么个人，竟是大俗人，连水也尝不出来。"居然有人敢说黛玉是大俗人！总之，妙玉就是抓着林黛玉出气罢了。宝钗很知趣，吃过茶就赶快约黛玉出来了。

宝玉临走，赔笑跟妙玉说起刘姥姥喝过的那只茶杯："那茶杯虽然腌臜了，白撂了岂不可惜？依我说，不如就给了那贫婆子罢，他卖了也可以度日，你说使得么？"宝玉知道它价值不菲，也明白妙玉不屑再要了，与其丢掉，干脆就把杯子让给刘姥姥，让她去卖，这是宝玉的好心。

妙玉听了，想了一想，说："这也罢了，幸而那杯子是我没吃过的；若是我吃过的，我就砸碎了也不能给他。你要给他，我也不管，你只交给他，快拿了去罢。"妙玉的洁癖竟到这种程度，只要是自己喝过的杯子，若被别人用过，管它多名贵她照砸，那她怎么会拿自己天天用的杯子给宝玉呢？曹雪芹真了不起，他就用这样曲折婉转的方式，把妙玉那一点不能道、不足道的心事写了出来。

宝玉接话："自然如此，你那里和他说话去？越发连你都腌臜了，只交给我就是了。"有学生说宝玉是"少女杀手"，就是这个意思！他了解对方，而且会用对方喜欢、能接受的方式去对应。他又加码："等我们出去了，我叫几个小幺儿来河里打几桶水来洗地如何？"妙玉笑道："这更好了，只是你嘱咐他们，抬了水，只搁在山门外头墙根下，别进门来。"宝玉说："这是自然的。"我们可以想象，宝玉这份体贴，一定让妙玉分外暖心。

寂寞的槛外人

第六十三回宝玉生日那晚，怡红院里彻夜欢笑。隔天一早，发现桌上有一张粉红笺纸，上头写着"槛外人妙玉恭肃遥叩芳辰"，是妙玉送来的生日卡片。宝玉一看就很着急，觉得怠慢了。丫鬟说，昨晚不是妙玉亲自送来的，是一个嬷嬷拿来的。这背后是不是又有不写之写，月明星稀的那一个夜晚，怡红院外会不会有一个孤独的身影在徘徊？而送卡片的这个动作，再次让我们看到了妙玉的那一点心思。

到了第八十七回，我们先来看程高本怎么写。"坐禅寂走火入邪魔"，那一日白天，宝玉没处去，想到好几天没见到惜春，就过来蓼风轩，听到下棋声，就悄悄进到房里。原来是惜春和妙玉两个人正在下棋。

妙玉见到宝玉，忽然把脸一红，痴痴问了他一句："你从何处来？"宝玉以为有机锋答不上来，脸也红了。惜春就说："这什么难答的？你没有听见人家常说，从来处来么？这也值得把脸红了，见了生人似的。"她这么一说，妙玉马上联想到自己应该也是脸红的，更觉不好意思。到了晚上，她开始打坐，"忽听房上两个猫儿一递一声厮叫，那妙玉忽想起日间宝玉之言，不觉一阵心跳耳热"。虽强制收摄心神，却已崩溃，走火入魔！第二天请医服药，稍见平复，但谣言已满天飞了。这个是高鹗版的写法。最后，贾府遭强盗，把她也给掳走，从此不知道妙玉是什么样的结局了。

我执，分别心，着相，妄念

以佛家的角度来讲，妙玉犯了几个戒律——她我执、她分别心、她着相、她妄念。对出家人而言，一切应该都是身外之物，妙玉却玩赏了一堆古董宝物，而且还得意地说，想必你们家还找不出一个像我这样的东西。这就表示她有我执。她的分别心也很强烈，从她瞧不起刘姥姥就可看出来。宝玉生日，干卿何事，她这卡片一送，白纸黑字就着相了。什么叫着相？以《维摩诘经》里的天女散花来比喻。讲经时天女散花，有道行的人根本不会放心上，可是道行不够的就会觉得，花落肩头，想把它抖下，这一抖，花反而就一直在了。有一个很有名的禅宗故事，说的也是同样道理。一个大和尚和一个小和尚来到街上，发现马路泥泞难行，有个美丽女孩正愁无法踩踏。于是，和尚就抱起女孩，助她过街。小和尚看在眼里，满心疑惑，终于忍不住问师兄："和尚不是不可以接近女色吗，师兄为什么可以抱她呢？"师兄说："你还在想那件事啊，我已经把她放下了，难道你心中还抱着她吗？"这也是着相。既然出家，就该六根清净，不过，她不能免除对宝玉的一丝眷恋，那就是妄念了。所以妙玉的心，真的是"玉洁何曾洁，云空未必空"啊！

可是，曹雪芹对她仍然充满着悲悯的情怀，感叹她这么好的女孩子，弄不清楚自己是什么、要什么、能够做什么，一生一世就没个安顿处了！如果像前面提到的盖斋堂一样，她找一个风景优美之处，设置一座精致的道场，她是可以比贾府那些千金小姐有更大的自由，更自在一些的。可惜一袭道袍既不能圈住她那颗青春热腾的心，大观园也不能为她挡住外面的腥风血雨。她，注定是悲剧！

宝玉的心思是干净的

妙玉对宝玉有点儿动心，但宝玉对妙玉，是干干净净的，顶多就是一种好奇。第四十一回一行人来到栊翠庵时，"宝玉留神看他是怎么行事"，宝玉之所以"留神"，是因为对她很好奇。毕竟妙玉是一个修行者，等闲不出禅关的。宝玉对她也很敬重，尊称她"妙公"。生日隔天看到妙玉派人送来的卡片，他马上想着该怎么回帖，本来要去请教林黛玉，在路上刚好遇见邢岫烟。邢岫烟跟他说，妙玉既说自己是"槛外人"，你回个"槛内人"便是。宝玉把这回帖，也就是谢卡写好之后，从门缝塞进去，这是宝玉对她温柔的回礼。他别无他心，就只是一个男生对一位绝妙出家女子的好奇，就像一个小男孩偶然经过一座庙，发现里头有一尊玉观音特别好看，忍不住多看了一眼，也就多看一眼，如此而已！

最后，我们来想想，为什么妙玉可以列入十二金钗正册？曹雪芹很崇拜性灵派，而在这部书中，性灵派女子的最高等级正是妙玉。而且妙玉"欲洁"，是很努力想洁身自爱的，问题是做不到，毕竟她是一个血色鲜丽的人间女子，就像雪中的红梅一样，还有天生的热情，所以曹雪芹对她很是同情。再者，曹雪芹向来就觉得感情是一件庄严的事，一个戏子龄官，可以跟贾蔷有一段美丽的爱情，尼姑又为什么不能够怀有一份浪漫的情思呢？所以他把这一位非常性灵派、非常希望自己高洁的妙玉，放入了十二金钗里面的正册。

空篇 04

两则浪费了的爱情故事

《红楼梦》里除了贾宝玉和林黛玉的爱情外，还有好几个爱情故事，我们这一节就来看两则被浪费了的爱情故事！曹雪芹都曾在前面费心经营，用力铺陈，可惜后来却虎头蛇尾或无疾而终。他们分别是贾芸跟小红、司棋跟潘又安。

我们先说贾芸跟小红。两个人都是有理想、有抱负的年轻人，也都聪明灵巧。而且，跟第八回的茜雪一样，曹雪芹原先打算也要让贾芸和小红在贾府落难时扮演重要角色，不过，在程高本里都不见了。

贾芸是什么背景？他勉强算得上是贾府的人，因为是在后边廊下住着的一个穷亲戚。以前人取名，家族里同一个辈分都会用相同的字，或相似的名字，比如宝玉这一辈的有贾珍、贾琏、贾珠、贾宝玉、贾环，都是斜玉旁的，他的下一辈就是草字头的，比如贾芸、贾芹、贾蔷、贾兰（蘭），所以贾芸跟贾兰是同一辈的，他称宝玉和贾琏叔叔，叫凤姐婶婶。

贾芸是穷亲戚，虽然他进贾府里来，仆人会称他一声芸二爷，可是他能得到的尊重，可想而知是不多的。下人最势利，所以根本不会有太多人在乎他。第一次读《红楼梦》时，看到贾芸和宝玉的互动，会觉得贾芸把肉麻当有趣，他年纪明明比宝玉大一些，却赶着要当宝玉的儿子。但事实上，他是为了抓住向上奋斗的机会，在努力攀关系。

至于小红，她是怡红院里的三等丫鬟。怡红院看起来富贵风流，其实丫鬟的阶层分得很严，彼此间有宝玉看不到的人事斗争。当初盖好大观园后，每个院落都要有人看守，怡红院就是小红来看着的，所以，这些丫鬟里在怡红院待得最久的是小红。她原仗着自己"有几分容貌，心内便想向上攀高，每每要在宝玉面前现弄现弄"（第二十四回）。殊不知宝玉身边本来就有一群丫鬟，最顶头的是袭人，其次有晴雯、麝月、秋纹等人。当宝玉搬进怡红院时，她们把旧势力也整个带进来。这一群人把宝玉围得密不透风，小红根本插不进去。

所以，贾芸和小红就是一个穷亲戚跟一个三等丫鬟之间的爱情故事。虽然曹雪芹用的是丢手帕的俗套，可是一样写得非常好，尤其把一个少女春心已动的感觉描写得很细腻。最早发现这段爱情故事精彩处的，也许是我大学时的王文兴老师。王文兴老师说，他个人认为小红跟贾芸这一段爱情故事，写得比黛玉跟宝玉好。王老师的意思是，作者把那种咫尺天涯，一对有情人只能在那边用眼神传情的情愫写得很好。而且，曹雪芹这一口气还很长，他们这段爱情故事穿插在许多情节中，中间发生了许多事，可是两个人的感情线还是继续在走，尽管外在的人事多变化，内里的情感仍持续在增温。

"醉金刚轻财尚义侠，痴女儿遗帕惹相思"

第二十四回就是贾芸、小红专栏。前半回一开始，作者就像图卷般徐徐展开一幅幅属于贾芸的画面，让我们看到了一个穷亲戚如何被嫌弃、一个寒门孝子怎样力争上游，也看到了市井泼皮的义气相助。

现在从贾芸终于找到一个机会跟宝玉见面说起。"请宝叔安。"伴随着这四个字，贾芸正式登场了。宝玉见他生得"容长脸儿，长挑身材"。从宝玉眼里看来，这人只有十八九岁，生得甚是斯文清秀，虽然面善，却想不起是哪一房的，叫什么名字。这种事情，尤其对方是男生，宝玉当然不会上心。贾琏介绍他是"廊下住的五嫂子的儿子芸儿"。宝玉就淘气了,他说:"你倒比先越发出挑了,倒像我的儿子。"作者说贾芸"最伶俐乖巧",贾芸果然马上接话"俗话说得好,摇车儿里的爷爷,拄拐棍儿的孙子"。意思就是年纪不重要,还是要看辈分,总之他马上就攀上亲来了。宝玉随口要贾芸明天来书房找他,两个人聊聊。

贾芸跟宝玉道别后,又来找贾琏,他知道府里现在有很多差事可做,所以去找贾琏打听,但没能要到工作。贾芸很聪明,他发现找贾琏没用,所以打定主意要找王熙凤了。可是他也知道,若要见王熙凤,一定要有一个很好的理由,不是简单送个礼就算了。他心里虽然已有主张,可是没钱,于是去找舅舅卜世仁帮忙。

世态炎凉图

《红楼梦》里很多名字都有其谐音字的意义,这里又是一个。"卜世仁"就是"不是人"的谐音。说不是人,世上这种人偏又多的是!贾芸的舅舅卜世仁是开香料铺的,贾芸想跟他赊四两冰片和麝香,说等八月节的时候就还来。但舅舅根本不愿意,还唠唠叨叨训了贾芸一顿。贾芸待不下去,起身告辞。没想到舅舅卜世仁训完后,轮到他老婆——舅舅见外甥要走了,不太好意思,就要他留下来吃个饭再走,结果舅妈说家里米都没有了,"这里买了半斤面来下给你吃,这会子还装胖呢,留下外甥挨饿不成",还装腔作势叫女儿到对门去借几个钱。这些势利腔调很有《金瓶梅》里俗世文学的味道。两个人戏没唱完,贾芸早说了几个"不用费事",去得无影无踪了。从这里也可以看出贾芸的志气,他有开口,对方不给,那就另谋想法,不用哀求。脂砚斋在这里有句眉批:"有知识有果断人自是不同。"可见脂砚斋也挺欣赏贾芸。

路见不平侠义图

贾芸离开后,路上碰到邻居醉金刚倪二。倪二是个地痞流氓,放高利贷的,可是他一听到卜世仁这段事，气得大怒，当场把身上的一包银子拿出来要借给贾芸。这里的对白也很精彩，曹雪芹出身世家，但对于市井间的语言也掌握得精准生动。

贾芸答应收了银子后，想写张借据给倪二。倪二说："这不过是十五两三钱银子，你若要写文约，我就不借了。"这话痛快。分手前倪二还要贾芸帮他带个口信，说他今晚不回家，明天要家人哪里找他，等等，果然就是街坊邻居间会讲的口气。脂评这里称赞说跟《水浒传》杨志卖刀那一回来比，他觉得这一回更好看。

贾芸偶然间碰到这个状况，也觉得很稀罕，但不免有点担心。因为倪二今天是喝醉的状态，万一他明天清醒后来要钱，而且说他借的不止十五两，而是三十两、四十两，那怎么办？这样子的写法真是写到贾芸的心坎儿里去了！担心之余，也看出贾芸的勇气。他心想，没关系，等差事成了，到时候加倍还倪二就是了，他现在真的需要钱。

接下来，贾芸走到钱铺里称银子，确定分两不错，心上越发喜欢。为什么小说要写这一段？一方面，他对倪二还是没把握，毕竟是地痞流氓，名声不太好，万一倪二给得不准确，或者给的是假银两什么的，总之他不放心。另一方面，作者是让我们知道，贾芸果然是穷，穷人家对钱就是得锱铢必较。这情况又刚好可以跟第五十一回晴雯生病，宝玉请大夫那一幕做对比。

那天大夫要银一两，宝玉和麝月都搞不清楚手上掂的银子是多少，又懒得称，就拿块大的，让婆子自去料理。

一边是富贵人家的公子哥儿，连旁边的丫头都不把银子当回事，一边是穷亲戚贾芸，银子可比命还重要。

这个写法非常细致，曹雪芹连这种小地方也没有糊弄过去。再者，倪二托他带话给家里人，贾芸也先去做了再回家，这也可以看出他是一个周全的人。回到家后，贾芸的母亲问他这天去了哪里。贾芸担心母亲生气，便不提舅舅的事，只是简单交代他去找贾琏。这里脂砚斋又有话了："孝子可敬，此人后来荣府事败，必有一番作为。"脂评这句很重要。一来，他点明了贾芸绝对是一个好角色，给了他"孝子可敬"的评语。二来，脂砚斋也预知曹雪芹塑造的这个人物，在后四十回贾府败落后，贾芸会有所发挥，是一个类似侠士般的人物。

贾芸和凤姐的两段精彩对手戏

接下来就是贾芸跟王熙凤精彩的对手戏了。贾芸拿到钱，买了冰片、麝香后，在第二天来到荣国府，等候凤姐出来。贾芸知道凤姐喜被奉承、爱排场，所以一见凤姐，他"恭恭敬敬抢上来请安"。不过，凤姐连正眼也不瞧他，继续往前走。这里写得非常有画面感，我们可以想见凤姐那个气势，贾芸一定是在旁边小跑步一样，恭恭敬敬地跟着。凤姐不看他，一边走，一边问候他母亲："怎么不来这里逛逛？"贾芸说："只是身上不好，倒时常惦记着婶娘，要瞧瞧，总不能来。"凤姐笑道："可是你会撒谎，不是我提，他也就不想我了。"贾芸就说："侄儿不怕雷劈，就敢在长辈跟前撒谎了？昨儿晚上还提起婶娘来，说婶娘身子单弱，事情又多，亏了婶娘好精神，竟料理得周周全全的，要是差一点儿的，早累得不知怎么样了。"贾芸真会讲话，凤姐听了，"满脸是笑，由不得止了步"。刚刚凤姐是连正眼也不瞧他，一径往前走，但现在她满脸是笑，而且停下脚步了，所以贾芸的马屁真拍对了！

凤姐说："怎么好好儿的，你们娘儿两个在背地里嚼说起我来？"贾芸就趁势瞎掰了一个理由，顺理成章地把冰片、麝香给送上了。贾芸很聪明，他是仔细想过才买了这些来送。端午节快到，凤姐正在办节礼，就欣然接受了。凤姐说："看你这么知好歹，怪不得你叔叔常提起你来，说你好，说话明白，心里有见识。"凤姐不马上说要给贾芸工作，贾芸也乖觉，只字未提。别了凤姐，他依约来到外书房等宝玉，就在这里，第一次见到了小红。

贾芸在外书房等宝玉等了半天不见人来，先是听到几句"娇音嫩语"，一看，"是个十五六岁的丫头，生得倒甚齐整，两只眼儿水水灵灵的"。焙茗说这是宝二爷屋里的，你问她就是了。那丫头听见，知是本家的爷们，就不回避，"下死眼把贾芸盯了两眼"，也就是她很用力地看了他两眼，她当然没有恶意，只是好奇吧。

　　焙茗要小红去带个话,说廊上二爷来了。小红一发话,就显现出她的口齿伶俐,思路清楚,她没有蒙贾芸,马上说:"依我说,二爷且请回去,明日再来,今儿晚上得空儿,我替回罢。"焙茗还搞不清楚状况,小红就解释:"他今儿也没睡中觉,自然吃的晚饭早,晚上又不下来,难道只是叫二爷这里等着挨饿不成?不如家去,明儿来是正经。就便回来有人带信儿,也不过嘴里答应着罢咧。"她解释得很清楚,还说就算有别人替贾芸捎口信,都是糊弄他的。可见她下死眼盯了贾芸两眼之后,对他有一点好感了,也保证替他回话。

　　贾芸听这丫头的话"简便俏丽"——请把这个形容记住,因为接下来宝玉也说她俏丽,凤姐也说她俏丽,"俏丽"二字出现了三次!贾芸虽然想问她名字,又不好意思,就说明日再来。焙茗这时才想到要替贾芸倒茶,要他喝了茶再走,贾芸一面走,一面回头说:"不用,我还有事呢。""口里说话,眼睛瞧那丫头还站在那里呢",刚才是小红紧盯他两眼,现在换贾芸回头看小红,而且,她还站在那儿,这表示小红也没有转身就走,还站在那儿看他。如此一来,两个人又多看了好几眼了。

　　第二天,贾芸跟凤姐继续精彩对白。凤姐看到贾芸就说:"芸儿,你竟有胆子在我跟前弄鬼!怪道你送东西给我,原来你有事求我,昨儿你叔叔才告诉我,说你求他。"凤姐是故弄玄虚,她其实早就知道贾芸求工作的事,也早就想派他事做了,但昨日刻意不给他工作,今天又这么说。贾芸很机灵,马上笑道:"求叔叔的事,婶娘别提,我这里正后悔呢。早知这样,我一起头儿就求婶娘,这会子早完了,谁承望叔叔竟不能!"这句话也是很厉害,意思是叔叔不能,那你呢?你是能的,你如果没答应,那也是不能的。这是激将法,也是奉承。所以我常跟学生笑说,看《红楼梦》还有一个好处,可以学着点,看人家是怎么把他想要的东西给要到!凤姐很犀利,她说:"哦!你那边没成儿,昨儿又来找我了?"贾芸没被激怒,他能言善辩,回说:"婶娘辜负了我的孝心,我并没有这个意思,要有这个意思,昨儿还不求婶娘吗?如今婶娘既知道了,我倒要把叔叔搁开,少不得求婶娘,好歹疼我一点儿。"

凤姐这才说，园子里要种树种花，她正想找个人来负责呢，贾芸马上自荐。但凤姐不想马上答应，被他看轻，就故意说："等明年正月里的烟火灯烛那个大宗儿下来，再派你不好？"换成是别人，可能会傻傻地回说："好吧，那等明年。"但贾芸很厉害，他知道打铁要趁热，他说："好婶娘，先把这个派了我，果然这件办得好，再派我那件罢。"等于一口气要凤姐答应两个了。凤姐笑道："你倒会拉长线儿！"然后就给了他这个工作。凤姐是笑着说的，可见她蛮欣赏贾芸。我觉得凤姐有一点相当了不起，只要对上她的人够能干，她是懂得欣赏的。而这两个人一来一去像对口相声的对白，实在精彩！1908年的《觚庵漫笔》中曾言："《红楼梦》中人物伶俐即溜，以贾芸为最。"又说与凤姐两个聪明人对话"正是'两个黄鹂鸣翠柳'不足喻其宛转，'数声清磬出云间'不足譬其轻脆"。

凤姐的一句话决定了贾芸拿到两百两。好大一笔钱！我们看贾芸如何处置这笔钱。他先找了倪二还钱，这点很重要，有借有还，再借不难。然后拿了五十两银子去买树。我们相信他这第一件差事一定会做得很好，要不然以后就没差事可做了。说句后话，到目前为止，曹雪芹费了多少笔墨，在写贾芸的聪明达理，这样的人品怎么可能后来会变得那么糟糕！

作者接下来写小红了。

怡红院里的小红

宝玉前一天跟贾芸说，要他明天进来，其实是公子哥儿随口一提，根本没放在心上。他这一天晚上回来，怡红院里的丫头一个都不见。作者不厌其烦地交代为什么她们都不在——袭人被宝钗叫去打结子了，秋纹和碧痕两个去催水，檀云又因她母亲病了，接出去了。这个檀云就只在这里出现一次。麝月现在家中病着，还有几个做粗活听使唤的丫头，觉得应该没自己的工作，都跑掉了。作者就这样，把围在宝玉身边的那些人一个个都支开来，"不想这一刻的工夫，只剩了宝玉在屋内"。小红等了这么久，终于等到宝玉身边净空了的这一刻！

宝玉想喝茶，一连叫了几声，才见两三个老婆子进来，他一见马上说不要了。宝玉有恋少女情结，对老婆子是一向没好感的。宝玉正准备自己倒茶时，只听背后有人说："二爷看烫了手，等我倒罢。""一面说，一面走上来接了碗去"，宝玉还吓了一跳，问："你在那里来着？忽然来了，唬了我一跳！"那丫头一面递茶，一面笑着回道："我在后院里，才从里间后门进来，难道二爷就没听见脚步响么？"这四个"一面"是在描写这个丫头行动的迅速伶俐，而且这一刻对小红来讲是多么重要，所以边送茶，边回话。接下来还有两个"一面"，"宝玉一面吃茶，一面仔细打量"。宝玉也没闲着，他对女孩子本来就很在意，所以喝着茶，同时仔细打量她。作者连用六个"一面"显然也在语意上暗示这短暂、紧凑的时间点！刚刚贾芸眼里看到的小红，只是"简便俏丽"，"简便"是指她的语言，"俏丽"是指她的容貌，可是他们两个毕竟没好意思看很久，现在通过宝玉的眼睛，这丫头的形象就具体了。"那丫头穿着几件半新不旧的衣裳，倒是一头黑压压的好头发，绾着鬓儿，容长脸面，细挑身材。"这"容长脸面，细挑身材"，是不是和贾芸的"容长脸儿，长挑身材"很登对？"却十分俏丽甜净"，这里不止俏丽，又加了甜净二字，用现在话说，小红是俏丽甜姐儿一类型。

　　宝玉很感兴趣，问："你也是我屋里的人么？"那丫头笑应着说是啊。宝玉说："既是这屋里的，我怎么不认得？"他讲的都是公子哥儿不在状况的话。那丫头听说，便冷笑，可见她也是一个心高气傲的女子。她冷笑一声说："爷不认得的也多呢，岂止我一个！从来我又不递茶水拿东西，眼面前儿的一件也做不着，那里认得呢？""你为什么不做眼面前儿的呢？"宝玉这一问甚是绝啊，可见他有多天真！那丫头回说："这话我也难说。"没错，这叫她从何说起呢？这些对白真的是非常写实。接着，她还记得贾芸的事，就借机把这事交代了。

　　就这几分钟的时间，只见秋纹、碧痕嘻嘻哈哈地笑着进来了，两个人共提着一桶水，一手撩衣裳，泼泼洒洒的。那丫头便迎出去接，秋纹、碧痕一看有人出来接水，"原来是小红"。不知各位注意到没有，刚才跟贾芸第一次见面时，只写她是一个"丫头"，在宝玉的眼里，她也是一个没有名字的"丫头"，现在通过秋纹和碧痕，才把名字给写出来。秋纹和碧痕两个人觉得奇怪，将水放下，忙进来看时，发现除了宝玉，再没别人，这下两个人脸色都很不好看。等伺候宝玉去洗澡后，她们就去另一间房找小红兴师问罪了！

小红说，因为她的绢子找不到了，往后头找去。这是个伏笔，表示小红真的是掉了手帕，而这条手帕就要牵扯出贾芸了。小红说，她找手帕，没想到二爷要茶喝，叫姐姐们，一个儿也没有，她才赶着进去倒了一碗茶，姐姐们就来了。秋纹兜脸啐了一口道："没脸面的下流东西！"这话骂得好难听。"正经叫你催水去，你说有事，倒叫我们去，你可抢这个巧宗儿。"果然爷面前工作的都是巧宗儿！"一里一里的，这不上来了吗？难道我们倒跟不上你么？你也拿镜子照照，配递茶递水不配？"碧痕又说："明儿我说给他们，凡要茶、要水、拿东西的事，咱们都别动，只叫他去就完了。"两个人你一言我一语，就为了倒这杯茶把小红给奚落个够！

这时，有个老嬷嬷来传话，说明天有人会带花儿匠来种树，这就呼应到贾芸的工作了。到了这里，作者才点出小红的身世，原来小红本姓林，小名红玉，因为玉字犯了宝玉、黛玉的名，所以便叫她小红。她父亲是林之孝。看到这里，读者可能会有疑问，林之孝是贾府大管家，跟周瑞、赖大等人的地位几乎等同，为什么女儿反而只是个三等丫鬟，秋纹等人敢这样欺负她？

关于这点有解释。后来凤姐在知道小红的背景后，说林之孝两口子，都是"锥子扎不出一声儿来的"，还说他们一个天聋，一个地哑，这意思是说，林之孝夫妻俩算是很厚道的。父母忠厚老实，本来就不太会替女儿关说找肥缺，再者宝玉身边的丫鬟又比别人娇贵得多，还常是贾母那边派过来的，像袭人、晴雯即是，所以她们也才那么嚣张。

心灰意冷的小红回房睡下后，心神恍惚，居然梦见贾芸在门外唤她。没想到跟贾芸这么一个偶遇，他都已经入她梦里来了！这样一个少女芳心初动，开始对某个男人有好感的心情，曹雪芹懂得。

少女情怀总是诗

第二天一早，没情没趣的小红，胡乱绾了头发，洗了洗手脸，便来打扫房屋。

然而，宝玉昨天见了她，也就留心，想着要指名唤她，可是一群大丫头围在他旁边，所以他也不敢。他把窗户打开，隔着纱窗，只见几个丫头在扫院子，都搽脂抹粉、插花戴柳的，但就看不到昨儿那一个。这里用"昨儿那一个"，因为宝玉还不知道她姓甚名谁。宝玉于是趿拉着鞋走出来，只装作看花，东瞧西望，看到西南角上游廊下栏杆旁有一个人靠在那里，却为一株海棠花遮着。脂评在此用了一句"隔花人远天涯近"，天涯有时候比起隔着一朵花还要更近一点儿！这是《红楼梦》里面很小的一个画面，可是作者写得很细致。海棠花下一个沮丧的女孩，旁边有个对她好奇的男孩，可是谈恋爱的绝对不是这两个！宝玉仔细一看，正是昨天那个丫头在那里出神。宝玉看懂这女孩有心事，但当然不清楚原因，他想迎上前去，又不好意思，下一刻就被秋纹请进去洗脸了。

小红知道贾芸进了大观园在监督种树的事，也远远地看到贾芸坐在山石上监工，她想过去，又不敢造次，所以这里也是"隔花人远天涯近"了！那个上心的男孩已经来到大观园里了，近在咫尺，但她只能放在心上。都说"少女情怀总是诗"，但诗的内容可不一定全是美好的。这个爱情故事到此就先搁着了。

贾府里许多事情在发生，先是贾环把灯油推向宝玉脸上，差点儿让他毁容，接着是马道婆做法，又差点儿把宝玉和王熙凤害死，但这些事对贾芸和小红的爱情也是有意义的。贾芸要监督种树的工作，能进大观园里来，又因为这几天府里一团乱，贾芸被差遣进来帮忙，趁这机会，贾芸不仅了解了怡红院周遭，包括里面那些丫鬟的名字等，他也都搞清楚了。

来到第二十六回，贾芸和小红继续远远地你看我一眼，我看你一眼，然后都看进了心里！贾芸还借机向小丫头坠儿套话，想知道掉了手帕的那个丫鬟是不是就叫小红。

到了第二十七回"滴翠亭杨妃戏彩蝶"。前面提到，这是薛宝钗整部书里最天真可爱的一幕，但我个人还是觉得，她不太可能会去扑蝶，是不是曹雪芹为了把小红的故事给写下去，所以委屈了薛宝钗一下。让她去扑彩蝶，扑着扑着，才能近亭子，才听得到小红和坠儿的对话，也才能带出贾芸捡到小红手帕，坠儿要她给谢礼的这段话。如果这样的话，曹雪芹为了烘托贾芸跟小红这一则曲曲折折、远远近近的爱情故事，可真是煞费苦心了！

小红的"一鸣惊人"

小红的机会终于来了。这天刚好凤姐在山坡上叫人，小红看到连忙跑过去。凤姐见她"干净俏丽，说话知趣"。此处又出现了一个"俏丽"！凤姐说她有事要交办："不知你能干不能干？说得齐全不齐全？"小红怎么回？她说："奶奶有什么话，只管吩咐我说去；要说得不齐全，误了奶奶的事，任凭奶奶责罚就是了。"果然是"说话知趣"。这个爱情故事是话分两头，可是两头又隐隐约约有连接处，就是这一对男女都伶俐聪明反应快，也都得到了凤姐的欣赏。

小红去办了事后，要回来答复凤姐，不巧又遇到了怡红院的丫头，晴雯、绮霞、碧痕、秋纹、麝月、侍书、入画、莺儿都在。晴雯一见小红就说："你只是疯罢，院子里花儿也不浇，雀儿也不喂，茶炉子也不弄，就在外头逛！"从这里可以看出来，怡红院或是贾府，丫头是一层可以管一层的，大丫头管中丫头，中丫头管小丫头，这样一层一层管下去。小红就说："昨儿二爷说了，今儿不用浇花儿，过一日浇一回。我喂雀儿的时候，你还睡觉呢。"所以她们每天起床的时间也不一样。碧痕问："茶炉子呢？"小红说："今儿不该我的班，有茶没茶别问我。"绮霞就说："你听听他的嘴，你们别说了，让他逛罢。"小红说："你们再问问，我逛了没逛，二奶奶才使唤我说话取东西去。"晴雯当然不饶她："怪道呢，原来爬上高枝儿去了，就不服我们说了。不知说了一句话半句话，名儿姓儿知道了没有，就把他兴头得这个样儿。"晴雯这话也很毒。总之，怡红院里这些丫头没个好惹的，小红只好忍耐着。

小红在李纨的住处找着凤姐回复了，这段回话很精彩，亏得曹雪芹能够一口气写出。舅奶奶、姑奶奶、五奶奶……总共十四个各式各样的奶奶，更亏得小红也一口气讲得齐全。上课时，曾让学生"照本宣科"，结果能一字无误地说出来的还真不多。课堂上这一念，同学们也佩服起小红了！

总之，曹雪芹就是处心积虑地要让小红有一个表现机会。凤姐听了她的回话后，果然非常欣赏，立时就想把她收为己用了。凤姐说："明儿你伏侍我罢，我认你做干女儿，我一调理，你就出息了！"宝玉看到贾芸，说你倒像是我儿子，凤姐看到小红，想认她当干女儿，可见至少这两位主子都觉得他们很不错。这是作者拐着弯，拉了很细的一条线来告诉我们，这两个角色的优秀。再加句后话，高鹗真不该把这两个角色辜负了！

凤姐接着说："明儿我和宝玉说，叫他再要人，叫这丫头跟我去。可不知本人愿意不愿意？"这是要探小红的意愿了。小红笑着说："愿意不愿意？我们也不敢说，只是跟着奶奶，我们学些眉眼高低，出入上下，大小的事儿，也得见识见识。"这话讲得多好啊！套用在现代，如果你是刚踏入社会的人，上司问："你要不要当我秘书，当我特助，要不要跟着我？"直接回说愿意太谄媚，回说不愿意太不识相，所以就应该学小红这么讲。她这么说多贴心啊，表示尊重主管的意见，可是每一句话里都是"我愿意"！

被辜负的人才，被浪费的爱情

从第二十四回到第二十七回，作者都极力在描写贾芸跟小红这两个人的机灵和上进心，可惜的是，在程高本中都没有再发挥了。小红到了凤姐身边，没什么表现，贾芸就更没什么戏了。第八十八回，贾芸同样又巴结凤姐，但凤姐不再理他，小红送他出来时，两个人讲了点话，小红跟他说，他应该多来走动一点。这一段写得有气无力，简直是狗尾续貂了。第一百一十八回，贾芸已经堕落到跟贾环、巧姐的舅舅王仁合计要把巧姐给卖了，所以到了第一百一十九回，贾芸就被撵出去，而小红则不知所终了。

一段爱情由"死命盯了两眼"开始，远远近近、断断续续，有情、有思、有梦，理应有欢喜姻缘，可惜的是，作者不写，读者徒呼奈何！

所以才说，这两个人物被浪费掉了，辜负了曹雪芹前面如此的铺陈。其实第二十六回中脂评眉批："狱神庙红玉、茜雪一大回文字，惜迷失无稿，叹叹！"

可见被抄家后，这两个人仍大有作为的，可惜看不见了。因此，二十世纪八十年代的张之与近年的刘心武在他们的续书中都有着墨，都是写贾芸、小红两个人后来结了婚、放了出去，才能以自由之身来帮助已经衰败的贾府。因为一旦被抄家，府里面的人都会编册，都要归为奴隶卖给别人，反倒贾芸、小红，还有之前被撵的茜雪，因为已经离开，是自由身，才能帮助贾府！刘心武的版本中，第一百回有"狱神庙茜雪慰情痴"，第一百零一回则有"芸哥哥仗义勇探庵"。在张之的版本里，第九十八回则是"桃花庵红玉救凤姐，狱神庙茜雪慰宝玉"。

最后，我个人认为，曹雪芹还有一点写得很好，就是宝玉跟这两个人的关系。宝玉是一个富贵闲人，尽管觉得贾芸不错，聊聊天可以，可是他没有什么用心，约贾芸来外书房找他，但自己又忘记。同样道理，宝玉觉得这女孩子长得不错，所以知道她是自己屋里的丫头后，会想多注意一下，但小红离开也就算了。我觉得宝玉的这种心态和反应完全是写实主义的写法。人生路上，交交错错，背影难寻，能有几人真上得了心间？

司棋、潘又安，画蛇添足的爱情结局

除了贾芸和小红这两个角色被浪费掉、被辜负外，还有一则爱情故事也不了了之了，那就是司棋跟潘又安。潘又安这个名字可能有一点反讽，潘安是一回事，潘又安是另一回事！司棋这个角色写得出色，她性子刚烈泼辣，曾经在第六十一回厨房里的政治学，也就是不同派系的人事斗争上抢尽风头。贾府下人众多，攀亲带戚关系复杂。司棋跟管厨房的柳嫂子属不同派系，为了要一碗蒸蛋被拒绝，这位被管家称为"副小姐"的司棋，率众几乎捣毁了半个厨房！

也就因为司棋是这种个性，她才敢把男人带进大观园，而且在山洞里私会，交换信物。进而由这一条线拉出之后的抄检大观园，也拉出大观园背后的纪律废弛。

司棋的个性很特殊，在搜检出男人东西的时候，并无畏惧之色。她姑娘家敢做敢当，豁出去了。到了第七十七回，她就因为这件事被赶出去了。

本来就到这儿为止也罢，但后四十回却又画蛇添足交代了司棋和潘又安的感情事件。第九十二回，司棋母亲派来的人透露，出事后就逃之夭夭的司棋的表兄又来找司棋了。司棋一看到他，就要跟他走。司棋的母亲很生气，赌气偏不让司棋跟他走，司棋就这么"砰"的一声撞墙死了。她表兄这时才拿出一匣子金珠首饰，跟司棋母亲说，他这几年其实赚了不少钱，回来是来娶司棋的。司棋母亲责怪："你既有心，为什么总不言语？"潘又安居然回道："大凡女人都是水性杨花，我要说有钱，他就是贪图银钱了。如今，他这为人，就是难得的。我把首饰给你们，我去买棺盛殓他。"这也就是说，潘又安要先试探司棋要的是他的人还是钱，现在得到证明了，就把金饰给了司棋母亲，然后买来两口棺材，"把带的小刀子往脖子里一抹，也就抹死了"。

这段情节全然落入俗套，是类似《秋胡戏妻》的桥段。从来民间的俗文学、戏曲很喜欢演《秋胡戏妻》这个故事，它跟庄子的妻子扇坟故事一样，都是在诋毁女人！《秋胡戏妻》是西汉末年开始流行的故事，最早形之于文字的是刘向《列女传》中的《鲁秋洁妇》，说的是春秋时代有个名叫秋胡的鲁国人，娶妻五天就离家。俗文学里的男人总是早早娶妻能帮他照顾父母亲，而他自己做官也好，云游在外也好，就完全无后顾之忧了。秋胡娶亲五天，出去五年，后来在返家路上看到一个妇人在采桑，就去调戏她，遭拒绝。之后回到家，才发现他刚刚调戏的女子就是他老婆，他因离开太久已经不识得妻子了。

这个故事最早的结局是，秋胡的老婆发现调戏她的人竟是自己的丈夫，非常生气，把他痛骂了一顿，说他不忠、不孝、不义，耻于跟他同处于天地之间，于是愤而投河。我个人觉得怎么死是一回事，为什么而死比较重要。最原始的版本，秋胡之妻是因为非常痛恨，也可以说后悔自己为什么嫁给这种丈夫，她不想再跟这种丈夫在一起，所以她的死是一种抗议、一种自由意志！不过，这个故事之后越演越离谱了。经过了唐、宋、元、明、清，在戏曲小说里，她的形象越来越软弱，到后来她之所以要上吊、寻死，变成她很惭愧，因为被调戏了。之后更离谱，还有版本是秋胡之妻要去上吊，秋胡不阻止她，等她真正上吊之后才把她救下来，原因是想看她是真的想死，还是假的想死，简直像猫在戏老鼠般的，毫无人性可言了！王宝钏苦守寒窑十八载，结果薛平贵回来之后，也要先戏妻，可见这个桥段已成一个"原型"了，男人回家动不动就要先戏妻一番，很过分！

回到司棋这个故事，我个人认为如果是曹雪芹的原意，应该不会落入这样的俗套，至少会有一些更具人性、更深度些的结局。为什么一定要等女人死后，才确定她是好的？柳湘莲要等到尤三姐自刎而死，才感叹；潘又安也要看到司棋撞墙而死，再遗憾。

司棋虽然个性刚强，勇于爱恋，但她的命运不如小红的好。司棋先是跟错主人，迎春懦弱，而且在府里的地位也低，所以当这个小姐的丫鬟，实在没什么可发挥之处。而且，她又爱错人，潘又安根本不值得。情这条路本来就很曲折，对那时候的女人而言，就更是艰难了。

贾芸、小红，司棋、潘又安，这两对年轻人若放在今天会怎样呢？学生说："一定多彩多姿！""一对是成功的企业家，一对是偶像剧里的惊世夫妻！"

空篇 05

红楼未完之续篇

《红楼梦》如同所有伟大的著作，历久弥新，在不同的年代，不断地被再制作。以电视剧为例，1987 年中央电视台和中国电视剧制作中心制作的《红楼梦》被认为是中国电视剧史上的"绝妙篇章"和"不可逾越的经典"，影响了全球华人世界。这部连续剧，结尾跟程高本不大一样。台湾地区在 1996 年也拍了一部，结尾跟程高本的也不太相同。到了 2010 年，北京广播电视台等单位重新大制作，又拍了一部新版连续剧，但是收视率、评价都不理想。这一版的结局就又回到程高本了。程高本的后四十回到底好不好，好在哪里，不好在哪里，是这一节我们要来讨论的重点。

百花齐放的续本

先不说电视剧，我们先来谈谈所谓的"续本"。后四十回的续本，都是接续着曹雪芹的前八十回，写出自己理想中的《红楼梦》结局。当然，一部书一定是非常受欢迎，后人才会想将它继续写下去。

据称，曹雪芹在1763年除夕去世时，《红楼梦》还没写完，就停在了第八十回。清朝中期以后，陆陆续续出现很多手抄本的续本。比如《后红楼梦》《红楼复梦》《红楼圆梦》《红楼梦补》《补红楼梦》《红楼残梦》……不过这些续本已经不是那么回事了，它们总是会让人想到"借尸还魂"或"借壳上市"这几个字。

这些清朝中期以后写出来的续本，多半都建立在一个基础上，也就是林黛玉一定要健康起来！由于前八十回她的身子已经很弱了，所以有的续本写她后来得到什么某某真人的仙丹，身体变强壮；有的续本干脆让她死而复生，棺木打开，忽然间又活了过来；有的续本则是还魂或转世的。总之一定要让黛玉活着，跟宝玉结婚，两个人从此过着幸福快乐的日子！这还不够，中国传统上结婚还不算数，一定要子孙繁茂，才够圆满。所以接着要写他们生了一堆孩子，黛玉扮演贤妻良母的角色，宝玉折节向学，出将入相。说来这些传统的美好人生的结局，其实是续书者将自己对人生的向往投射进去罢了！还有的版本野心更大，这些该得到的都得到了不打紧，接下来还要报复。所以有的续书内容是林黛玉把薛宝钗贬为丫头，每天虐待她，顺便也虐待袭人。这些作品文笔相当粗糙，而且几乎全是作者一厢情愿的自我圆满。直白地说，这一大堆残梦、续梦、圆梦等，不外乎四个字：狗尾续貂！而且，看着这些书，你会觉得脑子里一直萦绕着几句话：那不是贾宝玉！那不是林黛玉！那不是《红楼梦》！你会不断质疑，林黛玉怎么可能做这种事？宝玉怎么可能说这种话？

相比之下，程高本还是最接近前八十回的感觉，而且，和这些狗尾续貂相比，程高本的文字是很好的。如果不是后来有人一直质疑，我们初看程高本，也许会觉得后面变得不太好看，但并不会感觉到前后文字有多大的落差。毕竟程高本在文字和气氛上大体都还是曹雪芹的风格，尤其是结局，始终保持着悲伤、沧桑的基调，没有把故事写成一个大团圆的结局，这是最可称赞的！中国古典小说结尾时常会出现该死的死，该下跪的下跪，才子佳人终成眷属这样的趋向。人们从来都是把看戏、听说书当作娱乐，不太愿意去替剧中人承担！现实生活已经够苦了，何必呢？干脆两个人不管怎么周折，到最后都赶快在一起吧！生不能同生，死也可以同穴，然后羽化成仙，成双入对。看剧的人满足了，回去也不用再牵肠挂肚了。

"留情"处的《留情》

除了续篇外，以《红楼梦》为基础的创作也很多。

我个人一直很欣赏作家顾肇森写的一部短篇小说《留情》。它是从《红楼梦》第十四回殡葬秦可卿，路上歇脚庄户这个插曲延伸出来的。

宝玉在农庄上偶然看到纺纱少女"二丫头"，"只见那丫头纺起线来，果然好看"。短暂照面，很快的大队人马再度上路。宝玉留心，看见二丫头在路边站着瞅他。"宝玉情不自禁，然身在车上，只得眼角留情而已。一时电卷风驰，回头已无踪迹了。"

《留情》这篇小说一开始，二丫头已是五个孩子的大娘了。冬去春来，万物生息。这天的夜晚天寒地冻，一辆骡拉的破板车上蓬头散发、单薄佝偻的一男二女来借宿，"青黪黪的髭发遮了半张脸"，眉眼却让她"两手仅仅攒住掌心，背上泛起一阵疙瘩"。

她细心地提供了俭朴的食宿，听到男人呼唤一位女子"麝月"，又对着一直咳嗽的病弱妇人说："若有冷香丸，宝姊姊就会好多了。"换来蒙暗灯影里一声萧索的冷笑。

当夜，她万分珍惜地从斗柜里拿出当年白衣公子叫小厮给她的那两颗银锞子，回到柴房，轻轻放入已睡着男人身边包袱的底层。

第二天透早，她打理好一包薯饼给准备上路的他们，满面风尘的男人推让数次，才收下食物。"多谢您了，大娘！我们就此上路。"

她退到一边，没有说什么，看骡车渐行渐远。漫天飘落的雪花很快地掩去了车辙痕迹，大地又是白茫茫的一片了。

这篇小说堪称横生枝节，由一个小得不能再小的情节、人物，带出了《红楼梦》的另一种结局，也写出了斗转星移、人生苍茫的际遇。情韵悠远，令人叹息！

张爱玲的《红楼梦》

现在来谈一下与《红楼梦》渊源甚深的张爱玲。1934年，年方十四岁的小才女张爱玲，也写了《红楼梦》，她的版本叫作《摩登红楼梦》，回目有六回，她写了五回。张爱玲跟父亲有一种很纠葛的情结。她曾经说："父亲家里的一切，我都是瞧不起的。"父亲曾经带给她很大的伤害，可是父亲又是懂她的！小时候，父亲启蒙了她很多古典文学。十四岁的张爱玲要写《红楼梦》，回目还是父亲帮她拟的。这个回目的结构跟《红楼梦》一样，也是上下两则。比较有趣的是，由于她写的是《摩登红楼梦》，所以时间就放在张爱玲创作时的1934年，小说里让贾琏升了铁道局局长，贾元春主持新生活服装表演，贾母带着宝玉跟众姐妹到西湖去看水上运动会，还吃了冰激凌，甚至有秦钟跟智能儿坐火车私奔到杭州之类的。十四岁的张爱玲，大概也是把她对生活的憧憬放进了小说里来。不过当时她只写了五回，就没有了下文，因为觉得自己江郎才尽了。

相信很多人跟我一样，更好奇的是1961—1962年，张爱玲为香港电懋电影公司所写的《红楼梦》剧本到底在哪里？1961年，张爱玲异想天开地想拜访张学良，她觉得这小说题材有足够的吸引力，可以让她进军西方文坛。所以她筹了一笔旅费到台湾。有人帮她介绍了台湾大学外文系的一批学生，包括白先勇、王文兴、王祯和、陈若曦等人，彼此相谈甚欢。这群人里，年纪最小的是王祯和，他那时刚在《现代文学》杂志上发表了第一篇小说《鬼·北风·人》，张爱玲非常欣赏。后来，张爱玲特别请身为花莲人的王祯和，陪她去花莲走一趟。

那时候，她已经知道张学良不可能接受她的拜访了，但她觉得难得到台湾一趟，就走走看看吧。王祯和带了张爱玲坐火车到花莲，住在他们家里。张爱玲还跟王祯和母亲拍了合影。但这时，她得知在美国已中风多次的丈夫又中风了，希望她早点儿回去。张爱玲随即取消继续前往台东的计划，返回台北。可是旅费不够，于是她先飞到香港，因为香港有她一生的挚友宋淇、邝文美夫妻。2020年，为纪念张爱玲百岁诞辰，宋淇的儿子宋以朗还出版了父母和张爱玲的书信集。

二十世纪五十年代，香港最大的两家电影公司是邵氏和电懋，并称华人电影世界的龙头。1964年电懋的负责人陆运涛在台湾因空难过世，后继无人，电懋从此没落，但当时电懋和邵氏是分庭抗礼的。

1961年10月，张爱玲到了香港后，投靠宋淇。当时，电懋电影公司刚好想拍一部纪念性的电影，这也是很多日本电影公司的惯例，每成立几十年，就会拍一部有纪念性的大片，把所有大咖演员全部放进去。那一年他们想拍的是《红楼梦》，而且是用伊斯曼色彩（伊斯曼是一位享有国际声誉的色彩大师，被誉为"美国色彩权威"），分上下两集。因此正在电懋电影公司工作的宋淇就引荐张爱玲来写剧本。

整整五个月，张爱玲窝在香港一个小小的房间夜以继日地写，因为她得赶快写，写完之后才有钱拿，才能回美国去。预计《红楼梦》剧本应该可以让她拿到一千六百至两千美金的稿酬，张爱玲算过，这笔钱大概够他们夫妻生活半年，她很需要这笔钱。没想到，她这剧本写得非常艰苦。我个人认为，或许因为张爱玲跟宋淇都是红学专家，他们所写的东西跟电影要走的商业路线可能有些落差吧，总之写剧本的过程并不是那么顺畅，一再被退回，一再重改，旷日费时。张爱玲说，她写到角膜破裂，眼睛流血，而且因为久坐，整个脚肿胀，穿不进那唯一的一双鞋子。张爱玲说那是她一生中最惨痛的日子！

更惨的是，11月1日电懋电影公司召开盛大记者会，宣布《红楼梦》即将开拍。当时电懋的当家演员尤敏当然饰演林黛玉，葛兰饰演薛宝钗，李湄饰演王熙凤，史湘云的角色给了叶枫，雷震饰演贾宝玉，这几个影星都是当时华人电影世界最当红的演员。没想到相隔三天，11月4日邵氏忽然抢先开拍《红楼梦》！先抢先赢，两边打起对台，光是娱乐性就很够了，市场更不用说。邵氏公司的林黛玉是乐蒂饰演的，不过他们一时找不到合适的男主角可以饰演贾宝玉，因为邵氏公司的当家小生赵雷有一点儿胖、有一点儿老，邵氏后来就给了他贾政的角色，并用其他红牌，比如丁红饰演薛宝钗，丁宁饰演袭人，然后找了一个叫任洁的新人来饰演宝玉。这部戏由于是黄梅调，所以帮任洁代唱的是凌波。凌波因此得到机会，在1963年出演了《梁山伯与祝英台》，一飞冲天！这是影坛上一段有趣的故事，但张爱玲在这个过程中深受折磨！由于邵氏已先开拍，而且他们有一些现成的布景可用，所以拍摄速度很快。电懋公司衡量轻重，决定不拍了，当然张爱玲的稿费也就落空了！多亏宋淇马上又帮她找来另一个写剧本的机会，那个剧本就是比较轻松愉快的由尤敏主演的《小儿女》，稿酬八百美金。张爱玲在香港五个月，辛苦琢磨的《红楼梦》上下两集剧本无缘面世，仓促写就的《小儿女》，后来倒是轰动港台，十分卖座！1962年3月张爱玲终于离开香港，回到美国。

张爱玲当初写的《红楼梦》剧本，至今世人无缘得见。虽然她写的那本《红楼梦魇》，我个人觉得真的是"梦魇"！但她如何把这样一部巨著变成上下两集的电影剧本，实在令人好奇。希望有一天能重新面世，以飨万千读者。

一则或许较趋近现实的版本：张之《红楼梦新补》

程乙本广为流传跟胡适有很大关系。1927年，胡适建议将一百二十回的程乙本标上标点符号，使它更易读，后来，程乙本在台湾地区就成为唯一流行的版本了。1984年，张之发表了《红楼梦新补》。张之本身也是一位红学家，不过，因为经历各种各样的活动，他一直都没有办法好好地写。完成此书后，他在序里提道："一诗一句求所本，十年辛苦不平常。"这句话源自曹雪芹的"字字看来皆是血，十年辛苦不寻常"。他曾将自己的房子叫作"慰芹庐"，而他就在这屋里耗费许多时间来完成续本。张之的《红楼梦新补》是补到第一百一十回。1984年这本书一上架，马上洛阳纸贵，受到很大的重视。前面提到的1987年的连续剧，大部分用的就是张之这个版本。

我认为张之的文字不错，当然没办法像曹雪芹的文字那么好，可是还算优美顺畅。不过，这个版本的缺点是人物变得比较扁平，而且有些人物性格改变。像宝玉变得偏执，北静王说要给他一官半职，但他坚持躲开，根本不管宝钗或麝月等人的担心。这让读者觉得，这时候的宝玉没了黛玉，心好像变硬、变得无情了。

还有一点无法接受的是，平儿的个性也改变了。前面八十回的平儿多好，但到了这个版本的第一百零三回，王熙凤经历抄家被关，等到被放出来回到家，发现自己跟平儿的地位对调了。平儿等于被贾琏扶正，升格为平二奶奶了，而凤姐则沦为使唤的丫鬟。而且平儿对她很刻薄，其中有一段写王熙凤烧煳了菜，平儿还骂她。写到这里，张之来了句"且住，列公听此，必然摇头，大不以为然"，就是他也知道读者读到这里，一定会质疑怎么可以这样写呢？接下去他又写："原来诸君不知，那些年发迹之人是不识六亲的，攀上高枝便忘了根本。这是官场、市井都通兴的。何能像现今目下，圣人在位，教化有方，人心淳厚，世道未曾沦亡。"然后又写了好些"时移势异，说不的当年了"论述，显然作者是意有所指地在控诉自己生平的遭遇。这个版本写到贾兰当官，可是跟寡母李纨过得并不好，因为贾兰是清官，但那时满街都是豺狼虎豹，所以他做得也很痛苦。应该说在这个版本里，其实有很多张之想影射、反讽的东西。

我们再简单说明一下张之的后三十回。张之虽有借题发挥处，但基本上力求有所本，尽量想根据曹雪芹留下的蛛丝马迹来写。以探春为例，第八十四回"比宗室远嫁爪哇王"，爪哇国来请婚，朝廷选中探春，以宗室女的身份嫁到爪哇国去。符合曹雪芹第五回的"一帆风雨路三千，把骨肉家园，齐来抛闪"。

第八十八回"林黛玉泪尽奈何天"里，贾母本来是答应宝玉和黛玉两个人结婚，但后来贾府这些长辈一想，其实元妃早就赐婚了，说好宝玉要配宝钗，恰是"金玉良缘"。第二十八回贾元春送来礼物，姊妹们拿到的都差不多，只有宝玉跟宝钗多了红麝香串，就是意有所指，所以张之这么写也不算不对。

第九十四回"贾宝玉遵命成大礼"，宝玉跟宝钗结婚，不过，这个版本里的宝钗，一直生病，个性也变得比较平庸。第九十八回"桃花庵红玉救凤姐，玉神庙茜雪慰宝玉"，则是根据前面脂砚斋预告的，后来贾府被抄家入监后，茜雪、小红跟贾芸忠心救主的文字去铺陈的。

在第一百二十回的程高本里，巧姐儿是嫁给刘姥姥村子里一个姓周的富有人家，但张之这个版本，直接嫁给刘姥姥的孙子板儿，过得没那么好，要做很多农事，这倒呼应了第五回太虚幻境里巧姐儿纺纱织布的画面。第一百零三回，王熙凤收到贾琏的休书，上吊自尽。第一百零七回"卖字画寒冬嚔酸齑，做针黹雪夜围破毡"，写宝玉和宝钗的穷困，有时候只能靠卖个画、写个字来维持生计。他们住在一个很小的房子里，前头大的房子住的是一个卖腌菜的老板，宝玉的仆人焙茗则是老板招赘的女婿。焙茗很有义气，经常会把他们腌的菜拿来救济宝玉。有一天非常冷，焙茗拿了一碗腌菜来，宝玉一看好高兴，说好久没有吃到菜了，还来不及阻止，他已夹起一大口送入嘴中。这腌菜非常咸、非常酸，可是他舍不得吐出来，就硬生生吞了下去！读者看到这一段真的会忍不住落泪，觉得为什么要把宝玉写成这个惨样呢？续本最后贾宝玉白日卖茶，夜晚打更，就这样了此残生。

我个人认为，凡是"红迷"，对《红楼梦》都有一种很深的梦幻感，见不得这样子的凄惨！所以，虽然张之的《红楼梦新补》也许更接近曹雪芹当初的落魄，可是俗尘满身，再无斯文气质，实在可惜。艺术需要有一定距离的美感，在不真实中见真实方是艺术真谛！

另一个出人意表的版本：《刘心武续红楼梦》

2011年，在中央电视台"百家讲坛"栏目讲《红楼梦》、讲秦可卿，还创立"秦学"的刘心武出版了《刘心武续红楼梦》，共一百零八回。我们也简单来说一下这个版本。

首先，他以现在的白话文书写，而且人物个性跟着剧情走向，我个人认为已经到了可用"叹为观止"这四个字来形容的程度了。小说内容很像偶像剧或是少女漫画，美美的、很梦幻，但完全不着边际。我们来举几个例子。

比如第八十六回的"冷月荡漾绛珠归天"，写黛玉过世。在刘心武的续本中，赵姨娘的角色变得很重要，她想谋夺家产，让贾环顺利成为继承人，所以必须先除去贾宝玉，而要除去宝玉，就要先害死黛玉，这是她的逻辑。因为黛玉一死，宝玉会很悲痛，也就活不了了。黛玉身子弱，每天都在服药，赵姨娘就买通药铺里的人，让黛玉每天吃进少量毒药，终致病入膏肓。剧情实在有点"武侠"！林黛玉后来也知道自己不行了，某天晚上，她就来到凹晶馆，那个她和史湘云曾一起快乐作诗的池边。她一步步走进池子里，直到身子被淹没，最后化作一股青烟。她本来就不是人，所以也没有尸首，就这么不见了，很魔幻！

第八十八回"勉为其难二宝成婚"，宝玉和宝钗结婚。第九十回出现了一个坏人忠顺王，他处心积虑地要害贾家，也真的把他们害得很惨。

第九十四回"蘅芜君化蝶遗冷香"有特效了！故事安排薛宝钗婚后经常生病，最后香魂出窍，"两只秋后陨落在天花棚中的玉色蝴蝶，忽然苏醒过来，从气口飞出，在宝钗头上翩跹"，是很梦幻的少女漫画。

第一百零五回妙玉知道宝玉被忠顺王扣住后，就带着自己的五箱珍宝去求见忠顺王，搭上了他的船。忠顺王一见妙玉十分惊艳，听她说起那些珍宝也心痒难耐，他们就约定好一天开一箱珍宝。最后一晚，妙玉开最后一箱，同时点燃炸药，炸死忠顺王。彼时烟花四射，岸上的人还以为船上在放烟火呢。妙玉还把一包炸药绑在身上，最后点燃它，在最漂亮的烟火冲天之际，她自己也被炸死了。剧情颇像恐怖分子的"炸弹客"！也是在忠顺王的船上，史湘云跟宝玉两个人重逢成为夫妻，这是配合前面的"因麒麟伏白首双星"。两个人一起当乞丐，也过了一段自由自在的日子。有一天史湘云做了个梦，梦见宝玉跟她告别，还说给她留了一本自己写的书，若史湘云喜欢，可以帮她眉批。醒来，宝玉真的不见了。刘心武用到的结论是，曹雪芹写《红楼梦》，史湘云就是脂砚斋，而且他们曾是夫妻。

在刘心武这个版本里，平儿也变成了平二奶奶，凤姐变成了凤姑娘，不过平儿对凤姑娘还算不错，可是李纨跟贾兰就变成坏人了。贾兰当了官，他们母子俩得以享受荣华富贵，可是当巧姐儿被坏人抓走时，板儿去拜托李纨跟贾兰，请李纨跟贾兰拿一点钱帮忙赎出巧姐儿，他们却同声拒绝。这些跳脱万里外的情节，让人觉得，我们还是看程高本好了。

高鹗与程高本的后四十回

高鹗，镶黄旗出身，少有文才，热衷仕进。科场几番折腾，1788 年中举，1795 年中进士，入内阁，登高跌重，凄凉以终。高鹗工诗文，著作颇丰，然以整理曹雪芹断简残篇的后四十回及与程伟元合作编纂印行之《红楼梦》一百二十回本，名传于世。

高鹗续书虽得与曹雪芹前八十回一并流传，但遭受的非议多年来从未止息。

曾说人生有三恨，即海棠无香、鲥鱼多刺、红楼未完的张爱玲就觉得后四十回的文字不够好，人物的个性也转变了。前八十回是剧情跟着人物走，后四十回是人物跟着剧情跑，感觉就是为了把故事收尾，所以没什么创新。这是事实。

人物个性改变的部分，可以用第九十六回贾母和王夫人安排宝玉跟宝钗结婚为例，这里贾母的个性与之前相较，显得恍惚，反倒袭人写得出色！袭人就算再巴不得宝玉娶的是宝钗，可是她知道若要宝玉娶宝钗，可能会出人命，所以还特地去跟王夫人说，也因为袭人这么一讲，王熙凤才弄出一个调包的方法。这场婚事，宝玉怔忡，宝钗沉默，其他人也都心不在焉，的确是个缺点！第八十一回后，忽然科举、八股的文字变多，重心放在男子身上，没有"女性意识"了！像宝玉中举，黛玉劝学，而宝钗毫无表现，成了传统的妇道人家。

后四十回装神弄鬼的场面太多，众人绘声绘色说大观园里有花妖树怪，还请道士作法。那些驱邪逐妖，"呼神遣将"的胡闹穿凿，不符合曹雪芹原来文士的气质与美感。此外也有人批评，虽然最后探春远嫁，符合曹雪芹第五回的设定，但问题是怎么让她嫁得那么好，还衣锦还乡？与正册中的"千里东风一梦遥"有违。

虽然说抄家那一段写得生动，但抄家灭族根本就是永世不得超生的，怎么可能一下子又因为皇恩浩荡而恢复，而且还透过甄士隐埋下"兰桂齐芳"的伏笔。这样的结局跟原先第五回写的"食尽鸟投林，落了片白茫茫大地真干净"也是相违背。有学者认为，因为高鹗出身宦途，所以他是用入世的儒家思想来续写的，这大概也有道理！

让曹雪芹前八十回流传是最大功劳

无论如何，这个版本还是有优点的。越来越多的红学家认为高鹗是有所本的，而且续得还不差，至少没有给曹雪芹丢脸。他笔下的人物，也许不是那么精彩活跳，可是至少个性没大改，该是王熙凤还是王熙凤，该是薛宝钗还是薛宝钗。再者，多亏有程伟元、高鹗这一百二十回的定本，才让《红楼梦》终于可以流传下来，要不然当时都还是手抄本，大家乱抄、乱写、乱添，也许一阵风行过后，七零八落不成篇章了。而这就是诗人兼红学家何其芳多年前对高鹗后四十回的评断："它的作用一方面是帮助了前八十回的流传，另一方面又反过来鲜明地衬托出曹雪芹的原著的不可企及。"（《论红楼梦》）

虽说与曹雪芹原著相比"不可企及"，但比起其他版本，程高本的文字还是好很多。至于让探春嫁得那么好，我个人是接受的，因为这部书是要在人世间流传的，作者要给人世间一个交代。所以小说最后，在家业凋零之际让远嫁的探春平安归来，虽与"三春去后诸芳尽"有点出入，但某种层面上不也告诉我们再严酷的大地，还是有人可以存活下来的吗？"才自清明志自高"，秀外慧中的探春理应好好活着，这样人间才有公道，读者也才能得到安顿。毕竟，艺术的最终极关怀是安慰！

白先勇曾说，他感到这一生中最幸运的事情之一，就是能够读到程伟元和高鹗整理出来的一百二十回全本《红楼梦》。白先勇如此一说，好像给这几十年来受尽委屈的高鹗一个平反跟公道。事实上我个人一直喜欢程乙本，也许我从小接触的就是这个版本，已经相契如好友了。

"无一字无出处，无一字无来历"——王蒙

觉得程高本不错的声音越来越多，再举一个例子。曾任文化部部长的王蒙也很喜欢《红楼梦》，写了好多与《红楼梦》相关的文章。王蒙对于后四十回的看法跟我个人很接近，他觉得高鹗这个版本的语言，基本上跟前八十回风格是一致的，至于情节，王蒙也认为"无一字无出处，无一字无来历"（《红楼启示录》），也就是高鹗续作跟前面八十回都有契合处。为什么这个角色会走到这里，为什么那件事情会这样子，都是有来历的，不是天马行空。他又说："后四十回还有

一些章节，虽与前面无必然的因果关系……却更像是前八十回的内容的重复、再现、温习。"(《话说〈红楼梦〉后四十回》)王蒙举第九十六回的"瞒消息凤姐设奇谋"为例，他说，多亏王熙凤能想到移花接木的方式，否则真不晓得要怎么让宝玉跟宝钗结婚。就算宝玉在失玉的情况下，也还不至于昏聩到愿意娶宝钗，所以只好用这样一个计谋，一条红色纱巾盖住宝钗的脸，还要雪雁站在旁边，这算是设计得很好的桥段了，要不然宝玉怎么能答应呢？不过，王蒙也说，宝钗明明知道这个局，却还不闻不问地任人摆布，让人不可思议。关于这点，我个人认为不是宝钗的不可思议，是那个时代的不可思议！薛宝钗在三从四德的传统中长大，所以她不会为自己追求什么，纵然心里不愿意。小说里提到，她母亲跟她说的时候，宝钗一句话都不讲，但一直在流泪，深刻地写出了宝钗的悲剧性。

王蒙也认为第一百一十回凤姐办贾母丧礼的部分写得很合理。她办秦可卿丧礼时，利落能干，要什么有什么，要打谁就打谁，到了贾母丧礼时却什么都无法掌握。这样的对比巧妙反映出凤姐已失权、失势、失财、失威、失宠、失健康了！至于贾母，王蒙认为高鹗为她塑造了新的高度，所以她的死亡"便给人以真正的大厦崩颓之感"。

最后，王蒙对高鹗的结论是：缺乏艺术的魅力。是的，毕竟曹雪芹的灵气无可取代！

程高续本几个荡气回肠处

我个人觉得，程高本有几段精彩的画面，是值得我们细细品味的。

我们先讲第八十二回黛玉从噩梦中醒来后的画面。她醒来后，先是哭了一回，等再躺下，"翻来覆去，那里睡得着？只听外面淅淅飒飒，又像风声，又像雨声，又停了一会子，又听得远远的吆呼声儿，却是紫鹃已在那里睡着，鼻息出入之声"。林黛玉"自己挣扎着爬起来，围着被坐了一会儿，觉得窗缝里透进一缕冷风来，吹得寒毛直竖，便又躺下，正要朦胧睡去，听得竹枝上不知有多少家雀儿的声儿，啾啾唧唧，叫个不住。那窗上的纸，隔着屉子，渐渐的透进清光来"。这里仔细描写了由夜深人静，到渐渐黎明的光景。而以景寓情的是一个少女自噩梦中惊醒的那种凄凉、无助。其间穿插着紫鹃睡得很好的打呼声，更衬托出黛玉那一缕无可言说的孤独！我个人觉得这一幕很耐人寻味。

接续着第八十二回后头，第八十三回一开头也写得好。听到黛玉吐血，探春和湘云来探望，两个人才要走时，忽然听到外头有人嚷道："你这不成人的小蹄子，你是个什么东西，来这园子里头混搅！"黛玉听了，大叫一声："这里住不得了！"一手指着窗外，两眼反插上去，晕死过去。外头的婆子当然不是在骂她，但黛玉自己对号入座，正是在呼应第八十二回她做了那个噩梦后，心里强烈的不安！她本来就没有安全感，如今又加上那个噩梦，一时心头大乱，是真是假分不清了！

这一回还有一段我个人也好喜欢。探春和湘云走了后，紫鹃扶着黛玉躺在床上，"那黛玉闭着眼躺了半晌，那里睡得着，觉得园里头平日只见寂寞，如今躺在床上，偏听得风声、虫鸣声、鸟语声，人走的脚步声，又像远远的孩子们啼哭声，一阵一阵的聒噪得烦躁起来"。我相信大家都有这种经验，我们平常也许根本不会注意到周遭有什么声音，可是若心情不好或刚好生病躺着时，反而会一下子听到很多纷纷扰扰的声音，引擎发动声、汽车急刹声又或冷气呜呜声，甚至隔壁的吵架声，全是让人更心烦气躁的，齐上心间！这样微妙的心理，难得高鹗写出来了。

第九十七回黛玉临终，贾母等人来看她。林黛玉睁开眼睛，看见贾母在她旁边，便气喘吁吁地说道："老太太，你白疼了我了！"贾母一闻此言，十分难受，便道："好孩子，你养着罢，不怕的。"完全就是一个外婆会跟孙女讲的话。林黛玉这时已经心死了，所以她微微一笑，又闭上眼。我觉得这个心理也揣摩得很好，可以感觉到林黛玉那句"老太太，你白疼了我了"。背后那点儿委屈跟不满——你原来是这样在疼我的，你不了解我的心，也不了解宝玉的心！

第九十七回和第九十八回黛玉去世和宝玉宝钗大婚，写的是同一天的事，用电影呈现的话就是两个画面同时并陈，一边是凄凄惨惨、奄奄一息，终而香消玉殒，另一边却在成亲，充满热闹的声音和色彩。这种呈现方式很有现代感和创意！

黛玉已死这件事，宝玉本是不知，浑浑噩噩的。后来宝钗决定跟他讲明白，宝玉当下晕死过去，上天下地茫茫渺渺，遍寻不着黛玉。等到魂魄归来，"正是贾母、王夫人、宝钗、袭人等围绕哭泣叫着，自己仍旧躺在床上。见案上红灯，窗前皓月，依然锦绣丛中，繁华世界"。这一刻宝玉知道人生就是这样了，他死不了了！怅惘之情能与何人说？很多人称赞薛宝钗博学，知道这样一剂狠药把他打醒就好了。可是有同学说："若他回不来了怎么办？醒不过来了怎么办？"可见薛宝钗对宝玉真没有生死与之的感情！

黛玉断气的刹那，在她身旁的除了紫鹃还有李纨和探春，这写法也非常细致。紫鹃作为一个忠仆，当林之孝家的来传话，说凤姐和贾母商量过，宝玉的大婚需要紫鹃时，紫鹃不假思索地回绝了，她当然要守着黛玉！而李纨呢？李纨是寡妇，本来就没有资格去参加喜庆，所以紫鹃请她过来是合情合理的。最难得的是探春，探春跟宝钗交情很好，跟宝玉这位同父异母的兄长感情也很好，照常理，探春应该出现在婚礼上，这时却守在孤女林黛玉的旁边，由此就可以看出探春的义气和勇气。

最终，林黛玉气绝之际叫了那句"宝玉，宝玉，你好……"真感谢高鹗没有写出来，因为他写哪句话我们都不会满意。有时候，没有结局的结局就是最好的结局，这是所谓的后现代写法。究竟黛玉要跟宝玉说什么，就由读者自己揣想，自己下结论。身为读者，我们在不同心情、不同年龄，给的答案也可能不一样：年轻时，我们可能会说"你好狠"；过尽千帆后，我们可能会说"你好可怜"；等老到尝尽世事时也许会说"你好自为之""你好好珍重吧"。总之，没有结局便是最好的结局了。

黛玉气绝之际，正是宝玉娶宝钗的时辰。这里特别提到潇湘馆离新房子很远，根本不可能听见什么。"大家痛哭了一阵，只听得远远一阵音乐之声，侧耳一听，却又没有了。探春和李纨走出院外再听时，惟有竹梢风动，月影移墙，好不凄凉冷淡。"写得多好啊！中国文学里最美的就是以景喻情，感情无法描写时，就以景来寄托，所以每一幅风景都是一种心情！刚刚宝玉醒过来看到的是"案上红灯，窗前皓月，依然锦绣丛中，繁华世界"，这是宝玉已经死过一回，再世为人的感觉！而林黛玉这么一位飘逸有灵气的绝世女子，高鹗以隐隐约约的音乐声，若有若无之间"惟有竹梢风动，月影移墙"，这份凄凉、冷淡给了读者无尽的想象！第九十七回和第九十八回，一个死去，一个活来，两个场景都写得剧力万钧，都是杰作！

当然，个人最欣赏的是一百二十回的终曲乐章。天降大雪的那天，贾政扶贾母灵柩回乡，船停泊在岸边。正在写家书的贾政，一抬头，发现岸上有个人光着头、赤着脚，身上披了一件大红猩猩毡的斗篷，对着他倒身便拜。待那人抬起头，贾政迎面一看，可不是宝玉吗？岸上的人并不言语，脸上似喜似悲。依我说，这一刻，父子终于和解了，宝玉来谢了父亲的养育之恩，贾政也明白了这个儿子的与众不同。接着一僧一道出现，左右一夹，三人飘然而去。这画面苍茫悠远，是标准的《红楼梦》美学。白茫茫的一片旷野，于是给了我们心灵上恒久的宁静！

其实后四十回的精彩片段不止这些，我们只是找几段来说明。总的来说，程高本瑕不掩瑜，至少到目前为止，它还是一个很不错的版本。

空篇 06

聚散浮生——艺术美学与思想

在小说的三个要素里，哪个最容易？情节。如果现在请你写一篇小说，我想你应该很快能编出一个故事。可是怎么让故事有趣，怎么让人物很生动，则是一门学问了。

人物的重点是对白，对白成功，个性就出来了，人物也就成功了。《红楼梦》在这一点上无懈可击！即使个性类似的人，但该谁讲的话就是该谁讲。同属性灵派女子，该晴雯讲的话，就不会出自林黛玉之口，她们是有区别的。人物成功，已经注定小说的成功。可是，了不起的小说还需有一个重点，就是气氛！而气氛通常是由环境烘托出来的。

具体说来，气氛是什么？比如我们现在一提到福尔摩斯的贝克街221号，马上想到的是伦敦的浓雾；提到萧红，我们会感受到边境的荒凉；说到沈从文，尤其是看过他的自传，那就是血腥；讲到张爱玲，有一种颓废感；说到白先勇，则是时不我与的惆怅；而讲到乡土文学的黄春明，会让我们看到贫苦的滋味，以及小人物用他们的方式努力活着的画面。一篇好文，事过境迁，情节可能忘得差不多了，但读者仍然能鲜活感觉到的就是气氛！而气氛一向是作家面对的最困难的挑战。

回头来说《红楼梦》，为什么经过这么长的时间，还有那么多人喜欢看，而且可以一看再看？这是因为曹雪芹运用气氛营造了很多令人向往的"情境空间"。反观《三国演义》《水浒传》《西游记》或是《金瓶梅》，它们确实精彩，可是读者看完也就看完了，不会想进到里面待着，女性当然尤其不想看到西门庆。男性读者也许会想去《水浒传》的世界待一下，见识见识大块吃肉、大碗喝酒的豪迈，或者去《三国演义》中探个头，陪诸葛孔明唱唱空城计。小孩子也许会想去《西游记》中跟孙悟空翻几个筋斗云。可是，那里没有我们可以久待的地方，《红楼梦》却不然。

情境空间

有时候，我们很想跟某人说某些话，但找不到适当的时间或地点。而就算好不容易时间允许，周围也刚好没什么闲杂人等时，也许心情已经不对了。甚至话都已经到嘴边了，却发现对方根本没那份情绪，于是一切归零。然后事过境迁，那几句话更说不出口，或者没有说的必要了。人生路上，我们是不是常常就这么背负着一袋一袋没讲的话，带着一次又一次的遗憾，一路扛进了坟墓。我相信我们都有这种体验，曾经好想跟某人说句什么话，可是就这样错过了。为什么会这样呢？归根结底，因为少了那么一个悠闲从容、有气氛的情境空间。

《红楼梦》大观园里，最让人羡慕的就是那些俯拾即是、娴雅庄严的情境空间。杏花荫拄杖寻愁，栊翠庵品茶清欢；潇湘馆可以临风洒泪，怡红院适合对月长吁；凹晶馆的寒塘鹤影最宜联诗，蔷薇架下雨中画蔷更是写尽相思，总是处处关情处处是！

四季的绝美停格

除此之外，整个红楼四季就是一个充满气氛的诗情画境。春天最美的应当是宝玉一人在大观园角落读《莺莺传》，忽然一阵风吹过，将树上桃花吹下，落得他满身满地都是，那是不是一个绝美的空间？然后，他的心上人黛玉来了。他们聊天、说笑、葬花，虽然不多时就被袭人给打断，可是那一刻已成为《红楼梦》的永恒。

夏天也有很多美好情境，我们看第三十五回黛玉教鹦鹉念诗这一段。林黛玉本来在花荫底下眺望怡红院，后来回到潇湘馆，"一进院门，只见满地下竹影参差，苔痕浓淡"，走进屋里，坐在月洞窗内，"满屋内阴阴翠润，几簟生凉"，她无可释闷，就教起鹦鹉念诗。这样一个清爽可爱的画面，充分把夏天长日漫漫，以及屋外翠绿、屋内几簟生凉的情境写出来了。

另一个炎热夏日，宝钗一个不小心坐在宝玉床边绣鸳鸯。难得所有人、所有动物，连礼教都睡着了，宝钗这个雪也在热天的午后融化了，才有那一刻绝美的定格。可以想象，往后某个夜深人静的晚上，宝钗会想起那一年夏天，她曾在怡红院宝玉的床边坐着绣鸳鸯。张爱玲曾说："不多的一点回忆，将来是要装在水晶瓶里双手捧着看的。"情境空间的构成那么难得，我们一生中又有多少美丽的回忆，能放在水晶瓶里看一辈子？

第六十二回，史湘云醉了，在园子里睡着了。她拿了芍药当枕头，躺在石椅上，芍药花又落了她满身，如此诗情画意，大概是史湘云一生中最美丽的记忆了。

再说宝玉生日那晚，大家吃喝玩乐，醉了就同榻而眠，那真是这一群年轻男女最快乐的时光。但就在这个热闹的夜晚，妙玉只能在外面徘徊，因为她不属于这个情境空间，她进不来。

时序走到秋天，最令人欢喜赞叹的，就是第四十五回潇湘馆里那个秋雨夜了。本来又是一个寂寞的夜晚，可是，宝玉头戴箬笠、身披蓑衣忽然来看黛玉了。虽然见了面，两个人都是没话找话讲，可是都很开心。之后，宝玉明明要离开了，却又回过头来说："你想什么吃？你告诉我，我明儿一早回老太太。"人都还没离开，想念已经开始了。林黛玉当然懂，这一刻是她最可爱的时候了，她说："等我夜里想着了，明日一早告诉你。"愉悦的一晚过后，她躺在床上，雨滴竹梢，灯影朦胧中，属于少女的寂寞这才又悄悄回来。我觉得整个第四十五回就是一个非常美丽的时光。事实上，潇湘馆里的情境空间当然最多，因为有林黛玉在，因为有她这么一个人，才能够有这些浪漫的气氛！

说到冬天，最令人向往的，就是第四十九回的"琉璃世界白雪红梅"，一群年轻男女在芦雪庭烤鹿肉。不过重点不在烤肉，而是作者酝酿出来的那个气氛。芦雪庭盖在傍山临水的河滩上，有竹篱茅舍，四面皆是芦苇掩覆，远远看过去就是栊翠庵白雪中的红梅。而薛宝琴穿着凫靥裘，手上抱着瓶红梅是画《红楼梦》时不可缺少的一幅美极了的画面。

潇湘馆四人对泣、宝玉见龄官画蔷，还有四季的好几个画面，这些绝美的情境空间，读者随时都可以进去，感受那份美感，从而忘记尘世的纷扰。这也是《红楼梦》到今天仍然很受欢迎的原因吧！

聚散浮生

少年宝玉曾兴冲冲地以为从今要领略风情月债（第五回）！经历过忧患的成年宝玉却说"如今才晓得'聚散浮生'"（第一百一十八回）！

营造四季唯美空间的大观园也是有生命的。"成住坏空"，走过时序温寒、人间盛衰，最终回到一片荒凉。不过，我个人并不认为《红楼梦》是悲剧，而是我们每个人都有的人生过程，跟《金瓶梅》一样，同是世间情。只是《金瓶梅》比较形而下，而《红楼梦》是一种形而上的、心灵归属的情怀。《红楼梦》的主题思想，应该是"悲欣交集"，亦即弘一法师李叔同临死之前的那首偈。曹雪芹在书中一再强调现实跟理想的冲突，他用了林黛玉跟薛宝钗的一体两面，用了贾宝玉、甄宝玉的一体两面，就是在说明这件事。他让我们看到童年的懵懂快乐、少年的困惑激情，还有成年的幻灭跟取舍，最终我们发现，每个人都会得到一些他想要的，可是也要付出一些原先没想要付出的！可是该付出就付出啊！林黛玉是，贾宝玉是，薛宝钗也是。海明威曾说，生命的索价再高，我总得买它一点。就是这个意思。所以《红楼梦》能让众生得到"于我心有戚戚焉"的安慰。

是真名士自风流

曹雪芹的思想背景从小说来看，似乎儒、道、佛皆有。比如，贾府内礼教严明，连老太太屋里的猫儿狗儿都要特别尊敬。第三回，一个下人来传舅舅贾赦的话，林黛玉都要起来站直听的。吃顿饭，让刘姥姥赞叹："我只爱你们家这行事！怪道说：'礼出大家'。"（第四十回）诸如此类，让人觉得是尊贤知礼的儒学世家。再者，书里出现很多道士、和尚，也提到因果关系，更别说用跛足道人、癞头和尚这一道一僧来象征操纵命运的一双手。可是，我觉得曹雪芹表面上虽写儒、道、佛，骨子里却是非儒、非道、非佛。他反对儒家思想中的礼教，也反对功利化的道教。至于非佛，林黛玉去世后，宝玉上天入地去找，都找不着，阴司里的人跟他说地狱说有便有，说无便无。可见他也反对佛教的因果轮回。

虽然小说最后，贾宝玉先中了举人，又出家当和尚去了，好像是弃儒归佛入道。但是在曹雪芹内心深处呢？曹雪芹外号叫梦阮，因为他很喜欢竹林七贤里的阮籍。阮籍是一位不拘礼法的狂士，曹雪芹欣赏阮籍，他的个性当然也有部分跟阮籍很像。所以，即使曹雪芹住在北京西郊黄叶村时生活拮据到无隔宿之粮，也不愿意为五斗米折腰，他有自己的坚持。

小说里，众人在芦雪庭烤鹿肉时，林黛玉说："那里找这一群花子去，罢了，罢了，今日芦雪庭遭劫，生生被云丫头作践了，我为芦雪庭一大哭。"只有史湘云敢顶她："你知道什么！是真名士自风流，你们都是假清高，最可厌的。我们这会子腥的膻的大吃大嚼，回来却是锦心绣口。""是真名士自风流"，这句话也是全书的一个思想背景吧！所以，弃儒归佛入道只是小说中的一种理念，曹雪芹归根结底还是一位性情中人，也就是说他情感上始终是执着、热情的。试看第五十七回，宝玉哭着跟紫鹃说："我只愿这会子立刻我死了，把心迸出来，你们瞧见了，然后连皮带骨，一概都化成一股灰，再化成一股烟，一阵大风，吹得四面八方，都登时散了，这才好！"如果他真的心灰意冷到想化成一股青烟，为什么还在乎人家懂不懂他的心呢？而且到最后，如果真的看透，又何必光着头、赤着脚，身穿一件大红猩猩毡的斗篷去拜别父亲？那红色斗篷不是袈裟，是他对人世间的那一份热情！

　　现实中的曹雪芹也是，如果真的看透，为什么需要"字字看来皆是血，十年辛苦不寻常"。为什么"满纸荒唐言，一把辛酸泪。都云作者痴，谁解其中味"？这些话充分表示，他对人间是在意的，是执着的。所以我觉得《红楼梦》很难得的是，它不是超世、越世或离世，它没有给你什么超脱的伟大思想，它说的就是红尘中的人们怎么好好地活过，不求解脱，没有逃避。"一场愁梦酒醒时，斜阳却照深深院"（晏殊《踏莎行》），就是这么回事！

宗教、哲学、艺术

　　如果说，曹雪芹并没有所谓的了悟，还有一腔热情与执着，我们也是一样。很多人一天到晚说自己"看破"了，但其实没有。我们读佛经、看《圣经》，或是很多励志的书与文章，当下觉得有道理，但过后还是继续对人生诸事感到迷惘。那我们要在哪里找到安顿呢？在宗教、在哲学，还是在艺术中？

　　最容易的也许是在宗教中。宗教是最简单的，而且在一些仪式中，很多人的心灵得到了满足。但有句话说"人生识字忧患始"，或"人生不幸识字始"！我们书读得越多，越不容易在宗教里得到满足，因为我们充满怀疑。那该怎么办呢？没办法在宗教里得到安顿时，有人也许会去哲学里寻找，因为哲学的可能性很大，总是可以找到适合自己的答案。问题是，倘若我们还是充满了质疑，这时，就幸亏还有艺术了！

　　1082年秋，在黄州过着艰难困苦生活的苏东坡，宽解他那位正在感叹人生短暂无常的朋友说："盖将自其变者而观之，则天地曾不能以一瞬；自其不变者而观之，则物与我皆无尽也。"又劝他当豁达享受当下："惟江上之清风与山间之明月，耳得之而为声，目遇之而成色，取之无禁，用之不竭，是造物者之无尽藏也，而吾与子之所共适。"（《前赤壁赋》）艺术的美好与感动，"取之无禁，用之不竭"，也正是"吾与子之所共适"！

　　艺术不会给出答案和方向，它只提供一座让灵魂休息的港湾。你在艺术里面会发现，原来你的痛苦别人有过！原来你的爱恨情仇，别人也通通有过！所谓"夺他人之酒杯，浇自己之块垒"（李贽）。于是，你能够在其中找到安顿，得到安慰了。

艺术家的艰难处

可是，一个艺术品的完成是很艰难的，而且很多时候需要因缘。海明威曾说，要成就一位作家，先给他一个不幸的童年。所以我常跟同学们开玩笑说，我们没办法成为伟大作家，不是我们的错！如果曹雪芹、白先勇、张爱玲没有那样的背景和经历，他们也不一定写得出那些作品。艺术作品的完成要有诸多条件，缺一不可。

首先，创作者要具备的条件当然就是艺术天分。艺术天分显现在哪里？就是敏锐的观察力、深刻的感受力，还有精确的表达力。敏锐的观察力，我相信多数人是有的，喜欢文学的人也都喜欢看人，这就是敏锐的观察力。而同样看到一对情侣在地铁上吵架，艺术家跟我们的不同在哪里？我们到站就忘了，但艺术家会进一步去揣摩那两个人是因为什么吵架，又是谁吵赢了，这就是深刻的感受力。这样当然还不够，也许我们前两个条件都具备，可是少了精确的表达力，写了半天，全然不是那么回事，只能掷笔感叹一声"笔墨难以形容"了！所以说观察力、感受力、表达力，三者缺一不可，少了一样，就没有办法成为艺术家，呈现出艺术作品。

其次，若要成为一个伟大作家，符合以上条件还不够，还须得有不寻常的人生体悟。要让他们经历大起大落，享够富贵、尝尽落魄，然后感慨始深，境界才会高。以李后主为例，国家亡了，要被赵匡胤俘虏到北方去时，他在意的是"最是仓皇辞庙日，教坊犹奏别离歌，垂泪对宫娥"。这几句诗简直道尽一个昏君的心情，他没有想到国仇家恨，生灵涂炭，还在那边舍不得宫娥。可是等到他被幽禁于汴京，受尽屈辱后，他终于明白了。书信里提到了"此中日夕，只以泪洗面"，然后"春花秋月何时了，往事知多少？小楼昨夜又东风，故国不堪回首月明中。雕栏玉砌应犹在，只是朱颜改。问君能有几多愁，恰似一江春水向东流"。

这个流传千秋、感动万代的作品终于出来了，除了疏解自己之外，也一并安慰了后世千万颗颠沛流离的心！

最后，也是最重要的是艺术家那份悲悯的情怀。他们真诚面对生命的失落跟难堪，没有愤世嫉俗，也不逃避遮掩，终于如春蚕吐丝般，把心里的感悟化为字字珠玑。当李后主写下"林花谢了春红，太匆匆。无奈朝来寒雨晚来风。胭脂泪，留人醉，几时重？自是人生长恨水长东"时，诗人的痛苦，已经跟我们千古相关了！我个人很喜欢郑板桥的一句题画诗"一枝一叶总关情"。他画的每一根竹枝、每一片竹叶，其实都关乎"情"这个字。我们在欣赏前人作品时，能感觉一书一页、一行一字的重量，我们也就能在这些艺术作品的悲悯情怀中获得安慰。

艺术的最终极关怀——安慰

"斜阳古道赵家庄，负鼓盲翁正作场。身后是非谁管得，满村听说蔡中郎。"（陆游《小舟游近村舍舟步归四首之四》）

1195 年一个冬日的黄昏，诗人陆游偶然走到山阴近郊的赵家庄。在咚咚鼓声中，看到村民团团围着一位失明的民间艺人在说唱《赵贞女蔡二郎》。听到蔡伯喈离亲、背妻，大家义愤填膺，等到负心人终于遭雷击身亡，群体哄然叫好。然后，就在天地为幕的广场上，村民踏着夕阳的余晖，满足地各自走上归途。

同样，千百年来，在多少野台子上，传奇故事《梁山伯与祝英台》持续演出着。千百年来，也就有多少观众在简陋的戏台下动心、动情，为台上的角色唏嘘，同时也为自己沉重的生命落泪。剧情走到高潮，台上急管繁弦、飞沙走石，突然，山伯墓开，英台跃入，墓合。天地一片静默后，当乐音轻声响起，灯光也再度灿亮时，观众发现有冉冉双蝶在戏台上翩翩起舞。就在这一刹那，心间的委屈被抚平了。相伴相飞的双蝶已将人世间无限的憾恨，升华成超现实的美感了。戏散，观众擦干眼泪，又有勇气可以回去面对各自粗糙的人生了。这，就是艺术的功能！

艺术没有给答案，没有给方向，但因为那一点光，就可以到远方！这也是为什么我们现在读《红楼梦》，而千百年后的人也会继续读《红楼梦》！

后语：平凡人的悲喜剧
——《金瓶梅》与《红楼梦》

书画琴棋诗酒花，当年件件不离它。

而今七事都更变，柴米油盐酱醋茶。

（张灿《戏题》）

这首家喻户晓的诗篇中，"书画琴棋诗酒花"正是《红楼梦》，而"柴米油盐酱醋茶"则恰似《金瓶梅》。不过，不管前者，抑或后者，都是我们所拥有的现实人生。当然，不同的比例成就了各种各样的命运。

《金瓶梅》最早版本是在明万历四十五年（1617），与清乾隆五十六年（1791）足本印刷出行的《红楼梦》相隔了174年。

就类型而言，《金瓶梅》《红楼梦》有别于其他三大经典《三国演义》《水浒传》《西游记》以一个个单元故事连串出来的章回小说，而是集中于一个家族兴衰，别无旁倚，独创性极强的创作。

就内容而言，《金瓶梅》《红楼梦》也有别于《三国演义》《水浒传》《西游记》以历史、英雄、神魔等传奇事迹为文本，而是将视点放在现实人生，描述真实世界正在发生的真实事件。虽说，一则是城市暴发户的市井生涯，另一则是侯门贵胄的深深庭院，但一言以蔽之，都是你我曾经有过，或正在经历的平凡人的悲喜剧。

张爱玲曾说："《红楼梦》与《金瓶梅》这两部书在我是一切的泉源。"（《红楼梦魇·自序》）当年陪着曹雪芹创作的脂砚斋也三次提到《红楼梦》的文中"深得金瓶壶奥"，我们无法就此推论《红楼梦》一书受到《金瓶梅》多大的影响，但可确定的是，此二巨著将共领风骚五百年。因此，将此二书作一比较，也是一桩有趣的事。

一、以家族为单位，由兴而衰

《金瓶梅》以明中晚期京杭大运河边，山东临清码头旁清河县商人西门庆为主要描写对象，一百回中前五十回热极：娶妾、聚财、加官、得子，后五十回冷极：人走茶凉，树倒猢狲散。节序以秋始，历经六七个年头的春、夏，复收于萧飒之秋。

《红楼梦》以京城峥嵘的贾府为主题，一百二十回节序始于春，由贵妃省亲的泼天富贵，众儿女大观园的挥洒青春，到三春去后诸芳尽，终至死的死，走的走，落了片白茫茫大地真干净，也是走过七八个年头的春花秋月，同时经历了人世间的"成住坏空"。

二、写实主义：自然与浪漫

《金瓶梅》《红楼梦》二书都是写人情与心情，写人、事与人事的沧桑。

《金瓶梅》是"地书"，是"人间柴米夫妻"。兰陵笑笑生无关道德，不加批判，以最直白的语言将西门庆的每一天结结实实地记录下来。尽管琐碎，却不失生动，而且在家长里短的日常里，道尽了赤裸裸的人性，堪称开中国文学史中自然主义的先河。

《红楼梦》是"天书"，是"天上神仙眷侣"。曹雪芹为万千读者编织了人人冀望却难以实现的一场梦。但梦中的喜悦是现实人生的喜悦，梦中的悲伤也是现实人生中难以逃脱的悲伤。林黛玉非真有其人，但林黛玉的眼泪、失落，散见在芸芸众生中。"花谢花飞飞满天，红消香断有谁怜。"此曲只应天上有！但花开花落，岁月无常的感慨，却也是凡夫俗子的我们，随时随地无可免！所以说，《红楼梦》是用浪漫的手法，来描写写实主义的内容。

三、结构：平面、蜘蛛网状与立体、虚实、金字塔

《金瓶梅》的空间是平面的，所谓"玉皇庙热结，永福寺冷散，狮子街流连"。在小说中，喜庆在玉皇庙，丧葬于永福寺，狮子街热闹的轴心，有西门庆的店铺、家业，是他日日足迹所之处。

《金瓶梅》的人口结构呈蜘蛛网状，以西门庆为中心，旁及妻妾、奴仆、帮闲，再到商场、官场、欢场，一圈圈向外扩张，辐射成一张缜密的网络。

《红楼梦》是立体的空间，由不同人物的眼底、口中一块块堆栈出巍峨宅院，而且因为虚实相间的"假作真来真亦假，无为有处有还无"更营造出神秘缥缈又宽阔无边的空间。

《红楼梦》的人物像金字塔，顶端就是老祖宗贾母，再按辈分往下分布，形成上下纵向为主、横向为辅的典型宗法式家庭结构。

四、人物：市井、三教九流与名门世家

《金瓶梅》书中人物众多，囊括各行各业，以城市为主，遍及商家、官吏、妓女、僧尼等多样人生。主角西门庆年轻、浮浪，号四泉（酒色财气四全），集官僚、富商、豪绅于一身，是"打老婆的班头，降妇女的领袖"。贪赃枉法，却对朋友慷慨，也是个"很富人情味"（孙述宇）的

平凡人。他把那点对女子的尊重给了大老婆吴月娘；对女子的一点客气给了为他带来"第一桶金"的孟玉楼；而爱情如此珍贵，他给了多金又深情的李瓶儿；可怜一无所有的潘金莲以色娱人，只是他泄欲的对象罢了。他曾经可爱，也很可恶，最后可怜。偌大西门府内，众妻妾对人生也都曾有极大的热情跟勇气，想为自己谋个安顿处。无奈算计、纷扰的结论是"白杨树下，金莲坟上，见三尺坟堆，一堆黄土，数柳青蒿"（第八十九回）。

《红楼梦》人数也甚庞杂，上自皇亲、公卿、贵族、千金，下及丫头、仆妇、倡、优、僧尼、盗贼，但以大观园中青春儿女的质感生活为主。曹雪芹以对比、重叠、虚实等技巧来呈现人物的多样性。贾府的男人败家不分老、中、青，其中却有败得令人心疼的至情至性的贾宝玉。第四十八回香菱进大观园时，庚辰本夹批："细想香菱之为人也，根基不让迎、探，容貌不让凤、秦，端雅不让纨、钗，风流不让湘、黛，贤惠不让袭、平……"脂砚斋虽在写香菱，实亦同时为众家女子分类。不过曹雪芹细腻刻画出即便个性相同，也分别因为资质、环境、命运而有不同的人生结局。毕竟闺阁中历历出色是曹雪芹着力之处。

五、技巧：酒令、曲文与太虚幻境正册、副册、诗词、花签、梦境

《金瓶梅》非常巧妙地运用了"吴神仙贵贱相人"（第二十九回）、"妻妾笑卜龟儿卦"（第四十五回）等方式当面预告了每个人物最后的命运。而且在酒令、曲文中也暗示了当事人当下的心情，"潘金莲雪夜弹琵琶"（第三十八回），伤心人只能借着评弹中大量的曲文，表达失宠的凄清。除此之外，作者随时加入的俚语和讽喻诗词，也都在帮衬着故事情节的进行。

《红楼梦》在这方面则更青出于蓝而胜于蓝。不仅用太虚幻境中十二金钗正册、副册，宿命式的预言来确定全书纲要，而且在青春儿女各自

的诗词作品中寓意着各人的结局。"寒塘渡鹤影"是形单影只的史湘云；"冷月葬诗魂"当然是凄绝、美绝的林黛玉；"恩爱夫妻不到冬"居然是薛宝钗"竹夫人"的灯谜；而贾元妃那则"一声震得人方恐，回首相看已化灰"的"爆竹"，更是触目惊心。书中还大量运用各种"物语"，让每样东西几乎都有其象征意义。"黄金莺巧结梅花络"（第三十五回），薛宝钗出主意，让莺儿用金色的线，将宝玉那块玉穿上打成梅花络。主仆联手，宝玉岂不野马上了笼头，哪还有出脱之日？当然，《红楼梦》中最新颖、最富创意的是那一连串的真梦、假梦、梦中梦，真是"由来同一梦，休笑世人痴"。

六、宗教观：世俗化、功利化

《金瓶梅》有将近五分之一的回目与佛道有关，第三十九回关于做醮过程的描述，更是研究中国道教的第一手资料。

十六世纪下半叶，繁华的城市经济当中，佛、道占有一席之地。宗教不仅世俗化、功利化，而且十足商业化。在时间相近的仇英创作的《清明上河图》中不乏卖艺、营销的和尚、道士等可见端倪。西门庆礼佛、尊道，生涯中重大事件都在永福寺或玉皇庙进行，但归根结底，只是"利用"而非"敬重"。但看西门府中姑子、妓女争相环绕在妻妾身边追名逐利，实是一场荒谬的时代剧。

《红楼梦》中的贾府侯门似海，但也没能阻止三姑六婆穿门越户。清虚观、铁槛寺、馒头庵，甚至水月庵、地藏庵等四时三节皆殷勤问安，换取"香水年例"。第二十五回马道婆几句话先赚得贾母一日五斤灯油的供奉，以祈求宝玉平安。孰知转过身即献计赵姨娘，上演一出惊世骇俗的"魇魔法叔嫂逢五鬼"。而丑态毕露的"王道士胡诌妒妇方"（第八十回）、"水月庵掀翻风月案"（第九十三回）得证，不论兰陵笑笑生，抑或曹雪芹笔下，佛门道场从来非清境地，僧尼道士更率皆营利造业。

七、人生观：浅思维与艺术哲思

《金瓶梅》是世情书，里面的人物相对平庸，终日追逐的是身家温饱，没有什么高深的学问基础、道德观念。既然"人便如此如此，天理未然未然"（第四十九回）。那，活着，就活着，死，就死吧，日子横竖这般过。他们面对炎凉人情时会感慨："时来谁不来，时不来谁来。"（第三十回）对命运无法掌控时，就故作洒脱地说："随他，明日街死街埋，路死路埋，倒在洋沟里就是棺材。"（第四十六回潘金莲语）要说他们是"浅思维"，却是代表古往今来最多数现实的人生！无怪乎光绪进士文龙《眉批金瓶梅》中说："人皆世间常有之人，事为世间常有之事，且自古及今，普天之下，为处处时时常有之人事。"

《红楼梦》也是世情书，但更接近骚人墨客的哲思。与曹雪芹祖父曹寅同时的文学家孔尚任在《桃花扇》中的那句经典，"眼看他起朱楼，眼看他宴宾客，眼看他楼塌了"，恰似用优雅的诗文，精准预言了曹家的起落与结局。

个人的生命如此有限："试看春残花渐落，便是红颜老死时。"（第二十七回）世事的变化如此无常："一场欢喜忽悲辛，叹人世，终难定。"（第五回）因著作者超然的艺术风骨，让书中儿女"看来岂是寻常色，浓淡由他冰雪中"（第五十回），有了更深沉的思想层次与人生境界。

八、苍茫淡定的人生哲学

> 少年听雨歌楼上，红烛昏罗帐。壮年听雨客舟中，江阔云低、断雁叫西风。而今听雨僧庐下，鬓已星星也。悲欢离合总无情，一任阶前、点滴到天明。
>
> （蒋捷《虞美人》）

"少年听雨歌楼上",曾是少年宝玉;"壮年听雨客舟中",是正在追名逐利的西门庆,以及明争暗斗的众妻妾。世上的纷扰持续着,谁又知谁能鬓染银霜?但这一切终将在点滴到天明的自然烟雨中归于平静!

综观二书,虽然身份、背景、年代、文化各有分别,但其中最重大的思想核心还是殊途同归,都反映了中国人传统以来苍茫中一直潇洒以对的人生哲学。

而细数文学中,影响最深远,最能将人间遗憾还诸天地,再从大自然中取得宽容与安顿的,应该还是明朝杨慎的《临江仙》:

> 滚滚长江东逝水,浪花淘尽英雄,是非成败转头空。青山依旧在,几度夕阳红。　白发渔樵江渚上,惯看秋月春风。一壶浊酒喜相逢。古今多少事,都付笑谈中。

"古今多少事,都付笑谈中",《金瓶梅》《红楼梦》亦如是!

曹雪芹身世背景图

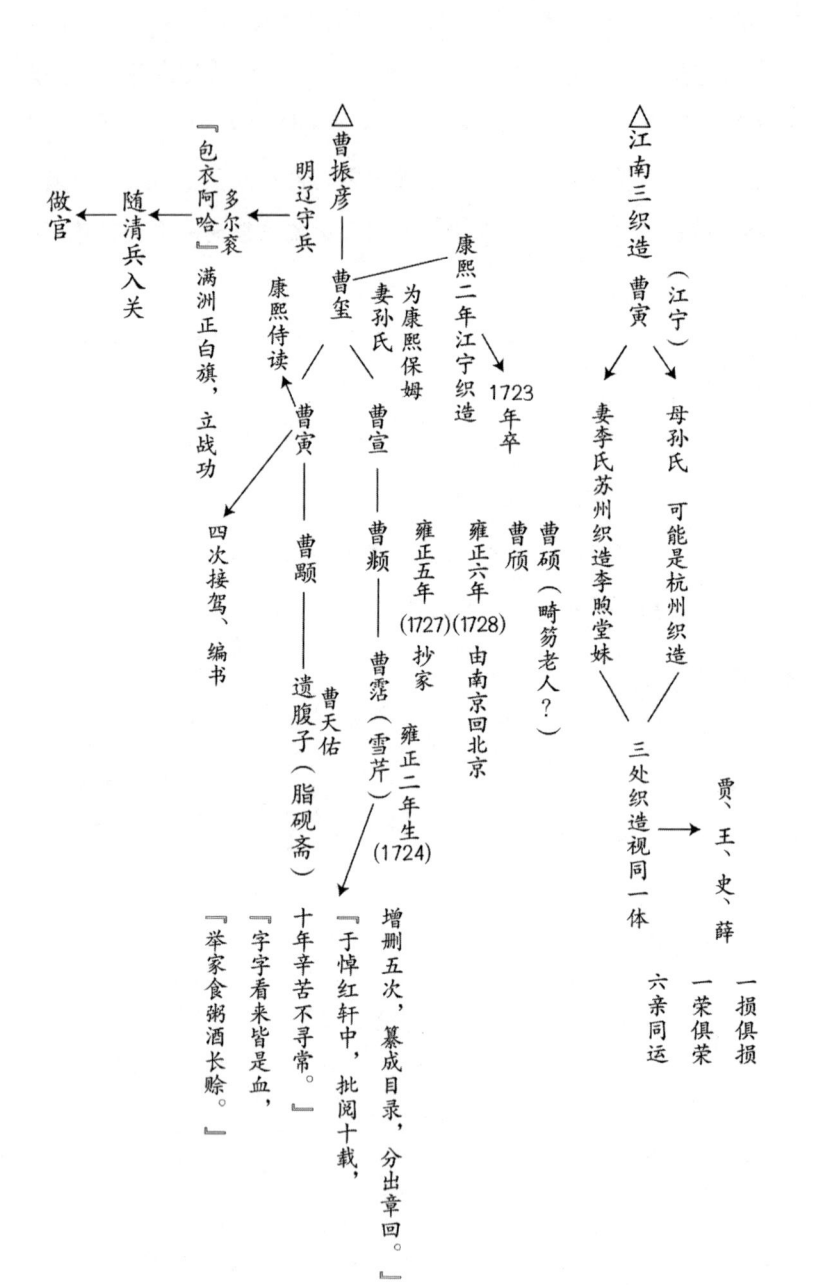

△江南三织造 曹寅（江宁）
→ 母孙氏 可能是杭州织造
→ 妻李氏 苏州织造李煦堂妹
三处织造视同一体

贾、王、史、薛
一损俱损
一荣俱荣
六亲同运

△曹振彦 — 曹玺 — 曹寅 — 曹颙 — 曹天佑
明辽守兵 康熙侍读   曹頫 — 曹霑（雪芹）
妻孙氏为康熙保姆   遗腹子（脂砚斋）
康熙二年江宁织造   雍正二年生（1724）

多尔衮
"包衣阿哈"
随清兵入关
做官
满洲正白旗，立战功

1723年卒
曹硕
曹顺（畸笏老人？）
雍正六年（1728）由南京回北京
雍正五年（1727）抄家

四次接驾、编书

"于悼红轩中，纂成目录，分出章回。"
"增删五次，批阅十载，"
"十年辛苦不寻常。"
"字字看来皆是血，"
"举家食粥酒长赊。"

人物世系图

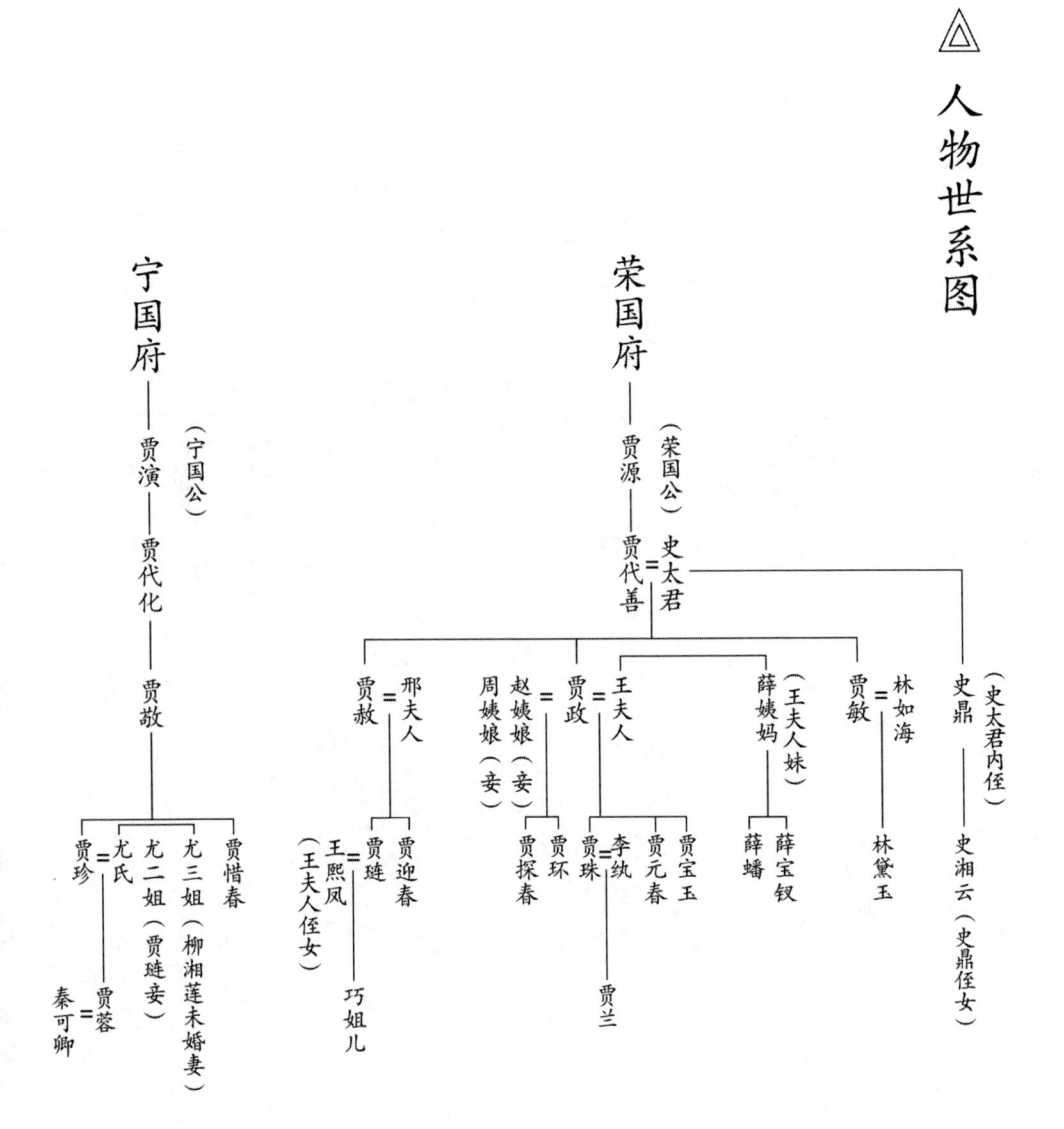

荣国府

（荣国公）贾源 —— 贾代善 = 史太君

- （史太君内侄）史鼎 —— 史湘云（史鼎侄女）
- 贾敏 = 林如海 —— 林黛玉
- 贾政 = 王夫人
  - 薛姨妈（王夫人妹）—— 薛宝钗、薛蟠
  - 贾宝玉
  - 贾元春
  - 贾珠 = 李纨 —— 贾兰
  - 贾探春
  - 贾环（赵姨娘 妾）
  - （周姨娘 妾）
- 贾赦 = 邢夫人
  - 贾迎春
  - 贾琏 = 王熙凤（王夫人侄女）—— 巧姐儿

宁国府

（宁国公）贾演 —— 贾代化 —— 贾敬

- 贾惜春
- 尤三姐（柳湘莲未婚妻）
- 尤二姐（贾琏妾）
- 贾珍 = 尤氏
  - 贾蓉 = 秦可卿

大观园平面图

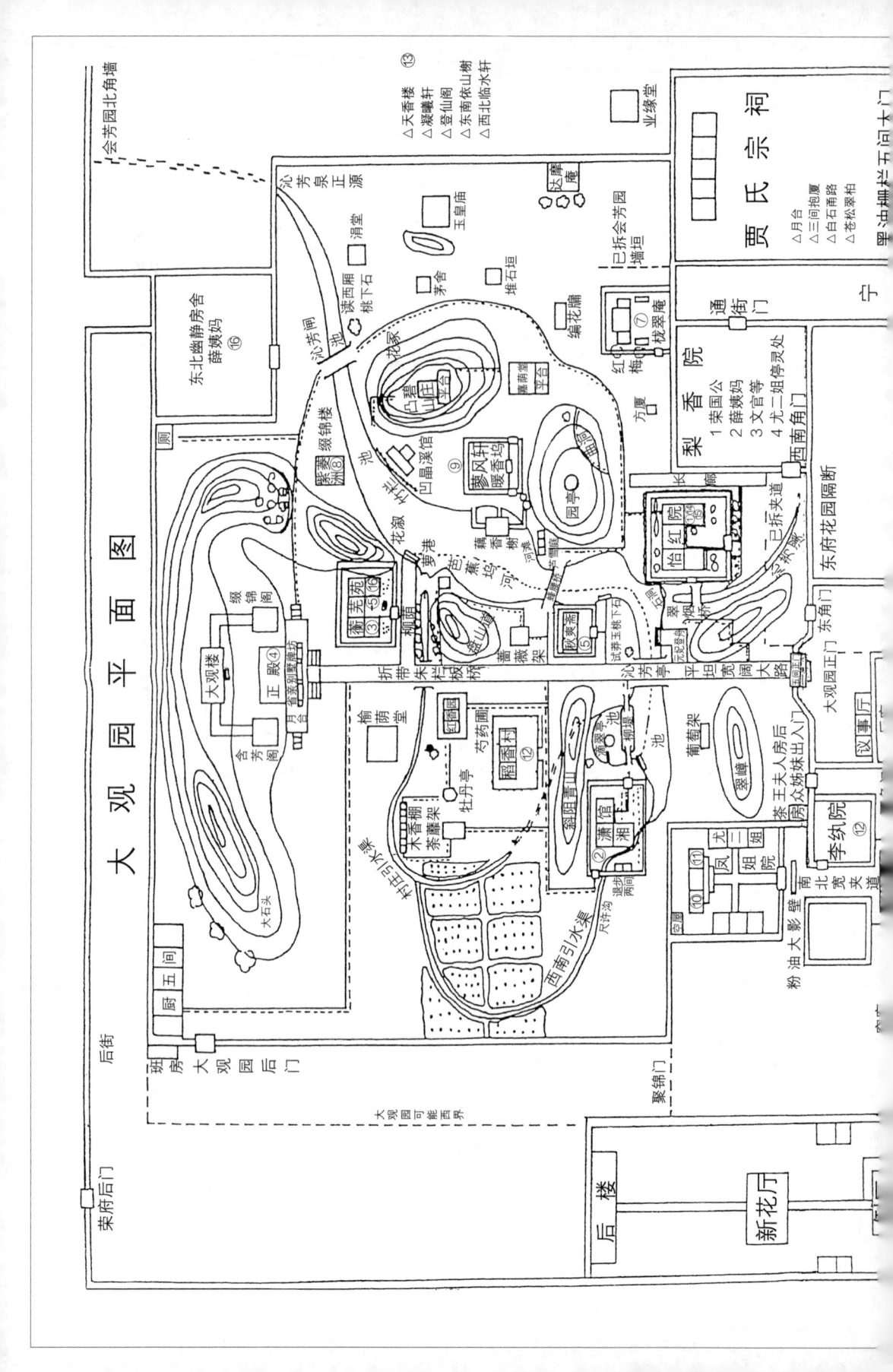

△逗蜂轩
△暖阁

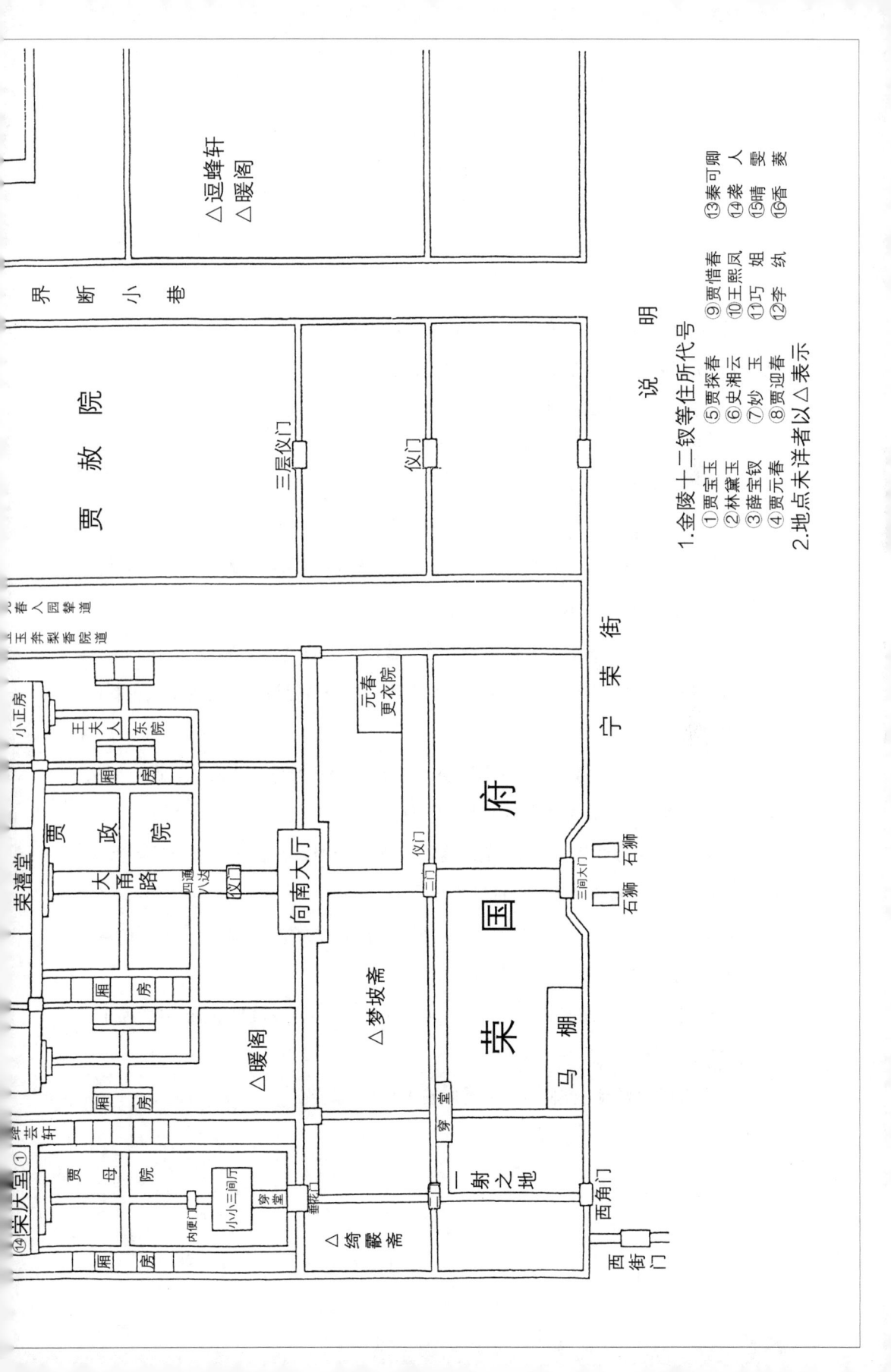

界断小巷

贾赦院

三层仪门

仪门

说　明

1. 金陵十二钗等住所代号
　①贾宝玉　⑤贾探春　⑨贾惜春　⑬秦可卿
　②林黛玉　⑥史湘云　⑩王熙凤　⑭袭　人
　③薛宝钗　⑦妙　玉　⑪巧　姐　⑮晴　雯
　④贾元春　⑧贾迎春　⑫李　纨　⑯香　菱
2. 地点未详者以△表示

元春更衣院

宁荣街

荣　国　府

三间大门
石狮　石狮

小正房
王夫人东院
厢房
贾政院
大甬路
四通八达
仪门
向南大厅
仪门
厢房
△暖阁
△梦坡斋
穿堂
马棚

荣禧堂

元春回銮道
黛玉梨香院道

⑭宋庆堂①绛芸轩
贾母院
内便门
小小三间厅
穿堂
垂花门
△绮霰斋
一射之地
西角门
西街门
厢房

思考论述题

几则曾经在期中、期末报告出现过的思考论述题：

1. 请为×××"杜撰"一篇《心情日记》。

请注意：个性，如见其人；

　　　　口气，如闻其声；

　　　　称呼，合乎书中习惯；

　　　　心情，想当然耳！

2. 请试着为书中某一回或某一事件写出可能的"后续发展"，要事出有因，查无实据！不可翻译，不能剪贴、复制。

3. 《红楼梦》中有好几处借由"梦境"象征角色的内心世界。例如第八十二回的黛玉噩梦，或第三十六回宝玉的"木石姻缘"惊梦等皆是。请为宝钗也制造一场"梦境"吧！

4. 依贾宝玉、林黛玉与薛宝钗三人的个性与成长背景，请问，假设他们生活在现在，他们三人将可能有何种人生？为什么？

5. 曹雪芹曾感慨道："满纸荒唐言，一把辛酸泪。都云作者痴，谁解其中味？"现在，请谈谈你个人所解的其中味。

6. 如果可以有一次机会的话，你希望出现在大观园中的何时、何地、何事，做什么？为什么？

7. 假设你现在受邀至一所高中，要为学生做一场有关《红楼梦》的专题演讲。请问你要说些什么？

8. 有人说大观园是热闹的，也是寂寞的，你认为呢？